Gerd Gerber

DER VANDALE

- Der Herrscher –

Inhalt

Einleitung	6
Carthago	8
Hunerich	25
Gento	29
Unruhige Zeiten	40
Das Unternehmen Attila	48
Die Verführung	71
Die Verschwörung	93
Die Rückkehr	116
Die Zeit der Trauer und der Rache	135
Die Tochter des Aetius	170
Die Eroberung der Heiligen Stadt Rom	201
Die Heimkehr	292
Die Flotte	317
Gento und Gracia	356
Gefahr zieht herauf	365
Der Kampf um Carthago	379
Die List	419
Die große Seeschlacht	421
Epilog	433
Register	437

Dieses Buch ist meiner Frau Petra gewidmet!
Ohne ihre Unterstützung und ihren
Unerschütterlichen Glauben an mich, wäre
Diese Trilogie nie geschrieben worden.

GERD GERBER

Der Vandale

TEIL III – DER HERRSCHER –

Trilogie

Copyright © 2015 Gerd Gerber

Create Space

Impressum

Der Vandale Teil III - Der Herrscher –
2. Auflage 2015

Covergestaltung: Projekte Verlag

Gerd Gerber
Bachstrasse 14
58256 Ennepetal

Tel. 0233381338
Mobil 01605623520
Email gerd-gerber@versanet.de

Home gerdgerber.de

Einleitung

Wir schreiben das Jahr 439 n. Chr. Vier lange Jahre sind nach der Besitznahme von Hippo Regius nun vergangen. Eine Zeit, die Geiserich dazu nutzte, seine Macht in Nordafrica zu festigen. Das fruchtbare Land um Carthago, die Proconsularis, war nun das Kernland der Vandalen. Hier wurden die römischen Besitzer der reichen Latifundien vertrieben oder zu Sklaven auf ihren eigenen Besitzungen gemacht.
Die neue Heimat der Vandalen und Alanen war reich und groß. Sie bot ihnen genügend Raum, sodass es bei der Verteilung der Ländereien nur wenige Streitigkeiten gab. Mit den Berbern lebten sie einträchtig zusammen und das gemeine Volk begrüßte die Erleichterung der Steuern, die sie unter den neuen Herren zu zahlen hatten.
So konnte Geiserich seine ganze Aufmerksamkeit dem Aufbau und der Ausbildung seiner Kriegsflotte widmen.
Er wusste nur zu genau, dass er sein neu erschaffenes Reich nur mit einer starken Flotte sichern konnte.
Seine wertvollen Kontakte in der Vergangenheit mit dem Maurenkönig Habib halfen ihm nun die Dromonen und Galeeren mit erfahrenen Seeleuten zu besetzen, die rudern und navigieren konnten.
Wenn es Geiserich auch in den Fingern juckte, so enthielt er sich, bis auf ein paar Kaperfahrten zu Übungszwecken, jeglicher Feindseligkeiten gegen das Westreich. Noch befand sich sein ältester Sohn Hunerich als Geisel am Hof von Kaiser Valentian.

Dies war Teil des Föderatenvertrages von Hippo Regius gewesen. Geiserich hatte damals leichten Herzens eingewilligt, denn die Erfahrungen, die Hunerich dort sammeln würde, konnten sicher irgendwann Gold wert sein.
Auch hielt Geiserich peinlich genau die vertraglich zugesicherten Lieferungen der Annonen *(Kornlieferungen)*
Doch nun, so berichteten ihm Boten, befand sich Hunerich auf dem Heimweg. Der Kaiser war von Geiserichs Friedfertigkeit und Vertragstreue so zweifelsfrei überzeugt, dass er Hunerich als Geisel nicht mehr benötigte.

Hier beginnt die Geschichte vom Aufstieg Geiserichs zum Beherrscher des Meeres der Mitte und dem Bezwinger der römischen Weltmacht.

Carthago

Der Thronsaal des Königs war bis auf den letzten Platz gefüllt. Eine seltsame spannungsgeladene Atmosphäre lag über den Anwesenden. Geiserich, König der Vandalen und Alanen, hatte die führenden Köpfe der beiden Völker zu dieser überraschend angesetzten Versammlung gerufen. Seit die Fürsten der einzelnen Stämme zurückdenken konnten, wurden solche Versammlungen immer aus ganz besonders wichtigem Grund einberufen.
Sie waren neugierig, denn die letzte große Versammlung dieser Art hatte damals in Hispanien stattgefunden. Auf dieser war der Entschluss gefallen, Hispanien zu verlassen und nach Africa überzusetzen. Nichts, auch nicht durch die Gerüchteküche bei Hof, hatte man erfahren können, aus welchem Grund Geiserich sie hierher gerufen hatte. Darum warteten sie nun, aufgeregt durcheinander redend, dass der König erscheinen möge.

Geiserich saß mit seinem engsten Vertrauten, Amalfried, dem Befehlshaber der Flotte, Gaius Servandus, seinem Freund und Berater, dem alten Theuderich, Herr über Reiterei und Fußsoldaten und der Frau an seiner Seite, Thora, um den runden Marmortisch in seinem Privatgemach. Ardel der Alane, Schild und Schwert des Königs, stand wie gewohnt hinter ihm.

Geiserich schlug mit der Faust auf den Tisch.
„Wenn ihr schon Zweifel habt, wie soll ich dann die da draußen überzeugen?"
„Was du vorhast, kann unser Volk in den Abgrund stürzen", warf Amalfried ein.
Geiserich schüttelte mit dem Kopf.
„Alles was ich von euch brauche, ist eure rückhaltlose Unterstützung. Nur dann kann es gelingen."
Die Anwesenden sahen sich fragend an. Gaius Servandus stand als Erster auf und legte die Faust auf seine Brust.
„Die Welt wird den Atem anhalten, denn der Ausgang dieses Spiels wird ungewiss sein, aber ich stehe an deiner Seite."
Geiserichs Augen glühten. Sein Gesicht war, trotz seines Alters von fünfzig Jahren, frei von Falten und seine Gestalt schlank und drahtig wie die eines Kriegers in bestem Alter.
„Ja, „Spiel" ist der richtige Ausdruck. Ich werde ein Spiel in Gang setzen, in dem die Mächtigen in dieser Welt die Figuren sein werden und in dem es nur einen Sieger geben wird. Dieser Sieger wird das Volk der Vandalen und Alanen sein."
Thora strich Geiserich sanft über seinen Arm.
„Du machst mir Angst mit deinen Visionen, aber wir vertrauen dir. Du bist der König."
Amalfried erhob sich so heftig, dass sein Stuhl laut über den Boden schrammend zurückrutschte.
„Verzeih mir, mein König, dass ich deine Meinung nicht teilen kann. Ich halte das für Größenwahn. Das Volk der Vandalen wird für deine ehrgeizigen Pläne bluten müssen."
„Setz dich, Amalfried. Die Runde an diesem Tisch hebt nur der König auf", rief Geiserich den Befehlshaber der Flotte scharf zur Ordnung. „Ich habe

dich nicht gefragt, was du von diesem Vorhaben hältst, sondern ich wollte wissen, ob ich auf dich zählen kann."

Amalfried zuckte zusammen und merkte, dass er zu weit gegangen war.

„Verzeih mein unbotmäßiges Benehmen, mein König. Aber seit dem Tod meiner Schwester, die deine Frau war, hast du dich von unserer Sippe abgewendet und nur noch Augen für die Alanen gehabt. Ich bin der Einzige aus unserem Stamm, der ein hohes Amt in deinem Staat bekleidet. Wir sind ohne jeden Einfluss in diesem Land."

„Kann ich auf dich zählen?" unterbrach Geiserich den Redeschwall.

Amalfried senkte die Augen und die Antwort kam zögernd.

„Ja, natürlich."

Geiserich erhob sich. „Also, dann gehen wir und bringen die Sache hinter uns."

Als Geiserich im Thronsaal erschien, wurde es schlagartig still. Erwartungsvoll blickten sie den König an, als er sich auf den Königsstuhl setzte, auf dem schon sein Vater Godigisel im alten Land, am Ufer des großen Sees in Pannonien, *(Plattensee)* gesessen hatte.

Laut und deutlich erhob Geiserich seine Stimme und sie drang bis in den letzten Winkel des Saales.

„Fürsten, Adlige, Führer eurer Stämme, Sippen und Gefolgschaften. Ich habe euch hier zusammengerufen um euch mitzuteilen, dass der Frieden mit den Römern vorbei ist."

Lautes Gemurmel unterbrach Geiserichs Rede. Der hob beide Hände, doch es dauerte noch eine Weile, ehe wieder Ruhe einkehrte. Geiserich fuhr fort:

„Die älteren von Euch kennen diese Situation schon, in der unser Volk vor der Entscheidung steht, zu handeln oder unterzugehen."
Ein junger Fürst sprang auf und rief ärgerlich: „Von welchem Untergang sprichst du, Herr? Das Land ist fruchtbar und reich. Wir sind stark und niemand kann uns etwas anhaben. Warum also Krieg mit den Römern?"
Sein Zwischenruf wurde von beifälligem Gemurmel begleitet. Geiserich wandte sich nun dem Zwischenrufer zu.
„Du bist Ansgard aus dem Geschlecht der Hasdingen, nicht wahr? Du bist in Vandalusien geboren, also noch jung an Jahren. Du hast die lange Wanderung aus dem alten Land nicht erlebt. Als wir damals die Entscheidung trafen, das schöne Vandalusien zu verlassen, um hierher zu kommen, da warst du noch ein Kind. All diese schweren Entscheidungen wurden uns aufgezwungen. Heute herrschen in Hispanien die Goten und man braucht nicht viel Fantasie, um sich auszumalen, wie es uns dort ergangen wäre. Wenn wir nun nicht das vollenden, was wir begonnen haben, nämlich die Römer aus diesem Teil der Welt zu vertreiben, dann werden sie eines Tages wieder zurückkommen. Ich spreche von Carthago, dem Stachel im Fleische unseres Machtbereiches. Solange die Römer diesen Brückenkopf besitzen, werden sie immer eine Gefahr für uns bleiben. Dort sitzen nun all die katholischen Kirchenfürsten, die wir aus ihren Kirchen in diesem Land vertrieben haben und hetzen das Volk gegen uns auf. Sie versuchen von dort aus, unseren arianischen Glauben zu untergraben. Dass muss nun ein Ende haben. Wir werden Carthago zur Hauptstadt unseres Reiches machen. Wir werden keine Annonen mehr an Rom zahlen und ab sofort

werden die Küsten Siziliens und Sardiniens von unseren Kaperschiffen angegriffen. Wir werden die Römer in Atem halten und handeln bevor sie die Lage begriffen haben. Wir sind keine Föderaten mehr sondern ein mächtiges eigenständiges Reich. Ab heute wird eine neue Zeitrechnung beginnen."
Die letzten Worte gingen in lautem Jubel unter. Geiserich hatte es wieder einmal geschafft, die Fürsten auf seine Seite zu ziehen.

*

Geiserich, Gaius Servandus und der Kirchenfürst Tirias von Ravenna ritten nebeneinander an der Spitze des gewaltigen Eroberungsheeres. Sie nahmen den gleichen Weg wie damals, als Aspar ihnen gegenüberstand. Carthago lag vor ihnen wie eine reife Frucht. Bis jetzt gab es noch keine Anzeichen, dass sich der Gegner formierte, oder wenigstens Alarm schlug. Niemand stellte sich ihnen in den Weg. Geiserich blickte fragend zu Gaius.
„Was hältst du davon?"
Gaius zuckte mit den Schultern. „Möglicherweise halten sie sich für unangreifbar. Hast du dir diesen Schritt auch gründlich überlegt? Bist du dir bewusst, dass du eine Stadt angreifst, deren Einwohnerzahl etwa zehnmal mehr Menschen beträgt, als dein gesamtes Volk Köpfe hat? Carthago ist zurzeit immerhin nach Rom die zweite Hauptstadt des Westreiches. Die Eroberung wird die Welt gegen uns in Aufruhr bringen."
Geiserich lachte. „Ach, Gaius, alter Freund. Ich höre dich immer gerne mahnen. Wenn du immer so in

deinem Leben gehandelt hättest, wie du nun sprichst, dann wärst du wohl heute noch eine kleine Schreiberseele am Hof von Ravenna. Alles, was wir bisher erreicht haben ist uns nur gelungen, weil es alle für unmöglich gehalten haben. Glaube mir, ich weiß genau, was ich mache."

Gaius seufzte und atmete tief aus. „Das habe ich befürchtet."

Tirias zog sein Pferd dicht neben das von Gaius. Wie es schien, hatte ihm die Zeit des Friedens in Hippo Regius nicht gut getan. Seine ohnehin schon riesige Gestalt war noch massiger geworden und seine weite, braune Kutte verdeckte nur mühsam seinen Bauch. „Wieso versuchst du ihm Carthago auszureden?", knurrte er Gaius an. „Was glaubst du, wie lange ich auf diesen Tag gewartet habe? Heute erfüllt sich das Versprechen, das ich Arius gegeben habe, ganz Africa den arianischen Glauben zu bringen."

Gaius sah Tirias schief von der Seite an. „Soviel ich weiß, ist Arius schon hundert Jahre tot."

„Er ist mir erschienen, du kleingläubiger. Außerdem habe ich mit dem Bischof Possidius noch eine Rechnung offen."

„Was hast du vor? Willst du aus ihm etwa einen Märtyrer machen?"

„Da werde ich mir etwas Besonderes einfallen lassen."

„Verteilt nicht das Fell des Bären, den wir noch nicht erlegt haben. Hat Amalfried schon die Tauben geschickt?"

Mit diesem Einwand beendete Geiserich das Streitgespräch zwischen den beiden.

Gaius nickte. „Die Flotte ist in Position vor der Bucht."

Carthago wurde von seinen punischen Erbauern in grauer Vorzeit genial auf den, zur Bucht hin sanft

abfallenden Hängen einer Halbinsel angelegt. Die Bucht wurde durch ein weit vorspringendes Kap geschützt, dessen Küste zur offenen See hin aus schroffen, steilen und unzugänglichen Felsen bestand. Geiserich konnte sich sehr wohl vorstellen, dass es damals, als die Punier noch die Herren in Carthago waren, es für feindliche Schiffe fast unmöglich gewesen war, in die Bucht einzudringen, denn hier konnte man leicht vom Land her oder zu Wasser angegriffen werden. Daher hatte er den Befehl gegeben, den Seeweg nur abzuriegeln.
Nun, da sie die Ebene am Fuße der Halbinsel von Carthago erreicht hatten und sich, die breite Römerstraße nutzend, direkt auf die Metropole zu bewegten, ahnte Geiserich, dass es keinen Kampf geben würde. Genauso wie er es erhofft hatte, nahmen die Carthager keinerlei Notiz von ihnen. Sie mussten die Kriegsflotte vor ihren Toren bemerkt haben und auch ein Heer von dieser Größe musste normalerweise Angst und Schrecken verbreiten. Theuderich kam nach vorne und lenkte sein Pferd neben Geiserich.
„Wie lauten deine Befehle, mein König?"
„Die Armee wird ihr Lager hier aufschlagen. Ein Teil der Flotte soll in die Bucht einfahren und dort ankern. Wir werden dann mit nur einer Tausendschaft in Carthago einrücken. Ich denke, das wird genügen."
„Erwartest du keine Gegenwehr?"
„Wer soll dort zu den Waffen greifen? Aspar hat keine Bewachung zurückgelassen. Wir nehmen die Stadt einfach nur in Besitz und zwar ohne jedes Blutvergießen." Geiserich hob den Arm und zeigte nach vorne auf die Stadt. Einige hundert Reiter setzten sich in Bewegung. Hinter ihnen formierte sich die Tausendschaft der Fußsoldaten und marschierten

mit Schild und Speer bewaffnet hinter ihnen her. Es war ein herrlicher Herbsttag. Die Sonne strahlte jetzt, in der Mittagszeit, schräg vom Himmel und ließ das Meer in der Bucht hell glitzern, während die Berge der Küste auf der gegenüber liegenden Seite der Bucht sich dunkel in die Höhe reckten. Geiserich sah sich um. Ja, von hier aus wollte er sein Vandalenreich regieren.
„Ich werde Carthago wieder zum Nabel der Welt machen", dachte er.

Sie folgten dem Aquädukt, der ihnen schon damals den Weg nach Carthago gewiesen hatte. Dieses Wunderwerk römischer Baukunst, dessen Wasserquelle einige Tagesritte von hier in den Ausläufern des Atlasgebirges lag, war die Lebensader der Stadt. Geiserich war froh, dass er sie nicht zerstören musste, um die Stadt in seine Gewalt zu bekommen. So zogen sie, fast kaum von den Carthagern beachtet, durch das große Baal Tor über die Via Caelestis, der Hauptstraße Carthagos, ins Zentrum der Stadt. Hier teilten sie sich und besetzten den Kriegshafen und den Palast des Prokonsuls. Tirias verlor keine Zeit und ließ von Fußsoldaten die beiden großen Basilika Restitute und Majorum mit den angrenzenden Klöstern abriegeln. Sofort begann er mit der Suche nach Bischof Possidius und den anderen Kirchenfürsten, die aus Hippo Regius geflohen waren. Dabei scheuchte er die Priesterschaft auf und ließ sie auf den Kirchplatz bringen. Possidius fand er beim Mittagsmahl in seinen Privatgemächern. Tirias packte die beiden Mönche, die ihm den Eintritt verwehren wollten, am Kragen ihrer Kutten und warf sie wie zwei nasse Lappen in den Raum. Dabei stürzten sie mit lautem Scheppern in die reichhaltig gedeckte Tafel. Rotwein und Fisch fanden sich auf

der Bischofsrobe von Possidius wieder. Zu Tode erschrocken sprang der auf. „Was zum Teufel.........."
„Du sollst nicht fluchen, Possidius", grinste Tirias. Die Augen des Bischofs weiteten sich. „Du?", stammelte er. „Was machst du hier? Ich werde die Wachen rufen und dich in den Kerker werfen lassen."
„Ja, ich bin es, Possidius. Darauf habe ich all die Jahre gewartet."
Possidius war für sein hohes Alter noch bei guter Gesundheit. Mit einer Schnelligkeit, die man ihm nicht zugetraut hätte, versuchte er um den Tisch herum zum Ausgang zu gelangen. Tirias ließ es geschehen, denn er wusste seine Leute vor der Tür. Die stießen dann auch den Kirchenmann wieder zurück in den Raum.
„Ich konnte damals auch nicht davonlaufen, als ihr mich in Hippo Regius gefoltert habt, Possidius. Als ihr mir mit den Mitteln der heiligen Kirche meinen neuen Glauben austreiben wolltet. Ich habe das nicht vergessen und du auch nicht, habe ich Recht?"
„Weiche von mir, du Ketzer! Du hast hier in Carthago keine Macht über mich. Du befindest dich auf dem Boden des römischen Imperiums."
Tirias lachte nun höhnisch, griff nach Possidius und zog ihn zu sich heran. „Irrtum, du Stütze der römischen Kirche. Ab heute gehört Carthago zum Reich der Vandalen. Geiserich hat seine Hand darauf gelegt."
Possidius wurde leichenblass. „Das.... das ist unmöglich", stotterte er. Dann fiel er auf die Knie und betete: „Herr, deine Prüfungen für dieses Land sind hart, doch wir werden sie geduldig ertragen, denn unser Glaube ist fest und stark. Wenn es aber dein Wille ist, so nimm mich in dein Reich auf, bis in alle Ewigkeit."

Tirias riss ihn wieder hoch. „Du wagst es, in meiner Gegenwart so zu beten? Wir sind nicht die Prüfung, sondern die Erlösung für dieses Land. Wir befreien es von Kreaturen wie dich. Außerdem werde ich es tatsächlich dem Herrn überlassen, wann er dich aus diesem Leben nimmt." Tirias winkte die Soldaten herbei. „Bringt ihn zu den anderen."

Im Palast des Prokonsuls ging es nicht so dramatisch zu. Gaius Servandus gab dem Tribun bis zum Abend Zeit, den Palast mit seinem Gefolge zu verlassen. Der völlig verdutzte Prokonsul Cercenses wollte zuerst noch protestieren: „Wer wagt es, den Vertreter des Kaisers hier in Carthago so zu behandeln?", fragte er aufgebracht.
Gaius antwortete nicht, sondern zerrte ihn kurzerhand zum Fenster. Der Palast lag auf dem höchsten Punkt der Stadt. Von hier aus hatte man einen herrlichen Blick über die Stadt und die gesamte Bucht. Das Gesicht von Cercenses verzerrte sich. Er sah die vandalischen Kriegsgaleeren vor der Stadt in der Bucht liegen und weiter hinten in der Ebene, vor den Toren Carthagos, das riesige Heer.
„Überbringe dem Kaiser folgende Botschaft: Geiserich, der König der Vandalen und Alanen kündigt den Föderatenvertrag. Von nun an gibt es das unabhängige Reich der Vandalen und Alanen in Nordafrica. Jede Maßnahme gegen uns betrachten wir als kriegerischen Angriff auf unser Reich."
„Das ist ungeheuerlich. Das Imperium wird dieses Reich nicht dulden. Der göttliche Imperator Valentian wird euch vernichten lassen."
„Wir werden sehen", knurrte Gaius. „Richte aus, was ich gesagt habe und eile dich, damit ich bei deinem

Auszug nicht nachhelfen muss. Ab morgen regiert von hier aus Geiserich dieses Land."
Cercenses wusste, dass die Vandalen nicht zimperlich in ihren Mitteln waren, wenn es galt, jemand zu vertreiben. Darum nahm er jedes Wort von Gaius erst und hatte es nun sehr eilig.

Langsam begriffen auch die Bürger von Carthago, was mit ihrer Stadt geschehen war. Doch dort, wo sie sich versammeln wollten, um zu protestieren, wurden sie von den Vandalen mit vorgehaltenen Speeren zerstreut. Geiserich hatte ausdrücklich befohlen, möglichst keine Gewalt anzuwenden, doch so ganz ließ es sich nicht immer vermeiden. Die Führer der Truppen arbeiteten genau nach Geiserichs Anweisungen. Alle strategischen Punkte der Stadt wurden besetzt und kontrolliert. Es würde natürlich noch einige Zeit dauern, bis die Vandalen diese Riesenmetropole völlig unter Kontrolle hatten und Verwaltung und Ordnungskräfte in ihrer Hand waren. Doch die Einnahme der bedeutendsten und größten Stadt in Africa war vollzogen.
Tirias ließ die Bischöfe mit Possidius an der Spitze zum Hafen bringen.
„Gott hat mich erleuchtet", sagte er zu Possidius. „In seiner unerschöpflichen Güte hat er zu mir gesprochen: - Lege nicht Hand an diese Männer, denn damit befleckst du deine Seele. Lass mich das Urteil fällen. – Ich werde gehorchen und euch ziehen lassen und zwar mit diesem Schiff."
Er zeigte auf einen verrotteten Kahn, der vermutlich noch in der Hafenausfahrt sinken würde, wenn all die Priester und Bischöfe an Bord waren.
„Ihr bekommt von mir weder Nahrung noch Wasser, nur einen guten Rat. Haltet immer auf den Nordstern

zu. Wenn es denn dem Herrn gefällt, werdet ihr dann in Sizilien landen."

Possidius sah Tirias hasserfüllt an. „Du hast deine Seele befleckt, als du damals zu diesem Ketzerglauben übergetreten bist. Nun aber wirst du für diese Tat ewig in der Hölle schmoren, Tirias."

„Du wirst wahrscheinlich sehr bald wissen, wie heiß die Höllenfeuer sein werden. Ich wünsche eine gute Reise, Possidius."

Dann mussten die Kirchenmänner an Bord des Kahnes gehen. Mit einer Galeere zogen die Vandalen das seeuntüchtige Boot hinaus auf das offene Meer. Dort überließen sie Possidius mit seinen Leuten dem Schicksal.

*

Die beiden Männer schauten sich vorsichtig um, überquerten den Platz vor der Therme des Antonius und bogen in die Via Calendus, der berüchtigten Vergnügungsstraße in Carthago ein. Die Sonne war schon seit einiger Zeit vom Himmel verschwunden. Die um sich greifende Dunkelheit ließ die Stadt erwachen. Unzählige Fackeln und Öllampen tauchten Carthago, da wo das Nachtleben pulsierte, in ein Lichtermeer. Besonders in diesem Teil der Stadt, in dem sich die beiden nun befanden, herrschte reger Betrieb. Menschen unterschiedlichster Herkunft und Hautfarbe drängelten aneinander vorbei, feilschten mit den zahlreichen Straßenhändlern oder kehrten in eine der unzähligen Schänken ein, die sich wie Perlen an einer Schnur durch die Straßen und Gassen zogen.

Hier floss der Wein in Strömen und leicht geschürzte Dirnen buhlten um die Gunst der männlichen Gäste. Die beiden Männer waren wie römische Handelsleute gekleidet. Die Kapuzen ihres braunen Umhangs hielten sie tief ins Gesicht gezogen. Einer von ihnen blieb stehen und schaute unbehaglich auf die vielen Menschen, die ihnen entgegenkamen.
„Was ist, Gaius? Willst du nicht weiter?"
„Es ist zu gefährlich, mein König. Unsere Truppen haben diesen Teil der Stadt noch nicht unter Kontrolle. Wenn man uns hier erkennt, ist es aus mit uns."
„Unsinn! Wer sollte uns hier erkennen? Wer weiß von dem Gesindel hier, wie der König der Vandalen aussieht?"
„Warum setzt du dich dieser Gefahr aus? Du kannst diesen Sündenpfuhl auch im Schutz deiner Krieger kennen lernen."
Geiserich schüttelte energisch den Kopf. „Ich will die Stadt so sehen, wie sie ist. Wenn ich als Eroberer hierher komme, werde ich nur sehen, was ich sehen soll. Nein, wenn wir diese Riesenstadt beherrschen wollen, dann müssen wir sie kennen, müssen wissen, wo ausgemerzt werden muss, was von Übel ist, und kennen lernen kann man etwas nur, wenn man dazugehört. Komm, Gaius, gib' dein Zögern auf. Diese Nacht werden wir dazugehören."
Gaius seufzte: „Du bist der König."
Sie überquerten die schmale Straße und hielten auf eine hell erleuchtete Schänke zu. Vor dem Säulendach des Eingangs hielt ein Ausrufer die Passanten auf. Seine schrille Stimme zog nun auch die Aufmerksamkeit von Geiserich und Gaius auf sich. Sie blieben stehen und lauschten den Lobpreisungen der Vorzüge des Lokals. „Edle Herren, Senatoren,

Bürger, Plebejer! Kommen Sie herein und besuchen Sie unsere Vorstellung. Für nur ein paar Kupferstücke bekommen Sie hier die Abgründe dieser Welt zu sehen. Denken Sie sich eine der schlimmsten Sünden aus, lassen Sie ihrer dunklen Fantasie freien Lauf. Hier wird sie zu Fleisch und Blut, hier wird gezeigt, was Sie nie für möglich gehalten hätten. Kommen Sie herein und beeilen Sie sich. Die Vorstellung hat schon begonnen."
Gaius und Geiserich mischten sich unter die Besucher, die dem Eingang zustrebten. Aufgeregt durcheinander redend drängten die Menschen zur Kasse. Gaius bezahlte mit einer Silbermünze und verursachte ungläubiges Staunen, als er auf das Wechselgeld verzichtete. Ein dunkler Gang führte sie in ein Atrium, in dessen ovalem Rund der Säulengänge die Zuschauer auf ihren Kissen saßen und mit gelangweiltem Interesse auf die kleine Bühne in der Mitte schauten. Leicht geschürzte Mädchen schenkten ihnen ständig roten Wein ein und achteten peinlich darauf, dass es keine leeren Krüge gab.
Gaius und Geiserich ließen sich auf der obersten Stufe vor einer der zahlreichen Säulen nieder. Von hier aus hatten sie eine gute Sicht auf die tiefer liegende Bühne und brauchten auch nicht auf ihren Rücken zu achten.
Kichernd gesellten sich zwei blutjunge Dirnen zu ihnen. „Hallo, edle Herren, womit können wir euch die Nacht versüßen?" Wieder kicherten sie und gewährten dabei aufreizende Einblicke, indem sie ihre ohnehin schon sehr kurze Toga anhoben.
Geiserich machte eine abwehrende Handbewegung. „Verschwindet! Wir haben euch nicht gerufen." Als die Dirnen Geiserichs Aufforderung nicht sofort nachkamen, versetzte Gaius ihnen klatschende

Schläge mit der flachen Hand auf ihre nackten, entblößten Gesäße. Laut kreischend stürzten sie davon. Der Vorfall hatte bei dem übrigen Publikum keine Beachtung gefunden, denn alle waren zu sehr mit sich selbst beschäftigt oder folgten dem Geschehen auf der Bühne. Dort trieb es gerade ein Hirtenjunge mit einer Ziege. Geiserich traute seinen Augen nicht und wandte sich angeekelt ab. Dabei sollte dies erst der Anfang von allerlei Abscheulichkeiten sein.

„Sag, Gaius, ist das die viel gerühmte römische Kultur?"

Gaius verzog das Gesicht. „Was hast du erwartet? Was glaubst du, hier zu finden? Selbst in der ganzen römischen Welt ist Carthago als Sündenbabel verschrien. Es wäre vielleicht besser gewesen, du hättest dir diese Last nicht auf deine Seele gelegt und Carthago den Römern gelassen." Geiserich starrte in Gedanken versunken auf die kleine Bühne, wo gerade junge Mädchen und Knaben im zartesten Alter von muskulösen Männern mit monströsen Penissen regelrecht aufgespießt wurden. Ihre Schmerzensschreie wurden von den Anfeuerungsrufen der Zuschauer übertönt. Geiserich sprang auf und ballte die Fäuste.

„Ich habe genug gesehen, Gaius! Ich werde diesen Saustall ausmisten. Carthago gehört den Römern nicht mehr, also gelten hier nun vandalische Sitten und Gesetze. Ab sofort werden Vorführungen dieser Art verboten und solche Schänken niedergebrannt. Damit die vandalischen Jünglinge und Krieger sich nicht mit dem Gift der römischen Verkommenheit infizieren, ist es ihnen verboten, sich mit den Dirnen einzulassen. Sollte jemand dieses Verbot missachten wird er gezwungen, die betreffende Dirne zu

ehelichen. Du wirst sehen, Gaius, ich werde diese Stadt in die Knie zwingen und Ordnung schaffen."
Gaius nickte zustimmend und erwiderte: „Du wirst es mit dem Schwert in der Hand tun müssen und ich glaube du kannst gleich damit beginnen."
Dabei wies er auf die Gestalten, die sich von zwei Seiten näherten. Ihr Anführer baute sich vor ihnen auf. „Wir schätzen es hier nicht, wenn unsere Mädchen von den Gästen misshandelt werden. Wer seid ihr? Ich habe euch hier noch nie gesehen."
Nun wurden auch die übrigen Gäste auf das Geschehen aufmerksam. Einige schauten nur herüber, aber andere rückten näher heran, um besser sehen zu können. Plötzlich schrie jemand: „Das sind ja einige von den Barbaren, die in unsere Stadt eingedrungen sind!"
Alles brüllte nun durcheinander und rückte gegen Geiserich und Gaius vor. „Schlagt sie tot", forderten einige und versuchten nach vorne zu drängen.
Geiserich fühlte, dass die Lage nun bedrohlich wurde. Mit einer schnellen Handbewegung fasste er unter seinen Umhang und zog sein Schwert hervor. Gaius tat es ihm gleich. Ihre Widersacher hielten nun ebenfalls ihre Waffen in den Händen und griffen wild damit schwingend an. Geiserich parierte die ersten Schläge und hielt sich mit wilden Schwüngen die Gegner vom Leib. Dabei suchte er nach einer Möglichkeit, wie sie unbeschadet aus dieser Falle herauskommen konnten. Doch es gab keine. Zu eng hatte sich der Ring aus bewaffneten Angreifern und neugierigen Zuschauern um sie gezogen.
„Tötet sie, tötet sie", riefen sie lüstern nach Blut und Gewalt.
Plötzlich erfüllte ein scharfes Zischen die Luft. Mit hässlichem Klatschen fuhren Pfeile in die Kehlen der

nächsten Angreifer. Sie schienen von überallher zu kommen. Der Kreis um Geiserich und Gaius lichtete sich zusehends. Panik brach aus. Alles versuchte, zu den Ausgängen zu gelangen. Dort liefen sie aber in die Schwerter dieser merkwürdig aussehenden Fremden mit den schmalen Augen und den hoch stehenden Wangenknochen. In grimmige, gnadenlose Gesichter blickten nun die verweichlichten carthagischen vornehmen Lebemänner und erblickten dabei den Tod.

Als Geiserich die Männer mit den spitzen Lederhelmen sah, fiel die Anspannung von ihm ab. Er wusste, dass er einen Fehler begangen hatte. Ohne jede Not hatte er sich in Gefahr begeben, hatte diese Stadt, diesen Moloch Carthago, falsch eingeschätzt. Das sollte nie wieder passieren. Wie aus dem Nichts erschien der Alane Ardel, das Schwert des Königs, sein Schild und die Augen in seinem Rücken, neben ihm. Er verneigt sich leicht.

„Es ist nicht leicht dir zu dienen, mein König, doch Timor würde mich im Jenseits mit Fußtritten empfangen, wenn ich meine Pflicht vernachlässigt hätte, über dich zu wachen." Geiserich nickte lächelnd. „Ich höre den Vorwurf in deiner Stimme, Ardel und du hast recht damit. Es war töricht von mir, mich ungeschützt unter das Volk zu mischen. Doch nun genug! Nimm deine Leute zurück. Es ist genug Blut geflossen wegen dieser Dummheit, doch dieser Ort der Unzucht wird morgen dem Erdboden gleichgemacht." Ein schriller Pfiff von Ardel und die Pfeile verschwanden wieder in ihre Köcher. Die Schützen ließen sich in federnden Sprüngen von den Dächern des Atriums herunter und halfen den Fußsoldaten, die verschreckten Gäste der Schenke auf die Straße zu treiben.

Gaius Servandus blickte Geiserich seltsam von der Seite an. „Warum dies alles, mein König? Mangelt es dir an Abenteuer?"
Geiserich ließ Gaius nicht ausreden. „Abenteuer? Was ist das? Wenn du damit meinst, dass ich Kontakt mit normalen Menschen brauche, damit ich das Augenmaß für die Bedürfnisse meines Volkes nicht verliere, wenn dabei meine Sinne für Gefahr und Bedrohung, für Vertrauen und Misstrauen, für Mögliches und Unmögliches geschärft werden, ja, dann brauche ich Abenteuer."

Hunerich

Die Alarmhörner schallten weithin durch die Bucht von Carthago. Ihr klagender Klang wurde vom äußersten Kap der Halbinsel an die Wachposten auf den Türmen des Palastes weitergegeben, und von dort beschallten sie die Stadt. In diesem Fall aber begrüßten sie die Heimkehr Hunerichs. Die römische Galeere lief mit kräftigen Ruderschlägen in die Bucht von Carthago ein und legte im Hafen, dort wo die Handelsschiffe üblicherweise fest machten, an. Geiserich hatte veranlasst, dass Hunerich unverzüglich zu ihm gebracht wurde. Daher standen auch schon die Pferdekutschen bereit, die Hunerich und seine Begleitung zum Palast bringen sollten.
Der junge Prinz stand an Deck und schaute dem Treiben auf dem Anlegesteg zu. Er war wie ein Römer gekleidet. Das Ende seiner Tunika hatte er lässig über den linken Arm gelegt, während er mit dem rechten eine junge, auffallend hübsche Frau umfangen hielt.

„Siehst du, mein Vater erwartet uns schon. Seine Organisation ist perfekt", wandte er sich an seine Begleitung und verzog dabei spöttisch das Gesicht. „Er denkt an alles! Er denkt immer für uns alle", fügte er mit einem bitteren Unterton hinzu.
„Wird er uns jetzt gleich empfangen? Ich bin so gespannt, ihn kennen zu lernen. Was ist dein Vater für ein Mensch?", fragte die junge Frau nun aufgeregt.
Hunerich zuckte mit den Schultern. „Ich weiß es nicht. Als Vater kenne ich ihn kaum. Ich habe nie den Weg zu seinem Herzen gefunden und er nicht zu meinem. Er war nie da für mich, sondern immer nur für das Volk. Als König, als Führer unseres Volkes, ja da kenne ich ihn. Ohne ihn wären wir nicht hier. Er ist das Maß aller Dinge, dabei handelt er eiskalt nur nach seinem Willen."
„Er ist also ein Despot?", warf sie fragend ein.
Hunerich schüttelte den Kopf. „Er sagt, was getan werden soll, dabei überzeugt er die Menschen so, dass sie glauben, es wäre ihr eigener Wille und der Erfolg gibt ihm dabei Recht."
Die junge Frau nickte nachdenklich. „Was wird er sagen, wenn er erfährt, dass wir ohne seinen Segen in Ravenna Mann und Frau geworden sind?"
Hunerich lachte hart auf. „Dass ich mir eine Frau genommen habe, wird ihn nicht kümmern. Doch dass diese Frau die Tochter des mächtigen Gotenkönigs Theoderich ist, wird nicht in seine Pläne passen, du wirst sehen."
Sie verließen die Galeere und stiegen in die Kutsche.

Später, als Hunerich durch das große Portal des Thronsaales Geiserich zur Begrüßung entgegen ging, blickte dieser seinen ältesten Sohn missbilligend an. „Du solltest diese Tunika ausziehen und dich wieder

in einen Vandalen verwandeln. Oder hat die Zeit in Ravenna dich zu einem Römer gemacht?"
„Du hast mir nicht viel Zeit gelassen, mich umzuziehen. Sei gegrüßt Vater, die Geisel meldet sich zurück", entgegnete Hunerich kühl und die Verärgerung über die unfreundliche Begrüßung stand ihm ins Gesicht geschrieben.
„Du grollst mir immer noch, weil ich dich als Geisel in die Hände der Römer gegeben habe, nicht wahr?"
Hunerich zog die Schultern hoch. „Nein, nein, nicht mehr. Ich habe inzwischen eingesehen, dass du damals nicht anders handeln konntest. Außerdem habe ich in der Zeit viel gesehen und gelernt."
Geiserich nickte. „Du warst am Hof von Ravenna. Was ist dieser Kaiser Valentian für ein Mensch?"
Hunerich schaute seinen Vater fragend an. „Was genau willst du wissen? Willst du von mir hören, ob er stark genug ist, einen Krieg gegen uns zu führen? Bis vor einem Mond hat er dir vertraut und dich für einen guten Föderaten gehalten. Darum hat er mich auch freigelassen."
„Was ist er für ein Mensch?", bohrte Geiserich hartnäckig nach.
„Er ist schwach, wie sein Vorgänger es auch war. Sie sind alle gleich. Unberechenbar, böse, vergnügungssüchtig und nahe am Wahnsinn. Er hält sich für eine Gottheit, sehr zum Missfallen des Papstes Leo. Aber zu mir war er gut."
Geiserich lächelte anerkennend. „Siehst du, das wollte ich hören."
„Trotzdem wird er es nicht hinnehmen, dass du die Verträge gebrochen und Carthago besetzt hast."
Geiserich nickte bestätigend. „Ja, dass glaube ich auch. Ich sehe, du ergreifst seine Partei. Was hat Valentian dir Gutes getan?"

Als Antwort ging Hunerich ein paar Schritte zurück und winkte zum Eingang der Palasthalle herüber. Eine weibliche Gestalt löste sich dort aus dem Schatten des Tores und kam näher.
„Darf ich dir meine Frau Isodora, die Tochter des Theoderich, König der Westgoten, vorstellen?"
„Die Kunde davon ist bereits zu mir gedrungen und ich war sehr erstaunt darüber", antwortete Geiserich kühl. „Nun bin ich aber auf deine Frau neugierig. Stelle sie mir vor."
Hunerich nahm Isodoras Hand und zog sie nach vorne, damit Geiserich sie sehen konnte. Sie war eine blonde Schönheit, deren hochmütige, blaue Augen Geiserich musterten. Nur mühsam konnte sie ihre Abneigung verbergen und ihr Lächeln war nicht echt. Geiserichs graue Augen bohrten sich in ihren Pupillen fest. Dieser Moment genügte, um sie zu unversöhnlichen Feinden werden zu lassen.
„Du bist also die Tochter des großen Theoderich? Was sagt mein Erzfeind zu dieser Heirat?"
Verblüfft über die direkte Frage, ließ sie die Wahrheit sagen. „Er hat es so gewollt", entfuhr es ihr.
Geiserich nickte, so als hätte er die Antwort so erwartet. „Was könnte den Vandalenhasser Theoderich dazu bewegen, seine Tochter in die Hände eines Vandalenprinzen zu legen? Wenn er mit dieser Verbindung Hand auf das Vandalenreich legen will, so wird ihm dies nicht gelingen."
„Vater, bitte!", versuchte Hunerich seinen Vater zu unterbrechen.
Isodora lachte schrill auf. „Meinem Vater gelingt alles, was er sich vornimmt, denn er führt das mächtige Volk der Goten."
Geiserich konnte nur mühsam seinen Zorn unterdrücken. „Es war keine weise Entscheidung von

dir, Hunerich, dieses Weib zur Frau zu nehmen.
Sorge dafür, dass sie mir nicht all zu oft über den Weg
läuft. Sie riecht zu sehr nach Gotenbrut."
Hunerich hatte seinen Vater noch nie so erregt
gesehen. Hastig zog er Isodora mit sich fort und
verließ fluchtartig den Saal.
Aus dem Schatten einer Säule trat nun Ardel hervor
und Geiserich winkte ihn heran.
„Und? Sag mir, was du gesehen hast."
Ardel verneigte sich leicht. „Ich glaube, sie führt etwas
im Schilde und fühlte sich durch die direkte Frage
ertappt. Ich werde ein Auge auf sie haben."
„Du meinst, sie hätte über meine Art der Begrüßung
gekränkt und enttäuscht sein müssen und nicht so
aufbrausend, wie sie sich benahm? Du hast Recht,
die erste Prüfung hat sie leider nicht bestanden. Ich
konnte Hunerich diese Lektion nicht ersparen. Es
kommen unruhige Zeiten auf uns zu, Ardel."
Ardel verneigte sich wieder leicht. „Wir werden auf der
Hut sein, mein König."
Geiserichs Gestalt straffte sich. „Ich möchte meinen
Sohn Gento sehen. Schicke Boten nach ihm aus. Ich
brauche ihn dringend hier."

Gento

Auf dem großen Anlegesteg des Kriegshafens von
Lilybaeum standen sich mit geballten Fäusten, bereit
jederzeit aufeinander einzuschlagen, die Besatzungen
der vandalischen Dromone „Hilderich" und des
maurischen Seglers „Dogan" gegenüber.

Bei den Vandalen löste sich ein junger Mann aus dem Kreis der Besatzung und trat drei Schritte vor. Er sah ungewöhnlich für einen Vandalen aus. Seine hochgewachsene, schlanke Gestalt war bekleidet mit einer engen Hose, die kurz unter den Knien endete und einem schmalen Umhang, den er lässig über die linke Schulter und dem Rücken geworfen hatte. Seine entblößte Brust zeigte Muskeln und Sehnen und ließ ahnen, welche Kraft in ihnen steckte. Das Außergewöhnliche an ihm waren aber seine schwarzen Haare und die, im Gegensatz dazu, blassblauen Augen. Sie versprühten nun Spott und Hohn. Dabei grinste er breit und ließ seine makellosen weißen Zähne blitzen.
„Hey, Hassan! Komm und zeig dich und verstecke dich nicht hinter den Kopftüchern deiner Männer. Ich möchte dem Kapitän dieses verrotteten Kahns in die Augen sehen. Warum verstellt ihr uns den Weg?"
Aus den Reihen der Mauren drängte sich nun eine massige Gestalt hervor und trat dem jungen Vandalen entgegen. Sein Kopf war mit einem Turban aus türkisfarbener Seide bedeckt und hob ihn damit aus der Menge der grauen Kopfbedeckungen heraus. Sein rundes, bartloses Gesicht mit den dunklen, zornigen Augen drückte den ganzen Ärger aus, der in ihm steckte.
„Hüte dich, Vandale! Du sprichst von dem Beherrscher des Meeres der Mitte und von dem schnellsten Schiff unter der Sonne."
Der junge Vandale lachte schallend auf. „Stimmt, die Sonne hatte heute ihr Antlitz verhüllt, als wir euch die Beute vor der Nase weggeschnappt haben, und sie muss auch fortgeschaut haben, als ihr versuchtet, uns diese wieder abzujagen."

Hassan bebte vor Zorn. „Das war ein ganz mieser Trick von dir. Wir hätten euch gerammt, wenn wir nicht beigedreht hätten. Durch dieses Manöver wären wir beinahe gekentert, du Hundesohn."
Wieder lachte der junge Vandale. „Auf dem Meer hat nur der Schnellere freie Fahrt. Das sollte der Beherrscher der Meere wissen, Hassan."
Wütend stampfte Hassan mit dem Fuß auf. „Es war unsere Beute! Wir haben den Phönizier aufgebracht! Gib sie heraus und ich will, um des Friedensvertrages zwischen unseren Herrschern Willen, den Vorfall vergessen."
Die Stimme des jungen Vandalen wurde nun schneidend. „Der Friedensvertrag sagt aus, dass die Mauren im westlichen Teil des Meeres der Mitte Beute machen können. Hier ist nicht Westen, also troll dich und strapaziere nicht meinen Langmut."
„Wir werden euch von diesem Anlegesteg werfen, wenn ihr die Beute nicht freiwillig herausgebt."
Diese Drohung ließ die Besatzung der Vandalen zu den Waffen greifen. Das Gleiche geschah bei den Mauren.
Der junge Vandale hob abwehrend beide Arme. „Haltet ein, die Waffen weg! Mein Vater und er erhabene Habib haben sich gelobt, dass Mauren und Vandalen nie die Waffen gegeneinander erheben. Das solltest auch du wissen, Hassan. Ich mache dir ein Angebot. Wir beide kämpfen mit bloßen Händen. Gewinnst du, gehört die Beute dir, und du kannst damit unbehelligt abziehen. Gewinne aber ich, so gehört dein morscher Kahn mir, und deine Besatzung hört auf mein Kommando."
In Hassans Augen leuchtete es tückisch auf. Mitleidig musterte er den schlanken Körper seines Widersachers. „Der Kampf wird so ungleich sein, dass

ich mich schäme, den Vorschlag anzunehmen. Andererseits kann ich der Versuchung nicht widerstehen, ein vandalisches Großmaul wie dich durch die Ritzen der Planken dieses Anlegers zu schlagen."

„Heißt das, du nimmst an?"

Hassan entledigte sich seines Kaftans und gab damit den Blick auf seinen muskulösen Oberkörper frei. Grinsend spannte er abwechselnd den linken und rechten Brustmuskel an. Er war sich seiner Sache absolut sicher. Schließlich war er Hassan, der Unbezwingbare. Das hatte er in unzähligen Kämpfen bewiesen und dies gegen weit stärkere Gegner als dieser eher schmächtige, grüne Bursche.

„Du wirst dir noch wünschen, mir nie begegnet zu sein. Komm her, damit ich dich verprügeln kann."

Der junge Vandale entledigte sich mit einem heftigen Schwung seines Umhanges und trat ein paar Schritte vor.

„Sei vorsichtig, Gento", rief einer seiner Gefährten zu ihm herüber. „Dieser Maure ist berüchtigt für seine miesen Tricks."

Gento wandte sich kurz zu dem Rufer um und nickte grinsend.

„Gento? Du bist Gento, der zweite Sohn Geiserichs? Dann werde ich es bei einer Tracht Prügel belassen und dich nicht den Fischen zum Fraß vorwerfen. Den großen Vandalenkönig möchte ich nicht zum Feind haben", knurrte Hassan erstaunt.

„Du wirst ihn aber zum Feind bekommen, wenn du weiter vor unserer Küste deine gierigen Finger nach Beute ausstreckst. Darum werde ich heute dafür sorgen, dass dies aufhört."

Während seiner letzten Worte musste Gento blitzschnell den Kopf zur Seite nehmen, um einem

wilden Schwinger von Hassan auszuweichen. Der Schlag ins Leere riss den massigen Mann nach vorne und ließ ihn straucheln. Gento tänzelte zur Seite und versetzte Hassan einen harten Tritt gegen das Bein, mit dem der Hüne verzweifelt sein Gleichgewicht wieder finden wollte. Ehe Hassan sich versah, landete er mit lautem Krachen unsanft, der Länge nach, auf den Planken des Anlegesteges.
„Wie war noch mal dein Name? Hassan, der Flache?", spottete Gento und stupste ihn mit dem Fuß in den Rücken.
Mit lautem Gebrüll wuchtete Hassan seinen Körper wieder hoch. „Bleib stehen, du Floh, damit ich dich zerquetschen kann", schrie Hassan nun außer sich vor Wut. Seine Fäuste wirbelten nun wie Dreschflegel auf Gento zu.
Die Besatzungsmitglieder der „Hilderich" blickten nun besorgt zu ihrem Kapitän. Sollte auch nur einer dieser mörderischen Schläge Gento erwischen, dann würde es wohl für längere Zeit Nacht für ihn. Wieder trat Gento zu. Seine Fußspitzen trafen den Mauren genau zwischen die Beine, mitten ins Leben. Hassans Augen wurden groß und rund. Die Dreschflegel hingen nun wie Glockenseile an seinem Körper herunter, die Knie knickten ein und aus seinem geöffneten Mund entrang sich ein ersticktes Ächzen. So verharrte er eine ganze Weile mit stierem Blick auf Gento. Die Besatzung des Maurenschiffes stöhnte vor Enttäuschung laut auf, denn auch für sie war es das Ende des Kampfes. Im Gefühl des sicheren Sieges trat Gento grinsend auf Hassan zu und tippte mit seinem Zeigefinger gegen dessen kahl geschorenen Schädel. Den Turban, der bisher sein Haupt bedeckte, hatte er längst verloren. Damit beging Gento einen unverzeihlichen Fehler. In Hassans Augen blitzte es plötzlich auf. Mit einem

tierischen Schrei warf er sich, gegen die lähmenden Schmerzen aus dem Zentrum seiner Pluderhose, nach vorne und seine mächtigen Arme umfassten Gento. Wie die Tentakel eines Riesenkraken pressten sie Gentos Oberkörper zusammen und nahmen ihm die Atemluft.

Trotz seiner Notlage arbeitete Gentos Verstand noch scharf. Er hatte sich wie ein blutjunger Anfänger benommen. Der leichte Kampfverlauf hatte ihn unvorsichtig werden lassen.

„Angeschlagene Gegner sind am gefährlichsten. Darum bleibe aus ihrer Reichweite, bis du sie endgültig besiegt hast."

Die Mahnung seines alanischen Lehrers schoss ihm nun durch den Kopf. Gento zog sein Knie hoch und traf den Mauren wieder zwischen den Beinen. Doch der schien an dieser Stelle keinen Schmerz mehr zu empfinden. Mit weit aufgerissenen Augen verstärkte der nur seinen Druck um Gentos Brust. Lange würde er dieser gewaltigen Kraft nicht mehr standhalten können. Aus den Augenwinkeln sah er, wie sie sich in ihrer Kampfbewegung auf den seitlichen Rand des Anlegesteges zu bewegten und ihm kam die rettende Idee. Scheinbar verzweifelt versuchte Gento, den Mauren zurückzudrängen. Dabei stemmte er seine Beine fest gegen die Planken des Anlegers. Mit einem Ruck versuchte Hassan, diese Gegenwehr zu brechen. Genau diesen Moment nutzte Gento und ließ sich nach hinten fallen. Dabei zog er die Beine an um sie sofort wieder gegen den Bauch des Mauren zu strecken, der aufgrund dieser überraschenden Rückwärtsbewegung über Gento fiel. Der Schwung, den Gentos Beine ihm verliehen, ließ ihn im hohen Bogen durch die Luft und dabei über den Rand des Steges fliegen. Weil er aber trotz dieser unerwarteten

Attacke Gento nicht losließ, zog er diesen mit hinunter ins Wasser. Erst in der Luft ließ der überraschte Hassan seinen Widersacher los. Mit lautem Klatschen landeten beide im Wasser. Gento tauchte sofort weg, um aus dem Bereich der Krakenarme des Mauren zu kommen. Als er wieder an die Wasseroberfläche kam, atmete er tief die Luft ein, die Hassan ihm aus der Lunge gepresst hatte. Suchend schaute er sich um. Zu seiner Verwunderung sah er, wie sein Gegner verzweifelt damit beschäftigt war, seinen Kopf aus dem Wasser zu halten, um Luft zu bekommen. Gento schaute hinauf zum Anlegesteg und erblickte die Männer der beiden Schiffe, wie sie zu ihnen hinunterstarrten. Der gurgelnde Schrei Hassans ließ ihn wieder herumfahren.
„Hilfe, ich kann nicht schwimmen!"
Gento bemerkte, wie die Momente in denen der kahle Schädel des Mauren an der Wasseroberfläche erschien, immer kürzer wurden. Er grinste hinauf zu der Besatzung des Mauren. „Na los, holt ihn schon heraus."
Nichts rührte sich bei den Männern. Niemand machte Anstalten hinunter zu springen, um ihren Kapitän zu retten.
Hassans Kraft schien nun endgültig zu erlahmen, denn sein Kopf erschien nicht mehr. Kleine Luftblasen zeigten die Stelle, an der er versunken war. Gento zuckte mit den Schultern.
„Entweder, können deine Männer auch nicht schwimmen, oder du bist bei ihnen nicht sonderlich beliebt, Hassan. Du bist zwar ein unangenehmer Zeitgenosse, aber absaufen lassen kann ich dich auch nicht."
Mit ein paar Schwimmstößen war er an der Stelle, wo die Luftblasen aufstiegen. Es war für ihn ein Leichtes,

den schweren Mann aus dem Wasser zu ziehen,
denn das Meer war sein Element. Darin konnte er sich
wie ein Fisch bewegen. Er schaffte den bewusstlosen
Mauren zum Ufer und zog ihn dort wie einen dicken,
großen Tümmler an Land.
Die Rettungsaktion schien kein Erfolg gewesen zu
sein, denn Hassans Atem stand still und seine Lippen
färbten sich blau. Gento verlor nun keine Zeit mehr. Er
legte den Mauren auf den Rücken und sprang mit
beiden Beinen, zum Entsetzen seiner heraneilenden
Männer, auf seinen wohlgenährten Bauch. Dies
wiederholte er noch einige Male, bis sich plötzlich
Hassan hochkrümmte und sich aus seinem Mund ein
breiter Schwall Wasser ergoss. Dann wälzte er sich
auf die Seite und würgte, hustete und spuckte sich
fast die Seele aus dem Leib. Mittlerweile umringten
wieder die Mannschaften beider Schiffe die beiden
Kontrahenten.
„Da hast du aber einen großen Fisch gefangen,
Gento", rief einer seiner Männer feixend.
Gento hob einen Arm und antwortete: „Ja, ja, sehr
groß. Leider ist er ungenießbar!"
Die Besatzung der Hilderich grölte vor Lachen, und
die jungen Männer schlugen sich dabei gegenseitig
vor Vergnügen auf den Rücken.
Hassan richtete sich nun langsam auf und starrte
Gento seltsam an. „Du hättest mich ersäufen können
wie eine junge Katze. Wieso hast du mich gerettet?"
Gento wurde nun wieder ernst: „Mein Vater hat mit
euch Mauren Freundschaft geschlossen. Wir sind
keine Feinde. Nur manchmal, wenn einzelne Kapitäne
zu übermütig werden, sind wir Gegner, mehr nicht.
Darum lebst du noch, so einfach ist das. Der Einsatz
war ja auch hoch genug. Dein Schiff gehört jetzt mir."

Hassan stieß einen maurischen Fluch aus. „Du bist gefährlich wie die Nattern in unseren Bergen. Es ist nicht gut, dich zum Gegner zu haben. Ich hätte es vorher wissen müssen. Wir Mauren sagen aber auch: « Beuge dein Haupt vor dem Starken und halte dich in seinem Schatten auf, wenn er dich lässt ». Ich werde von nun an in deinem Schatten segeln."
„Das ist eine gute Idee von dir, alter Freund. Ich werde aber ein Auge auf dich haben, denn ein altes vandalisches Sprichwort sagt: «Traue Hassan, dem Unbezwingbaren, nicht weiter als dein eigener Schatten reicht »."
Hassan verzog beleidigt sein Gesicht. „Eure Sprichwörter sind nicht gut."
Gento lachte nun laut auf und klopfte Hassan auf die Schultern. „Nimm es nicht so schwer. Zeige mir nun lieber deine Beute, die sich auf deinem Schiff befindet. Bring alles auf den Anlegesteg."
Hassan murmelte einen Fluch, wagte es aber nicht noch einmal aufzubegehren. Er sammelte seine Leute um sich und stapfte zu seinem Schiff. Kurze Zeit später stapelten sich Waren aller Art vor dem Boot. Gento begutachtete die Waren und nickte zufrieden. Dann rief er Hassan herbei. „Ich das auch alles?"
Hassan blickte ihn mit schlehen Augen an. Man sah es ihm auf zehn Schritt Entfernung an, dass er etwas zu verbergen hatte.
„Ich glaube, ich sehe selbst noch einmal nach."
„Nein!" Hassan schrie dieses Wort schon fast verzweifelt. „Es ist nur noch eine Frau an Bord. Eine Sklavin! Sie ist für dich nicht von Wert. Darum habe ich mir nicht die Mühe gemacht, sie hervor zu holen."
„Hol sie her! Was für mich nicht von Wert ist, bestimme ich."

Wütend gab Hassan seinen Leuten einen Wink. Dann brachten sie die Frau, aus den dunklen Tiefen der Laderäume des Schiffes, hervor.
Gento kniff seine Augen zusammen. Die Frau musste noch sehr jung sein. Ihr langes, blondes Haar leuchtete wie reifer Weizen. Obwohl sie eine Hand vor ihre Augen hielt, weil das grelle Sonnenlicht sie blendete, konnte er ihre ebenen Gesichtszüge erkennen. „Sie ist niemals nur eine einfache Sklavin", dachte Gento sofort. Unsanft zog er Hassan zu sich heran. „Wer ist das? Wie viel Lösegeld hast du dir für sie schon ausgedacht?"
Hassan tat erstaunt. „Lösegeld?"
Wenn du nicht bald die Wahrheit sagst, werfe ich dich wieder zu den Fischen!"
„Nein!" Hassan machte einen Satz zurück. „Ich wollte dich nicht betrügen. Ich wollte sie nur vor euch beschützen! Du kannst sie aber haben, wenn du sie unbedingt willst."
„Wer ist das?", donnerte Gento nun.
„Der Kapitän der Galeere sagte mir, als ich ihm das Messer an die Kehle hielt, dass es die Tochter eines sehr wichtigen Senators ist. Sie war auf dem Weg nach Syrakus zu ihrem Onkel, dem Statthalter."
Gento gab seinen Leuten ein Zeichen. Sie schleppten daraufhin das sich sträubende Mädchen herbei.
„Lasst sie los. Behandelt man so eine Dame? Wie heißt du, schönes Kind?"
Die junge Frau blickte Gento mit Zorn und Verachtung in den blauen Augen an. „Hat dieser maurische Pirat mich an dich verkauft? Ich kann dir sagen, es war kein guter Kauf. Ich bin Gracia! Mein Vater hat großen Einfluss in Rom. Er wird nicht eher ruhen, bis ich wieder frei bin."

Gento grinste sie spöttisch an. „Das will ich doch hoffen. Ich denke, du bist ihm eine schöne Stange Lösegeld wert."

„Mein Vater wird mit dem Schwert zahlen. Ihr werdet in eurem Blut baden, wenn ihr mich nicht augenblicklich frei lasst."

Gento lachte nun schallend auf. „Ganz schön blutrünstig, die junge Dame. Ich werde dich mit auf mein Schiff nehmen und wenn du vernünftig bist, wirst du auch ordentlich behandelt. Also füge dich und danke Gott, dass du mir in die Hände gefallen bist. Wenn wir auf See sind, werden wir noch einiges zu bereden haben." Gento wandte sich an Hassan. „Wir werden nun Kurs auf Carthago nehmen. Du bleibst bis dahin immer in meinem Kielwasser. Solltest du aber den Wunsch verspüren, mir zu entkommen, dann unterdrücke ihn lieber. Ich werde dich finden, wohin du dich auch verkriechst."

Die Mannschaft der Hilderich begann nun eiligst, die auf dem Steg aufgestapelte Beute an Bord zu bringen. Es dauerte nun nicht lange und sie konnten ablegen.

Die Überfahrt von Lilybaeum nach Carthago dauerte in der Regel, bei gutem Wind und nachts klarer Sicht auf den Südstern, zwei Tage und Nächte. Gento schaute auf den Stand der Sonne und betrachtete zufrieden das pralle, große rechteckige Segel seiner Dromone. Das Wetter meinte es gut mit ihnen. Gento blickte seinem Steuermann und Navigator Wingard über die Schulter. „Halte sie gerade im Wind. Er bringt uns direkt nach Hause."

Der Mann am Ruder nickte und entgegnete: „Die Hilderich muss sich noch daran gewöhnen, dass nun Carthago ihr Heimathafen ist. Ich muss sie noch ein wenig zwingen."

Gento lachte. „Ihr wird es in dem Hafen von Carthago gefallen, da bin ich mir sicher." Er zeigte in die Richtung des dreieckigen Segels des Mauren. „Hassan hat wohl seinen Widerstand aufgegeben. Er folgt uns, wie ich es von ihm verlangt habe."
Wingard blickte Gento fragend an. „Was hast du mit ihm vor? Willst du ihn ewig im Schlepptau haben?"
Wieder lachte Gento blitzend. „Um Himmelswillen, nein! Ich werde mich in Carthago großzügig erweisen und ihm die Freiheit und das Schiff zurückgeben. Vielleicht kann er uns ja irgendwann mal nützlich sein. Ich wollte nur prüfen, wie weit sein Gehorsam reicht."
Wingard nickte. „Ich glaube, das ist Weise gehandelt. Was soll mit der Frau geschehen? So, wie ich es sehe, ist sie fast noch ein Kind."
Gentos Gesichtszüge wurden nun wieder ernst. „Ich werde sie meinem Vater vorstellen. Er soll entscheiden, ob sie uns von Nutzen ist. Bis dahin verlange ich, dass ihr keiner ein Haar krümmt."

Unruhige Zeiten

Geiserich saß auf der Terrasse des Palastes von Carthago und blickte über die Stadt. Sein Gesicht zeigte Sorgenfalten. Der klare, tiefblaue Himmel und die weite Sicht bis hinüber zu den beiden Bergen auf der anderen Seite der Bucht, die wie Höcker von Kamelen aussahen, konnten seine Stimmung nicht bessern. Thora, seine schöne alanische Frau, fühlte seine dunkle Stimmung und legte einen Arm um seine Schultern.

„Ich kenne diesen Gesichtsausdruck. Was bedrückt dich, mein Gebieter?"
„Ich sorge mich um mein Volk. Vielleicht hätte ich mir diese Stadt nicht auf die Seele legen dürfen."
Thora schüttelte verständnislos den Kopf. „Du hast so viel erreicht für dein Volk. Du hast etwas geleistet, was alle für unmöglich gehalten haben. Was lässt dich nun verzagen?"
Geiserich stand auf und ging ein paar Schritte bis zur Brüstung der dicken Mauern, die schützend den Palast umschlossen. Er winkte Thora heran. „Sieh nur hinunter auf diese riesige Stadt, die mehr römische Nichtstuer und Tagediebe beherbergt, als unserer beiden Völker Köpfe zählt. Sie wird unsere jungen Männer und Frauen in sich aufsaugen und sie mit ihrer Dekadenz und Zügellosigkeit anstecken. Schon jetzt werden unsere aufrechten Jünglinge in den Straßen wegen ihrer Tugendhaftigkeit, ihrer Kleidung und ihres aufrechten Ganges als Barbaren verlacht."
Thora streichelte Geiserich durchs Haar. „Ich weiß, dass dies ein Grund zur Sorge ist. Aber was bedrückt dich wirklich? Ich kenne dich doch. Es muss etwas Schwerwiegenderes sein."
Geiserich lächelte kurz, denn er fühlte sich ertappt. Dann verfinsterte sich sein Gesicht aber wieder. „Ich fühle Unheil auf uns zukommen, und es kommt nicht von außen, sondern von innen, aus den eigenen Reihen. Zudem muss ich bald eine längere Reise unternehmen und hier für einige Zeit die Zügel aus der Hand geben."
„Wirst du mich mitnehmen? Thora blickte ihn fragend an.
Geiserich wich ihrem Blick aus und schüttelte den Kopf. „Meine Reise führt mich nach Mazedonien. Dort sitzt Attila mit seinen Hunnen und bereitet Aspar und

Markian einige Schwierigkeiten. Ich habe Aspar versprochen, auf Attila einzuwirken, dass er die Oströmer in Ruhe lässt."

„Warum darf ich dich dabei nicht begleiten?"

„Ich brauche dich hier mehr. Du musst mit Gaius Servandus in meinem Namen das Land regieren. Nur euch kann ich vertrauen."

Thora schwieg einen Moment. Dann wagte sie einen letzten Versuch. „Meinst du nicht, dass Gaius es alleine schaffen würde?"

„Gaius ist weder Vandale noch Alane. Wenn es zu ernsten Schwierigkeiten käme, hätte er niemand, der ihm folgen würde."

„Und was ist mit deinem Sohn Hunerich?"

„Hunerich wird von seiner gotischen Frau gegen mich aufgehetzt. Ihm kann ich im Moment nicht trauen. Darum wird er mich auf dieser Reise begleiten, damit ich ein Auge auf ihn halten kann."

Thora zuckte mit den Schultern. „Ich sehe, ich kann dich nicht umstimmen. Es wird mir Schmerzen bereiten, von dir getrennt zu sein, denn jeder Tag ohne dich ist ein verlorener Tag."

Geiserich zog Thora an sich und hauchte ihr einen Kuss auf die Wange. „Ich muss dich vor noch etwas warnen. Amalfried, der Bruder meiner ersten Frau Ragna, einst ein verlässlicher Freund und treuer Gefährte, folgt mir nur noch, weil er es noch nicht wagt, sich offen gegen mich zu stellen."

Thora blickte Geiserich erschrocken an. „Amalfried? Was hat er für Gründe, dass sich seine Gesinnung so geändert hat?"

„Amalfried glaubt, dass er und seine Sippe ihre Stellung und Einfluss an meinem Hof verloren hat, seit ich dich zur Frau genommen habe. Also sei auf der

Hut, denn ich kann ihn leider nicht mit auf die Reise nehmen."
„Wann willst du denn diese Reise beginnen?"
„Sobald Gento hier eintrifft. Auch er wird mich begleiten."
Thora nickte wissend, fragte aber doch: „Warum Gento?"
„Es gibt viele Gründe dafür, aber nur einen, der wirklich zählt. Er ist genauso, wie ich es früher war. Vielleicht noch ein wenig zu leichtsinnig, aber auf dieser Fahrt brauche ich auch Männer um mich, auf die ich mich unbedingt verlassen kann, und auf ihn kann ich mich verlassen!"
„Was ist mit deinen anderen beiden Söhnen?"
„Von Hunerich haben wir schon gesprochen, und Theoderich ist ganz aus der Art geschlagen. Er kommt wohl sehr nach der leichtlebigen Art seiner iberischen Mutter. Sein Interesse gilt nicht dem Schwert, sondern den schönen Künsten und den Frauen. Ich habe es mir abgewöhnt, ihn ändern zu wollen."
Thora lachte lauf auf. „Ja, er ist der Liebling aller Frauen hier im Palast. Er sieht den griechischen Göttern gleich und seine Manieren sind hervorragend, aber mit einem Schwert würde er sich nur verletzen."
„Du hast es gewusst! Wieso fragst du mich trotzdem?", knurrte Geiserich ungehalten.
Wieder lachte Thora. „Ich wollte hören, wie es aus deinem Munde klingt und dafür liebe ich dich."
Ihre Unterhaltung wurde nun durch Ardel unterbrochen. „Tirias von Ravenna wünscht dich zu sprechen, Herr. Darf ich ihn hereinlassen?"
„Tirias kann jederzeit mit mir sprechen", rief Geiserich erfreut.

Tirias erschien auf der Terrasse, bevor man ihn dazu gebeten hatte. Seine große, mächtige Gestalt, mit der braunen Kutte und dem Holzkreuz auf der Brust, wirkten auf jeden Betrachter Respekt einflößend. „Ich habe dir doch gesagt, dass der König immer ein Ohr für mich hat", polterte er los und blickte dabei Ardel strafend an. Dann verneigte er sich leicht vor Thora und wandte sich anschließend Geiserich zu. „Ich habe es gerade erfahren. Possidius und die ganze bischöfliche Brut hat doch tatsächlich mit dem morschen Kahn Sizilien erreicht. Der Herr, in seinem unergründlichen Ratschluss, hat wohl seine schützende Hand über sie gehalten. Ich habe schon mit den Priestern hier meine liebe Not und nun muss ich mich darauf einstellen, dass Possidius von Sizilien aus gegen uns Front macht. Ich hätte sie hier ersäufen lassen sollen."

Geiserich hob beschwichtigend seine Hände. „Wer überbrachte dir diese Nachricht?"

„Es war Wingard, der Steuermann von Gentos Dromone, der mir die schlechte Botschaft überbringen ließ. Er hat gerade mit der Hilderich unten im Kriegshafen festgemacht."

Geiserich fuhr auf. „Gento ist hier?" Er gab Ardel ein Zeichen. Der verstand sofort und verschwand. „Höre zu, Tirias. Ich kann im Moment keine weiteren Schwierigkeiten mit der katholischen Kirche gebrauchen. Ich möchte dich bitten, ihnen ein wenig entgegenzukommen."

Tirias brauste auf: „Ich soll mit diesem Geschmeiß gemeinsame Sache machen? Dort, wo sie noch predigen, hetzen sie die Leute gegen uns auf. Die verstehen nur die Sprache der Gewalt."

Geiserichs Stimme wurde scharf: „Die Tatsache, dass Possidius es mit seinen Bischöfen nach Sizilien

geschafft hat, macht ihn zum Heiligen. Die gesamte katholische Kirche wird es für ein Zeichen Gottes halten und sich ermutigt fühlen, noch mehr gegen uns zu kämpfen. Ich will, dass ihre Angriffe ins Leere laufen. Ich möchte keine weiteren Märtyrer mehr. Ich verlange von dir, dass du dich nun eine Zeit lang ruhig verhältst. Eines Tages, wenn ich es sage, ziehen wir die Daumenschrauben wieder an."
Der große Tirias zuckte zurück. So hart hatte Geiserich in all der langen Zeit, die sie sich nun schon kannten, nicht gesprochen. Etwas gekränkt antwortete Tirias einlenkend: „Deine Entscheidungen waren bisher immer richtig und weise. Darum werde ich auch diese befolgen. Ich hoffe, du weißt, was du von mir verlangst." Tirias drehte sich um und verließ die Terrasse. An der Treppe, die hinunter in den Palast führte, wandte er sich noch einmal um und knurrte: „Ich hätte sie eigenhändig ersäufen sollen!" Dann verließ er sie grußlos.
Thora schüttelte den Kopf. „War das nötig, so mit ihm zu reden?"
Geiserich sah nicht gerade glücklich aus, als er entgegnete: „Tirias ist auch zu einer meiner Sorgen geworden. Er hat sich zu einem religiösen Eiferer entwickelt, der sich wie ein wütender Wolf an seinen Gegnern festgebissen hat. Dabei verliert er unser Ziel aus den Augen. Natürlich will ich, dass der arianische Glaube unsere Staatsreligion ist. Schon dadurch grenzen wir uns von der römischen Lebensart ab und sind von ihnen unabhängig. Ich, wir, müssen aber mit ihnen hier leben und eine gnadenlose Verfolgung würde ein sinnloses Blutvergießen bedeuten, das letztendlich unser Volk zerstören würde.
Darum muss ich ihm manchmal mit harten Worten die Augen öffnen."

Thora lächelte anerkennend. „Langsam verstehe ich das Geheimnis deiner Macht. Du denkst weiter als du sehen kannst. Darum bist du auch unser König."

*

Am Hof von Ravenna, dem Zentrum der weströmischen Macht, tobte Kaiser Valentian mit seinen Beratern. Sie duckten sich unter seinen Worten und wagten nicht ihre Stimme zu erheben. Valentian war, wie fast alle seine Vorgänger auf dem römischen Thron, unberechenbar wenn er gereizt wurde und gnadenlos in seinen Maßnahmen, wenn er strafen wollte. Er hasste es, sich mit Staatsgeschäften befassen zu müssen, denn das war meistens der Fall, wenn etwas schief lief.
„Ich habe diesen Hunerich wie meinen Bruder behandelt und kaum gebe ich ihm die Freiheit, bricht Geiserich, dieser Landräuber, alle Verträge. Wieso lassen wir uns dies gefallen? Sprich, Aetius!"
Magister Militum Aetius stand langsam auf. Er fürchtete sich nicht vor dem jungen Kaiser. Schließlich hatte dieser als Kind auf seinem Schoß gesessen und von ihm Geschichten über die Kriegskunst gehört.
„Mein Cäsar, du kennst die Antwort besser als ich. Geiserich beherrscht mit seinen Schiffen unser Meer. Sie rauben und plündern die Küsten leer und wir können nichts dagegen tun, weil unsere Flotte fast nicht mehr existiert. Nur die Oströmer könnten mit ihrer starken Flotte dem Einhalt gebieten. Aber Aspar und Markian denken nicht daran, einen Finger zu rühren. Große Teile von Sizilien sind praktisch in

Vandalenhand und mit Carthago ist unsere letzte große Metropole in Africa gefallen."
Valentian fuhr wütend von seinem Thron auf. „Das weiß ich alles, Aetius! Sag mir, was wir dagegen tun können. Ich will diesen Geiserich vor mir knien sehen!"
Aetius lächelte nun, was die Laune des Kaisers nicht verbesserte. „Schaffe eine Flotte, die so stark ist, dass sie die Vandalen vom Meer der Mitte fegt. Gleichzeitig müssten einige Legionen in Africa landen und so die Vandalen in die Zange nehmen. Dann wärst du das Problem los."
Valentian blickte Aetius ungläubig an. „Das hört sich so einfach an, dass ich bald glaube, du willst den Kaiser und die Senatoren des Volkes von Rom an der Nase herumführen. Nimm dich in Acht, Aetius!"
„Aber nein, mein Cäsar! Das war mein voller Ernst!"
„Wo ist denn dann der Haken? Warum handeln wir nicht so?"
Aetius wandte sich nun an die Senatoren. „Der Haken, hohe Herren, ist die Flotte. Wir haben keine. Es gibt aber zwei Möglichkeiten. Die erste wäre, Kaiser Markian in Byzanz um Hilfe zu bitten. Der hat so viele Kriegsschiffe, dass er eine Flotte stellen könnte, wie es die Welt noch nicht gesehen hat. Die zweite Möglichkeit ist, all unsere noch vorhandenen Kriegsgaleeren zu sammeln und sie mit Seeleuten zu bemannen. Das würde auch nach meinen Schätzungen eine Flotte von dreihundert Kriegsgaleeren bedeuten. Sie müsste ausreichen, um die Vandalen Macht auf dem Meer zu brechen."
Valentian unterbrach den Redefluss von Aetius. „Wie willst du dies in der Kürze der Zeit in die Tat umsetzen? Ich werde zwar Markian, diesen Emporkömmling, offiziell um Unterstützung bitten,

doch ich denke, er wird sich eher ins Fäustchen lachen, dass wir in Bedrängnis sind. Von der Seite habe ich nichts zu erwarten. Also helfen wir uns selbst. Wie kann es geschehen?"
Aetius nickte. „Du bist sehr weise, mein Cäsar. Nur, es kostet Zeit und viele Goldmünzen. Eine Flotte aufzustellen, hat ihren Preis."
Valentian stand nun auf, warf den Umhang seiner Tunika zur Seite und sprach mit gekünsteltem Pathos: „Ich, Valentian, Cäsar von Gottes Gnaden, der Senat und das Volk von Rom beschließen, dass die Mittel für die Aufstellung einer Flotte zur Vernichtung der barbarischen Vandalen, zur Verfügung gestellt werden. Weiterhin verfüge ich, dass der verdienstvolle Senator Majorianus für Durchführung und Gelingen verantwortlich ist. Ich möchte ständig über den Fortschritt unterrichtet werden."
Der genannte Senator zuckte zusammen. Er stand auf, streckte den rechten Arm und rief für alle hörbar: „Ave, Cäsar! Es ist für mich eine Ehre, deinen Willen zu erfüllen. Ich werde siegen oder sterben."
Aetius klatschte zu den Worten Beifall und die anderen Senatoren fielen mit ein. „Majorianus ist ein guter Mann. Wenn jemand es schaffen kann, dann er."

Das Unternehmen Attila

Die Einfahrt in die Bucht von Carthago war für Gento ein Erlebnis. Seit sein Vater die Riesenmetropole eingenommen hatte, war es für ihn das erste Mal, dass er hier einlaufen konnte, ohne auf feindliche

Schiffe achten zu müssen. Vom Meer aus sah man lange nur die mächtige Steilküste mit ihren schroffen Felsen. Dann, wenn man den Bug des Bootes gerade auf die Küste zeigen ließ und die Segel voll in den auflandigen Wind legte, öffnete sich vor einem plötzlich die Einfahrt der Bucht von Carthago. Von den Wachtürmen, auf den riesigen Felsen am Anfang der Bucht, wurde jedes hereinkommende Schiff gesichtet und sofort an die Zentrale im Kriegshafen von Carthago weitergeleitet.

Gento setzte die königliche Flagge und sofort ertönten in lang gezogenem, klagendem Ton, die Signalhörner. Hassan, der Maure, hielt seinen Segler dicht hinter Gento. So nah war er auch noch nie an die mächtige Stadt herangekommen. Folglich war ihm auch nicht wohl zumute. Andererseits war er neugierig darauf, die Stadt aus der Nähe zu sehen. Noch immer verfluchte er seinen Leichtsinn, sich mit dem Vandalen eingelassen zu haben, doch nun war es nicht mehr zu ändern. Er hatte seine Beute und sein Schiff an ihn verloren.

In seine Gedanken hinein bemerkte er, wie Gentos Dromone längsseits kam. Dicht, fast zu dicht, legte er sich neben ihn.

„Hey, Hassan, du kannst deinen morschen Kahn wenden und verschwinden!", tönte Gentos Stimme herüber. „Sollte ich dich aber noch mal in diesen Gewässern sehen, ohne das du um Erlaubnis dafür gebeten hast, werde ich dich, zusammen mit deinem Seelenverkäufer, auf den Meeresgrund schicken. Und denke immer daran, du stehst noch in meiner Schuld. Gute Reise und grüße den großen Habib von mir."

Dann schlug das Segel der Dromone herum und das Schiff entfernte sich mit großer Geschwindigkeit.

Hassan sah ihm nach mit offenem Mund. Er brauchte einige Zeit, um zu verarbeiten, was er gerade gehört hatte. Dann gab er laut seine Befehle an die Mannschaft. Er schlug das Ruder herum, ließ die Segel wenden und mit ständigem Kreuzen gegen den Wind entfernte er sich aus der Bucht. Dabei schüttelte er immer wieder den Kopf. „Das ist ein Teufelskerl, dieser Vandale. Wirklich, ein besonderer Mensch. Vielleicht bekomme ich ja eines Tages die Gelegenheit, meine Schuld zu begleichen."
Gento hielt mit seiner Dromone direkt auf den Kriegshafen zu, dem Wunderwerk punischer Baukunst. Es würde nun nur noch wenige Zeit dauern, bis er die Einfahrt erreichte. Nun, da das Meer in der Bucht ruhiger wurde und die Dromone nicht mehr so schlingerte, kam die junge Gefangene an Oberdeck. Sie hatte sich während der gesamten Überfahrt nicht blicken lassen, denn das Meer, mit seinen weißen Schaumkronen, hatte die Dromone auf den Wellen tanzen lassen und ihr war dabei so Elend geworden, dass sie am liebsten gestorben wäre.
„Ah, das Leben hat dich wieder. Ich habe mir schon Sorgen gemacht, dich nicht lebend nach Carthago zu bekommen."
Gracia blickte Gento verächtlich an und fauchte: „Warum sollte ein Barbar wie du sich Sorgen um mich machen?"
Gento warf den Kopf in den Nacken und lachte. „Na, ich habe Angst gehabt, dass mir dann das Lösegeld durch den Wind geht."
Gracia wandte ihm wütend den Rücken zu. „Willst du mir immer noch nicht sagen, welcher hohe Herr in Ravenna dein Vater ist? Wir können ihn sonst nicht benachrichtigen, wohin er das Lösegeld bringen muss."

Gracia drehte sich wieder herum. „Warum bringt ihr mich nach Carthago? Das ist doch eine Stadt des Imperiums."
Gento schüttelte den Kopf. „Nein, nicht mehr. Carthago ist seit einiger Zeit Vandalenland."
„Ihr habt Carthago genommen? Das wird Rom nicht dulden. Mein Vater wird......" Erschrocken hielt sie sich den Mund zu.
Gento grinste schief: „Gib dir keine Mühe es zu verbergen. Ich werde dich meinem Vater, König Geiserich, vorstellen, und der wird es bestimmt aus dir herausbekommen."
„Der schreckliche Geiserich ist dein Vater?"
„Ja, ja, du wirst ihn sehen. Nun habe ich aber keine Zeit mehr mit dir zu reden, denn das Schiff erfordert meine ganze Aufmerksamkeit."
Gento erteilte kurze, knappe Befehle. Das Segel wurde eingeholt und rauschte mit lautem Knall auf das Deck. Gleichzeitig klatschten die Ruderblätter ins Wasser. Die Einfahrt des Kriegshafens war recht eng, sodass Wingard am Steuerrad schon sein ganzes Können aufbieten musste. Die Einzigartigkeit des Hafens bestand darin, dass er ein riesiger Kreis war, mit einer kleinen Insel in der Mitte, auf der das Gebäude der Flottenbefehlszentrale gebaut war. Durch das kreisförmig angelegte Hafenbecken, mit den äußeren und inneren Anlegeplätzen, konnten bequem rund 250 Kriegsgaleeren fest angelegt im Hafen liegen und selbst stärkste Orkane hätten sie nicht einmal zum Schaukeln gebracht.
Gento suchte sich einen Platz am äußeren Kreis und die Mannschaft machte sich bereit zum Anlegen. Gekonnt ließ er im richtigen Moment gegen die Fahrtrichtung rudern. So nahm er die Fahrt aus dem Schiff und der Bug berührte nur sanft die dicke

steinerne Mauer des Anlegeplatzes. Zurzeit lagen nur wenige Galeeren im Hafen, da Geiserich die Hauptmacht der Flotte an den Küsten Siziliens und Sardiniens Angst und Schrecken verbreiten ließ. Nachdem das Schiff festgemacht hatte, rief Gento Wingard zu sich.
„Ich denke, wir müssen unserem obersten Kirchenmann die Nachricht überbringen. Er muss wissen, dass Possidius es mit dem Wrack tatsächlich bis nach Sizilien geschafft hat. Er wird nicht sehr erfreut darüber sein, darum halte dich auf Armeslänge von ihm fern."
Wingard lachte. „Ich werde mich an deinen Rat halten." Dann verschwand er eiligst, den Auftrag auszuführen.
Gento kümmerte sich nun darum, dass die Hilderich richtig vertäut wurde. Gleichzeitig wies er seine Männer an, das Schiff wieder fertig zum Auslaufen zu machen. Es mussten die Wasservorräte aufgefüllt und für Proviant gesorgt werden. Dann ließ er die junge Gefangene herbeiholen. Irgendwie tat sie ihm leid. Sie zitterte am ganzen Körper vor Furcht und blickte ihn mit geweiteten Augen an. In den letzten Tagen ihres noch jungen Lebens hatte sie so viel Schlimmes erlebt, dass sie mit ihren Nerven am Ende war. Nichts war von ihrer aufmüpfigen Tapferkeit übrig geblieben.
„Was wird nun mit mir geschehen?"
Gento legte ihr beschwichtigend die Hand auf die Schulter. „Es wird dir kein Leid zugefügt, das verspreche ich dir. Es wäre nur hilfreich, wenn du uns sagst, wer dein Vater ist."
Mittlerweile war eine Pferdekutsche vor das Schiff gefahren. Zwei Alanen sprangen vom Kutschbock und verneigten sich.

„Euer Vater erwartet euch, Prinz Gento. Wir sollen dich umgehend zu ihm bringen."
Gento gab ihnen ein Zeichen, dass er kommen würde. Zu Gracia gewandt grinste er: „Siehst du, mein Vater hat schon Sehnsucht nach mir."
Er nahm sie beim Arm und half ihr von Bord herunter. Endlich wieder festen Boden unter den Füßen ließ sie wieder zuversichtlicher werden.
„Wenn ich noch in dem stinkigen Kahn des Mauren liegen würde, ging es mir schlechter", dachte sie und folgte Gento zu der Kutsche.
Die Kutsche brachte sie durch die Via Caelestis, der Hauptstraße Carthagos, hinauf zum Palast.

Geiserich wartete schon ungeduldig. Er hatte seinen Sohn das letzte Mal in Hippo Regius gesehen und das war nun schon eine Weile her. Ardel öffnete einen Flügel der großen Tür zu Geiserichs Privatgemach und Gento stürmte herein.
„Es wäre auch ohne deine Eskorte mein erster Weg gewesen, Vater. Das Meer hat uns viele Monde getrennt. Der Wunsch, dich zu sehen, war zuletzt übermächtig."
Geiserich betrachtete seinen Sohn mit Wohlgefallen. Er war männlicher geworden. „Sei gegrüßt, Gento! Ich sehe, du bist ein Mann geworden. Die Flotte spricht mit Hochachtung von dir und der Gegner verflucht dich. Ich kann nicht verhehlen, dass mir das gefällt."
Gento verneigte sich leicht. Das Lob aus seines Vaters Mund wog doppelt schwer, denn es war nicht so leicht zu bekommen. „Es gibt nur einen, von dem die Flotte mit Hochachtung spricht. Das bist du, Vater. Deine Gegner wünschen dich aber zur Hölle. Die Welt hat aufgeheult, als du ihnen Carthago weggenommen

hast. Ich habe dies in allen Häfen des westlichen Meeres vernommen. Ich bin stolz, dein Sohn zu sein."
Geiserich legte Gento beide Hände auf die Schultern. „Wir gehen schweren Zeiten entgegen. Dazu brauche ich Männer, auf die ich mich verlassen kann. Darum habe ich dich rufen lassen. Ich werde zu den Küsten Mazedoniens reisen. Du sollst mich dabei begleiten."
Gento zog tief die Luft ein. „Werden wir jetzt unsere Raubzüge auch auf das Meer der Oströmer ausdehnen?"
Geiserich schüttelte den Kopf. „Nein, nein! Wir haben einen Vertrag mit Aspar. Ich möchte nur meinem alten Freund Attila, dem Hunnenfürst, einen Besuch abstatten."
Gento verzog erstaunt sein Gesicht und fragte: „Du kennst Attila?"
„Ja, ich war damals noch jünger als du, als ich ihn traf."
„Er hat einen fürchterlichen Ruf", warf Gento ein.
Geiserich nickte. „Ich weiß, und das macht meine Mission nicht einfacher."
„Was willst du von ihm?" Gento war nun neugierig geworden.
„Ich werde dir alles erklären, wenn es an der Zeit ist."
„Weißt du denn, wo Attila sich aufhält?"
„Ich habe schon vor einiger Zeit durch Boten Kontakt mit ihm aufgenommen. Wir werden eine abgelegene Bucht in der Nähe des Hafens Narsis anlaufen. Dort wird er auf uns warten."
Gento machte nun ein besorgtes Gesicht. „Begibst du dich da nicht unnötig in große Gefahr? Ich meine, du bist dort völlig schutzlos und unser Volk braucht dich jetzt nötiger denn je."
Geiserich lächelte seinen besorgten Sohn an. „Wir wären nicht hier in Africa, wenn ich nicht immer alles

gewagt hätte. Sorge dich nicht, ich habe alles bedacht."
„Wann soll es losgehen?", fragte Gento nun, ohne nochmals darauf einzugehen.
„In zwei Tagen sind wir soweit. Richte dich darauf ein."
Gento pfiff durch die Zähne. „So bald schon? Da muss ich dir vorher noch meine Beute vorstellen." Er berichtete Geiserich von dem Zwischenfall mit Hassan, dem Mauren.
Geiserich war erfreut über die weitsichtige Handlungsweise seines Sohnes. „Ich sehe, du bist nicht nur äußerlich ein Mann geworden."
Gento lächelte geschmeichelt und fuhr fort. „Meine wertvollste Beute ist wohl dieses Mädchen. Es ist nur so eine Ahnung, aber ich glaube, sie könnte einmal für uns von großem Wert sein."
Geiserich blickte zur Tür. „Du hast sie dabei, nicht wahr?"
Gento klatschte in die Hände. Die Tür ging auf und Gracia wurde hereingeführt. Verängstigt blieb sie an der Tür stehen. Gento holte sie ab und brachte sie zu Geiserich. „Sie ist wie eine Perle aus dem Meer, matt und ohne Glanz. Wenn du sie aber polierst und auf der Haut trägst, entfaltet sich ihre volle Pracht."
Geiserich blickte seinen Sohn verwundert an und wandte sich dann an Gracia. „Mein Sohn sagt, du bist von edler Herkunft. Wieso reist ein Mädchen wie du in diesen unruhigen Zeiten alleine über das Meer?"
Gracia warf nun trotzig den Kopf in den Nacken. „Ich war nicht alleine. Ich hatte eine Eskorte. Die liegt nun auf dem Grund des Meeres oder wurde von den Fischen gefressen. Mit Verlaub, Herr, die Zeiten macht ihr und eure maurischen Freunde unruhig."

Geiserich lachte nun schallend auf. „Was hast du mir denn da angeschleppt, Gento? Ihre Zunge ist so scharf, wie die Schneiden von Ardels Schwertern. Sag, welcher Familie entstammst du, dass du so geschliffen reden kannst."
„Mein Vater ist der mächtige Aetius!", entfuhr es ihr ungewollt und erschrocken hielt sie sich den Mund zu.
„Du bist die Tochter des Aetius? Warum schickt er dich nach Syrakus? Hat er nicht alle Macht, dort in Ravenna dein Leben zu behüten?"
Gracia schaute Geiserich verwundert an. „Woher wisst ihr, dass mein Vater mich aus Ravenna fortgeschickt hat, um mich zu schützen? Der Kaiser ist unberechenbar und macht selbst vor den Angehörigen seiner Vertrauten nicht halt. Mein Vater wollte nicht, dass ich seine Begehrlichkeit wecke. Darum sollte ich zum Bruder meiner Mutter nach Syrakus. Wie ihr wisst, bin ich dort nicht angekommen. Wenn mein Vater das erfährt, wird er sehr ungehalten sein."
„Ja, ja, das sagtest du schon einmal", unterbrach Geiserich ihren Redefluss.
„Ich kenne deinen Vater, durch einen guten Freund von mir, sehr gut. Er ist einer von den Römern, vor dem ich Respekt habe, weil er ein kluger und mutiger Feldherr ist. Ich werde dich freilassen und nach Syrakus bringen. Nicht weil ich deinen Vater fürchten würde, sondern weil ich glaube, dass Dank mehr Wert ist, als alles Lösegeld dieser Welt. Vielleicht kann ich ja seinen Dank einmal gut gebrauchen."
Gracia schaute ihn fassungslos an. „Frei? Ihr lasst mich frei? Lieber Gott, du hast meine Gebete erhört!" Plötzlich hielt sie in ihrem Freudentaumel inne. „Was muss ich dafür tun? Wenn ihr glaubt, dass ich etwas

für euch tue, dass dem Imperium schaden könnte, seid ihr auf dem falschen Weg."
Gento und Geiserich lachten. „Ich werde dich nicht als Waffe gegen dein Land richten. Aber eine Botschaft für deinen Vater wirst du doch für mich überbringen?"
Gracia wurde rot im Gesicht. Sie fühlte, wie die Vandalen sich über ihr Misstrauen lustig machten.
„Wenn ich frei bin, kann ich dann nun gehen?"
Geiserich klatschte in die Hände und einige Diener traten ein. „In zwei Tagen werden wir aufbrechen. Bis dahin bleibst du hier im Palast mein Gast." Er wandte sich an die Dienerinnen: „Sie braucht ein Bad und neue Kleider."
Gracia wollte noch etwas erwidern, aber Geiserich duldete nun keine Worte mehr.
„Wir sehen uns heute Abend an der gemeinsamen Abendtafel."
Bei diesen Worten zogen die Diener Gracia mit sanfter Gewalt fort.
Gento schüttelte verständnislos seinen Kopf. „Du lässt sie einfach frei? Ohne Lösegeld? Das verstehe ich nicht. Aetius hätte sicher eine Menge Goldstücke für sie bezahlt."
Geiserich nickte. „Sicher hätte er das. Ich will ihm aber eine Botschaft überbringen lassen, die er mir glauben muss. Was wäre ein größerer Vertrauensbeweis, als dass ich ihm seine Tochter wiedergebe? Mein Sohn, dein Fang ist für mich von unschätzbarem Wert gewesen!"
„Was hast du vor?", fragte Gento nun verwirrt.
„Ich werde es dir früh genug erklären. Hab noch Geduld."

Es war eine außergewöhnliche Abendtafel und sie fand, entgegen sonstiger Gewohnheit, auf der großen

Terrasse des Palastes statt. Die Luft war mild und die Sonne schickte ihre letzten Strahlen hinauf zum Himmel, bevor sie hinter den westlichen Hügeln versank. Flackernd brennende Fackeln erhellten nun mit ihrem Schein die Terrasse.

Geiserich hatte alle seine Vertrauten geladen, die nun erwartungsvoll zu ihm herüber schauten, als er sich erhob. Sofort verstummten alle Gespräche. Tirias richtete sich in seinem Sitz auf, während Amalfried unruhig auf seinem Stuhl hin und her rutschte. Gaius Servandus zog seine junge Frau Farina, die neben ihm saß, fest an sich und sie blickte ihm dabei liebevoll in die Augen. Hunerich hatte mit seiner gotischen Frau am anderen Ende der Tafel Platz genommen, um nicht direkt den Blicken seines Vaters ausgesetzt zu sein. Mit einigem Groll in seinem Herzen registrierte er, dass Gento direkt neben Geiserich und Thora saß und fragte sich, warum der Platz neben Gento leer geblieben war. Neben Hunerich saß sein Bruder Theoderich, der gelangweilt in die Runde schaute. Er schien die gespannte Stille nicht zu spüren.

Geiserich begann mit ruhiger Stimme: „Es war ein Wunsch von mir, mit euch, meinen Freunden und langjährigen Gefährten und mit meiner Familie, noch einmal, bevor ich meine Reise antrete, zusammenzusitzen und zu speisen. Dabei werde ich mit einigen von euch etwas zu bereden haben, was hoffentlich euer Mahl nicht stören wird. Darum greift zu und genießt den Abend in dieser erlesenen Runde."

Das Gemurmel setzte wieder ein und alles entspannte sich. Die Diener brachten gebratene Hühner, Wildschweinfleisch, Brot und Wein heran. Geiserich nahm seinen vollen Weinkrug und hob ihn hoch.

Dabei blickte er Tirias auffordernd an: „Sprich ein Gebet, Tirias, damit der Herr dieser Tafel seinen Segen gibt."
Tirias erhob sich. „Der Herr segne und behüte euch. Er lasse sein Antlitz leuchten über euch und sei euch gnädig. Amen."
Sie führten nun alle den Krug zum Mund und tranken einen kleinen Schluck. Das Mahl konnte beginnen.
Als Erstes wandte sich Geiserich an Amalfried: „Was ich mit dir zu bereden habe, duldet keinen Aufschub und es mag auch für deine Ohren seltsam klingen, aber ich verlange von der Flotte die gesamten Schätze, die sie an den Küsten Siziliens erbeutet hat. Diesmal wird nicht unter den Fürsten aufgeteilt, sondern alles auf mein Schiff gebracht. Dies muss bis morgen Abend geschehen sein."
Es wurde mit einem Schlag totenstill an der Tafel. Amalfried starrte Geiserich an, während er sich mit dem Ärmel den Mund abwischte.
„Weißt du, was du da von mir verlangst? Die Fürsten werden aufbegehren. Sie werden auf ihr Recht pochen."
Geiserich schlug ärgerlich mit der Faust auf den Tisch. „Recht? Welches Recht? Alleine der König hat ein Recht auf diese Schätze. Ich habe bisher die Gunst gewährt, sie aufzuteilen. Nun aber brauche ich sie selbst."
Amalfried stand abrupt auf. „Mir bleibt nicht mehr viel Zeit, deinen Befehl auszuführen. Daher werde ich hier nicht länger bleiben können. Nur mühsam seinen Ärger verbergend, verließ er den Kreis der Abendtafel.
Gaius Servandus grinste Geiserich an. „Den hast du aber mit deinem Wunsch an einer empfindlichen Stelle getroffen."

„Wir werden alle Opfer bringen müssen und können uns darum keine empfindliche Stelle leisten", knurrte Geiserich. Dann blickte er herüber zu seinem ältesten Sohn, Hunerich. „Auch wenn du nicht in meiner Nähe sitzt, so bist du doch nicht aus meinen Augen. Hiermit teile ich dir mit, dass du mich, wie auch dein Bruder Gento, auf der Reise begleiten wirst."
Hunerich wollte aufbegehren, wurde von Isodora aber zurückgehalten. Stattdessen antwortete er: „Ich hätte es zwar gerne etwas eher erfahren, aber du bist der König und ich werde folgen."
Geiserich war Hunerichs Gefühlsregung nicht entgangen. Er ging aber darüber hinweg und wandte sich Gaius und Tirias zu. „Ihr kommt leider nicht mit, denn euch brauche ich hier."
Gaius lachte auf und stieß Tirias mit dem Ellenbogen in die Seite. „Irgendwie schafft es unser König heute Abend, alle Gäste an seiner Tafel zu verärgern, nicht wahr, Kirchenmann?"
Tirias ließ sich beim Zerlegen des Hühnchens nicht stören. „Mich hat er schon vorher verärgert, aber seine Hühnchen sind wunderbar."
Alles lachte nun und die verkrampfte Stimmung lockerte sich.
Gento stieß seinen Vater an und fragte: „Wo hast du denn meine Beute versteckt? Ich hätte sie gerne noch einmal gesehen!"
Geiserich stand auf und klatschte in die Hände.
„Bringt sie her. Beinahe hätte ich sie vergessen."
Die Dienerinnen führten daraufhin Gracia herein. Man hatte sie ein Bad nehmen lassen und in eine verführerisch offenherzig gesteckte, schneeweiße Tunika gekleidet. Gento fiel der Unterkiefer herunter. Ihre Schönheit kam nun erst richtig zur Geltung.

„Das ist die Tochter von Magister Militum Aetius, dem mächtigsten Mann des römischen Imperiums. Sie ist heute Abend unser Gast."
Unsicher schaute Gracia sich um. Erst als sie Gento sah, lächelte sie ein wenig. Zu Geiserich gewandt, sprach sie: „Ich danke euch für diese Freundlichkeit. Ich kann immer noch nicht glauben, dass ihr keine Gegenleistung dafür verlangt."
Gento sprang auf und bot ihr den leeren Platz an seiner Seite an. Alle Augen richteten sich auf sie. Gaius fand als Erster seine Sprache wieder: „Welch ein Juwel an dieser Tafel. Was für ein guter Wind hat die Tochter des Aetius an diesen Tisch geweht? Wie ich ihn kenne, wird es ihm nicht Recht sein, nicht wahr?"
Überrascht blickte Gracia zu Gaius herüber. „Sie sehen aus wie ein Römer. Kennen Sie meinen Vater?"
Gaius lächelte. „Oh ja, ich kenne ihn und er kennt mich. Wenn du ihn wieder siehst, sage nur, Gaius Servandus lässt grüßen."
Gento stieß sie an: „Siehst du, hier bist du unter Freunden."
Unwillig schüttelte Gracia die Hand von Gento ab. „Freunde hätten mich sofort freigelassen, als ich darauf bestanden hatte. Du bist nur ein gemeiner Küstenräuber."
Gento grinste sie herausfordernd an: „Kaum hat man dem Weib römische Kleidung angezogen, kommt die alte Arroganz wieder hervor. Aber das ist unklug. Wenn ich meinen Vater nun schön bitte, wirst du auf Lebenszeit meine Sklavin. Dann würde ich dir deine römischen Manieren schon austreiben."
„Lieber würde ich sterben, als deine Sklavin zu sein", erwiderte sie aufgebracht.

Geiserich lachte und wandte sich an Gaius. „Du scheinst Recht zu haben. An dieser Abendtafel gibt es nur Ärger, dabei wollte ich eigentlich von euch Abschied feiern."
Gracia stand auf. „Darf ich mich zurückziehen?"
Geiserich nickte. „Natürlich, du bist unser Gast. Du kannst gehen, wann du willst."
Gracia warf einen triumphierenden Blick auf Gento und rauschte davon. Gento sah ihr mit bewunderndem Blick hinterher. Am liebsten wäre er ihr gefolgt, denn er musste sich widerwillig eingestehen, dass er sie mochte.
Geiserich sah den Blick und zog die Stirn kraus. „Sie ist die Tochter des Aetius, unserem ärgsten Gegner, und eine Römerin. Wir werden sie, wie versprochen, nach Syrakus bringen. Sie wird ein wichtiger Teil in meinem Plan sein. Also denke deine Gedanken nicht zu Ende, sondern lenke sie auf das, was wir vorhaben."
Gento starrte seinen Vater überrascht an. „Woher, zum Teufel, kennt er meine Gedanken?", dachte er. „Ich weiß, was du mir sagen willst, aber bei schönen Frauen schweifen meine Gedanken schon mal ab."
Gaius stieß Geiserich leicht an und raunte ihm zu: „Er ist dein Sohn, nicht wahr?"
Geiserichs Stirn glättete sich und ein leichtes Lächeln flog über sein Gesicht. Dann wiederholte er Gentos Worte: „Ja, ja, schöne Frauen lassen die Gedanken schon mal abschweifen. Bringt den Wein und lasst uns Abschied feiern." Dabei nahm er Thora in den Arm. „Bei dir hat es mir immer viel Mühe gekostet, meine Gedanken nicht abschweifen zu lassen."
Thora schüttelte energisch den Kopf. „Du bist ein charmanter Lügner, mein König. Ich habe deine Liebe immer mit deinem Volk teilen müssen."

*

Sie waren nun schon drei Tage unterwegs, mit Kurs auf Syrakus. Missmutig schaute Geiserich in den diesigen Himmel. Die Sonne, obwohl hoch am Himmel, zeigte sich nur als roter, dunstumhüllter Feuerball. Es regte sich kein Lüftchen und das Meer war glatt, wie ein Ententeich. Die Männer im Ruderraum mussten sich gewaltig in die Riemen legen, um die träge Galeere auf Fahrt zu halten. Das kleine untere dreieckige und das hohe quadratische Segel des Schiffes hingen schlaff und ohne Bewegung an den Rahen. Juan, der Kapitän, fluchte laut. Geiserich hatte für diese Reise seinen alten iberischen Wegbegleiter und guten Freund angeheuert. Der hatte sich erst gesträubt, als er erfuhr, dass er eine römische Galeere befehligen sollte. Nun machte er aus seiner Abneigung für das Schiff keinen Hehl.
„Diese lahme Ente braucht einen Sturm, um vorwärts zu kommen. Mit meiner Dromone wären wir längst schon an Syrakus vorbei. Schau hinüber zu Gento. Der muss mit seiner Hilderich schon kreuzen, um uns nicht davon zu segeln."
Tatsächlich blähten sich Gentos Segel und es sah so aus, als würde er jeden Windhauch aufspüren und nutzen. Dabei kam er manchmal längsseits und winkte fröhlich zu ihnen herüber. Dann ließ er sich wieder zurückfallen und schien der Flaute noch seinen Spaß abzugewinnen.
Geiserich lachte und klopfte Juan auf die Schulter.
„Dafür ist unser Schiff aber größer und flößt Respekt

ein. Der König der Vandalen und Alanen reist nicht mit einer Nussschale. Damit können wir 60 Krieger transportieren und Proviant für zwei Schiffe mitführen. Ganz abgesehen von den Schätzen, die ihren Platz brauchen. Und letztendlich wird man uns in den oströmischen Gewässern erst einmal unbehelligt lassen, sodass wir ruhig und sicher unser Ziel erreichen."
Juan ließ sich nicht beruhigen. „Wenn wir denn jemals ankommen."
Inzwischen war Hunerich zu ihnen auf die Brücke gekommen und hatte die letzten Worte ihrer Unterhaltung mitverfolgt. „Meinst du nicht, es wäre an der Zeit, uns etwas über das Ziel dieser Reise zu verraten?"
Geiserich nickte: „Aber sicher! Nun, da ich sicher sein kann, dass nichts in unberufene Ohren gelangt, gibt es keinen Grund, es noch länger zu verschweigen. Ich werde dem Hunnenfürsten Attila einen Besuch abstatten."
Hunerich wurde bleich. „Attila? Du triffst dich mit Attila? Wozu soll das gut sein? Was willst du von ihm und begeben wir uns da nicht unnötig in Gefahr? Ich verstehe dich nicht, Vater."
Geiserich hob beruhigend seine Hand. „Nichts ist ohne Risiko, wenn man etwas Großes erreichen will. Ich werde Attila dazu überreden, mit seinen Hunnen wie ein Sturm über die nördlichen römischen Provinzen bis nach Gallien hinein zu kommen. Er soll das alte Land überfluten und Angst und Schrecken verbreiten. So wie ich ihn kenne, wird ihm das nicht schwer fallen, denn seine Gier nach Macht und sein Spaß an zerstörerischer Gewalt, sind unermesslich."
Hunerich schüttelte den Kopf. „Aber, wozu das alles und wie willst du ihn dazu bringen?"

Geiserich lächelte nun nachsichtig. Das war der Unterschied zwischen seinen beiden Söhnen Gento und Hunerich. Gento hätte sich schon längst seinen Reim darauf gemacht.
„Wie du vielleicht weißt, haben 20 Sklaven einen ganzen Tag gebraucht, um all die Schätze an Bord zu tragen. Ich brauche Attila nicht zu überreden, denn es ist sein ureigener und unstillbarer Wunsch, Herr über Römer und Goten zu sein. Bisher ist es ihm aber nicht gelungen, all die vielen Fürsten mit ihren Stämmen zu einen und unter seine Führung zu bringen. Dabei könnte dieser Schatz ihm behilflich sein."
Hunerich sah seinen Vater verwundert an. „Und was hätten wir davon?"
Geiserich wurde nun ungeduldig. „Mein Gott, Hunerich! Benutze einmal deinen Verstand. Mit wem würden sich die Goten und Römer mehr beschäftigen? Mit uns im fernen Africa oder den Hunnen vor der Haustür? Wir bekommen die Luft, die wir brauchen, um unsere Macht zu festigen."
Hunerichs Gesicht verfinsterte sich. Er ärgerte sich, dass er nicht selbst darauf gekommen war. Dann kam ihm aber eine Idee und so, als hätte er einen Fehler in dem Plan seines Vaters gefunden, fragte er: „Aber wird dann durch die Hunnen nicht eine neue Macht entstehen, die uns bedrohen könnte?"
Geiserich schaute seinen Sohn überrascht an. „Du denkst ja doch! Wenn sie gewinnen würden, hättest du vielleicht Recht. Aber auch in diesem Fall brauchten wir nichts zu befürchten, denn die Hunnen scheuen das Meer, auf dem wir zu Hause sind, wie der Teufel das Weihwasser."
Hunerich hasste Geiserichs geistige Überlegenheit. Neben ihm fühlte er sich klein und unbedeutend. Trotzdem schwang nun Bewunderung in seiner

Stimme. „Wenn dein Vorhaben gelingt, wird man dich bei den Römern für alle Zeit verfluchen. Ich wünschte, ich hätte deinen scharfsinnigen Weitblick."
Juan hatte ihrem Gespräch mit offenem Mund gelauscht. Fassungslos starrte er Geiserich an, doch die Frage, die ihm auf der Seele brannte, konnte er nicht mehr loswerden, denn Ramon, der Iberer, sein erster Bootsmann, stürmte auf die Brücke.
„Wir werden ein Unwetter bekommen. Das große Segel muss herunter und die Ruder eingezogen werden. Ich habe bereits alle Luken verschließen lassen."
Verblüfft schaute Geiserich ihn an: „Wie kommst du darauf, Ramon? Der Himmel ist diesig, aber ohne Sturmwolken und es regt sich kein Lüftchen."
Ramons Augen blickten angstgeweitet zum Himmel. „Ich fühle es! Er wird kommen. Es ist die Ruhe vor dem Sturm!"
Geiserich erinnerte sich daran, wie der junge Ramon damals den Untergang der gotischen Flotte vorausgesagt hatte, die bei schönstem Wetter, von Tarifa aus gestartet, in ihr Verderben gefahren war. Er zögerte nicht einen Augenblick. „Gebt der Hilderich die Sturmwarnung herüber. Gento weiß, was zu tun ist."
Juan wurde nun lebendig. Laut schallte seine befehlsgewohnte Stimme über das Deck. Er beorderte vier starke Männer zum Steuerrad. Alle beweglichen Teile wurden vom Oberdeck entfernt oder festgezurrt. Die Signalleute bedienten sich der maurischen Flaggensprache und wiederholten diese so lange, bis die Hilderich signalisierte, dass sie verstanden hatten.
Gento wunderte sich über die Sturmwarnung nicht lange. Wenn sein Vater dieses Signal gab, hatte es einen Grund. Also begann er, genau, wie es auf der

Galeere geschah, alles Sturmfest zu zurren, und alle Luken zu schließen. Auch ließ er das große Segel herunterholen und festzurren. Nur unten, das kleine dreieckige Segel, ließ er stehen.

Gento blickte zu Gracia herüber, die auf dem Achterdeck, sich an der Reling festhaltend, dem Treiben an Deck erstaunt zusah. Geiserich hatte entschieden, dass Gento mit seiner Dromone Gracia in Syrakus absetzen sollte. Dies würde weniger Aufsehen erregen. Gento hangelte sich durch die Taue der Segel nach hinten. Mit einem gekonnten Schwung kam er genau vor Gracia zum Stehen. Sie hatte ihn nicht kommen sehen, daher schaute sie ihn erschrocken an, als er plötzlich vor ihr stand. Gento grinste schief, als er ihren Schreck bemerkte.

„So hässlich sehe ich doch auch nicht aus, dass man sich vor mir erschrecken muss!", spottete er.

Gracia zog sofort ihre hochmütige Mine auf und fauchte: „Ihr Barbaren habt kein Benehmen. Ihr seid anmaßend und primitiv. Gut, dass ich eure Gesellschaft nicht mehr lange ertragen muss."

Gento lachte auf. „Ist deine römische Hochnäsigkeit angeboren? Ich würde sie dir gerne austreiben, aber mein Vater lässt mich leider nicht. Wir haben aber nun keine Zeit zu streiten, denn es zieht ein Sturm auf und du musst vom Oberdeck verschwinden."

Gracia blickte zum Himmel und sah ihn dann ungläubig an. „Sturm? Es geht kein Windhauch. Du brauchst wohl nur einen Vorwand, um mich in die Kammer unter Deck zu verbannen. Nein, ich bleibe hier."

Gentos heftige Erwiderung wurde von einer heftigen Sturmbö übertönt, die das Schiff mit voller Wucht erfasste und gefährlich auf die Seite legte. Gracia verlor ihren Halt an der Reling und wurde quer über das Deck geschleudert. Gento krallte sich in den Tauen der Segel fest. Was dann folgte, hatte er als Seefahrer noch nicht erlebt. Zuckende Blitze, deren gleißende, gezackte Bahnen bis ins Meer fuhren, erhellten nun ringsherum den Himmel. Der unmittelbar darauf folgende Donner ließ die Planken der Dromone erzittern. Wo vorher das Meer flach wie ein Brett war, peitschten nun weiße Schaumkronen auf sie zu. Gentos Augen suchten Gracia, während das Schiff wild in seine alte Lage zurückschlingerte. Hilflos rutschte sie über die Planken des Decks auf die Reling zu und wäre wohl unabwendbar über Bord gegangen, wenn Gento sie nicht mit einem mutigen Sprung aufgefangen hätte. Der krallende Griff in ihr Kleid ließ zwar den Stoff zerreißen, stoppte aber ihre Rutschpartie so ab, dass sie nun mit ihren Händen an herumliegenden Tauen wieder Halt fand. Mit einem zweiten Nachfassen konnte Gento sie nun zu sich heranziehen. Nur einen Moment vergaß Gento das tobende Unwetter. Fasziniert starrte er auf die weißen Brüste, die sich nun, mit aufgestellten Brustwarzen, durch das zerrissene Kleid auf ihn zu reckten. Fest presste er sie an sich und für einen Moment spürte er ihren jungen, festen Körper ganz nah, als sie sich angstvoll an ihn drückte. Wieder legte sich das Schiff auf die Seite. Ein riesiger Brecher drohte sie beide davon zu spülen, aber Gento hielt sich nun mit eisernem Griff am Mast fest, während er mit der anderen Hand Gracia sicher an sich zog. Gegen das Toben des Sturmes brüllte er ihr ins Ohr: „Ich werde dich jetzt hier an den Mast festbinden. Da bist du sicher!"

Gracias Augen weiteten sich. „Was hast du vor?"
„Ich muss zurück zum Ruder. Der Steuermann schafft es nicht alleine, die Hilderich auf Kurs zu halten. Ich

komme ja wieder. Dir wird nichts geschehen."
Grinsend fügte er hinzu: „Es sei denn, wir saufen alle ab. Du siehst übrigens gerade bezaubernd aus."
Gracia stieß einen spitzen Schrei aus und raffte ihr zerrissenes Kleid über der Brust zusammen.
„Wüstling, Barbar!", schimpfte sie hinter ihm her, während er sich mit artistischen Sprüngen, das gefährliche Schlingern des Schiffes ausgleichend, zum Achterdeck vorarbeitete. Dort stemmte sich Wingard, sein Steuermann, gegen die Speichen des großen Ruders. „Ich kann sie nicht im Wind halten! Die See kommt von der Seite." Er brüllte dies mit letzter Kraft gegen das Tosen des Windes an.
Gento griff nun mit in die Speichen. „Nicht in den Wind legen! Wir müssen unseren Kurs verlassen und quer gegen die Wellen halten, sonst werfen die Wellen uns um. Schaut hinüber zur Galeere. Mein Vater macht es genauso."
Mit vereinten Kräften drehten sie das Rad um eine halbe Drehung und langsam ließ das extreme Schlingern nach. Nun hob sich der Bug aus dem Wasser und schlug mit Wucht in die nächste, vom Sturm hochgepeitschte Welle. Die Hilderich schüttelte sich und schäumende Gischt spritzte über das Deck. Gracia raubten die ständigen Wassergüsse nun den Atem. Mühsam schnappte sie in den winzigen Pausen nach Luft und schrie um Hilfe. Als dann Gento wieder bei ihr auftauchte, hätte sie ihn vor Freude am liebsten geküsst. Gento band sie vom Mast los und jetzt, wo die Bewegungen des Schiffes nicht mehr zu unberechenbar waren, konnte er die Luke zum Niedergang unter Deck öffnen und sie hinunter bringen. Noch ehe sie ein Wort des Dankes herausbringen konnte, war er schon wieder verschwunden.

Die Galeere hatte den plötzlichen Sturmausbruch besser überstanden. Dank der frühen Warnung von Ramon hatte der erfahrene Juan rechtzeitig den Kurs geändert, sodass die erste gewaltige Bö ihn nicht an der Breitseite traf. Besorgt hatte Geiserich die Hilderich nicht aus den Augen gelassen und die gefährliche Seitenlage beobachtet. Dann konnte er aber beruhigt aufatmen, als es der Hilderich gelungen war, den gleichen Kurs zu nehmen wie die Galeere. Prüfend blickte Geiserich zum Himmel. Es war unfassbar gewesen, mit welcher Vehemenz dieser Sturm aus dem Nichts zu toben begonnen hatte und es sah nicht so aus, als wenn er sich bald legen würde. Daher mussten sie wohl noch längere Zeit diesen Kurs beibehalten und er würde sie weit ab von ihrem ersten Ziel, Syrakus, abbringen. Das bedeutete erheblichen Zeitverlust. Geiserich fluchte. Das konnte er gerade jetzt nicht gebrauchen. Irgendwie sagte ihm eine innere Stimme, dass er nicht so lange von Carthago fortbleiben durfte. Kurzfristig änderte er seinen Plan, Gracia in Syrakus abzusetzen. Das konnte auch auf dem Rückweg geschehen. Nun galt es, den Zeitpunkt nicht zu verpassen, den er mit Attila vereinbart hatte. Der würde nicht lange auf ihn warten, denn so groß war seine Geduld nicht. Außerdem würde sich Attilas Aufenthalt dort nicht lange geheim halten lassen und dies wäre nicht gut gewesen, denn die übrige Welt durfte auf keinen Fall etwas von ihrem Treffen erfahren. Geiserich tippte Juan auf die Schultern:

„Wir nehmen Kurs auf Mazedonien. Dieser Sturm bläst uns, glaube ich, schon in die richtige Richtung. Bringe es irgendwie der Hilderich bei, dass wir nicht

Syrakus anlaufen. Wenn ich mich nicht irre, wird ihm das nicht unrecht sein."
Juan nickte. Er war es von Geiserich gewöhnt, dass er plötzlich andere Entscheidungen traf.

Die Verführung

Amalfried blickte den Boten etwas ratlos an.
„Was will denn deine Herrin von mir?"
Der Bote, ein junger Nubier, trat unsicher von einem Bein auf das andere. „Das wird euch meine Herrin selbst sagen. Ich bin nur ein Sklave, dem aufgetragen wurde, euch in die Gemächer meiner Herrin zu führen."
Amalfried schüttelte den Kopf: „Sag deiner Herrin Isodora, dass es im Moment meine Zeit nicht erlaubt, Damenbesuche zu machen. Vielleicht in den späten Abendstunden, wo es nicht mehr zu viele Augen gibt, die es sehen könnten, wäre es möglich." Der Bote verneigte sich. „Ich werde es ausrichten und glaube, dass sie damit einverstanden ist. Kommt zum Seiteneingang des Palastes. Ich führe euch dann zu ihr."
Wieder verneigte sich der Nubier und verließ rückwärts den Raum. Nachdenklich trat Amalfried an das Fenster und schaute hinaus. Von hier aus konnte er fast den gesamten Kriegshafen von Carthago überblicken. Er sah, wie der Nubier sein Ruderboot bestieg und zurück zur gegenüberliegenden Hafenmole ruderte, denn die Befehlszentrale der Kriegsflotte war eine Insel in der Mitte des großen runden Hafenbeckens.

„Was will Hunerichs Weib vom mir?", dachte er. Nun, wo Hunerich abwesend war, lebte sie recht isoliert in dem Palast. Niemand wollte so recht etwas mit ihr zu tun haben, obwohl sie eine sehr schöne Frau war und dort, wo sie auftauchte, die bewundernden Blicke der Männer auf sich zog. Aber sie war eine Gotin und das reichte für die meisten, um Abstand zu halten. Es war aber etwas an ihr, das Amalfried anzog. Er wusste selbst nicht genau, was es war. Vielleicht war es ihr aufreizender Blick, oder ihre kalte, unnahbare Schönheit, vielleicht auch nur das Bewusstsein, dass man sich, wenn man ihre Nähe suchte, in Gefahr begab.

Amalfried hatte in seinem bisherigen Leben nie Zeit für Frauen gehabt. Seine Welt war das Meer gewesen und der Kampf für Geiserich, für das Volk der Vandalen. Trotz allem konnte er die Sehnsucht nach einem liebenden Weib, das sein Hafen, sein Anlegeplatz nach gefährlichen Kaperfahrten sein sollte, nicht verleugnen. Er würde dem Ruf der Sinne folgen und hatte schon verloren, noch ehe etwas geschehen war.

Es war einer dieser warmen Herbstabende. Die Sonne hatte mit ihren, nun schon schrägen, Strahlen, den ganzen Tag die Stadt aufgeheizt. Nun, in den späten Abendstunden, gaben die Mauern die Wärme zurück.

Isodora hatte es sich auf der kleinen Terrasse vor ihrem Schlafgemach bequem gemacht. Der laue Abendwind spielte mit ihrem dünnen, durchsichtigen Seidenkleid. Unruhig blickte sie immer wieder zum Portal, das auf die Terrasse führte. Ihre innere Spannung wuchs. Dieser Amalfried war wichtig für sie. Als Befehlshaber der Flotte besaß er eine Schlüsselposition und er war unzufrieden mit den

Machtverhältnissen im Reich. Vor allem schien er eine Schwäche für sie zu besitzen. Das hatte sie an seinen bewundernden und verlangenden Blicken gesehen. Ihre Gedanken schweiften nun ab. Sie sah ihren Vater, wie er den Arm um sie gelegt hatte und sprach: „Wir haben im Moment nur eine Chance, das Vandalenreich, diese Pestbeule unter den Völkern, zu vernichten und zwar von innen her. Du wirst diesen Hunerich zum Mann nehmen. Er ist dumm genug für unsere Zwecke. Du musst ihn gegen Geiserich aufhetzen. Dann haben wir leichtes Spiel und diese Pestbeule wird wieder verschwinden. Für dieses Ziel gebe ich sogar meine Tochter her und du musst bereit sein, dieses Opfer für mich und dein Volk zu bringen." Isodora verzog unmerklich die Mundwinkel. Hunerich hatte sich als Schwächling erwiesen. Er würde nie in der Lage sein, sich gegen seinen Vater aufzulehnen oder gar gegen ihn zu kämpfen. Nun musste sie etwas anderes versuchen, um Theoderichs Ziel zu erreichen. Isodoras Blick ging wieder zur Tür. Alles hing nun davon ab, ob Amalfried den Köder geschluckt hatte.

Die Kutsche hielt am Seiteneingang des Palastes. Die Wachen erkannten Amalfried und traten zur Seite. Der fühlte sich nicht wohl in seiner Haut. Irgendetwas in seinem Inneren warnte ihn. Vielleicht war es der Instinkt eines erfahrenen Kämpfers, der die Gefahr spürte, noch ehe sie tatsächlich Wirklichkeit wurde. Amalfried schalt sich einen Narren. Was sollte das für eine Gefahr sein? Als er die Kutsche verließ, erkannte er am Eingang den Nubier. Seine schlanke, schwarze Gestalt setzte sich sofort in Bewegung und kam auf ihn zu.

„Seid gegrüßt, hoher Herr. Kommt, ich werde euch führen. Die Herrin wartet schon auf Euch."
Amalfried nickte und folgte dem Schwarzen durch die Gänge des Palastes. In Isodoras Augen blitzte es, als Amalfried auf die Terrasse trat. Langsam erhob sie sich und ging ihm ein paar Schritte entgegen. Dabei setzte sie ein strahlendes, unbefangenes Lächeln auf.
„Es ist mir also doch gelungen, dir etwas von deiner kostbaren Zeit zu stehlen. Sei willkommen und setze dich zu mir. Die Luft ist herrlich auf der Terrasse. Ich liebe es, hier zu sitzen, doch seit Hunerich fort ist, bin ich hier nur noch selten."
Amalfried blieb steif in der Mitte der Terrasse stehen.
„Was willst du von mir? Wie du schon richtig bemerktest, ist meine Zeit knapp bemessen."
Isodora lachte auf und umfasste seinen Arm. „Warum so unfreundlich, großer Kommandant. Ich möchte nur ein wenig mit dir plaudern. Komm, setz dich, dabei kann man viel besser reden."
Widerstrebend ließ Amalfried sich nieder. Isodora schob ihm einen Krug, gefüllt mit rotem Wein, hin.
„Koste einmal davon. Er kommt von den Weinbergen im südlichen Hispanien. Kennst du Hispanien? Es ist ein wunderschönes Land."
Amalfried nickte: „Ja, es war schön dort. Es ist eigentlich meine Heimat. Dort habe ich meine Jugend verbracht. Dann mussten wir vor euch Goten weichen und uns eine neue Heimat suchen." Isodora schüttelte den Kopf: „Ihr musstet nicht gehen. Vielleicht wäre ja Platz für beide Völker gewesen. Es war Geiserichs Entscheidung, nach Africa zu gehen."
„Was verstehst du denn davon? Frage deinen Vater, ob er die Vandalen unbehelligt gelassen hätte", knurrte er ungehalten.

Isodora versuchte, ihn abzulenken: „Komm, trink noch einen Schluck. Vielleicht hast du ja Recht. Aber ist nun alles so gekommen, wie du es dir gewünscht hast? Du machtest mir neulich an der Abendtafel keinen zufriedenen Eindruck."
„Was geht dich das an?"
„Du hast Recht, es geht mich eigentlich nichts an. Aber du gefällst mir seit dem ersten Augenblick, an dem ich dich gesehen habe und es schmerzt mich, mit ansehen zu müssen, wie ein Mann von deinen Fähigkeiten vom König unrecht behandelt wird."
Amalfried richtete sich protestierend auf. „Warum sagst du das? Ich bin der Befehlshaber der Flotte und damit einer der mächtigsten Männer in meinem Volk."
Wieder lachte Isodora spöttisch auf: „Aber was glaubst du, wie lange noch? Geiserich hat längst für sich entschieden, dass Gento deinen Platz einnehmen soll."
Amalfried fuhr auf: „Das ist nicht wahr. Woher stammt dein Wissen darum?"
„Hunerich hat es mir gesagt. Du wirst gegen Gento und selbst gegen Hunerich kämpfen müssen, willst du deine Macht behalten."
Amalfried erhob sich erregt. „Was redest du für ein wirres Zeug, Weib! Gento und Hunerich sind die Söhne meiner Schwester. Ich war dabei, als Gento auf die Welt kam. Ich würde nie das Schwert gegen ihn erheben!"
Isodora erhob sich nun ebenfalls und legte beruhigend ihre Hand auf seinen Arm. „Wach endlich auf, Amalfried! Du wirst es eines Tages tun müssen, wenn du am Leben bleiben willst. Spätestens dann, wenn Geiserich etwas zustößt. Was wird sein, wenn er von dieser Reise nicht wieder zurückkommt?"

Amalfried schüttelte nun ungläubig den Kopf. „Was willst du von mir?"
Isodora zog Amalfried zu sich heran. „Ich habe Sehnsucht nach einem starken Mann, der weiß, was er will. Du und ich, wir könnten so viel erreichen."
Amalfried schob sie von sich. „Du bist Hunerichs Weib!"
„Lass Geiserich und seinen Sohn Hunerich meine Sorge sein. Kümmere du dich darum, die Macht in diesem Land zu bekommen. Versuche, die Fürsten auf deine Seite zu ziehen. Bring sie gegen Geiserich auf, indem du laut darüber nachdenkst, was der König wohl mit all den Schätzen vorhat, die er auf sein Schiff geladen hat. Du und ich werden die Welt aus den Angeln heben, denn bedenke, dass ich die älteste Tochter des Theoderich bin."
Amalfried zog sie hart an sich. „Du bist ein Weib des Teufels und was du sagst, klingt süß und verlockend. Ich fühle mich wie ein Nachtfalter, der dem hellen Schein des Feuers nicht widerstehen kann."
Isodora drückte sich an ihn. Mit sicheren Griffen löste sie die Fibeln, die sein Gewand zusammenhielten und flüsterte: „Du bist kein Nachtfalter, du bist ein Falke, der nichts loslässt, was er besitzt und sich nimmt, was er braucht."
Mit einem Ruck riss er ihr das Seidenkleid vom Leib. Fest umklammert sanken sie auf den Boden nieder. Bereitwillig öffnete sie ihre Schenkel und ließ seine drängende Männlichkeit eindringen. Amalfried stöhnte vor Lust laut auf. Er schloss seine Augen und presste seinen Mund auf ihre Brustwarzen und gab sich ihren Liebeskünsten hin. Ob Falter oder Falke, es war ihm egal. Er hatte Flügel und die trugen ihn in ungeahnte Höhen. Dabei sah er nicht Isodoras Augen, die weit

geöffnet und triumphierend in den Sternenhimmel starrten.

Attila

Geiserich stieß Juan an und zeigte zum Horizont. „Das muss die Küste von Mazedonien sein! Wir haben gute Fahrt gemacht."
Juan kniff die Augen zusammen und nickte. „Ja, das wird sie sein. Nun müssen wir nur noch herausfinden, wo Narsis liegt." Geiserich klopfte ihm auf die Schulter und lachte: „Da verlass ich mich ganz auf deine Künste als Seefahrer. Schließlich bist du der Kapitän dieser Galeere." Juan knurrte etwas in seiner iberischen Sprache und gab laut den Befehl, auf die Küste zuzuhalten.
Es dauerte noch einen ganzen Tag, bis sie unweit der felsigen Küste vor Anker gehen konnten. Gento, der sich während der ganzen Fahrt mit seiner Dromone dicht neben der Galeere gehalten hatte, warf nun die Leinen herüber und machte an dem großen Kriegsschiff fest.
Gracia beobachtete das Manöver und trat zu Gento auf das Kommandodeck. „Was, um Himmelswillen, wollt ihr hier an dieser unwirtlichen Küste und dazu noch diese Eile? Ich hätte schon längst in Syrakus sein können. Oder wollt ihr mich gar nicht freilassen?"
Gento lachte: „Glaube mir, ich hätte dich gerne schnellstens dort abgeliefert, denn Frauen an Bord bedeuten Unglück, aber mein Vater will sich hier irgendwo mit einem alten Bekannten treffen."
Gracia schaute Gento von der Seite an. Irgendetwas verwirrte sie. Als sie dieser junge Vandale in dem

Sturm gehalten und an sich gepresst hatte, war ein Gefühl in ihr hoch gekommen, das sie bis dahin noch nie gespürt hatte. In der Zeit nach dem Sturm hatte er ihre Nähe gemieden und kaum ein Wort mit ihr gesprochen. Sie hatte wohl auch zu heftig reagiert, als er ihr eröffnete, dass sie erst auf dem Rückweg abgesetzt werden sollte. Nun verstand sie nicht, warum es sie ärgerte, dass er sie gerne schneller losgeworden wäre.
„Er ist eben nur ein Barbar, ein Wilder", dachte sie.
An der Reling der Galeere erschien nun Hunerich. Er schaute zu ihnen hinunter und rief: "Hey Gento, wie ich sehe, habt ihr in eurer Nussschale das Unwetter unbeschadet überstanden. Ich werde wohl nie verstehen, wie dir das immer wieder gelingt."
Gento lachte und antwortete: „Du verstehst das nicht, weil du kein Seefahrer bist und auch nie einer werden wirst."
Hunerich lächelte darüber ein wenig säuerlich: „Du bist so liebenswürdig wie immer, Bruder. Komm an Bord, dein Vater will mit uns reden."
Es wurde eine Strickleiter heruntergelassen, die Gento nun, geschmeidig, wie eine Katze, hinaufkletterte und auf das Deck der Galeere sprang. Dann folgte er Hunerich, der schon vorausgegangen war. Als sie in die Kommandantenkammer eintraten, kam Geiserich lächelnd auf Gento zu und umfasste seine Schultern. „Sei gegrüßt, mein Sohn. Wie du mit dem Sturm fertig geworden bist, zeigt mir, dass du ein ganz guter Seefahrer geworden bist. Möglicherweise kommt uns dies hier bald zugute." Gento wehrte das Lob mit einer Handbewegung ab und antwortete: „Ohne deine Warnung wäre es wohl schwer für uns geworden. Woher wusstet ihr, dass dieser Sturm kommen würde? Es gab keinerlei Anzeichen dafür."

Geiserich lachte: „Wir haben einen Seher an Bord. Er kann Unwetter voraussehen. Kommen wir aber zur Sache. Ich habe dich rufen lassen, um mit dir und Hunerich die Lage zu besprechen. Ihr wisst, dass ich ein Treffen mit Attila vorbereitet habe. Ich kenne ihn aus meiner Jugendzeit. Damals haben wir unsere Haut nur retten können, weil ich ihn ausgetrickst habe. Er wird es nicht vergessen haben und mir zeigen wollen, dass er der Bessere ist. Darum müssen wir auf der Hut sein und dürfen nichts dem Zufall überlassen. Diese Galeere hat eine Fracht und zwar Schätze von unermesslichem Wert. Die soll Attila bekommen. Dafür muss ich aber sicher sein, dass er auch die geforderte Gegenleistung erbringt. Darum kann ich ihm nicht einfach das Geld vor die Füße legen und habe mir einen Plan ausgedacht. Dafür brauche ich euch. Hört nun gut zu."

Geiserich begann nun, in allen Einzelheiten seinen Plan zu erläutern. Als er geendet hatte, nickte Gento anerkennend: „Ja, so könnte es gehen!" Und Hunerich ergänzte: „Wenn Attila so ist, wie du ihn beschrieben hast, wird es gelingen."

Geiserich lächelte zufrieden. „Dann wird es so geschehen. Wir ankern diese Nacht noch hier. Juan hat herausgefunden, das Narsis, bei gutem Wind, eine knappe Tagesfahrt weiter nördlich liegt. Darum werden wir morgen sehr früh die Anker lichten und die Küste hinauffahren."

Am nächsten Morgen, die dunkle Küste hob sich nun wieder deutlich von dem, immer heller werdenden, Himmel ab, holte die Dromone als erste den Anker ein und setzte die Segel. Alles lief mit der Sicherheit unzählig geübter Handgriffe ab. Wingard, am Ruder, legte mit kräftigen Drehungen das Schiff in den Wind und bald ertönte das typische pfeifende Rauschen der prall gefüllten Segel. Geiserich hatte von dem etwas erhöhten Achterdeck das Manöver mit Anerkennung beobachtet. Er war bereits noch am Abend zuvor auf die Hilderich übergewechselt, denn es gehörte zu seinem Plan, mit der kleinen, wendigen Dromone die Bucht anzulaufen, in der das Treffen stattfinden sollte. Gracia, die Tochter des Aetius, musste darum auf die Galeere ziehen, was sie nur sehr ungern tat. Die Galeere sollte ihnen auf Sichtweite bis zum Horizont folgen und dann im Schutze der hier zahlreichen kleinen, felsigen Inseln, auf ihren Einsatz warten.

*

In der kleinen macedonischen Hafenstadt Narsis herrschte helle Aufregung. Draußen, in der lang gestreckten Ebene, die sich in einem weiten Bogen bis hinunter zum Meer ausbreitete und dort eine seichte Bucht bildete, standen, soweit das Auge reichte, die Jurten der gefürchteten Hunnen. Bisher waren es immer nur kleinere Gruppen gewesen, die Überfälle auf ungeschützte Ortschaften durchführten und Schneisen der Verwüstung hinterließen. Auch gab es kleinere Gefechte mit den römischen Truppen, die Aspar, der Magister Militum der Oströmer, in dieses Gebiet zum Schutz der Provinz Macedonien aufgeboten hatte, doch Aufmärsche in dieser Größenordnung hatte es noch nie gegeben. Das ungewöhnliche daran war aber, dass es keinerlei Anzeichen feindlicher Handlungen gab. Es war so als warteten sie auf etwas.

Ein Reiter preschte in hartem Galopp auf das Lager
der Hunnen zu. In wildem Zickzack jagte er durch die
regellos aufgestellten Jurten zu dem großen Zelt mit
den drei Spitzen, das in der Mitte des Lagers stand.
Mit elegantem Schwung sprang er von seinem Pferd
und eilte auf den Eingang zu. Die Wachen schoben
den Vorhang zur Seite und riefen in das Zelt hinein:
„Einer der Wachen von den Felsen an der Küste ist
zurück, Herr!"
Die Antwort war ein derber Fluch, was die Wachen
erschrocken veranlasste, den Mann in das Zelt zu
stoßen. Dies brachte ihn aus dem Gleichgewicht und
ließ ihn genau bis vor die ausgesteckten Füße von
Attila stolpern. In dieser Haltung blieb er, bis Attila ihn
mit einem Fuß anstieß und ungeduldig forderte:
„Rede, Mann! Habt ihr Geiserichs Flotte schon
gesichtet?"
„Nein, Herr, von einer Flotte ist weit und breit nichts zu
sehen. Nur ein Segelschiff von mittlerer Größe steuert
die Bucht an."
Ärgerlich richtete Attila sich von seinem Lager auf.
„Das kann der Vandale nicht sein. Er wird nicht so
verrückt sein, sich ungeschützt in meine Hände zu
begeben. Holt mir mein Pferd. Die Sache muss ich mir
näher ansehen."

Geiserich zeigte schräg nach vorne in die Bucht.
„Wir haben die Hunnen tatsächlich gefunden. Schaut
euch die vielen Jurten an. Attila ist mit seiner
gesamten Hausmacht hier angerückt. Wahrscheinlich
hat er erwartet, dass ich mit einer ganzen Flotte hier
aufkreuze."
Gento blickte besorgt in die Richtung.
„Willst du wirklich alleine dort hingehen?"

Geiserich nickte entschlossen. „Wir werden es so ausführen, wie wir es beschlossen haben. Schließlich ist er ja nicht unser Feind, sondern nur ein wenig unberechenbar und verschlagen. Wir werden so nah wie möglich zum Ufer ankern."

Gento blickte wieder zur Bucht und gab Wingard seine Anweisungen. Der Steuermann zeigte mit der Hand, dass er verstanden hatte. Der schwere Anker fiel klatschend ins Wasser und gleichzeitig wurden die Segel heruntergeholt. Das Schiff machte noch Fahrt auf das Land zu, bis das dicke Tau des Ankers sich straffte. Dann beschrieb das Heck einen Bogen, so dass es landwärts zeigte und so liegen blieb. Die Männer ließen nun das Ruderboot zu Wasser und Geiserich machte sich fertig, um an Land gebracht zu werden. Für einen Augenblick vermisste er Ardel, seinen Leibwächter, an seiner Seite. Den hatte er aber in Carthago gelassen, um über Thora zu wachen und ihr Schutz zu geben, falls es nötig sein sollte. Hier hätte er ohnehin nichts ausrichten können. Dann wurde Geiserich ans Ufer gerudert. Es war wie damals, als er Attila zum ersten Mal begegnet war, in der schlichten Tracht der Vandalen gekleidet, mit der engen Hose bis kurz unter die Knie und dem grauen Umhang mit einer Bronzefibel zusammengehalten. Seine, immer noch, schwarzen Haare trug er nach Vandalen Art an der Seite zusammengebunden und, trotz seiner unauffälligen Kleidung, strahlte er etwas aus, was erkennen ließ, dass er etwas Besonderes war.

Es bot sich Geiserich schon ein Furcht erregendes Bild, als das Ruderboot knirschend an dem steinigen Ufer aufsetzte. Dicht gedrängt, mit Pfeil und Bogen im Anschlag, standen die Krieger der Hunnen, wie eine

undurchlässige Mauer, und zielten drohend auf die Ankömmlinge.
Geiserich gab sich unbeeindruckt. Langsam schritt er durch das, nun seichte, Wasser, auf die Hunnen zu. Innerlich beschlich ihn das gleiche Gefühl wie damals, als sie aus dem Nichts aufgetaucht waren, und sie gezwungen hatten, mitzukommen.
Plötzlich erscholl ein lauter Befehl in der kehligen Sprache der Hunnen und, wie von Geisterhand geschaffen, bildete sich in den Reihen der Hunnen eine Gasse. Ein Reiter kam heran.
Geiserich erkannte Attila sofort wieder. Er hatte sich fast nicht verändert. Sein markanter Kopf war nicht, wie üblich bei den Hunnen, bis auf einen Haarbüschel am Hinterkopf, geschoren, sondern er trug sein langes schwarzes Haar, das mittlerweile nun doch schon ein paar graue Strähnen aufwies, streng nach hinten gekämmt, und war auf dem Hinterkopf zu einem Knoten zusammengebunden. Noch immer bevorzugte er schwarze Kleidung. Auf seinem Gewand waren zudem noch fremdartige Symbole mit Goldfäden eingestickt, die seine besondere Stellung hervorhoben.
Langsam stieg er von seinem Pferd und kam auf Geiserich zu. Wortlos starrte Attila ihn eine ganze Weile forschend an. Dann knurrte er, ohne ein Wort der Begrüßung:
„Es ist respektlos von dir, alleine und ohne Schutz hier aufzukreuzen. Du lebst nur noch, weil du damals Wort gehalten hast und meinem Großvater Uldin die Geschichte mit den Boten aufgetischt hast." Attilas drohendes Gesicht begann zu grinsen. „Es hat mir viel Ärger erspart. Ich habe aber auch nicht vergessen, wie du den letzten Pfeil unseres Wettschießens auf mich gerichtet hast. So etwas wird mir nicht noch

einmal passieren. Die Welt spricht von dir, Geistreicher. Du hast dich mit diesen hündischen Alanen verbündet und trittst den Römern in Africa mächtig auf die Füße. Ich hätte nicht gedacht, dass wir uns noch einmal begegnen würden."

Nun löste sich auch Geiserichs angespanntes Gesicht und er antwortete lächelnd:

„Wenn ich zu Freunden gehe, brauche ich keine Streitmacht und außerdem muss nicht die ganze Welt davon erfahren, dass ich etwas mit dir zu bereden habe, Väterchen."

„Du machst mich neugierig, Vandale. Sprich, was hast du mit mir zu bereden?"

Geiserich schüttelte den Kopf. „Nicht hier, vor so vielen Ohren, und wenn deine Leute mit dem Bogen auf mich zielen, fühle ich mich unbehaglich."

Attila rief seinen Männern laut etwas zu. Daraufhin zogen sie sich augenblicklich zurück.

„Lass uns in meiner Jurte reden, Vandale. Deine Unerschrockenheit hat mich schon damals beeindruckt."

Geiserich gab den Männern im Ruderboot die Anweisung, zu warten, bis er zurück wäre und folgte dann Attila zu seinem Zelt.

„Dies ist mein Feldlager! Erwarte also keinen Luxus. Einen Krug Wein könnte ich dir aber bieten."

Geiserich lachte nun und entgegnete: „Ich sehe, dass du mir wohlgesonnen bist, sonst hättest du mir dieses Gebräu aus gegorener Pferdemilch angeboten."

Attila verzog keine Miene und durchbohrte Geiserich mit Blicken aus seinen schrägstehenden Schlitzaugen. Sie hatten sich auf eine Art Diwan aus Pferdefellen niedergelassen und eine Dienerin brachte den Wein.

„Du hast nicht die Mühen auf dich genommen, hierher zu kommen, um mit mir zu scherzen. Was willst du von mir, Vandale?"

Geiserich nahm einen Schluck Wein und setzte den Krug aufreizend langsam wieder ab. „Das Schicksal hat mich mit der Führung meiner Völker betraut. Ich habe Entscheidungen treffen müssen, die schwer waren, aber letztendlich erfolgreich. Wir haben den Römern ihre Kornkammern in Africa weggenommen und beherrschen den größten Teil des Meeres der Mitte und dies mit nur etwa 16.000 waffenfähigen Männern. Ich habe an den Säulen des römischen Imperiums gerüttelt und werde sie auch eines Tages zu Fall bringen. Als wir uns damals trennten, waren wir uns einig, dass wir gemeinsam die Welt aus den Angeln heben könnten. Nun, was hast du in dieser Zeit vollbracht? Du lieferst dir kleine Gefechte mit den Byzantinern, raubst hier und da einige Ortschaften aus und alle Welt fürchtet sich vor dir. Doch was hast du für dein Volk vollbracht?"

Attila war aufgesprungen. „Hüte deine Zunge, Vandale. In meiner Nähe sind schon für weit weniger unbedachte Äußerungen Köpfe gerollt. Bist du hergekommen, um mich zu beleidigen?"

Geiserich schüttelte den Kopf. „Nein, Väterchen, ich will dir die Augen öffnen. Ich habe gelernt, über den Rand meines Tellers hinauszuschauen. Siehst du denn nicht, dass das Imperium nicht mehr die Macht hat, wie in früheren Zeiten? Jetzt ist es angreifbar. Jetzt könntest du deinen Teil dazu beitragen, die Welt aus den Angeln zu heben."

Attila hatte sich nicht wieder niedergelassen, sondern ging in dem Zelt unruhig auf und ab. Aufgebracht zeigte er mit dem Finger auf Geiserich. „Was glaubst du, wer du bist, mir solche Ratschläge zu geben?

Denkst du denn, ich hätte die Lage nicht auch erkannt? Für einen Feldzug gegen die Römer, mit ihren Vasallen, den Goten, brauche ich die Unterstützung der Stammesfürsten und dafür muss ich ihnen etwas bieten."

Geiserich erhob sich nun auch und fiel Attila ins Wort. „Ist die Aussicht auf ein Hunnenreich von Pannonien bis Gallien nicht genug? Aber wenn euch diese Aussicht nicht reicht und ihr Werte nur in Gold und Edelsteinen misst, dann kann ich es dir geben, damit du ihnen etwas bieten kannst."

Attila, der schon eine heftige Erwiderung auf der Zunge hatte, starrte Geiserich verblüfft an. „Du willst mir etwas geben?" Er lachte laut auf. „Du kennst meine Stammesfürsten nicht. Für ihre treuen Dienste benötige ich eine Schiffsladung voll Gold und Edelsteinen."

Geiserich stand nun dicht vor Attila und blickte ihn mit seinen grauen Augen lauernd an. „Ja, eine Schiffsladung voll."

Attila glaubte, sich verhört zu haben. „Du hast eine Schiffsladung voll Gold dabei? In dem Kahn da draußen?"

Geiserich grinste nun. „Hältst du mich für so dumm? Nein, mein Freund, vergiss es. Ohne Gegenleistung kommst du an das Gold nicht ran."

Nun blitzte es in Attilas Augen tückisch auf. „Ich habe das Gold bereits, denn ich denke, du bist deinem Volk diese Schiffsladung wert. Sie müssen mir es bringen, wenn sie dich wiederhaben wollen."

Geiserich schüttelte den Kopf. „Du irrst dich gewaltig. Die Dromone dort in der Bucht befehligt mein Sohn Gento und die Galeere mit dem Gold, die unweit von hier hinter den Inseln liegt, wird von meinem ältesten Sohn Hunerich geführt. Er ist nun dreißig Jahre alt und möchte bald liebend gerne der König sein. Versetze dich einmal in seine Lage. Was würdest du an seiner Stelle tun? Meine Söhne waren gegen diese Aktion, weil sie dir nicht trauen. Sie haben mir Zeit bis zum Sonnenuntergang gegeben. Dann habe ich das Geschehen nicht mehr in der Hand."

Zornig ballte Attila die Fäuste. Natürlich konnte er sich in Hunerichs Lage versetzen. Er wäre mit dem Gold schon über alle Berge und bald der neue König. Das war so sicher, wie es Tag und Nacht wurde. Laut sagte er aber: „Unter welchen Bedingungen willst du mir das Gold denn überlassen?"

Geiserichs Gesicht hellte sich auf. „Ah, siehst du, nun wirst du vernünftig. Wie lange brauchst du, um deine Stammesfürsten zusammenzuholen?"

Draußen wurde es laut und Attila konnte nicht antworten. Eine Wache trat in das Zelt. In der schnatternd, kehligen Sprache rief er Attila etwas zu. Der wandte sich fragend an Geiserich.

„Eine römische Galeere taucht vor der Bucht auf. Was bedeutet das?"

„Das ist Hunerich. Wir haben sie den Römern weggenommen. Er wartet nun auf mich! Aber nur bis die Sonne untergeht."

„Du bist ein Hund, Vandale! Ich brauche acht Tage, bis die wichtigsten Stammesführer hier sein können."

Geiserich antwortete: „Ich gebe dir fünf Tage. Dann brauche ich eine Entscheidung. Nun möchte ich wieder auf mein Schiff."

Attila nahm nun seinen Weinkrug und hielt ihn Geiserich entgegen. „Ist es wirklich eine ganze Schiffsladung?"

„Du wirst nicht enttäuscht sein", versicherte Geiserich und hob ebenfalls seinen Krug.

„Dann geh zurück auf dein Schiff und komme in fünf Tagen wieder. Du wirst dann unsere Entscheidung hören."
Geiserich trank den Wein und reichte Attila die Hand. „Ich glaube, du wirst dir diese Gelegenheit nicht entgehen lassen, um als großer Feldherr zu Ruhm zu kommen. Wir werden uns wohl nicht mehr wieder sehen, denn alles Weitere wird durch Unterhändler geregelt. Deine Nähe ist mir zu gefährlich. Leb wohl, Attila, Väterchen."
Attila nahm die Hand und entgegnete: „Lebe wohl, Geiserich, Geistreicher. Wir haben uns in diesem Leben zweimal getroffen und die Luft hat zwischen uns gebrannt. Ein drittes Mal wäre bestimmt nicht gut. Lebe wohl."

Geiserich kehrte auf die Dromone zurück und berichtete dem neugierigen Gento, was geschehen war.
„Es ist alles so eingetroffen, wie du es vorausgesehen hattest", wunderte der sich kopfschüttelnd. „Weißt du denn auch, wie sie sich entscheiden werden?"
Geiserich nickte. „Attila wäre irgendwann sowieso losgezogen. Mit dem Gold beeinflusse ich nur den Zeitpunkt. Sie werden zustimmen."
Gento machte ein nachdenkliches Gesicht. „Dann hat auch die Botschaft, die du Aetius übermitteln willst, etwas mit Attila zu tun?"
„Ja, ich werde ihn warnen, damit die Römer sich auf den Hunnensturm vorbereiten können. Es klingt zwar hinterhältig, aber für den Erhalt meines Volkes ist mir jedes Mittel recht."
Mittlerweile dämmerte der Abend und Gento ließ Wachen aufstellen. Er schärfte ihnen ein, die Augen offen zu halten, damit es keine böse Überraschung

geben würde. Es geschah aber nichts. Am nächsten Morgen verlangte ein Vertrauter von Attila, das Gold sehen zu dürfen. Bereitwillig ließ Geiserich den Mann zur Galeere rudern und die Schiffsladung begutachten. Mit großen Augen kam er aus der Ladeluke wieder heraus. Mit überschwänglichen Worten berichtete er später Attila davon. Spätestens ab diesem Zeitpunkt nahm in dessen Kopf der Angriff auf die westliche Welt Gestalt an.

Das Ausladen der Schätze war zügig von statten gegangen. Attilas Augen hatten zu leuchten begonnen, als Goldstücke, Armreife, Diademe und goldene Broschen, mit Edelsteinen bestückt, in sein Zelt getragen wurden.

*

Jetzt, da sie sich schon lange wieder auf dem Heimweg befanden und fern am Horizont die Küste Siziliens sichtbar wurde, erschien es Geiserich, dass alles viel glatter abgelaufen war, als er befürchtet hatte. Den Schmuck und die Goldstücke würde er sich von den Römern wiederholen. Aber was er damit erreicht hatte, war von unschätzbarem Wert. Nun freute er sich darauf, wieder zurück nach Carthago zu kommen.
Gento segelte mit seiner Dromone weit voraus. Gracia war wieder zu ihm an Bord gekommen und, wie vorgesehen, sollte er sie nun in Syrakus absetzen.

Es ist nicht ganz ungefährlich für mich, dich im Hafen abzusetzen. Syrakus ist noch in der Hand der Römer,

aber ich habe meinem Vater versprochen, dich direkt zu deinem Onkel, dem Statthalter, zu bringen."
„Du bist froh, mich loszuwerden, nicht wahr?", unterbrach sie ihn und schaute Gento dabei forschend an.
Der umfasste ihre Taille und führte sie bis zum Bug der Dromone. Mit dem linken Arm zeigte er nach vorne. „Wenn man seine Augen anstrengt, kann man schon die Prachtbauten deiner römischen Landsleute in der Stadt sehen. Dort ist deine Welt. Da gehörst du hin. Seit dem ersten Augenblick, als ich dich gesehen hatte, schlug mein Herz anders als sonst. Ich wollte es mir nie eingestehen, weil ich wusste, dass wir in verschiedenen Welten leben und eigentlich Feinde sind."
Beschwichtigend legte Gracia zärtlich zwei Finger auf seine Lippen, dass er schweigen sollte. Dabei blickte sie ihn voll an. „Ich habe dich anfangs gehasst. Ich mochte deine unverschämte Art nicht, wie du mit mir geredet hast. Du hast mir Angst gemacht. Dann merkte ich aber, dass du mir nichts Böses wolltest. Ich habe versucht, deine verstohlenen Blicke zu deuten und habe fast gehofft, dass du etwas für mich empfindest. Nun würde ich gerne bei dir bleiben, weil auch mein Herz in deiner Nähe anders schlägt als sonst."
Gento lächelte nun traurig. „Unter anderen Umständen würdest du mich zum glücklichsten Menschen der Welt machen, aber nun stimmt es mich nur traurig, denn es kann für uns keine Zukunft geben. Wir Vandalen befinden uns mit deinem Volk, deinem Vater, im Krieg. Ich werde gegen euch kämpfen und Dinge tun müssen, die du nicht verkraften würdest."
Gracia nickte ernst. „Eines Tages wird auch dieser

Krieg vorbei sein. Wenn wir dann beide noch leben, werden wir uns wieder sehen. Da bin ich mir sicher." Gento blickte hoch. Das Schiff hielt nun Kurs auf die engste Stelle der Hafeneinfahrt von Syrakus. Sofort war er wieder der Kapitän. „Holt das Segel herunter und alle Mann an die Ruder. Halte das Steuerrad etwas gegen den Wind, damit wir nicht gegen die Mauer der Einfahrt gedrückt werden, Wingard", rief er seinem Steuermann zu.

Wingard kannte die tückische Strömung vor der Hafeneinfahrt, denn sie war schon manchem Schiff zum Verhängnis geworden. Darum hatte er sich schon vor Gentos Befehl mächtig in das Rad gelegt und den Kurs genau in der Mitte der Einfahrt gehalten. Dann machten sie, etwas abseits der Handelsschiffe, an der Hafenmole fest. Kurze Zeit später hatte Gracia nach langer Zeit wieder festen Boden unter den Füßen. Dennoch wollte die große Freude bei ihr nicht aufkommen.

Gento fasste in seinen Umhang und holte ein versiegeltes Schreiben hervor. „Mein Vater hat eine Botschaft an deinen Vater. Sie ist ungemein wichtig und muss ihn unbedingt erreichen. Das ist deine Gegenleistung für deine Freilassung."

Gracia machte ein verwundertes Gesicht und fragte: „Was ist denn so wichtig daran? Mein Vater wird sicher eine Nachricht von seinem ärgsten Feind mit Argwohn betrachten."

Gento sah Gracia voll an. Es ist besser für dich, wenn du es nicht weißt. Aber, es wird deine Aufgabe sein, ihn davon zu überzeugen, dass er meinem Vater vertrauen kann."

Während Gento dies sagte, sah er aus den Augenwinkeln, wie einige Männer die Hafenmole hinauf gelaufen kamen. Auf den zweiten Blick erkannte er, dass es vandalische Seeleute sein mussten.

Als der erste der Männer auf einige Schritte heran war, weiteten sich seine Augen und wie angewurzelt blieb er stehen.

„Gento? Wir haben deine Dromone gesehen und es nicht glauben können. Du lebst?"

Gento schob Gracia zur Seite und trat vor. „Was soll das Gefasel? Warum soll ich nicht leben?"

„Weil Amalfried dich, Hunerich und den König für tot erklärt hat. Ein schiffbrüchiger Seefahrer war angeblich Zeuge, wie eure Schiffe untergegangen sind. Nun hat er die Macht in Carthago an sich gerissen. Ich glaube nicht, was ich sehe. Lebt der König auch noch?" Gento musste das Gehörte erst einmal verarbeiten. Wie abwesend antwortete er grimmig:

„Und wie der noch lebt. Doch wenn ich ihm dies berichte, wird ihn der Schlag treffen. Was weißt du noch über die Lage in Carthago?"

Der Seemann trat erschrocken einen Schritt zurück. „Genaues wissen wir auch nicht, aber man munkelt, dass Hunerichs Frau ihre Finger im Spiel hat. Gott sei gepriesen! Der König lebt! Das wird ein Freudentag in der Flotte sein."

Gento wandte sich nun an Gracia. „Du siehst, die Zeit drängt und wir müssen zu Hause Ordnung schaffen. Lebe wohl, Gracia. Vielleicht führt uns das Schicksal noch einmal zusammen." Dann wandte er sich wieder an den Seemann. „Sorgt bitte dafür, dass diese Frau unbehelligt zum Hafenkommandanten kommt. Ihr haftet mit eurem Kopf dafür. Dann verbreitet die Nachricht in der Flotte, dass der König lebt und Hilfe braucht. Jedes verfügbare Schiff soll Kurs auf Carthago nehmen. Nun beeilt euch."

Gracia kam noch einmal zurück und hauchte Gento einen Kuss auf die Wange. „Pass auf dich auf, Königssohn. Die Zeiten sind unruhig!"
Dann schloss sie sich den Seeleuten an und wandte sich nicht mehr um.

Die Verschwörung

Isodora lief in ihrem Gemach aufgeregt hin und her. Fröstelnd griff sie nach dem wärmenden Umhang und legte sich ihn um die Schultern. Draußen peitschte der Regen über die flachen Dächer von Carthago und füllte nun wieder die fast leeren Zisternen der Häuser. Über der Stadt lag der beißende Rauch von dem Holz der Olivenbäume, das in den Feuerstellen der Wohnungen für Wärme sorgte. Die kalte Jahreszeit hatte nun das Land im Griff. Es war die Zeit, in der dunkle Wolken vom Meer her landeinwärts trieben. Sie tränkten Felder und Weiden, die nach der langen, heißen Sommerzeit ausgedörrt und von der Sonne verbrannt, das viele Wasser nicht fassen und festhalten konnten. Es entstanden reißende Bäche, die Erde und Steine fortspülten und tiefe Rinnen in das Land gruben.
Missmutig schaute Isodora hinaus. Es war nun schon 30 Tage her, dass Geiserich mit seinen Söhnen fort war. Es gab kein Lebenszeichen von ihnen, keinen Hafen, in dem man sie gesehen hatte, kein Schiff, das ihre Segel erblickt hätte. Plötzlich kam ihr eine Idee. Begeistert schnippte sie mit den Fingern. „Ich werde jetzt handeln", dachte sie. „Amalfried wird seine abwartende Haltung aufgeben müssen." Heftig und

fordernd rief sie mit dem Klingelzug ihre Dienerin
Smeralda herbei, die schon am Hofe ihres Vaters in
ihren Diensten gestanden hatte, als sie noch ein
junges Ding war. Sie griff in eine Schatulle und holte
einige Goldstücke heraus. „Geh in die Schänken
unten am Hafen. Dort suchst du nach einem
Seemann, der für ein paar Goldstücke bezeugen
kann, dass bei dem letzten Unwetter der König und
seine Söhne vom Meer verschlungen worden sind.
Wenn er es schafft, dass man ihm glaubt, mache ich
ihn zu einem reichen Mann."
Smeralda neigte ihr Haupt. „Es wird nicht schwer sein.
Die Schänken sind voll von Männern aus unserem
Volk, die ein ungutes Schicksal in dieses Land geführt
hat. Für ein paar Sesterzen würden sie ihre eigene
Mutter verkaufen."
Isodora nickte. „Dann eile dich, denn die Zeit drängt,
doch auf eines achte noch. Es darf niemand erfahren,
dass ich die Quelle dieser traurigen Nachricht bin."
„Du kannst dich auf mich verlassen, Herrin. Es wird
alles so geschehen, wie du es befiehlst."

Amalfried glaubte, nicht richtig zu hören. „Was sagst
du da? Woher hast du die Nachricht?", fragte er
fassungslos den jungen Kommandanten der
Hafenwache des Handelshafens.
„Wir haben einen Seemann aufgegriffen, der bei allen
Heiligen und dem Leben seiner Mutter schwört, es
gesehen zu haben. Er selbst habe den Sturm nur
durch ein Wunder überlebt."
„Bringt mir den Mann her. Wer weiß noch davon?"
Der Kommandant trat unbehaglich von einem Bein auf
das andere. „Er steht draußen vor der Tür. Meine
Leute haben ihn gleich mitgebracht. Ich fürchte aber,

dass bereits das Volk unten im Hafen die Nachricht in Windeseile verbreitet."

Auf seinen Wink hin brachten sie den Mann herein. Amalfried rümpfte die Nase. Er war zwar den Umgang mit den Seeleuten gewöhnt und die Besatzungen der Schiffe setzten sich gewiss nicht nur aus sauberen, aufrechten Vandalen zusammen, aber dieser Kerl war ein besonders heruntergekommenes Exemplar. Sein Gesicht wurde von einem struppigen, verfilzten Bart fast ganz verdeckt, und sein Umhang stand vor Dreck, Rotweinflecken und getrocknetem Schweiß. Er verbreitete in seinem Dunstkreis einen fast unerträglichen Gestank.

Amalfried hob abwehrend die Hände. Das ist nahe genug. Berichte, was du gesehen haben willst!"

Der Seemann riss seine Augen auf. „Die Erinnerung daran bringt mich um den Verstand. Sie reißt mich wieder hinunter in die tiefen Schlünde der Hölle. Ich sehe, wie der Herr der Finsternis nach mir greift, doch ich kann ihm entwischen und werde mit Wucht wieder an die Wasseroberfläche geschleudert. Ich sehe, wie die riesige Welle die beiden Schiffe verschlingt. Es bleibt nichts, außer ein paar Planken, an denen ich mich festkralle. Der Herr hat mich gerettet und den König und seine Söhne genommen."

Amalfried schlug die Hände vor sein Gesicht. „Auf welchem Schiff bist du gefahren?"

„Gento war mein Kapitän, ein guter Mann."

Amalfried stand auf und gab dem Kommandanten ein Zeichen. „Schafft ihn fort!"

Er hatte es nun sehr eilig, und kurze Zeit später saß er in der Kutsche, die ihn zum Palast brachte.

Isodora blickte Amalfried spöttisch an. „Was grämst du dich denn so? Es ist etwas eingetreten, was du dir in deinen kühnsten Träumen nicht ausmalen konntest.

Die ganze Königsfamilie ist ausgelöscht worden und du bist nun der rechtmäßige Anwärter auf den Thron. Hunerich steht dir nicht mehr im Weg. Du kannst mich zu deinem rechtmäßiges Weib nehmen und alle zum Teufel jagen, die bisher den König mit ihren falschen Ratschlägen in die Irre geleitet haben."

Amalfried schüttelte verzweifelt den Kopf. „Was soll ich denn nun tun? Was werden Gaius Servandus und Tirias sagen?"

„Schaffe sie aus dem Weg! Sie werden es nie zulassen, dass du die Macht an dich reißt", zischte Isodora. „Du musst jetzt schnell und entschlossen handeln!"

„Nein!" Amalfried stöhnte gequält auf.

„Rufe die Versammlung der Adligen zusammen und bringe sie auf deine Seite."

Amalfried blickte Isodora zweifelnd an. „Wie wird sich Thora verhalten? Sie könnte mit ihren Alanen gegen uns sein. Das würde Krieg bedeuten."

Isodora schüttelte heftig mit dem Kopf. „Nein, nein, dazu ist sie zu schlau, denn sie weiß genau, dass dies das Ende beider Völker bedeuten würde. Sie wird sich ruhig verhalten, wenn du die Besitztümer der Alanen nicht antastest. Nun geh und handele, denn die Zeit drängt, Amalfried, König der Vandalen!"

In der eilig zusammengerufenen Versammlung der Adligen rumorte es. Schon bald hatten sich zwei Lager gebildet. Die Nachricht von dem Tod des Königs und seinen Söhnen wurde von den Vertretern der Stämme, die Geiserich in unverbrüchlicher Treue nahe standen, bezweifelt und weigerten sich vehement, die Frage der Nachfolge auch nur zu erörtern. Andere, darunter diejenigen, die sich bei der Vergabe der Ländereien von Geiserich benachteiligt gefühlt hatten, drängten geradezu auf eine baldige Regelung. Amalfried ließ sie einige Zeit streiten. Dann ergriff er das Wort.

„Wenn ihr schon darüber streitet, ob es eine Nachfolge unseres Königs Geiserich geben soll, wie wollt ihr euch denn darüber einigen, wer diese Nachfolge antreten soll? Unser Volk steht zurzeit im Krieg mit der Weltmacht Rom. Da können wir uns Uneinigkeit nicht leisten. Darum habe ich beschlossen, dass besondere Zeiten besondere Maßnahmen erfordern. Da ich nun der ranghöchste Offizier in unserem Volke bin, werde ich nun Geiserichs Platz einnehmen. Ab sofort gehorcht alles meinen Befehlen und Verfügungen." Amalfried hatte den Tumult, der nun einsetzte, erwartet. Zur Demonstration seiner Stärke hatte er seine, ihm treu ergebenen, Elitetruppen vor dem Palast aufmarschieren lassen. Eine Abteilung drang hinein und bildete einen menschlichen Schutzwall zwischen Amalfried und den Adligen. Zwar versuchte niemand, ihn anzugreifen, doch es war eine eindrucksvolle Demonstration seiner Macht. Für einen Moment kehrte verwunderte Stille ein. Nun begann auch der Letzte von ihnen zu begreifen, dass es Amalfrieds blutiger Ernst war. Aus der Reihe der Ältesten löste sich nun Theuderich und trat ein paar Schritte vor. Mit zitternder Stimme rief er: „Es ist Unrecht, was du tust! Wir Vandalen heben unseren neuen König nur auf den Schild, wenn er aus dieser Versammlung gewählt wird. Dein überstürztes Handeln zeugt davon, dass du die Macht um jeden Preis willst. Du hast aber nicht die Fähigkeit, ein Volk zu führen. Dazu gehört mehr, als nur ein Schwert führen zu können. Besinne dich, Amalfried, überlasse Thora und Gaius Servandus so lange die Führung des Reiches, bis endgültig

Geiserichs Schicksal und das seiner Söhne geklärt ist." Amalfried gab einer der Wachen einen Wink. „Bringt ihn zum Schweigen!" Theuderich zog sein Schwert und schrie: „Niemand bringt einen Theuderich zum Schweigen." Mit diesem Schrei griff er die Wache an. In früheren Jahren hatte er es mit mehreren Gegnern zugleich aufnehmen können, doch nun war er alt und schwach. Seine Schwerthiebe wurden mühelos pariert und er geriet durch die wuchtigen Schläge der jungen Krieger in arge Bedrängnis. Plötzlich fühlte er einen scharfen Schmerz in der Seite. Er hatte den Hieb nicht kommen sehen. Er zuckte zusammen und ließ das Schwert aus seinen kraftlosen Händen zu Boden gleiten. In hellroten Blasen quoll Blut aus seinem Mund. Mit großen Augen starrte er Amalfried an. Mühsam formten nun seine Lippen die Worte: „Ich habe bis zum letzten Atemzug für meinen König gekämpft und das erfüllt mich mit Freude. Du wirst aber des Königs Zorn und seine Rache zu spüren bekommen und dir wünschen, nie geboren worden zu sein."

Seine letzten Worte waren für niemanden mehr verständlich, denn Theuderich fiel auf sein Gesicht und noch ehe er den Boden berührte, hatte er seinen letzten Atemzug getan.

Zuerst herrschte in der Versammlung lähmendes Entsetzen. Dann aber wurde sich jeder der Tragweite dieses Geschehens bewusst und wollte nur fort von diesem Ort. Alles drängte dem Ausgang zu.

Amalfried riss seinen Blick von dem toten Theuderich los. Für einen Moment verspürte er eine gewisse Leere, denn dieser aufrechte Mann war für ihn schon von klein an immer ein Vorbild gewesen, dem er nacheifern wollte. Nun hatte er ihn töten lassen. Er

fluchte leise. „Zum Teufel auch! Warum musste der alte Narr auch mit einem Schwert auf mich losgehen?" Amalfried wusste nun aber auch, dass er nicht mehr zurück konnte. Nun musste er es durchziehen. Seine Gestalt straffte sich. Laut rief er: „Wer nicht für mich ist, der ist mein Gegner und hat die Folgen zu tragen. Ab sofort gilt mein Wort. Gaius Servandus ist mit sofortiger Wirkung von seinem Amt als Statthalter von Carthago und der Stellung als Kriegsminister und Berater des Königs entbunden. Ich werde so schnell wie möglich Thora und die Alanen von meinen Entscheidungen Kenntnis geben. Die Boten werden noch heute aufbrechen." Es waren nicht viele der Anwesenden, die seine Worte bejubelten. Amalfried hatte sie überrumpelt, hatte mit Theuderichs Tod Fakten geschaffen, die nicht mehr rückgängig gemacht werden konnten.
Zähneknirschend verließen die meisten von ihnen mit einem grimmigen Blick auf die sterblichen Überreste von Theuderich, einem ihrer großen Führer in vergangenen Zeiten, den Versammlungsraum.

*

Gaius Servandus lebte in einem der prächtigen Anwesen, das in der Nähe des Palastes auf einer Anhöhe hoch über der Bucht gebaut war. Als Statthalter von Carthago stand ihm dieses Privileg zu. Die Nachricht von Geiserichs Tod hatte sich von den Schänken der Hafengegend in Windeseile über die ganze Stadt verbreitet und Gaius völlig unvorbereitet auf einer der abendlichen Tafeln erreicht. Still war er aufgestanden und hinaus auf die Terrasse gegangen.

Der Wind zerrte an seiner Tunika und der Regen prasselte in sein Gesicht. Bald rannen ihm kleine Bäche die Wangen hinunter in den kurz gestutzten Bart. Vor seinen Augen erschienen Bilder aus der Vergangenheit, kamen Geschehnisse hoch, die er mit Geiserich zusammen erlebt hatte. Plötzlich wurde ihm klar, wie eng doch sein Schicksal mit dem von Geiserich verbunden gewesen war. „Es kann nicht sein", hatte er immer wieder gezweifelt. Farina, seine schöne Frau, war hinzugekommen, hatte ihn umarmt und sanft auf ihn eingeredet. „Er würde es sicher nicht wollen, dass du trauerst. Komm wieder herein, denn die Kühle des Abends und der Regen werden dir nicht gut tun."

Mit sanfter Gewalt führte sie Gaius wieder zurück in die beheizten Räume. Dort blieb er wieder regungslos stehen und starrte ins Leere. Dann, nach einiger Zeit, straffte sich seine Gestalt. Er ballte mit der rechten Hand eine Faust und schlug sie klatschend gegen die Fläche der geöffneten linken Hand.

„Nein, es kann nicht sein. Ich werde mit Amalfried reden. Er muss eine Suchflotte aussenden. Geiserich ist nicht tot. Jemand wie er stirbt nicht auf diese Weise."

Sein plötzlicher Ausbruch wurde durch lautes Poltern draußen am Portal unterbrochen. Kurze Zeit später stürmte ein junger Vandale in den Raum. Gaius blickte ihn erstaunt an. Er kannte diesen Mann nur flüchtig, aber er glaubte, ihn öfter in Begleitung von Theuderich gesehen zu haben.

„Was zum Teufel soll das? Was ist so Wichtiges geschehen, dass du meine Abendruhe störst?" Der Mann war völlig außer Atem und rang nach Luft, während er antwortete:

„Amalfried hat auf der Versammlung der Adligen den Thron für sich beansprucht! Dabei hat er unseren Stammesführer, den ehrwürdigen Theuderich, umbringen lassen, als er seine Stimme dagegen erhob."

Gaius starrte den Vandalen entgeistert an. „Er hat was?"

Der Mann senkte den Blick und nickte stumm. Gaius brauchte einige Zeit, um diese Nachricht zu verarbeiten. Tausend Gedanken schossen ihm durch den Kopf. Dabei versuchte er, in der Tat einen Sinn zu sehen. „Waren die Gerüchte doch wahr, dass Amalfried von Hunerichs Frau, der Gotin, besessen war? Was sollte nun werden?"

Die Stimme des jungen Vandalen holte Gaius wieder aus seinen Gedanken zurück.

„Ihr seid auch in Gefahr, Herr! Er hat euch in der Versammlung vor allen Adligen ausdrücklich von all euren Ämtern entbunden. Er sieht in euch eine Gefahr und fürchtet, ihr könntet gegen ihn sein!"

Gaius nickte zornig. „Das fürchtet er zu Recht! Theuderich war Geiserichs engster Gefolgsmann und mein Freund. Amalfried wird für diese Tat bezahlen. Dafür werde ich sorgen und ist es das Letzte, was ich in meinem Leben tun kann." Farina trat nun zu Gaius und drückte sich angsterfüllt an seine Brust. Beruhigend streichelte Gaius ihr über das matt glänzende, schwarze Haar:

„Hab keine Angst! Alles wird gut! Pack ein paar Sachen ein! Wir werden versuchen, zu Thora und den Alanen zu gelangen. Wir müssen sie warnen. Beeile dich, denn die Zeit drängt."

Farina löste sich von Gaius und verschwand, um ihre Sachen zu packen.

Gaius wandte sich nun wieder dem jungen Vandalen zu: „Sag mir deinen Namen." Der legte seine Faust auf die Brust und antwortete: „Ich bin Hermator und der große Theuderich ist der Vater meines Vaters. Darum werde auch ich nicht eher ruhen, bis dieser feige Mord gerächt ist."

Gaius streckte seine Hand aus und Hermator ergriff sie fest. „In diesen Zeiten zählt jeder aufrechte Mann. Es ist Nacht geworden im Vandalenreich. Es wird auf Männer wie dich ankommen, ob jemals wieder die Sonne aufgeht."

Gaius hatte während dieser Worte die Hände von Hermator nicht losgelassen und drückte sie nun mehrmals fest. Der erwiderte den Druck und antwortete: „Achtet auf euch selbst, Herr, denn Amalfried ist schon den ersten Schritt zu weit gegangen. Er wird nun auch den nächsten tun."

Nun kam auch Farina wieder hereingestürzt. Sie war in der Landestracht der Berber gekleidet. Auf dem Kopf trug sie ein schwarzes Kopftuch, dessen Ende sie so um ihr Gesicht gebunden hatte, dass nur noch ihre dunklen, feurigen Augen zu sehen waren.

„Komm, Gaius, draußen im Hof steht die Kutsche bereit. Wir müssen fort!"

Gaius nahm Farina in den Arm. Dann zog er das Tuch ein wenig herunter und legte so ihren Mund frei. Zärtlich hauchte er ihr einen Kuss auf die Lippen und flüsterte: „Du weißt, dass meine Liebe zu dir so groß ist, dass ich auch nicht einen Wimpernschlag von dir getrennt sein möchte. Doch nun muss es sein. Unser junger Freund hier wird dich aus der Stadt bringen. Du musst in die Proconsularis fahren und Thora mit ihren Alanen herbeiholen."

Farinas Augen weiteten sich: „Du willst doch nicht hier bleiben?", fragte sie erschrocken.

Gaius nickte und streichelte mit einem Finger über ihre Wangen. „Doch, ich werde hier bleiben. Hab keine Furcht. Amalfried wird nicht die Hand gegen mich erheben. Das wird er nicht wagen. Ich werde ihm vorerst auch keinen Grund geben, gegen mich vorzugehen. Nach dem, was geschehen ist, bin ich mehr als vorher der Überzeugung, dass etwas nicht stimmt. Darum werde ich mir diesen gotischen Seemann vornehmen, der die Nachricht vom Tod des Königs verbreitet hat. Ich werde die Wahrheit herausfinden. Das bin ich Geiserich schuldig."

Farina drückte sich noch einmal fest an Gaius und flüsterte: „Ich weiß, dass es sinnlos ist, dich noch umstimmen zu wollen, doch versprich mir, dich vorzusehen. Ich könnte es nicht ertragen, wenn dir etwas geschehen würde."

Gaius lächelte beruhigend. Er nickte und wandte sich an Hermator: „Bring meine Frau sicher zu Thora. Berichte von der Lage hier in Carthago und sie wird wissen, was sie tun muss."

Hermator blickte Gaius forschend an und fragte: „Haltet ihr es für möglich, dass unser König nicht tot ist?"

„Ich werde es herausfinden", erwiderte Gaius bestimmt.

Gaius umarmte Farina noch einmal stumm. Dann geleitete er sie hinaus in den Hof, wo Diener die Kutsche bereitgestellt hatten. Hermator schwang sich auf den Bock des Zweispänners, während Farina in der Kutsche Platz nahm. Ein Klatschen mit den Zügeln und ein energisches „Hoh" ließen die Pferde antraben und das Klappern ihrer Hufe hallte von den Wänden des Hofes wieder. Farina blickte noch einmal zurück und hob zum Abschied die Hand. Gaius atmete erleichtert aus. Auch er hob seine Hand und

erwiderte den stillen Abschiedsgruß. Er war sich sehr wohl darüber im Klaren, dass Amalfried sich nicht damit begnügen konnte, ihm nur die Macht zu nehmen, sondern er musste ihn auch beseitigen, denn mit seinem großen Einfluss bedeutete er für Amalfried eine Gefahr. Es würde nur eine Frage der Zeit sein. Darum war es wichtig, dass Farina den Schutz von Thora erreichte.
Kaum war die Kutsche seinen Augen entschwunden, lief er zurück ins Haus. In seinen Privatgemächern suchte er nach seinen alten Kleidern, der engen Hose, dem Lederhemd und dem halblangen Umhang, der vorne mit einer Fibel zusammengesteckt wurde. Mit diesen Sachen hatte er neben Geiserich für die Vandalen gekämpft und dies wollte er auch jetzt tun. Als Letztes schnallte er sich sein Schwert um und nahm aus einer Schatulle eine Hand voll Goldstücke heraus. Dann machte er sich durch den Hintereingang auf den Weg zum Hafen. Der Kampf konnte beginnen.

*

Isodora drückte Amalfrieds Kopf an ihre wohlgeformte Brust. Dabei kraulte sie seine langen, blonden Haare. „Du bist ein ganzer Mann, Amalfried! Dein Volk kann glücklich sein, dass es einen Herrscher wie dich bekommt. Du bist der, den es verdient."
Amalfried schüttelte den Kopf. „So weit sind wir noch nicht. Nach Theuderichs Tod betrachten mich viele Stammesfürsten mit Misstrauen. Besonders diejenigen, die Geiserich nahe standen. Gaius Servandus habe ich zwar unter Kontrolle, weil ich ihm die Macht seiner Ämter genommen habe, aber er ist

gegen mich und wird seine Stimme erheben, sobald er die Gelegenheit dazu bekommt. Am Schwierigsten wird es aber, Thora mit ihren Alanen von der Rechtmäßigkeit meines Anspruchs zu überzeugen."
Isodora schob Amalfried von sich und fauchte: „Höre ich da etwa Zweifel? Muss ich dir nun sagen, wie du weiter vorgehen sollst? Du wirst Gaius vor die Wahl stellen. Entweder er ist für dich, dann kann er in seine alten Positionen zurück, oder er ist gegen dich, dann wirst du ihn wegen Rebellion zum Tode verurteilen. Das wird alle abschrecken, die auch nur einen Gedanken an Widerstand verschwenden."
„Weißt du, was Gaius für das Volk der Vandalen geleistet hat? Er ist schon heute eine Legende. Jedes kleine Kind kennt seine Taten. Es wird zu einem Aufruhr kommen, wenn ich ihn töten lasse."
Isodora zog Amalfried wieder zu sich heran, sodass sich ihre Nasen berührten. „Dann werfe ihn in den Kerker und lass ihn dort verfaulen. Man wird ihn vergessen. Sieh in meine Augen. Dort siehst du das mächtige Gotenreich. Mein Vater wird es mir einmal übergeben, wenn es mir gelingt, Vandalen und Goten unter seiner Führung zu vereinen."
Amalfried fuhr erschrocken hoch. „Die Vandalen sollen sich der Macht der Goten unterwerfen? Niemals! Wir haben nicht umsonst alle Mühen auf uns genommen und sind nach Africa gezogen. Hier sind wir sicher. Es kann uns hier niemand etwas anhaben, weder Römer, noch Goten."
Isodora merkte, dass sie zu weit gegangen war, dass die Zeit noch nicht für ihre wahren Absichten reif war. „Du hast mich nicht richtig verstanden, Liebster. Ich meinte, dass Goten und Vandalen keine Feinde mehr sein müssen, wenn wir uns zusammentun. Wir können gemeinsam unsere Interessen gegenüber den

Römern durchsetzen." Sie zog Amalfrieds Gesicht wieder an ihren Busen, ließ ihn den Duft ihres Körpers einatmen und betäubte so seine Sinne. „Du und ich werden so mächtig, wie es die Cäsaren einmal waren."
Amalfried hörte schon nichts mehr. Seine Hände lösten die Bänder ihres Kleides und sein Mund wanderte über die Rundungen ihres herrlichen Körpers, bis er das seidenweiche Flies zwischen ihren Beinen erreichte. Alle Probleme waren fortgewischt. Es war ja alles so einfach. Nun zählte nur noch die Wärme ihres Körpers, die ihn nun aufnahm und die Welt um ihn herum versinken ließ.

Isodora verließ Amalfried mit leisen, vorsichtigen Schritten, damit sie ihn nicht aufweckte und schloss behutsam die großen Flügeltüren des Raumes hinter sich zu. Sollte er noch ruhen, denn bei dem, was sie nun vorhatte, konnte sie ihn nicht gebrauchen. Noch während seiner verlangenden Umarmungen war ihr plötzlich eingefallen, dass sie einen Fehler begangen hatte, den sie schnellstens ausmerzen musste. Sie hastete über den langen Gang zurück in ihr Privatgemach und rief ihre Dienerin Smeralda herbei. Als sie nicht sofort erschien, zog sie nochmals heftig an dem Klingelband. Smeralda stürzte herein. Sie kannte ihre Herrin, wenn sie so ungeduldig nach ihr rief. Dann war sie höchst erregt und mit Vorsicht zu genießen.
„Hier bin ich, Herrin, immer eure ergebene Dienerin!"
„Warum lässt du mich so lange warten? Ich habe es eilig! Weißt du, wo sich dieser räudige Seemann gerade aufhält?" Smeralda senkte zur Antwort demütig ihr Haupt. „Aber sicher, Herrin! Er wartet

noch auf die zweite Hälfte seines Lohnes, so wie wir es vereinbart hatten."

Isodora verzog ihr hübsches Gesicht zu einer bösen Grimasse. „Du wirst ihm seinen verdienten Lohn bringen und zwar jetzt gleich." Wie durch Zauberei hielt sie plötzlich einen Dolch in der Hand und reichte ihn Smeralda. „Wie du es anstellst, ist deine Sache, aber sorge dafür, dass er sein Wissen mit in die Hölle nimmt. Er könnte damit uns alle gefährden."

Smeralda nahm den Dolch und verneigte sich. „Es wird nicht einfach sein, Herrin, denn er ist misstrauisch, wie ein gehetztes Tier. Er traut niemandem. Nur ich werde nahe genug an ihn herankommen."

Isodoras boshaftes Lächeln hielt sich wie eine Maske auf ihrem Gesicht. „Dann tu es!", zischte sie.

Smeralda nickte ergeben und entfernte sich, rückwärts gehend, aus dem Raum.

Es war für sie wirklich nicht schwer, diesen heruntergekommenen Goten zu finden. Er hielt sich in derselben Schänke am Hafen auf, in der sie mit ihm zum ersten Mal zusammengekommen war. Die paar Goldstücke, die er als Anzahlung bekommen hatte, machten ihn hier, zwischen der übrigen üblen Gesellschaft, zum Edelmann. Sein Leben hatte sich in der letzten Zeit gewaltig verändert, seit das große Glück, in Gestalt dieser Frau, auf ihn zugekommen war. Zwar fragten sich alle, die ihn kannten, wie er zu diesem Wohlstand gekommen war, aber so lange sie mit vollen Weinkrügen daran Teil haben konnten, war die Frage nicht wichtig. So brauchte Smeralda auch nicht lange nach ihm zu fragen. Man zeigte zu dem kleinen Ecktisch, an dem der Seemann saß und

seinen benebelten Kopf auf die Tischplatte stützte.
Sie musterte den Mann angewidert.
„Ich weiß nicht, was meine Herrin an dir für einen Narren gefressen hat. Ich würde einem Trunkenbold wir dir nicht mehr eine Sesterze geben."
Der Gote blickte überrascht auf. „Ah, meine Glücksfee ist wieder da", lallte er. „Es wurde aber auch Zeit, dass ich meinen restlichen Lohn bekomme."
Smeralda blickte sich erschrocken um, ob jemand anderes seine Worte vernommen hatte.
„Halte dein loses Mundwerk im Zaum, du Narr! Komm mit mir hinaus in den Hof. Dort werde ich dir deinen restlichen Lohn geben. Es müssen all die Halunken hier nicht sehen, dass du Geldstücke bekommst."
Die Logik drang selbst in so ein weinumnebeltes Gehirn, wie das des Goten, ein. Er erhob sich wankend und folgte Smeralda zum Hinterausgang der Schänke.
Draußen blickte sie sich dort um. In dem engen Hof hatte der Wirt der Schänke die leeren Weinfässer abgestellt und es roch penetrant nach verfaulten Fischabfällen. Sonst war aber keine Menschenseele zu sehen. Verlangend blickte der Seemann auf die kleine Tasche in Smeraldas Händen. Wütend herrschte sie ihn an. „Wende dich um! Ich werde diese Tasche nicht öffnen, wenn du mir dabei die Goldstücke herausstarrst!"
Murrend wendete er sein Gesicht zu den Weinfässern, die an der Wand standen. Es sollte das Letzte sein, was er in seinem Leben sah. Blitzschnell holte Smeralda den Dolch hervor und stieß damit kraftvoll zu. Bis zum Heft bohrte sich die Schneide in seinen Rücken. Stöhnend brach er zusammen.
Angewidert ließ sie den Griff los. Dann verließ sie mit schnellen Schritten durch die schmale Hofeinfahrt den

Tatort. Auf der Straße vor der Schänke bestieg sie ihre Kutsche und gab dem Kutscher einen Wink. Aufatmend ließ sie sich in den Sitz zurückfallen, während die eisenbeschlagenen Räder der Kutsche über das holperige Pflaster ratterten. Ihre Herrin konnte zufrieden sein.

*

Gaius hastete durch die engen Gassen am Hafen. Endlich hatte er einen Hinweis bekommen. Das war nicht einfach gewesen, denn die Seeleute hier im Hafen waren misstrauisch und verschlossen. Besonders Fremden gegenüber, die nicht zu ihnen gehörten. Ihm sah man auf den ersten Blick, trotz seiner nun einfachen Kleidung, an, dass er nicht aus dem einfachen Volk kam und entsprechend abweisend reagierten sie auf seine Frage, wo denn dieser Seemann zu finden sei, der als Einziger den Untergang der königlichen Schiffe überlebt hatte. Erst, als er einige Münzen in die Hand nahm und sie ihnen unter die Nase hielt, wurden sie gesprächiger. Nun musste er sich beeilen, denn ein Blick zum Himmel zeigte ihm, dass bald das Tageslicht verlöschen würde und es war für niemanden, der nicht in diese Hafengegend gehörte, ratsam, sich dann dort aufzuhalten. Noch herrschte reichlich Betrieb in den Gassen und auf der breiten Straße, auf der die Pferdewagen ihre Handelsware zu den Schiffen brachten. Sobald es aber dunkel wurde, erstarb das Leben hier. Das dunkle Gesindel kam aus seinen Löchern und übernahm die Herrschaft über die Nacht.

Gaius sah nun das Schild der Schänke, die man ihm beschrieben hatte. Er ließ einige Fuhrwerke vorbei und lief quer über die Straße darauf zu. Vor der Schänke stand der Wagen des Totengräbers, um den sich einige Schaulustige drängten. Gaius musste einen Moment warten, denn der Eingang zur Schänke war durch die vielen Leute versperrt. „Was gibt es denn hier zu gaffen?", fragte er ärgerlich einen der vor ihm Stehenden.

„Sicher ist es nichts Besonderes, wenn in dieser Gegend ein armer Teufel sein Leben lässt", antwortete einer der Umstehenden. „Aber dieser war der Letzte, der unseren König Geiserich lebend gesehen hat. Er war es, der den Sturm überlebt hatte. Nun hat auch ihn der Tod geholt."

„Was?", schrie Gaius und seine Stimme überschlug sich fast. „Wie konnte das geschehen?" Energisch bahnte er sich nun den Weg durch die Menge und betrat die Schänke.

Der Wirt betrachtete Gaius mit einem abwehrenden Blick und beeilte sich, zu sagen: „Die Schänke ist geschlossen, Herr. Der Kommandant der Stadtwache hat mir bis auf weiteres verboten, Wein auszuschenken.

Gaius schüttelte den Kopf. „Ich will keinen Wein. Ich will nur wissen, was geschehen ist."

„Aber das habe ich doch schon alles der Wache erzählt. Ich weiß nicht, wie es passiert ist. Ich habe ihn mit dem Messer im Rücken zwischen den leeren Weinfässern im Hof gefunden!"

„Wer war mit ihm zuletzt zusammen?"

Der Wirt zuckte mit den Schultern: „Er saß alleine am Tisch und trank wie üblich einen Krug nach dem anderen."

Gaius blickte den Wirt erstaunt an. „Konnte er denn bezahlen?"
Der Wirt nickte. „Ja, er muss irgendwie plötzlich eine Menge Münzen bekommen haben, denn noch vor einigen Tagen war er der ärmste Hund unter der Sonne."
„Woher er die Münzen hatte, weißt du nicht?"
„Nein, Herr, das hat er selbst seinen Trinkkumpanen nicht gesagt."
„Hat er denn von dem Untergang der königlichen Schiffe erzählt?"
Der Wirt lachte nun. „Wir konnten es schon nicht mehr hören. Immer, wenn er genug getrunken hatte, prahlte er damit." Der Wirt kam nun ein wenig näher zu Gaius heran und senkte seine Stimme. „Ihr scheint ein hoher Herr zu sein. Ich habe einen Blick für so etwas, doch ich sage es euch trotzdem. Wir haben es ihm nie geglaubt, denn die Mannschaft der Hilderich bestand aus ausgesuchten, guten Leuten. Gento hätte so einen Mistkerl, dazu noch Gote, nicht in seiner Nähe geduldet."
Gaius nickte, denn dies waren auch seine Überlegungen gewesen und fühlte sich nun bestätigt. „Du hast mir sehr geholfen, Wirt. Ich werde mich dafür einsetzen, dass du bald wieder Wein ausschenken kannst."
Gaius wandte sich dem Ausgang zu, als der Wirt ihn noch einmal ansprach. „Ach, Herr, ich hätte es beinahe vergessen. Heute hat eine junge Frau nach ihm gefragt. Mein Blick sagte mir, dass es eine Dienerin aus sehr vornehmem Hause war. Leider habe ich sie aus den Augen verloren, denn es waren zu der Zeit sehr viele Gäste hier." Gaius blieb wie angewurzelt stehen. In seinem Kopf rasten die Gedanken. Plötzlich passte alles zusammen. Dieses

Teufelsweib! Geiserich hatte ihr von Anfang an nicht getraut. Nun hatte sie mit ihren Intrigen das Volk der Vandalen an den Rand der Zerstörung gebracht. Er musste Amalfried warnen, ihm die Augen öffnen. Geiserich war nicht tot. Es war nur eine bezahlte Lüge. Während er durch die Gassen, vorbei an den Thermen des Antonius und hinauf zum Palast hastete, überwältigten ihn fast Freude und Wut gleichzeitig. Die Wache vor den Toren des Palastes erkannte Gaius trotz seiner schlichten Kleidung. Natürlich hatten sie auch Kenntnis davon, dass Amalfried ihn seines Amtes als Statthalter enthoben hatte. Trotzdem wagten sie es nicht, ihn abzuweisen. Sie brachten ihn mit einer Eskorte in den Palast.

*

Amalfried schlug die Augen auf. Verwirrt blickte er sich um. Wieso hatte er geschlafen? Dann kam wieder die Erinnerung. Wohlig ließ er sich zurückfallen. Das Liebesspiel mit Isodora hatte alle Kraft aus seinen Lenden gezogen. Wieder fuhr er hoch. Seine Augen suchten nach ihr, fanden aber nur das leere Lager neben ihm. Mit einem Schlag kamen seine Sorgen wieder und seine Gedanken fanden in die Wirklichkeit zurück. So lange Isodora in seiner Nähe war, erschien ihm alles so einfach und klar. Sobald er aber alleine war, kamen die Zweifel. Sie war schon eine starke Frau und er brauchte sie nun mehr denn je. Mittlerweile war es dunkel geworden. Ein Diener kam herein und zündete die Fackeln an. Ihm folgte der Kommandant der Palastwache und meldete: „Gaius Servandus wünscht dich zu sprechen, Herr. Er ließ sich nicht abweisen."

Amalfried zuckte zusammen. Er kannte Gaius lange genug, um zu wissen, dass dieser seine Absetzung als Statthalter nicht so widerspruchslos hinnehmen würde. Für einen Moment wollte er sich drücken und Gaius zum Teufel jagen lassen, doch dann gab er sich einen Ruck. „Ich möchte Isodora dabei haben. Sie soll sich im Thronsaal einfinden. Darüber hinaus möchte ich zur Sicherheit einige Wachen dort postieren. Sie sollen sich aber so verhalten, dass Gaius nichts davon bemerkt. Dann bringt ihn nun dorthin. Ich werde kommen, wenn alles vorbereitet ist."

Gaius wurde bis zum Portal des Thronsaales gebracht. Dort öffnete man einen Flügel.
„Geht nur hinein, Herr. Ihr werdet von Amalfried empfangen." Gaius fühlte sich ein wenig unbehaglich. In all den Jahren, in denen er Seite an Seite mit Geiserich für die Vandalen kämpfte, hatte er ein Gespür für Gefahr bekommen. Nun fühlte er das Kribbeln in der Magengegend, das Gefahr signalisierte. Diesmal ignorierte er das Signal und ging ohne zu zögern hinein. Er blieb einige Schritte vor dem Thron stehen. Amalfried war noch nicht da. Der ganze Raum war nur mit zwei Fackeln beleuchtet, die in schrägen Haltern neben dem Königsstuhl brannten. Ihr flackerndes Licht reichte nur ein paar Schritte weit und ließ den hinteren Teil des Saales im Dunkeln. Dann kam Amalfried herein. Ohne vorher Gaius eines Blickes zu würdigen, stieg er die drei Stufen zu dem Stuhl herauf, den die Vandalen aus dem alten Land, quer durch die ganze Welt, bis hierher gebracht hatten, und setzte sich. Erst dann sah er Gaius an. „Willst du dich nicht vor deinem neuen König verneigen, Gaius?" Gaius holte tief Luft und schärfer als er es eigentlich beabsichtigte

antwortete er: „Steig von dem Stuhl herunter, du Narr. Fühlst du nicht, dass dir der Hintern brennt? Wach auf, Amalfried! Du bist nicht der König und wirst es nie sein, denn Geiserich lebt! Er wird zurückkehren und dann möchte ich nicht in deiner Haut stecken, wenn du noch auf seinem Stuhl sitzt."

Amalfried war aufgesprungen. Sein Gesicht verzerrte sich vor Wut. „Woher nimmst du deine Weisheit? Was lässt dich so sicher sein, dass du es an der nötigen Achtung für den neuen König fehlen lässt?"

Gaius lachte laut auf. „Dein so genannter Augenzeuge hat für Geld die Geschichte erfunden und damit er dies nicht bestätigen kann, hat man ihm ein Messer in den Rücken gestoßen."

Amalfried ließ sich in den Thron zurückfallen. Für einen Moment blickte er Gaius starr an. Dann stotterte er: „Aber warum, wer sollte so etwas getan haben?"

Gaius trat nun einige Schritte zu Amalfried heran. „So schmerzlich es auch für dich sein wird, hinter allem steckt Isodora. Ihre Dienerin ist kurz vor dem Mordanschlag in der Nähe dieses Seemanns gesehen worden."

„Er lügt!" Isodoras schrille Stimme unterbrach weitere Erklärungen von Gaius. „Merkst du nicht, wie er dich gegen mich aufbringen will? Er hat immer noch nicht verwunden, dass du ihn als Statthalter entlassen hast. Nun versucht er, mit solchen absurden Lügen, seine Macht zurück zu gewinnen." Sie eilte zu Amalfried und drückte sich an ihn. „Lasse ihn in den Kerker werfen, denn er will deinen Anspruch auf den Thron untergraben. Du bist der König!"

Amalfried richtete sich auf. „Du hast es gehört, Lügner!"

„Verdammt, Amalfried! Hör nicht auf diese Schlange. Sie stürzt uns alle ins Verderben und das werde ich

nicht zulassen." Mit diesen Worten griff Gaius unter seinen Umhang. „Sieh her, Amalfried! Mit diesem Schwert werde ich gegen dich kämpfen, so lange noch Blut durch meine Adern fließt. Ich werde das Volk gegen dich und diese gotische Hure aufbringen und du wirst sehr bald sehen, dass der Thron der Vandalen zu groß für dich ist."
Gaius steckte das Schwert wieder unter seinen Umhang und wandte sich um, ohne noch einen Blick zurückzuwerfen.
„Wenn du ihn jetzt gehen lässt, ist der Thron wirklich zu groß für dich", zischte nun Isodora. „Töte ihn!"
Amalfried machte eine hilflose Geste.
„Er wird uns vernichten! Los, gib den Bogenschützen ein Zeichen, töte ihn", drängte sie fordernd.
Wie willenlos gab er den Bogenschützen den Befehl, auf Gaius zu schießen.
Mitten in der Bewegung hielt Gaius inne, denn zwei dumpfe Schläge im Rücken lähmten seinen Arm.
Verwundert bemerkte er, wie seine Knie nachgaben.
Langsam sank er zu Boden.
Mühsam formten seine Lippen die Worte: „Du Narr!"
Dann schloss er seine Augen. Dabei sah er Farina in einem weißen Gewand auf sich zu laufen. Verzweifelt versuchte sie, ihn aufzurichten. „Verzeih mir, aber ich konnte nicht anders."
Zärtlich küsste sie ihn auf die Lippen und antwortete: „Wohin du auch gehst, Gaius Servandus, du wirst immer in meinem Herzen sein."
Gaius lächelte und versuchte, sie zu halten, doch sie verschwand. Langsam fiel er rücklings die Stufen herunter in die Dunkelheit und die Pfeile bohrten sich durch seinen Körper, bis sie an der Brust wieder heraustraten.

Für einen Moment herrschte die Stille des Todes und die Fackeln spendeten das unruhige, gespenstische Licht dazu. Mit aufgerissenen Augen starrte Amalfried auf den vor ihm liegenden Gaius. „Das habe ich nicht gewollt", brach es aus ihm heraus. Er hat mir keine Wahl gelassen. Ihr habt es alle gesehen. Oh, Herr im Himmel, wie konnte es nur so weit kommen?"
Unwillig stampfte Isodora mit dem Fuß auf und unterbrach ihn. „Lass das Klagen! Er hat uns alle bedroht. Du hast recht gehandelt!"
Amalfried nahm sie nun nicht mehr wahr. Durch seinen Kopf schossen Bilder der Vergangenheit, in denen er mit Gaius Seite an Seite gekämpft hatte, durch den Kopf. „Er war ein guter Mann. Leider hat er Geiserichs Tod nicht verkraftet. Das hat seinen Geist verwirrt. Trotzdem werde ich ihn mit allen Ehren begraben lassen."
„Du begehst einen Fehler", zischte Isodora. „Sein Tod wird Aufruhr unter deinen Kriegern auslösen. Du musst nun deine engsten Vertrauten, die dir bedingungslos ergeben sind, um dich scharen und ihnen die Führungspositionen in der Flotte und dem gesamten Heer geben. Dies muss nun ganz schnell geschehen und duldet keinen Aufschub. Dann kannst du ihn immer noch begraben."
Amalfried atmete tief aus und wusste, dass sie Recht hatte.

Die Rückkehr

Geiserich hielt die Brüstung der Kommandobrücke der Galeere umklammert und mit grimmigem Gesicht

schaute er in die Runde. Es war schon erstaunlich, wie schnell Gento einen großen Teil der Flotte zusammentrommeln konnte. Die Nachricht von Geiserichs Rückkehr hatte sich in Windeseile in den Häfen Sardiniens und Siziliens verbreitet und alle waren sie gekommen, ihrem König beizustehen. Geiserich konnte die vielen Segel nicht mehr zählen, die hinter seiner Galeere auf Carthago zuhielten. Immer wieder fragte er sich, wie es dort so weit hatte kommen können. Natürlich hatte er vor der Reise ein ungutes Gefühl gehabt, aber dennoch hatte er wohl Amalfrieds Unzufriedenheit unterschätzt. Geiserich blickte voraus zum Horizont. Der dunkle Streifen dort, der sich vor dem hellen Blau des Himmels deutlich abhob, zeigte ihm, dass die Steilküste Carthagos nicht mehr fern war. Er wandte sich an Juan: „Wie lange werden wir noch brauchen?"
Juan hob seine Nase in den Wind und schnupperte. „Ich glaube, ich kann das Land schon riechen." Er warf einen prüfenden Blick zum Himmel und schätzte den Stand der Sonne ab. „Wenn wir die Ruderer noch zusätzlich zu den Segeln einsetzen, könnten wir in den Abendstunden dort sein", brummte er und fügte hinzu: „Mit einer Dromone in vollen Segeln ging es bei diesem Wind wohl noch ein wenig schneller."
Geiserich lächelte zum ersten Mal, seit Gento ihm die Nachricht von der Lage in Carthago gebracht hatte. „Du kennst mich genau, nicht wahr, mein Freund?"
Juan grinste. „Ich kenne deine Ungeduld, mein König."
Geiserich legte seine Hand auf Juans Schulter. „Es tut gut, in diesen Zeiten Freunde zu haben. Ich werde dort in Carthago schlimme Dinge tun müssen. Aber sie werden notwendig sein, damit mein Volk weiter bestehen kann."

Juan nickte. „Auf meinem Schiff wirst du immer einen Platz haben, egal, was geschieht."

Geiserich lächelte wissend, so als hätte er gewusst, was Juan sagen würde. Seine Hand klopfte nun anerkennend dessen Rücken. „Auf geht's, Kapitän! Nimm das Schiff aus dem Wind und gib Gento ein Zeichen, dass er mit der Hilderich längsseits kommen soll. Ich werde mit Hunerich zu ihm hinüberwechseln. Mit seiner schnellen Dromone bin ich früher in Carthago. Du riegelst dann später mit der Flotte die Bucht ab. Ich will, dass ihr gesehen werdet. Das müsste reichen, um Amalfried zur Vernunft zu bringen. Ich werde von Carthago aus Flaggenzeichen geben lassen, wie ihr euch dann weiter verhalten sollt." Juans Gestalt straffte sich. „Es wird alles so geschehen, wie du es sagst. Gott sei mit dir", bestätigte er und begann, das verlangte Manöver einzuleiten. Er ließ das große Segel herunterholen und das Ruder beidrehen. Die Galeere beschrieb einen Halbkreis und glättete so auf der Windschattenseite die unruhige See. Die Hilderich machte sich dies zunutze und kam längsseits. Juan, der alte erfahrene Seefahrer, musste neidlos anerkennen, mit wie viel Geschick Gento sein Schiff führte. Hunerich wartete unten an der Reling schon ungeduldig auf seinen Vater und so, wie sie es nun schon einige Male während dieser Reise gemacht hatten, ließen sie sich mit der Strickleiter hinunter auf das Deck der Hilderich, wo hilfreiche Hände sie in Empfang nahmen. Es dauerte nur wenige Augenblicke, dann lösten sich die Schiffe wieder voneinander und die Hilderich zog ihre Segel wieder auf. Es knallte, als das schlaff herunterhängende Tuch in den Wind kam und nun, prall gefüllt mit der frischen Brise, das Schiff nach vorne trieb.

„Es scheint dir auf meinem Schiff zu gefallen", begrüßte Gento seinen Vater und lachte. Dann wandte er sich Hunerich zu und stichelte: „Sogar mein Bruder wagt sich auf diese Nussschale. Das sagt mir, dass wieder etwas Besonderes geschehen soll."
Geiserich verstand wohl, dass Gento die angespannte Lage auflockern wollte, doch dafür hatte er im Augenblick nicht den Sinn. „Ich weiß nicht, was mich dort an Land erwartet und das bereitet mir Unbehagen. Darum muss ich unbedingt wissen, was da vorgeht, bevor es bekannt wird, dass ich zurück bin."
Auf Gentos Gesicht verschwand das Lachen. „Erwartest du Schwierigkeiten? Ich denke, das Volk wird ein Freudenfest feiern, wenn es erfährt, dass alles nur eine Falschmeldung war."
Geiserich ließ seinen Blick nicht von der dunklen Küste und wandte sich an Hunerich. „Dort sitzt jemand, der diese Meldung bewusst in die Welt gesetzt hat. Wenn es stimmt, was die Seeleute berichtet haben, war es dein Weib, Hunerich. Du weißt, was das bedeutet!"
Hunerich starrte, genau wie sein Vater, mit versteinertem Gesicht zur Küste. „Ich kann es nicht glauben, doch wenn es so ist, werde ich selbst die Strafe für sie bestimmen." Mit einem Seitenblick zu Geiserich fragte er zögernd: „Dies wirst du mir doch gewähren?"
Der nickte. „Sie ist dein Weib. Sie gehört dir."
Gento mischte sich nun ein. „Ich störe euch nur ungern, aber ich muss meinem Steuermann sagen, welchen Kurs er nehmen soll."
Geiserich ließ seinen Blick nicht von Hunerich, während er Gento antwortete. „Ich will bis zum Anbruch der Dunkelheit in der Bucht von Carthago

sein. Wir werden nicht den Hafen anlaufen, sondern an der gegenüber liegenden Seite in der Bucht anlegen. Dort, wo das Hauptlager der Schutztruppen von Carthago liegt, werden wir ankern und mit dem Beiboot an Land gehen." Geiserich trat nun einen Schritt auf Hunerich zu und fasste ihn mit beiden Händen an den Schultern. „Auf dich wird eine schwere und schmerzliche Zeit zukommen. Du wirst erfahren, was es heißt, Verantwortung zu übernehmen und Entscheidungen zu fällen, die eigene Gefühle fast überfordern. Ich traue dir dies zu und darum bist du frei in deinem Handeln."
Hunerich blickte seinen Vater verwundert an und flüsterte: „Das habe ich aus deinem Mund noch nie gehört. Du traust mir etwas zu? Weißt du, wie lange ich darauf gewartet habe?"
Geiserich löste seine Hände von Hunerichs Schultern und blickte wieder hinaus auf das Meer. „Glaube mir, auch diese Entscheidungen hätte ich dir gerne abgenommen."

Die Dromone entfernte sich nun, voll den kräftigen Nordwind nutzend, immer schneller von der übrigen Flotte. Wingard, der Steuermann, blickte prüfend zum Himmel, wo nun schon, blass scheinend, die schmale Sichel des Mondes und der Abendstern zu sehen waren. Zufrieden nickte er, als voraus nun schon deutlich sichtbar die schroffen Felsen von Kap Bone aus dem Meer ragten. „Wir werden zur rechten Zeit in die Bucht einlaufen. Niemand wird etwas bemerken", dachte er und hoffte inständig, dass der Spuk bald vorbei sein würde. Er verstand nicht, was den König daran hinderte, normal in den Hafen einzulaufen, damit alle Menschen erfuhren, dass der König heimgekehrt war.

*

Thora blickte unwillig auf, als Ardel ihr Gemach betrat. Ungewohnt scharf fuhr sie den Leibwächter des Königs an. „Ich will nicht gestört werden! Hast du das schon vergessen?"
Ardel verneigte sich leicht. „Der König hat mir ausdrücklich befohlen, auf euer Wohlergehen zu achten. Es ist nicht gut, wenn ihr euch in diesem Raum vergrabt und am Leben nicht mehr teilnehmt. Das bringt den König auch nicht zurück."
Irgendwie drangen Ardels Worte nicht zu Thora durch. Wie abwesend blickte sie durch die Rundbogen der Fenster hinaus in den prächtigen Garten. Geiserich hatte den Alanen diesen wunderschönen Landsitz mit den fruchtbaren Ländereien darum herum übereignet. Ihr Vater hatte ihn dann zu seinem Hauptsitz gemacht. Es waren unbeschwerte Tage gewesen, die sie im Kreise der Sippe verbracht hatte, bis sie die schreckliche Nachricht aus Carthago von Geiserichs Tod in diese unendliche Traurigkeit gestoßen hatte. Sie hatte sich in ihrem Schmerz in dieses Gemach zurückgezogen und mit niemandem mehr reden wollen. Ardel ließ nicht locker. „Hört mir zu, Herrin! In der Empfangshalle warten Farina, die Gemahlin des Gaius Servandus und ein junger Vandale namens Hermator auf euch. Sie bitten um eure Hilfe." Thora blickte Ardel fragend an. „Farina braucht meine Hilfe?" Mit einer schnellen Bewegung öffnete Ardel einen Flügel der Tür und winkte auffordernd die davor wartenden herein.

Als Farina eintrat, erkannte sie auf den ersten Blick, in welcher Verfassung sich Thora befand, zumal Ardel sie darauf vorbereitet hatte. Mit schnellen Schritten war sie bei ihr. Sie wusste, dass nun tröstende Worte Thora nur noch tiefer in ihre Trauer stoßen würden. Darum begann sie ohne Umschweife ihr Anliegen vorzutragen: „Du musst dich um das Land kümmern, Thora. Du kannst dich mit den Alanen nicht heraushalten, wenn Geiserich der Thron gestohlen wird."
Thora fuhr ärgerlich herum: „Was redest du da? Geiserich und seine Söhne liegen auf dem Meeresgrund. Man kann ihnen den Thron nicht mehr stehlen!"
Wütend zerrte sich Farina das Kopftuch herunter und schüttelte ihre schwarzen Haare. „Was ist los mit dir, Thora? Wo ist dein Kampfgeist geblieben? Gaius sagte mir, dass du wüsstest, was zu tun wäre, wenn ich dir die Lage berichte. Daran habe ich nun erhebliche Zweifel. Wieso zweifelt niemand an dem Bericht dieses heruntergekommenen gotischen Seemanns? Wieso schickt Amalfried kein Schiff aus, um nach dem König zu suchen? Schenke nur einen Augenblick meinem jungen Begleiter, Hermator, deine Aufmerksamkeit und du wirst Dinge erfahren, die deine Trauer in Zorn verwandeln werden."
Thora blickte in Farinas blitzende Augen, sah den sprühenden Zorn, aber auch die ehrliche Besorgnis. Zögernd wandte sie sich nun an den jungen Vandalen. „Sprich, ich werde dir zuhören!"
Hermator trat vor, verneigte sich leicht und berichtete, was sich in Carthago zugetragen hatte. Zum Schluss seines Berichtes wurden seine Worte stockend. Gaius Servandus hat mich daher beauftragt, seine Frau in

eure schützende Obhut zu bringen. Ich, ich glaube aber, dass er selbst in höchster Gefahr schwebt."
Thora war vor Zorn aufgesprungen. Ihre Mandelaugen glühten. „Amalfried? Ich kann es nicht glauben! Was hat diese gotische Hexe nur aus ihm gemacht? Er wird es nicht wagen!
In ihre Worte hinein, begann Farina zu wanken. Unendlich langsam knickten ihre Knie ein. Mit aufgerissenen Augen starrte sie ins Leere. Leise, fast unverständlich flüsterte sie: „Er hat es gewagt, ich spüre es! Noch ehe Hermator sie auffangen konnte, fiel sie zu Boden. „Gaius, Liebster", hauchte sie. Dann schwanden ihr die Sinne.
Sie hörte nicht mehr, wie Thora Ardel befahl, eine Tausendschaft der besten Leute zusammenzustellen. Wir brechen noch heute Nacht nach Carthago auf. Kümmert euch um Farina, ich will sie dabei haben."

*

Im Kloster von Hippo Regius herrschte helle Aufregung. Tirias von Ravenna hatte sich seit dem harschen Gespräch mit Geiserich hierher zurückgezogen. Schmollend hatte er verkündet, nicht eher zurückkommen zu wollen, bis Geiserich ihn ausdrücklich darum bitten würde. Nun war aber die Nachricht von Geiserichs Tod und der Machtübernahme von Amalfried auch bis in den letzten Winkel des Klosters gedrungen. Tirias hätte den bedauernswerten Überbringer der Nachricht fast in der Luft zerrissen: „Was schwafelst du da für ein wirres Zeug?", hatte er gebrüllt und den Mann wie einen nassen Lappen geschüttelt. Nur mit Mühe konnte man ihn beruhigen und nach einiger Zeit begriff auch er, dass in Carthago etwas im Gange war, was das gerade entstandene, junge Vandalenreich vernichten konnte. Aufgeregt war er aufgesprungen und unruhig in dem engen Raum seiner Klosterzelle hin und her gelaufen. Fieberhaft überlegte er dabei, was er tun konnte. Eines war klar, er musste zurück nach Carthago und sein Wort geltend machen. Zunächst ließ er den Kommandanten der Schutztruppen von Hippo Regius rufen. Wenn Tirias, der Führer der arianischen Kirche rief, folgte man besser umgehend, denn man fürchtete dessen Zorn. Da machte selbst ein Chiliarch (*Tausendschaftführer)* keine Ausnahme. Tirias empfing den jungen Hasdingenfürst in dem Audienzsaal des Abtes.

„Beantworte mir nur eine Frage. Wer ist dein König?"
Verwundert schaute der ihn an. „Warum fragst du mich dies? Geiserich war bisher unser König. Einen neuen gibt es noch nicht."

Tirias nickte zufrieden und bohrte weiter. „Ist es bewiesen, dass Geiserich tot ist?"

Der junge Chiliarch zuckte mit den Schultern. „Man sagt, die Schiffe des Königs seien mit Mann und Maus vom Meer verschlungen worden."

Tirias schlug mit der Faust auf den Tisch aus knorrigem Olivenbaumholz. „Man sagt, man sagt! Wo sind die Beweise, dass es sich so zugetragen hat? Wieso hat es Amalfried so eilig, der neue König zu werden? Warum lässt er nicht nach Geiserich suchen? Ich sage dir, das stinkt zum Himmel."

Der junge Hasdingenfürst duckte sich unwillkürlich vor dem Zorn von Tirias. Der zwang sich nun zur Ruhe, als er fragte: „Wer bestimmt denn bei den Vandalen, wer der Nachfolger des alten Königs wird?" Der

Chiliarch war froh, wieder antworten zu können: „Der neue König wird von der Versammlung der Stammesfürsten auf den Schild gehoben. Das ist altes Vandalenrecht!" „Nun erkläre mir", grollte Tirias, „was gerade in Carthago passiert. Bist du bereit, mir mit deinen Truppen dorthin zu folgen, um dafür zu sorgen, dass Recht geschieht?" Erschrocken wich der Chiliarch zurück. „Willst du, dass Vandalen gegen Vandalen kämpfen?" Tirias merkte, dass er den jungen Fürsten verschreckt hatte und lenkte ein. „Unser König Geiserich hat für dieses Volk so unendlich viel getan. Ohne ihn wären die Vandalen längst vernichtet worden. Darum hat er es verdient, dass wir alles für ihn tun. Wenn die See ihn denn wirklich verschlungen hat, ist es unsere verdammte Pflicht, alles dafür zu tun, dass das, was er geschaffen hat, auch weiter in seinem Sinne bestehen bleibt. Ich brauche deine Männer, um meinem Wort in Carthago Nachdruck zu verleihen. Willst du dies für mich und die heilige Kirche tun?"
Die Gestalt des jungen Fürsten straffte sich. Die Worte hatten ihn überzeugt. „Meine Truppen gehören dir. Geiserich ist solange mein König, bis die große Versammlung einen neuen auf den Schild gehoben hat. Dafür bin ich auch bereit, zu kämpfen.

Am nächsten Morgen schon brachen zwei Tausendschaften nach Carthago auf, angeführt von Tirias, und der hatte es mächtig eilig.

*

Sie landeten mit dem kleinen Beiboot zum Anbruch der Dämmerung dort, wo die Bucht von Carthago in flachen Ausläufern endete. Kaum hatte Geiserich das Knirschen des Sandes unter dem Kiel des Bootes gespürt, sprang er mit geschmeidigem Satz an Land. Ihm folgten Gento und Hunerich auf die gleiche Art und Weise. Vier Seemänner von der Hilderich hatten sie her gerudert. Nun zogen sie die Ruderpinne ein, machten das Boot fest und folgten dem König und seinen Söhnen. Die eilten nun zielstrebig auf das, mit dicken Palisaden befestigte, Castell der Schutztruppen von Carthago zu.

Die Wache bemerkte die kleine Gruppe in der Dämmerung erst sehr spät. Der Posten vor dem Tor, ein alter Kämpfer, der schon mit Geiserich damals vor Carthago Nova in Vandalusien gegen die Römer gekämpft hatte, traute seinen Augen nicht.

„Es ist der König", schrie er. „Es ist unser König und seine Söhne!"

Der Wachtposten auf dem Wehrgang über dem Tor blies in das Alarmhorn. Der lang gezogene, klagende Ton brachte augenblicklich Aufruhr in das, schon schlafende, Lager. Die Männer fuhren hoch, griffen schlaftrunken nach ihren Waffen, und eilten hinaus zum Antreten. Geiserich selbst hatte damals diesen römischen Drill eingeführt, damit sie in der Kampfbereitschaft den Römern ebenbürtig wurden. So geschah es, dass alle Männer des Castells in oft geübter Formation angetreten waren, als Geiserich mit Gento und Hunerich durch das, nun weit geöffnete, Tor des Castells schritten. Der von dem Alarm aufgeschreckte Kommandant des Castells, Frigiter, eilte nun herbei und versuchte den Grund des Alarms zu erfahren. Als er die Ankömmlinge sah, blieb er wie angewurzelt stehen. Natürlich erkannte er

seinen König, denn er hatte oft genug in Carthago an Geiserichs berühmter Abendtafel gesessen, zu der in loser Reihenfolge die Chiliarchen geladen wurden.
„Du bist es wahrhaftig und nicht dein Geist?"
Geiserich lachte böse auf. „Ihr werdet es merken, dass es nicht mein Geist ist, der zurückgekehrt ist. Vor allem jene, die während meiner Abwesenheit Unrecht taten. Darum frage ich dich, Frigiter, auf welcher Seite stehst du?"
Frigiter hatte auf der Versammlung der Fürsten den Mord an Theuderich miterlebt und das hatte ihn gegen Amalfried aufgebracht. Mit zusammengebissenen Zähnen hatte er dabei die Hand am Griff seines Schwertes festgekrallt, aber gezogen hatte er es nicht. Nun wünschte er sich, er hätte es getan. Langsam zog er es nun aus der Scheide, legte es vor sich auf den Boden und kniete nieder. „Mein Schwert gehört dir, Herr, denn du bist unser rechtmäßiger Herrscher. Ich danke Gott, dass du zurückgekehrt bist."
Geiserich ging einen Schritt auf Frigiter zu und gab ihm ein Zeichen, dass er aufstehen soll. „Ich habe diesen Ort nicht unbedacht für meine Rückkehr ausgewählt, denn ich weiß, dass du ein aufrechter Mann bist. Ich werde in Zukunft auch nicht vergessen, wer zu mir gestanden hat."
Frigiter nahm sein Schwert auf und streckte es zum Himmel. „Der König lebt, es lebe unser Herrscher!"
Mittlerweile brannten überall Fackeln und ihr flackernder Schein erhellte den Hof des Castells. Die in Reih und Glied angetretenen Männer erhoben nun ebenfalls ihre Schwerter und schlugen damit auf ihre Schilde.
Gento stieß seinen Bruder Hunerich in die Seite.
„Hast du nur einen Moment daran gezweifelt, dass die

ihm zu Füßen liegen, wenn er wieder auftaucht?", flüsterte er.

Hunerich schüttelte nur mit dem Kopf. Er wusste, dass sich niemand dem starken Willen seines Vaters entziehen konnte.

In diesem Moment ertönten die Alarmhörner vom Nordtor des Castells, dort wo die beiden wichtigen Römerstraßen aus den südlichen und westlichen Teilen der Proconsularis und Nubiens aufeinander trafen und sich zum einzigen Zugang nach Carthago vereinigten. Von hier aus konnte man weit hinein in das flache Land sehen und niemand, der sich näherte, konnte unbemerkt bleiben. Ein Melder kam aufgeregt heran.

„Es nähern sich zwei große Heere aus Süd und West."

Geiserich übernahm sofort das Kommando. „Bildet zwei Gruppen von zwanzig Reitern und nehmt die schnellsten Pferde." Er wandte sich an Hunerich und Gento. „Ihr übernehmt jeweils eine Gruppe und kundschaftet aus, was das zu bedeuten hat, und du, Frigiter, berichtest mir, was während meiner Abwesenheit geschehen ist." Der zog erschrocken seinen Kopf zwischen die Schultern und verfluchte den Tag, an dem er geboren wurde. Ausgerechnet er musste dem König die Nachricht von Theuderichs Tod überbringen. Während sich das Nordtor öffnete und die beiden Gruppen unter der Führung von Gento und Hunerich davon stoben, begann Frigiter zu berichten. Er ließ nichts aus und wagte dabei nicht, Geiserich anzusehen. Als er aber von Amalfrieds Machtübernahme und dem ungleichen Kampf zwischen Theuderich und den gnadenlosen Männern, die Amalfried um sich geschart hatte, berichtete, da riskierte er doch einen Blick auf Geiserichs Gesicht.

Was er sah, ließ ihn das Blut in den Adern gefrieren. Geiserichs markante Züge hatten sich verzerrt, so als würde im nächsten Augenblick sein unbändiger Zorn aus ihm herausbrechen. Nur die Kälte seiner eisgrauen Augen zeigte, dass er sich beherrschen würde. Seltsam leise fragte er:
„Wo ist meine Frau Thora und wie hat Gaius Servandus gehandelt?"
Frigiter war erleichtert, nichts Schlimmes berichten zu müssen. „Genau weiß ich es nicht, aber die Herrin hatte Carthago schon vor den Ereignissen verlassen. Man sagte, sie sei für ein paar Tage zu ihren Leuten in die Proconsularis gegangen. Seitdem hat man nichts mehr von ihr gehört. Gaius Servandus wurde von Amalfried als Statthalter abgesetzt. Von ihm gibt es seither kein Lebenszeichen."
Geiserich ballte die Fäuste. „Und Tirias? Hat er nicht das Wort ergriffen und gegen Amalfried die Macht der Kirche gesetzt?"
Frigiter schüttelte den Kopf. „Nein, Herr! Auch er befand sich nicht in Carthago. Er hält sich im Kloster von Hippo Regius auf und wird von all den Ereignissen nichts wissen."
Geiserich fühlte in seinem Zorn, dass er einen schweren Fehler gemacht hatte. Er hatte zwar von Anfang an gewusst, dass Isodora etwas im Schilde führte und darum auch Hunerich mit auf die Reise genommen, damit er nicht ihrem Einfluss erliegen konnte, aber er hatte sie gewaltig unterschätzt. Für ihre Kaltblütigkeit und ihr Geschick, mit dem sie vorgegangen war, musste er sie fast schon bewundern. Er wusste aber auch, dass die Zeit drängte, diesem Spuk Einhalt zu gebieten. Er musste nur noch wissen, wer da heranrückte und ob es eine Bedrohung für ihn war.

Es war schon lange her, dass Gento auf einem Pferd gesessen hatte, doch verlernt hatte er es nicht. Dennoch konnte er es mit seinen Begleitern nicht aufnehmen. Besonders die zunehmende Dunkelheit machte ihm zu schaffen. Darum musste er sich auf die Augen seines Pferdes verlassen und das gefiel ihm nicht besonders. Seine Gruppe hatte die südliche Straße gewählt und war ihm bereits um einige Längen enteilt. In der Ferne sah er nun Fackeln brennen, aber sie bewegten sich nicht mehr. Daraus schloss er, dass die, wer immer es auch sei, Halt gemacht hatten. Gento verlangsamte das Tempo und die Lücke zwischen ihm und der Gruppe wurde noch größer. Plötzlich vernahm er von der Seite ein Rascheln. Gedankenschnell ließ er sich seitlich von seinem Pferd fallen, rollte sich ab und verschwand in den Sträuchern am Straßenrand. Plötzlich erklangen aufgeregte Stimmen in einer wohlbekannten Sprache. „Alanen", dachte Gento erleichtert und wollte sich schon aufrichten, als ihn eine scharfe Stimme direkt vor ihm aus der Dunkelheit anrief. „Bewege dich nicht von der Stelle! Mein Pfeil ist genau auf deinen Hals gerichtet."
Gento lauschte dem Klang der Stimme nach und trotz seiner gefährlichen Lage musste er grinsen. Er kannte diese Stimme, denn ihre scharfe Aussprache war unverwechselbar. Regungslos blieb er liegen, denn mit seinem früheren alanischen Ausbilder, Mogur, war nicht zu spaßen. Nun erschienen aus der Dunkelheit immer mehr Reiter, die einen dichten Halbkreis um Gento bildeten. „Das ist sehr klug von dir", lobte die scharfe Stimme von Mogur Gentos Verhalten und kam mit seinem Pferd genau seitlich vor ihm zum Stehen. Gento reagierte nun blitzschnell. Er stemmte

beide Hände hinter seinen Kopf, zog die Knie an und drückte sich mit seinen Händen ab. Seine Füße stießen nun wie ein Katapult senkrecht nach oben und trafen den Reiter genau unter der Fußsohle. Das locker an den Pferdeleib gelegte Bein wurde dadurch ruckartig nach oben gepresst und der Reiter verlor sein Gleichgewicht. Da er einen Bogen in beiden Händen hielt, fand er keinen Halt und stürzte seitlich von seinem Pferd in das trockene, hohe Gras. Gento nutzte den Schwung seiner Füße, um auf die Beine zu kommen. Dann griff er in die Zügel des Pferdes und presste seinen Körper Schutz suchend dicht an das Tier. Für einen Moment herrschte überraschte Stille unter den Alanen. Dann kam aber Bewegung in sie. Gento hörte förmlich, wie sie die Sehnen ihrer Bogen spannten. Da hörte er Mogur rufen: „Haltet ein! Die Bogen runter! Diesen Trick kennt nur einer und den habe ich ihm selbst beigebracht. Gento, du tückische Natter, komm hervor!" Der gab dem Tier einen Schlag auf die Hinterhand, sodass es schnaubend davon trabte. Mogur hatte sich wieder aufgerichtet und blickte Gento nun mit der undurchdringlichen Mine und zusammengekniffenen Schlitzaugen an. „Ich denke, das Meer hat dich verschlungen! Wahrscheinlich hat es dich wieder ausgespuckt, als es merkte, dass du es warst."

Gento lachte nun laut auf und antwortete: „Es wäre schade gewesen, wenn das Meer mich geholt hätte, denn dann hätte ich ja nicht mehr erleben dürfen, wie mein alter Lehrer von seinem Pferd fällt."

„Du hast Glück, dass du der zweite Sohn des Königs bist, sonst wäre es das Letzte gewesen, was du gesehen hättest. Komm an meine Brust, Königssohn! Ihr seid alle wieder heil zurück? Der König auch?"

Gento nickte. „Er ist dort in dem Castell vor Carthago und wartet auf meine Rückkehr."
Aus Mogur sprudelte es nun nur so heraus. Er berichtete von Thoras Schmerz und dass sie nun nach Carthago gekommen waren, um Amalfried zu zwingen, nach Geiserich suchen zu lassen.
„Das wird eine freudige Nachricht für meine Herrin. Komm, lass uns zurück in unser Lager reiten! Hoffen wir, dass niemand von deinen Begleitern die Waffen gezogen hat."
Man brachte Gentos Pferd, das einfach auf der Straße stehen geblieben war, nachdem er sich hatte herunterfallen lassen. Gentos Begleiter hatten Halt gemacht, als sie bemerkt hatten, dass Gento fehlte. Für einen Moment waren sie unschlüssig, was sie tun sollten. Dann beschlossen sie, nach ihm zu suchen und kehrten um. So kamen sie nun Mogur, Gento und den anderen Alanen entgegen. Für einen Augenblick glaubten sie an eine Bedrohung und wollten ihre Speere erheben, doch Gento klärte dann die Situation auf. Nachdem er sie eingehend über die Lage unterrichtet hatte, befahl er ihnen, zum Castell zurückzureiten und dem König zu berichten, dass er mit Thora nachkommen würde. Dann jagte er hinter Mogur her, denn der hatte es eilig, seiner Herrin die gute Nachricht zu überbringen.

Hunerich hatte die westliche Römerstraße genommen und war sehr bald auf die herannahende vandalische Einheit gestoßen. Er brauchte, trotz der Dunkelheit, auch nicht lange dafür, zu erkennen, wer ihm da entgegen kam. An der Spitze der Tausendschaft ritt eine große, massige Gestalt. Selbst bei dem spärlichen Licht, den der Sternenhimmel bot, konnte man Tirias von Ravenna nicht übersehen. Als

Hunerich ihn mit seinen Leuten erreichte, waren sie gerade dabei, seitlich der Straße in dem ebenen Gelände ein Feldlager aufzubauen.

Als Tirias erkannte, wer ihm da jetzt, in fast nächtlicher Stunde, entgegenkam, dachte er für einen Moment, dass seine Augen ihm einen Streich spielten.

„Herr im Himmel, ist es wahr? Bist du es wirklich oder spielt der Satan mit einer Täuschung ein teuflisches Spiel mit mir?" Hunerich musste lachen. Tirias war ja nun schon in einem recht hohen Alter, denn so lange er denken konnte, war der Kirchenmann mit seiner rauen Art immer schon da gewesen.

„Ich bin keine Täuschung des Satans, Tirias! Ich hoffe es zumindest nicht. Was treibst du dich hier in der Nacht vor Carthago herum? Du solltest in der Kirche sein und das Abendgebet sprechen."

Tirias kam auf Hunerich zu, umfasste seine Schultern, drückte und schüttelte ihn. „Herr im Himmel, du bist keine Täuschung. Und wenn du keine Täuschung bist, ist dein Vater sicher auch nicht fern. Ihr seid alle unversehrt zurück? Dann hat der Herr meine Gebete erhört!"

Hunerich löste sich aus den großen Pranken von Tirias. „Wenn du mich noch weiter schüttelst, werde ich der einzige in der königlichen Familie sein, der nicht unversehrt zurückkommt. Kannst du noch bis zum Castell reiten? Dann folge uns. Mein Vater wird hocherfreut sein, dich zu sehen."

Thora hatte sich in ihrer Jurte schon zur Ruhe gelegt, als Ardel von draußen nach ihr rief. Seine Stimme klang merkwürdig aufgeregt: „Verzeih, Herrin, dass ich deine Nachtruhe störe, aber dies ist die beste

Nachricht, die ich je überbringen durfte. Du musst herauskommen und es mit eigenen Augen sehen!" Mit einem Satz war Thora von ihrem Lager hochgesprungen. Sie kannte Ardel und wusste, dass er nicht die Neigung zum Übertreiben besaß. Es musste also etwas Wichtiges sein. Als sie den Vorhang ihrer Jurte öffnete, fiel ihr Blick direkt auf Gento, der, eingerahmt von zwei Fackelträgern, vor ihrer Jurte stand. Da Gento in verblüffender Weise dem jungen Geiserich ähnelte, blieb ihr zunächst für einen Moment das Herz stehen. Dann wurde ihr bewusst, wen sie vor sich hatte.

„Gento? Bedeutet das, ihr seid alle wieder heimgekehrt? Alles war nur eine Lüge? Dann hatte Gaius doch Recht gehabt! Wo ist dein Vater?"

Ihre aufgeregten Fragen in ihrer alanischen Sprache klangen in Gentos Ohren wie das Zwitschern eines Vogels. Abwehrend hob er die Hände. „Er hat mich losgeschickt, um nachzusehen, wer da mit einem Heer gegen Carthago zieht. Nun weiß ich es. Ich glaube, er hat sogar gehofft, dass du es bist." Thora trat auf Gento zu und berührte mit einer Hand leicht seine Wange. „Lass mich dich berühren, damit ich auch glauben kann, was ich sehe. Dann bring mich so schnell es geht zu deinem Vater, denn in meiner Begleitung ist auch Farina und sie ist in Sorge um Gaius Servandus."

Gentos Gesicht zeigte Bestürzung: „Ist Gaius denn in Gefahr?"

„Wir wissen es nicht, darum müssen wir so schnell wie möglich in die Stadt."

Gento drängte nun zur Eile: „Lasst uns sofort aufbrechen, denn ich fürchte, wir haben nicht viel Zeit."

Ardel suchte nun die Männer aus, die Thora begleiten sollten. Dann übergab er die Befehlsgewalt erleichtert an Mogur ab, denn bald würde er wieder das Schild des Königs sein und nie mehr von seiner Seite weichen. Das hatte er sich in all der Zeit der Ungewissheit geschworen.
Thora ließ Farina wecken und berichtete ihr von Geiserichs Rückkehr. Die konnte sich vor Freude nicht halten und umarmte Thora herzlich.
„Siehst du, die Hoffnung hat gesiegt. Wir Berber haben ein altes Sprichwort: *Bist du in der Wüste, so suche nach Wasser, und bist du in der Finsternis, so suche nach Licht und verliere nie die Hoffnung, dass du es findest, denn Wasser und Licht sind Leben.*"
Thora nickte und antwortete leise: „Darin liegt viel Weisheit. Nun eile dich aber, denn wir brechen gleich auf. Ich denke, dass dein aufrechter Begleiter, Hermator, ebenfalls mit dabei sein will."
Farina nickte zustimmend: „Ich denke, er hat es verdient, dass ich ihn dem König vorstelle."

Die Zeit der Trauer und der Rache

Geiserich starrte, ungeduldig wartend, vom äußeren Wehrgang des Castells in die Dunkelheit. Dann kamen sie. Im Schein der Fackeln am Nordtor erkannte er Hunerich und daneben die unübersehbare Gestalt von Tirias. Ihnen folgte dann eine kleine Streitmacht der Reiterei. Dies musste die Truppe sein, die Tirias von Hippo Regius aus hierher gefolgt war.
„Guter alter Tirias", dachte Geiserich mit Freude und Anerkennung. „Auf dich kann ich zählen und verzeih mir, wenn ich je etwas anderes von dir gedacht habe."

Langsam stieg Geiserich den Niedergang hinunter und stellte sich in die Mitte des, von unzähligen Fackeln hell erleuchteten, Castellhofes. Als Tirias durch das Nordtor ritt und Geiserich erblickte, hielt es ihn nicht mehr auf seinem Pferd. Mit einer Behändigkeit, die man ihm, in seinem Alter und der Leibesfülle, nicht zugetraut hätte, schwang er sich herunter und kam mit wehender Kutte auf Geiserich zugelaufen. Im letzten Moment besann er sich und bremste ab. Seine Hände, die Geiserich drücken wollten, baumelten nun an seinem Körper herunter, als gehörten sie ihm nicht. Er hatte sich vorgenommen, Geiserich so viel zu sagen, doch nun stand er da und rang nach Worten: „Ich habe mein halbes Leben damit verbracht, mir Sorgen um dich zu machen. Doch nun hast du übertrieben." Geiserich lächelte: „Hallo, mein alter Freund! Was ist das für eine Begrüßung? Ich habe nur eine kleine Reise gemacht. Die Geschehnisse hier lagen leider nicht in meiner Macht."

„Was ist bloß in diesen Amalfried gefahren?", polterte Tirias nun los. „Ich hätte ihn gezwungen, nach dir zu suchen und wenn ich ihn dafür ins Meer hätte werfen müssen."

Geiserich nickte: „Mein guter Kirchenmann! Hätte ich nicht in all der Zeit gute Männer wie dich an meiner Seite gehabt, dann gäbe es kein Vandalenreich."

Tirias verneigte sich und antwortete für ihn ungewohnt sanft: „Ich werde immer an deiner Seite sein, so lang ich lebe."

Geiserich lächelte: „Dann grollst du mir also nicht mehr? Das ist gut, denn wir haben nun gemeinsam einen schweren Weg zu gehen. Ich warte jetzt nur noch auf Thora. Gentos Kundschafter sind vorzeitig zurückgekehrt und haben die Nachricht überbracht,

dass sie wohl die gleiche Idee wie du gehabt hat. Sie steht mit einem beträchtlichen Heer der Alanen nicht weit von hier. Ich erwarte sie sehnlichst und hoffe, dass Gento sehr bald mit ihr eintrifft."
Tirias schüttelte ungläubig sein Haupt: „Thora war auch nicht in Carthago? Dann wird mir einiges klar. Darum hat unser Freund Gaius nichts gegen Amalfried ausrichten können. Wo ist er denn jetzt?"
Geiserich zuckte mit den Schultern: „Amalfried hat ihn als Statthalter abgesetzt, so berichtete mir Frigiter, der Kommandant dieses Castells hier. Er wird sich auf seinen Wohnsitz zurückgezogen haben, um abzuwarten, wie die Lage sich entwickelt. Wie ich ihn kenne, wird er die gefälschte Nachricht von meinem Tod nicht geglaubt haben." In Geiserichs Worte hinein kamen Gento und Thora mit ihren Begleitern durch das Nordtor geritten. Thora ließ ihr Pferd mit der Vorderhand hochsteigen und kam dicht vor Geiserich und Tirias zum Stehen. Mit einem Satz war sie vom Pferd und warf sich in Geiserichs Arme. Wortlos hielt sie ihn fest umklammert, so wie etwas längst verloren geglaubtes, das sie nun doch wieder gefunden hatte. Geiserich streichelte ihr über das pechschwarze, zu einem Zopf geflochtenen, Haar. Nach einer ganzen Weile löste sie sich von ihm und schaute zu ihm auf.
„Ich habe deine Sorgen und Befürchtungen vor deiner Reise nicht verstanden. Nun weiß ich, was du gemeint hast. Möglicherweise hätte ich das Falsche getan, wenn du nicht zurückgekommen wärst, denn ich war vor Schmerz und Trauer wie von Sinnen. Doch nun wird alles gut." Geiserich zog sie wieder an sich und hauchte ihr einen Kuss auf die Stirn. Dabei sprach er leise: „Dass du mit deinen Alanen jetzt hier bist zeugt von deiner Klugheit. Du hättest gewiss das Richtige getan. Ich habe einen Fehler gemacht und ich hoffe,

ich werde ihn sehr bald wieder rückgängig machen können."

Thora wandte sich nun zu ihrem Begleiter um. „Ich habe Farina mit dabei. Gaius hat sie zu mir geschickt, damit sie in Sicherheit ist. Ein junger Vandalenfürst, Hermator, aus Theuderichs Sippe, hatte sie auf Wunsch von Gaius zu mir gebracht. Du solltest dir anhören, was sie zu berichten hat. Dann weißt du auch, warum ich hier bin."

Geiserich begrüßte Farina herzlich, doch sein besorgter Gesichtsausdruck blieb.

„Ich weiß, dass Gaius dich mehr als sein Leben liebt. Wenn er sich von dir trennt, muss die Lage für ihn sehr ernst sein."

Farina berichtete nun alles, was sie wusste und Geiserichs Mine wurde immer dunkler. Farina endete ihren Bericht mit Tränen in den Augen. „Er wollte den Mann suchen, der die Nachricht von deinem Tod verbreitet hatte und Amalfried die Augen öffnen. Wenn er die Wahrheit herausgefunden hat, dann..." Farina redete nicht weiter. Sie schaute Geiserich nur bittend an.

Der schaute in die Runde und bestimmte: „Wir rücken noch in dieser Stunde in Carthago ein. Die Alanen bleiben zur Sicherung vor der Stadt. Dies müssen wir Vandalen selbst erledigen."

Dann kamen seine Befehle knapp und präzise. Die Aufgaben der Führer und Unterführer wurden nun genau festgelegt. Im Grunde war seine Strategie recht einfach. Der Palast sollte umstellt und Amalfried und seine Anhänger gefangen genommen werden. Wer Widerstand leistete, sollte erbarmungslos niedergemacht werden. Geiserich schärfte allen besonders ein, dass er Isodora lebend haben wollte. Zum Schluss sollte Gento von der Steilküste aus der

Flotte das Zeichen zur Einfahrt in die Bucht von Carthago geben. Geiserich hoffte, dass er sie nicht brauchen würde, aber damit wollte er all seinen Widersachern seine Macht und Stärke demonstrieren. Es dauerte dann auch nicht lange und der Zeitpunkt des Aufbruchs war gekommen. Frigiter hatte das Kommando über die Truppen, die den Palast einnehmen sollten, und rückte als Erster ab. Geiserich wollte Amalfried selbst gefangen nehmen und folgte Frigiter direkt hinterher. In seiner Begleitung waren alle seine Vertrauten, wie Tirias, Ardel, sein Sohn Hunerich, sowie Hermator, der ihm von Farina, wegen seiner ergebenen Treue zu Geiserich, wärmstens empfohlen worden war. Mit dem Rest der Fußsoldaten wurde die Stadt abgeriegelt und deren Ein- und Ausgänge besetzt. Die Frauen sollten folgen, sobald alles wieder fest in Geiserichs Hand war. Dies stieß aber auf Thoras energischen Widerspruch.

„Du weißt, dass ich genauso kämpfen kann, wie ein Mann. Ich werde bei dir bleiben, daran kannst du mich nicht hindern."

Geiserich kannte den Tonfall und wusste, dass er sie nur mit Gewalt fernhalten konnte. Mit der Auflage, nicht von seiner Seite zu weichen, ließ er zu, dass sie mitkam. Der Angriff begann.

*

Isodora gab den Musikern ein Zeichen, dass sie spielen sollten. Die Flöten, Harfen und Trommeln setzten ein und spielten eine Melodie, die Amalfried aus seiner Lethargie holen sollte.

„Was grübelst du so? Warum trägst du so düstere Gedanken mit dir herum? Sieh dich doch um! Sind nicht alle deine Anhänger deiner Einladung gefolgt?"
Amalfried hob den Kopf und blickte an Isodora vorbei in den Thronsaal, wo einige der Stammesfürsten saßen. Fackeln und Öllampen erhellten den großen Raum mit unruhig flackerndem Lichtschein zu dieser späten Abendstunde. Er wusste nur zu gut, dass einzig die Fürsten und Adligen erschienen waren, die sich unter Geiserichs Herrschaft benachteiligt gefühlt hatten. Die nicht die ertragreichen Güter in der Proconsularis bekommen hatten oder bei der Vergabe einflussreicher Ämter nicht berücksichtigt worden waren. Nun hofften sie, von Amalfried dafür belohnt zu werden, dass sie seinen Anspruch auf den Königsthron unterstützten.
„Es sind nicht die Besten des Volkes. Das macht es nicht einfach. Die wichtigen, starken Stämme der Hasdingen und Amaler warten noch ab. Ihnen gefällt die Art nicht, wie ich meinen Anspruch geltend gemacht habe. Ich brauche aber ihre Zustimmung."
Isodora stapfte wütend mit dem Fuß auf. „Muss ich dir erklären, wie man mit der Macht umgeht? Rede mit deinen Anhängern und verspreche ihnen Macht und Reichtum. Du wirst sehen, sie werden dir aus der Hand fressen."
Amalfried erhob sich und trat ein paar Schritte nach vorne. Die Musik verstummte sofort und im Thronsaal herrschte nun gespannte Stille. Amalfried legte seinen Umhang über die linke Schulter und strich sein offen getragenes langes, blondes Haar nach hinten. Dann begann er zu reden.
„Ich habe euch zu dieser späten Stunde zusammengerufen, weil die Zeit drängt und die Lage keinen Aufschub mehr duldet. Es gibt in unserem Volk

einflussreiche Leute, die nicht glauben wollen, dass Geiserich tot ist und die Nachricht davon gefälscht sei. Selbst wenn es so wäre, wer will von euch, dass er zurückkommt?" Eisiges Schweigen schlug ihm entgegen. Amalfried fuhr fort: „Er hat unser Volk in einen unnötigen Krieg gegen Rom geführt, der unseren Untergang bedeutet, wenn wir ihn nicht schnellstens beenden. Weiterhin hat er die Beute aus den Kaperfahrten nicht gerecht geteilt und einen beträchtlichen Teil unserer Schätze entnommen. Für welchen Zweck er sie verwenden wollte, weiß niemand. Er hat in der Vergabe der wichtigen Ämter nur seine Vertrauten eingesetzt und euch benachteiligt."
Zustimmendes Geschrei brandete auf. Zurufe wie „nieder mit Geiserich, es lebe Amalfried", schallten zu Amalfried hin. Er hob beide Hände und es kehrte wieder Ruhe ein.
„Darum, meine Fürsten, würde ich nicht zulassen, dass Geiserich wieder auf den Thron zurückkehrt, selbst wenn er noch heute zurückkäme. Ich werde …" Amalfrieds Rede wurde durch Waffenklirren und lautes Schreien unterbrochen. Die Tür zum Thronsaal wurde so heftig aufgestoßen, dass die Flügel gegen die Wände knallten. Alle Augen blickten überrascht in die Richtung und sahen, wie unzählige Speerwerfer, Schwertkämpfer und Bogenschützen in den Saal stürmten und um die Anwesenden herum in Stellung gingen. Noch herrschte lähmende Stille im Saal, doch dann trat Geiserich, dicht gefolgt von Ardel, durch die Tür. Ein entsetztes Stöhnen ging durch die Anwesenden. Geiserichs schneidende Stimme drang bis in den letzten Winkel des Raumes:
„Ich bin heute zurückgekommen und du wirst nichts mehr tun, Amalfried. Das Spiel ist aus."

Amalfried wurde leichenblass. Hilfe suchend schaute er sich nach Isodora um. „Du lebst?", stotterte er. „Ich dachte, ihr wärt …."

„Ich habe deine Worte vorhin gehört, darum brauchst du mir nichts mehr erklären", schnitt Geiserich ihm das Wort ab. Dann wandte er sich an die versammelten Fürsten. „Draußen, vor den Toren der Stadt, warten zwei Tausendschaften auf meinen Befehl und in der Bucht von Carthago ist fast die gesamte Flotte versammelt, um einzugreifen, wenn ich es sage. Ihr seht also, dass jeglicher Widerstand zwecklos ist. Ich verspreche allen, die jetzt kampflos ihre Waffen abgeben, dass ein Gericht nach Recht und Gesetz das Urteil über euch fällt."

„Er wird euch vor den Toren der Stadt aufhängen und in der Sonne verdorren lassen. Weithin sichtbar, als Abschreckung für alle, die sich gegen ihn richten. Das ist sein Recht und Gesetz", schrie Amalfried. Dabei fuhr er hoch, zog sein Schwert und stürmte auf Geiserich zu. Mit einem Schlag war allen Anhängern von Amalfried klar, dass sie nur mit der Waffe in der Hand lebend entkommen konnten. Sie alle kannten Geiserich und wussten von seiner gnadenlosen Härte. Es entstand nun ein wirres Getümmel. Alle zogen ihre Schwerter, warfen Tische um und benutzten sie als Schutz vor den Lanzen und Pfeilen. Mit wildentschlossenem Gebrüll stürzten sie auf den Ausgang zu, doch sie hatten keine Chance. Sie besaßen ja als Waffen nichts als ihre kurzen Schwerter, die gegen Lanzen und Pfeile nichts ausrichten konnten. Außerdem waren sie hoffnungslos in der Unterzahl. Das Kampfgebrüll schlug in Schmerzensschreie und Stöhnen um. Pfeil auf Pfeil und Speer um Speer fand sein Ziel. Bald verwandelte sich der Thronsaal in ein blutiges

Schlachtfeld. Amalfried war bei seinem ungestümen Angriff ins Straucheln gekommen. Eine umgestoßene Sitzbank hatte seine Beine getroffen. So fiel er der Länge nach zu Boden und rutschte über die glatten Marmorplatten bis vor Geiserichs Füße. Verzweifelt versuchte er, wieder auf die Beine zu kommen, doch Ardel schnellte hervor und trat mit der Fußspitze zu. Mit einer wirbelnden Bewegung zog er seine beiden Krummschwerter und setzte zum tödlichen Hieb an. Ein scharfes „Halt" ließ ihn innehalten und die Schneide eines seiner Schwerter kurz vor Amalfrieds Hals stoppen. Die scharfe Schneide schnitt ihm ins Fleisch und ließ sein Blut den Hals hinunterlaufen.
„Ich brauche ihn lebend", stieß Geiserich noch einmal scharf hervor.
Der ungleiche Kampf war schnell zu Ende. Niemand hatte entkommen können. Geiserich blickte sich um. „Wo ist das Weib?", rief er. „Schafft mir das Weib herbei!"
In dem Kampfgetümmel hatte niemand auf sie geachtet. Nun war sie verschwunden. Dann öffnete sich eine Seitentür, die vom Thronsaal in die Privatgemächer des Königs führte. Es erschien Hunerich, der Isodora fest an sich gepresst vor sich her schob. Mit einem gewaltigen Ruck schleuderte er sie so fest nach vorne, sodass sie quer durch den Raum flog und mit einem gellenden Schrei in der Mitte zwischen den erschlagenen Vandalenfürsten landete. Hunerichs Stimme bebte vor Zorn: „Da ist mein Weib, die mit dem Bruder meiner Mutter während meiner Abwesenheit das Nachtlager geteilt hat. Die einen, einst tapferen und aufrechten Recken, wie Amalfried, zu einem Narren und Verräter gemacht hat. Sie wollte sich aus dem Staub machen und in der Dunkelheit Carthagos untertauchen."

Isodora blickte sich verzweifelt um. Sie sah Amalfried unter Ardels Schwert am Boden und wusste, dass sie verloren war. Von ihrer hochfahrenden Arroganz war nichts mehr zu spüren, als sie nun, mit gebrochener Stimme, versuchte, ihre Haut zu retten.

„Ich habe das alles nicht gewollt.", dabei zeigte sie auf Amalfried. „Der Dummkopf hat sich grenzenlos überschätzt und mich angehalten, ihm zu helfen. Es war alles seine Idee. Er hat auch Gaius Servandus umbringen lassen."

Geiserich war mit einem Satz bei ihr und riss sie hoch. „Er hat was?", schrie er.

„Er hat ihn hier an dieser Stelle von seinen Männern umbringen lassen", quetschte sie heraus, denn sie bekam unter Geiserichs Griff kaum noch Luft.

Er zerrte sie hinter sich her zu Amalfried. „Sag, dass sie lügt. Ihr habt es nicht gewagt, einen der Besten von uns umzubringen." Geiserich entriss Ardel das Schwert und holte zum Hieb aus.

„Nein.", schrie Amalfried. „Er wollte mit dem Schwert auf mich losgehen!"

Geiserich ließ das Schwert sinken. Rote Schleier tanzten vor seinen Augen. „Ihr habt es wirklich getan? Gaius ist tot? Wie konntest du nur, Amalfried? Ohne Gaius wären wir nicht hier. Möglicherweise würde unser Volk nicht mehr existieren. Er hat für uns gekämpft und gelitten, weil er Vandalenblut in den Adern hatte." In Geiserichs Stimme hatte bisher eine grenzenlose Traurigkeit mitgeschwungen. Nun stieg wieder die rasende Wut in ihm hoch. „Wofür hat Gaius dies für uns getan? Damit ein verblendeter Narr ihn töten lässt, als er endlich die Früchte seines Kampfes ernten konnte? Oh, Amalfried, du wirst es bereuen! Das verspreche ich dir." Geiserich wandte sich an

Ardel: „Schafft sie mir aus den Augen. Ich werde mir später überlegen, was mit ihnen geschehen soll."
Als man Isodora ergriff und fortschleppen wollte, kreischte sie: „Ihr dürft mir nichts tun! Mein Vater ist der große Theoderich. Er wird für meine Freilassung viel Lösegeld zahlen!"
„Fort mit ihr", donnerte Geiserich und als man Amalfried an ihm vorbeizerren wollte, hielt er diesen noch einmal fest. „Wo ist sein Leichnam, oder habt ihr ihn schon verscharrt?"
Amalfried presste die Lippen zusammen und sagte nichts mehr. Geiserich ließ ihn los und zeigte, dass man ihn fortschaffen sollte.
Einer der Krieger brachte nun Ahmed, den obersten Palastdiener, heran. Mit scheuem Blick betrachtete er die vielen toten Vandalenfürsten. Dann warf er sich vor Geiserich auf den Boden. „Verzeih uns, Herr, wir Diener konnten nichts tun. Wir sind euch nach wie vor treu ergeben und sind sehr traurig über das, was geschehen ist. Wenn ihr wollt, führe ich euch zur sterblichen Hülle von Gaius Servandus."
Geiserich antwortete gnädig: „Erhebe dich, Ahmed. Es gab einige, die es hätten verhindern können. Dazu gehört ihr sicher nicht. Bring mich zu ihm."
Ahmed stand auf und ging voraus. Geiserich, Ardel und einige Krieger folgten ihm. Draußen auf dem Säulengang vor dem Thronsaal warteten Thora und Tirias. Sie hatten durch die offene Tür gehört, was mit Gaius geschehen war. Thora lief mit schreckgeweiteten Augen auf Geiserich zu. Sie sah mit einem Blick, in welcher Verfassung Geiserich war und wusste, dass nun jedes Wort zu viel war. Schweigend drückte sie sich an ihn. Auch Tirias verhielt sich ungewohnt still. Wortlos schloss er sich Geiserich an, als er dem Oberdiener Ahmed in die

unteren Räume des Palastes folgte. Dort, in einem niedrigen Raum neben den Zisternen, wo sonst die Vorräte lagerten, fanden sie Gaius. Sie hatten ihn achtlos in der Mitte der Kammer auf den Boden gelegt. Die abgebrochenen Pfeilschäfte ragten noch aus seinem Rücken. Man hatte sich nicht einmal die Mühe gemacht, sie herauszuziehen. Ahmet zündete die einzige Wandfackel in der Kammer an und erklärte leise: „Hier mussten wir ihn hinbringen, weil Isodora nicht wollte, dass es jemand erfuhr."
Geiserich sagte nun leise und mit brüchiger Stimme: „Lasst mich bitte einen Augenblick mit ihm allein. Danach könnt auch ihr Abschied von ihm nehmen."
Kurz darauf, nachdem alle die enge Kammer verlassen hatten, ließ sich Geiserich neben Gaius auf dem Fußboden nieder. Für einen Moment schloss er die Augen. Vor ihm tauchten Bilder aus der Vergangenheit auf. Er sah den jungen Gaius, wie er lachte und das Leben genoss. Keine Schwierigkeit war zu groß, dass er sie nicht aus dem Weg räumen konnte. Geiserich öffnete wieder seine Augen und blickte in das Toten starre Gesicht von Gaius. „Warum hast du nicht einfach nur gewartet, bis ich zurückkomme? Du wusstest es doch." Geiserich beugte sich über ihn, um ihn besser sehen zu können. Dabei rutschte seine goldene Fibel aus dem halb geöffneten Umhang und berührte leicht die Stirn von Gaius. Die magische Fibel mit den, in Gold gefassten, beiden Bernsteinstücken, in denen je eine Spinne und eine Fliege eingeschlossen war, begann zu leuchten.
Jäger und Opfer vereint, gehalten das Böse im Gefängnis der Ewigkeit.
Diese Formel hatte Geiserich schon lange nicht mehr gesprochen und diesmal war es, als hätte ihm jemand

diese Worte in den Mund gelegt. Plötzlich war ihm, als würden fremde Gedanken in seinen Kopf dringen.
"Verschwende deine Gedanken nicht an Trauer, denn sie ist nichts als Selbstmitleid. Der Tod ist nicht das Ende, es ist nur eine andere Form des Seins. Wir werden uns wieder sehen, Geiserich, denn ich bin dir nur einen Schritt voraus. Ich habe meine Bestimmung erfüllt. Du musst noch einen weiten Weg gehen, denn dein Ziel ist noch nicht erreicht. Ich werde auf dich warten und es wird für mich nur einen Wimpernschlag dauern, denn die Zeit existiert für mich nicht mehr."
Geiserich starrte auf die Bernsteine, deren warmes Leuchten nun langsam verlosch. Seine Gedanken gehörten nun wieder ihm. „Leb wohl, mein Freund! Ich wäre den Weg gerne mit dir zusammen gegangen, aber es sollte wohl nicht sein", flüsterte er und stand auf. Leise öffnete er die Tür der Kammer und mit einem letzten Blick auf seinen toten Freund verließ er den Raum.
Draußen trat ihm Farina entgegen. Ihr Gesicht hatte sie mit einem weißen Schleier verhüllt. Dennoch sah er das wütende Funkeln in ihren Augen.
„Man hat mir etwas genommen, etwas kostbares, von unschätzbarem Wert. Es ist für mich unwiederbringlich verloren. Nun lebe ich nur noch, um Rache zu üben. Ich habe damals, als Gaius und ich Mann und Frau wurden, einen Bund zwischen Berbern und Vandalen geschlossen. Nun fordere ich von dir den Mörder von Gaius Servandus. Wir Berber haben ein Recht darauf, ihn zu richten. Wirst du diese Forderung nicht erfüllen, ist der Bund zerbrochen."
Ohne eine Antwort abzuwarten, öffnete sie die Tür der Kammer, trat hinein und kam für eine lange Zeit nicht mehr heraus.

*

Genau einen Monat hatte Geiserich für die Trauerzeit angesetzt. In ganz Carthago durften keine Belustigungen durchgeführt, durfte keine Musik gespielt oder Theaterstücke aufgeführt werden. Die römische Bevölkerung hatte dafür kein Verständnis und murrte, denn die Schänken hatten keine Einnahmen mehr. Doch wer zuwider handelte, wurde hart bestraft. Dafür sorgten die vandalischen Patrouillen.
Dies war auch die Zeit, in der Geiserich mit harter Hand diejenigen bestrafte, denen eine Beteiligung an dem Umsturzversuch nachgesagt wurde. Er ordnete die Befehlsgewalt in der Reiterei, Flotte und Fußsoldaten neu. Alle, die Amalfrieds Machtübernahme nicht unterstützt hatten, wurden nun dabei bedacht. Hermator, der Enkel Theuderichs, bekam den Oberbefehl über die Reiterei und die Fußsoldaten befehligte ab sofort Frigiter. Gento sollte nach Geiserichs Willen der oberste Herr der Flotte werden, doch der war genau einen Tag nach der großen Beisetzung von Gaius mit einigen Schiffen nach Sardinien aufgebrochen. Er hatte es in Carthago nicht mehr ausgehalten. Die Enge der Stadt und das Gewimmel der vielen Menschen bedrückten ihn. Die Nachricht, dass einige römische Galeeren an der Küste Sardiniens gelandet wären und vandalische Stützpunkte angegriffen hätten, kam ihm da gerade recht.
Geiserich hatte die Zügel seiner Macht wieder fest in der Hand und konnte sich voll den Staatsgeschäften widmen. Das musste er auch, denn der römische

Gesandte Phylarchos, vom Hof in Ravenna, hatte sich angemeldet. Die Galeere des Gesandten lag schon einige Tage im Hafen, doch Geiserich hatte ihn warten lassen, denn im Moment beschäftigte ihn noch ein großes Problem. Amalfried und Isodora warteten immer noch in ihren Verliesen auf ihre Aburteilung und Geiserich war sich nicht sicher, wie sie ausfallen sollte. Ihm widerstrebte es, Amalfried den Rachegelüsten Farinas und den Berbern zu überlassen. Dazu wusste er zu viel über deren grausame Praktiken, Straftäter vom Leben in den Tod zu befördern. Mochte Amalfried noch so viel Schuld auf sich geladen haben, dies würde er ihm nicht wünschen. Zumal ihn die letzte Zwiesprache mit Gaius wieder versöhnlicher gestimmt hatte. Mit Isodora war dies anders. Hier stand er bei Hunerich im Wort, dass er sie richten durfte. Andererseits hätte er sie gut für seine Pläne gebrauchen können. Genau diese Probleme wollte er heute im engsten Kreis seiner Vertrauten bereden.

Geiserich stand auf und schaute in die Runde. Erwartungsvoll blickten ihn Thora, Tirias, Frigiter, Hermator und Hunerich an. Irgendwie schien er angespannt zu sein und auf etwas zu warten. Immer wieder blickte er zur Tür. Dann begann er zu sprechen.
„Von diesem Tag an will ich die alte Sitte wieder aufleben lassen, dass der König die wichtigsten und engsten Vertrauten zusammenruft, wenn es gilt Entscheidungen zu treffen, die für unser Volk von großer Tragweite sind. Es fehlt im Moment, in dieser Runde, der neue Führer der Flotte, mein Sohn Gento. Darüber hinaus beabsichtige ich einen Praepositus Regni (*Innenminister*) einzusetzen, der die Befugnis

hat, alle Entscheidungen zu treffen, die das Zusammenleben der Vandalen und der römischen Bevölkerung betreffen. Oberster Richter bleibt der König. Wer es sein wird, ist noch nicht entschieden." Geiserich machte eine Pause und ließ seine Worte auf die Runde wirken. Ein kurzer Blick zeigte ihm, dass seine Worte auf Zustimmung stießen. Dann fuhr er fort: „Ich warte heute nur noch auf einen Gast in dieser Runde und hoffe, dass er bald eintrifft. Ich habe euch heute zusammengerufen, damit wir das Schicksal von Isodora und Amalfried bereden."
Sofort fuhr Hunerich hoch: „Du hast mir zugesichert, dass ich alleine die Entscheidung fällen darf, denn sie ist mein Weib." Geiserich nickte ernst und erwiderte: „So soll es auch sein! Ich glaube aber, dass es für dich keine leichte Sache wird. Ich merke doch, wie du dich damit quälst, denn schließlich warst du ihr ja mal sehr zugetan. Mir geht es mit Amalfried ja ähnlich. Vielleicht können wir dir bei dieser Entscheidung ja helfen." Hunerich setzte sich wieder. „Verzeih mir meine Unbeherrschtheit, doch die Sache zerrt an meinen Nerven. Ich möchte, dass es bald vorüber ist." Geiserich nickte wieder: „Das will ich auch", bestätigte er. „Darum möchte ich die Runde fragen, was mit ihr geschehen soll. Frigiter?"
„Fünf Pfeile auf fünfzig Schritt!"
„Hermator?"
„Ersäufen wie eine Katze!"
„Thora?"
„Verbrennen auf dem Scheiterhaufen!"
„Tirias?"
„Richten über Leben und Tod kann nur Gott!"
„Also ein Gottesurteil?", fragte Geiserich nun noch einmal nach.
„Ja!"

„Das sind eindeutige Urteile", stellte Geiserich fest. „Ich will nun meinen Vorschlag machen. Dann hat Hunerich das letzte Wort." Geiserich holte nun tief Luft. „Ich würde sie dem römischen Gesandten Phylarchos mitgeben, damit er sie ihrem Vater, Theoderich, zurückbringt."
Fassungslos schauten ihn alle an. Dann redete alles durcheinander, sodass niemand mehr etwas verstehen konnte.
Geiserich schlug mit der Faust auf den Tisch und es wurde ruhig. „Ich bin noch nicht fertig mit meinem Vorschlag. Dieses Weib ist von ihrem Vater angestiftet worden, diese Taten zu begehen. Er weiß, dass wir hier in Nordafrica für die Goten unangreifbar sind. Darum versuchte er, uns auf diesem Weg über seine Tochter zu vernichten. Er hat dabei von Anfang an auf ihre Schönheit und ihre Verführungskünste gesetzt. Wohl wissend, dass es bei Männern eine schwache Stelle gibt, die den Verstand aussetzen lässt. Ursprünglich warst du ihr Ziel, mein Sohn. Ich hatte es von Anfang an geahnt. Darum habe ich dich mit auf die Reise genommen, weil ich dich diesen Anfechtungen nicht aussetzen wollte. Ich habe nicht mit ihrer Gerissenheit gerechnet. Sie hatte die Gunst unserer aller Abwesenheit genutzt und sich den bedauernswerten Amalfried ausgesucht. Diesen Fehler werde ich mir nie verzeihen."
„Wieso willst du sie Theoderich dann zurückschicken? Er wird sich darüber totlachen!", fragte nun Hunerich verblüfft dazwischen.
Geiserich ließ sich nicht beirren und fuhr fort: „Das Lachen wird ihm im Halse stecken bleiben. Wie du weißt, gibt es bei den Vandalen schon seit uralten Zeiten eine Strafe, die angewendet wird, wenn sich jemand besonders schwerer Straftaten schuldig

gemacht hat. Wir schneiden dem Täter Nase und Ohren ab und lassen ihn laufen. Damit ist er für jeden sichtbar gezeichnet und sein Leben wird zur Hölle. So sollten wir auch mit ihr verfahren. Damit wäre ihre verführerische Schönheit zerstört und könnte kein Unheil mehr anrichten."
Niemand sagte mehr ein Wort und alle starrten gebannt auf Hunerich, der ja die Entscheidung fällen sollte.
Hunerich schaute seinen Vater an und man sah förmlich, wie es in seinem Kopf arbeitete. „Und wir hätten zugleich dem großen Theoderich eine Lektion erteilt", konstatierte Hunerich bewundernd. „Ich wusste, dass du mir wieder die Entscheidung abnehmen würdest. Ich kann mich deinen Argumenten nicht entziehen. Dann soll es so sein. Man schneide ihr Nase und Ohren ab und schicke sie zurück zu ihrem Vater, damit er den Misserfolg seines Versuches stets vor Augen hat."
Geiserich lächelte nun seit langer Zeit das erste Mal. „Das ist ein weiser Urteilsspruch, mein Sohn! Nun müssen wir befinden, was mit Amalfried geschehen soll. Ich möchte eure Meinung hören, bevor ich den Träger des heiligen Dolches und Führer der Berberstämme in Numidien und der Proconsularis, Machmoudi, herein bitte. Die Berber verlangen, dass wir Amalfried ihrer Rache übergeben, sonst werden sie das Bündnis zwischen uns aufkündigen. Das könnte eine nicht abzuschätzende Gefahr für unser Volk bedeuten." Auffordernd blickte Geiserich in die Runde. Einhellig schüttelten alle das Haupt.
Hunerich meldete sich zu Wort: „Auch wenn dir meine Meinung nicht gefallen wird, weil sie nicht in deine, wie immer perfekten, Pläne passt, ich äußere sie trotzdem. Amalfried ist der Bruder meiner Mutter und,

wie du dich hoffentlich noch erinnern kannst, deiner Frau. Ich habe als Kind auf seinen Knien gesessen und atemlos zugehört, wie er von der großen Wanderung aus dem alten Land erzählte. Wie auch er seinen Teil dazu beigetragen hat, dass die Vandalen in Hispanien Fuß fassen konnten. Das will und kann ich nicht vergessen, egal, welche Schuld er nun auf sich geladen hat." Hunerich wollte noch fortfahren, doch er wurde durch ein scharfes: „Es ist genug!" von Geiserich unterbrochen. Sein Gesicht war fahl geworden und seine grauen Augen glühten.

„Ich weiß sehr gut, wer Amalfried ist und niemand kann mehr ermessen, was Amalfried für unser Volk geleistet hat, als ich. Aber er hätte es bald vernichtet, es den Goten in die Hände gespielt. Dabei hat er die besten Männer an meiner Seite töten lassen. Ich allein werde in diesem Fall die Entscheidung treffen."
Geiserich erhob sich und klatschte in die Hände. Eilfertig öffneten die Diener die Flügeltore des Thronsaales. Kurz darauf erschien Machmoudi in der Begleitung von Chamsi, der nun offiziell zu seinem Vertreter ernannt worden war und Farina, deren tiefe Trauer um Gaius in abgrundtiefe Rachegelüste umgeschlagen war.

Machmoudi trug einen schlichten Umhang und sein Haupt war mit einem purpurnen Turban bedeckt. In gemessenen Schritten und ernster Miene kam er, gefolgt von Chamsi, der ähnlich gekleidet war und Farina, die bis zum Schleier vor ihrem Gesicht, das fahle Weiß der Trauer trug.

Machmoudi und Chamsi verneigten sich leicht vor der Runde und blieben in respektvollem Abstand vor Geiserich stehen, während im Hintergrund Farina regungslos stehen geblieben war. Auf ihren

Gesichtern war ihre Anspannung abzulesen, die auch nicht wich, als Geiserich sie freundlich begrüßte.
„Seid willkommen, meine Freunde", lächelte er.
Es war schon erstaunlich, wie schnell er sich von seinem Zorn befreien konnte, um sich auf seine neuen Gäste einzustellen. Hunerich schüttelte darüber verblüfft den Kopf. Sein Vater erstaunte ihn immer wieder.
„Wir grüßen dich, großer Herrscher der Vandalen und Alanen und den hier versammelten hohen Rat. Die Geschehnisse der letzten Tage haben tiefe Finsternis über unsere Herzen gebracht. Ich würde mir aber nichts sehnlicher wünschen, dass sie nicht auch Finsternis über unsere Freundschaft bringen. Es bedarf nur ein kurzes „Ja" aus deinem Munde und die Quelle allen Übels ist versiegt." Geiserichs freundlich lachendes Gesicht veränderte sich nicht. Trotzdem blickte er nicht Machmoudi an, sondern fixierte Farina, deren Gesicht hinter dem weißen Schleier verborgen war und seine Augen lächelten nicht, als er antwortete: „Gaius Servandus war für mich mehr als ein Bruder. Das Schicksal wollte es, dass sich vor langer Zeit unsere Wege kreuzten. Von dem Zeitpunkt an waren unsere Geschicke untrennbar verbunden. Wir, das Volk der Vandalen und Alanen, haben ihm unendlich viel zu verdanken und den Schmerz über seinen Tod wird auch die Zeit nicht heilen. Nun gilt es für mich abzuwägen, welcher Schmerz denn größer ist. Der, eines liebenden Weibes, die den Verlust nicht verwinden kann, oder der eines Freundes oder Volkes, dem dieser großartige Mensch nun für immer fehlt. Aber auch Amalfried, der dieses Unheil verursacht hat, stand mir einst sehr nahe. Leider ist er den Verführungskünsten einer gotischen Hexe erlegen. Das hat aus einem aufrechten, tapferen

Mann einen feigen Mörder gemacht. Mein Volk besteht nun darauf, ihn nach vandalischem Recht zu strafen. Du siehst, mein Freund Machmoudi, ich stecke in einer Klemme."

Der Alte verneigte sich leicht nach Geiserichs Worten und wollte darauf erwidern, als ihm die scharfe Stimme Farinas zuvorkam.

„Es sind der wohlgesetzten Worte genug gewechselt. Ich verlange, dass der Mörder von Gaius Servandus in die Hände des Berbervolkes gegeben wird. Ist dies bis Sonnenuntergang nicht geschehen, so wird der heilige Dolch, den du wieder zurückgebracht hast, das Band zwischen unseren Völkern zerschneiden."

Machmoudi blickte Geiserich verzweifelt an. Ihm war die Wendung der Dinge nicht recht. Laut sagte er aber: „Du siehst, großer Herrscher, auch ich stecke in einer Klemme und sehe nur einen Weg daraus."

Geiserich nickte und entgegnete: „Die Lage ist schwierig und verlangt nach außerordentlichen Maßnahmen. Würdest du mir die Ehre erweisen und mit mir ein Gespräch unter vier Augen führen?"

Machmoudis kummervolles, faltiges Gesicht hellte sich zusehends auf.

„Die Ehre würde ganz auf meiner Seite sein!", beeilte er sich zu sagen und trat auf Geiserich zu.

Der ließ ihm nun keine Zeit mehr zum Überlegen und führte ihn hinaus auf die Terrasse des Palastes. Von hier aus hatten sie einen prächtigen Blick auf die Riesenmetropole Carthago und die silbrig glänzende Bucht. Geiserich wies mit ausgestrecktem Arm auf die Stadt.

„Sieh hinunter auf diese Stadt, alter Freund. Sie gehört mir! Ich habe sie erobert und das ganze Land darum herum. Auf dem gesamten Meer der Mitte zittern unsere Feinde vor der Macht meiner Flotte und ich werde in nicht ferner Zukunft das römische Imperium zu Fall bringen. Wollt ihr Berber euch ernsthaft mit mir anlegen?"

Machmoudi zuckte mit den Schultern. Es schien so als würde ihn die Last der Verantwortung erdrücken. Leise erwiderte er: „Nichts wäre mir widerwärtiger als mit dir im Streit zu liegen. Wenn ich aber nun nachgebe, werde ich mein Gesicht verlieren und Farina würde die Stämme in den Bergen Numidiens trotzdem gegen euch aufhetzen. Du hättest also nichts gewonnen."

Geiserich verbarg mit undurchdringlicher Mine seine Genugtuung. Er hatte Machmoudi dort, wo er ihn haben wollte. „Höre mir gut zu, alter Mann! Amalfrieds Strafe wird der Tod sein. Wir streiten lediglich darum, wie er zu Tode kommen soll. Ich mache dir folgenden Vorschlag…" Im Thronsaal wurden alle Beteiligten schon unruhig. Es dauerte doch sehr lange, dieses Gespräch unter vier Augen und die Spannung wuchs. Da öffnete sich das Portal zur Terrasse und Geiserich und Machmoudi traten wieder ein. Thora versuchte an Geiserichs Gesicht abzulesen, wie das Gespräch verlaufen war, doch sie konnte nichts erkennen. Die anderen starrten die beiden erwartungsvoll an. Geiserich ging zurück zu seinem Platz und hob die Hand zum Zeichen, dass er reden wollte.

„Wir haben festgestellt", begann er, „dass Berber, Vandalen und Alanen weiterhin friedlich und freundschaftlich in diesem Land zusammenleben wollen."

Geiserich machte eine kleine Pause, um die Worte wirken zu lassen. Farina stand starr wie eine Statue und hinter ihrem Gesichtsschleier konnte man das lauernde Flackern ihrer Augen förmlich spüren. Die nächsten Worte von Geiserich würden von hoher Tragweite sein.

Geiserich fuhr fort: „Diesem Wunsch habe ich meine persönlichen Gefühle untergeordnet. Wir werden Amalfried dem Recht und dem Gericht der Berber übergeben."

Für einen Moment herrschte Totenstille und jeder am Tisch der Vandalen starrte Geiserich betroffen an. Dann redete alles durcheinander. Hunerich war aufgesprungen. Wütend schlug er mit der Faust auf den Tisch. „Das habe ich schon vorher gewusst, dass du so entscheiden würdest. Gott sei dem armen Amalfried gnädig." Schroff rückte er seinen Stuhl zur Seite und verließ mit schnellen Schritten den Thronsaal.

Farina eilte nun auf den alten Machmoudi zu und verbeugte sich. Dabei nahm sie seine Hand und küsste sie. Chamsi ballte erleichtert die Fäuste. Eine schwierige Lage war bereinigt und das Leben konnte nun weitergehen.

Noch einmal erhob Geiserich seine Stimme: „Das Urteil über die gotische Hexe Isodora wird noch heute vollstreckt. Morgen, bei Sonnenaufgang, wird sie dem römischen Gesandten Phylarchos übergeben. Ebenso wird Amalfried bis Sonnenuntergang den Berbern übergeben. Zuvor wird er aber an der Vollstreckung des Urteils an Isodora teilnehmen. Ich habe gesprochen und mein Wort ist unabänderlich.

Später, als Chamsi, Farina und Machmoudi den Saal schon längst verlassen hatten und nur noch Thora und Tirias von der Runde zusammen saßen, wagte als erster Tirias das Wort an Geiserich zu richten: „Du hattest sicher deine guten Gründe, so zu handeln?", fragte er ungewöhnlich ruhig.

Geiserich lächelte nun vielsagend. „Wir werden alle damit leben können. Mehr kann ich jetzt dazu noch nicht sagen."
Tirias erhob sich und brummte: „Der Herr wird dir, wie immer, den richtigen Weg gewiesen haben. Wer wird Amalfried die Entscheidung überbringen?"
„Das werde ich selbst übernehmen", antwortete Geiserich bestimmt. „Ich werde mich sogleich auf den Weg machen, es ihm mitzuteilen."

Draußen, vor den Toren des Palastes, wartete Hermator auf die Delegation der Berber. Er hatte die Sitzung gleich nach Geiserichs Urteilspruch verlassen, denn er wollte unbedingt noch ein paar Worte mit Farina wechseln, denn in der Zeit ihrer gemeinsamen Flucht in die Proconsularis zu Thora hatte er seine Gefühle für sie verdrängt, weil sie hoffnungslos waren. Nun, als sie aus dem Portal des Palastes heraus trat, verfluchte er seinen Mut und wollte wieder verschwinden, bevor sie ihn gesehen hatte. Doch es war bereits zu spät, sie hatte ihn bemerkt und kam auf ihn zu.
„Ich nehme an, du willst mir Lebewohl sagen, du aufrechter Hasdingenfürst."
Hermator nahm ihre Hände und hielt sie fest. „Die Welt ist nicht mehr dieselbe, seit Gaius Servandus uns verlassen hat. Dennoch wird das Leben weiter gehen. Irgendwann wirst auch du das Leben mit seinen Freuden wieder annehmen."
„Das wird niemals geschehen", fuhr sie heftig dazwischen.
Besänftigend streichelte er ihre Hand. „Ich habe noch das alte Sprichwort der Berber im Ohr, das du Thora zum Trost sagtest, als sie noch glaubte, Geiserich sei tot:

Bist du in der Wüste, so suche nach Wasser und ist um dich Finsternis, so suche nach Licht, denn Wasser und Licht sind das Leben.
Wenn du eines Tages des Durstes und der Finsternis überdrüssig bist, so möchte ich dein Licht und Wasser sein. Vielleicht könnten wir dann den Bund zwischen Vandalen und Berbern erneuern."
Farina starrte ihn nun durch den Gesichtsschleier wortlos an. Dann wandte sie sich ab und stieg in die gerade vorgefahrene Kutsche, in der ihre Begleiter schon saßen. Die Pferde trabten an und aus dem seitlichen Fenster der Kutsche erschien Farinas Arm, die Hand zum Abschiedsgruß erhoben.

Der Weg zu den Verliesen führte durch die engen Gänge tief unter dem Palast. Sie waren mit vereinzelten Fackeln nur spärlich beleuchtet und es roch nach Moder und Schimmel. Ardel hatte mit einer Fackel in der Hand die Führung übernommen und Geiserich folgte ihm dicht auf. Der Gang mündete in einen größeren, aber niedrigeren Raum, von dem aus die Wachen die Gefangenen in den einzelnen Zellen beobachten konnten. Die Wachen fuhren erschrocken hoch, als sie Geiserich und Ardel erblickten.
„Verschwindet und lasst mich mit dem Gefangenen allein! Ich werde euch rufen, wenn ich euch hier wieder sehen will", knurrte Geiserich sie an.
Die Wachen folgten seinem Befehl augenblicklich. Geiserich trat an das Gitter der Zelle, in der sich Amalfried befand. Ardel verzog sich zurück in den Gang und sicherte diesen einzigen Zugang, damit niemand Zeuge dieser Begegnung sein würde oder sie stören konnte.

Amalfried lag auf dem eisernen Bettgestell und starrte abwesend unter die dunkle, gewölbte Decke seines Verlieses.

Geiserich öffnete die Zellentür und trat ein. Amalfried zeigte keine Regung und starrte weiter zur Decke. Eine Zeit lang blieb Geiserich vor ihm stehen und wartete darauf, dass er Notiz von ihm nahm. Als dies nicht geschah, begann er einfach zu reden, so als würden sie sich schon eine ganze Weile unterhalten. „Morgen, in der Frühe, wird Isodora mit dem römischen Gesandten Phylarchos Carthago verlassen. Ich schicke sie zu ihrem Vater zurück."

Amalfried fuhr aus seiner Teilnahmslosigkeit hoch und starrte Geiserich verständnislos an.

„Du lässt sie gehen?"

Geiserich nickte: „Es war Hunerichs Wille. Er durfte das Urteil sprechen."

„Aber wieso? Ich verstehe das nicht! Was geschieht dann mit mir?", stieß Amalfried nun völlig fassungslos hervor.

„Dein Urteil habe ich gefällt", unterbrach Geiserich Amalfrieds Redefluss. „Du hast große Schuld auf dich geladen, für die es keine Gnade geben kann. Du kennst unsere Gesetze."

Amalfried ließ sich wieder auf sein Lager aus schmutzigen Lumpen fallen und starrte wieder an die Decke. „Wie werde ich sterben?"

Geiserich zögerte eine Weile, bevor er antwortete. „Farina und die Berber beanspruchen die Rache für Gaius Tod für sich. Sie werden die Art der Strafe bestimmen." Amalfrieds Gesicht verzerrte sich und lähmendes Entsetzen machte sich bei ihm breit. Er wusste nur zu gut, was diese Worte bedeuteten. „Das wirst du nicht zulassen. Ich bin immer noch ein Teil deiner Familie. Hast du vergessen, dass deine Frau

Ragna meine Schwester war?" Geiserich stieß Amalfried hart in die Seite und fuhr ihn an: „Du wirst doch wohl nun nicht um Gnade winseln? All dies hätte dir einfallen müssen, als du die Macht an dich reißen wolltest und dabei meinen treuesten Freund morden ließest. Doch ich habe nichts von dem vergessen, was uns einst verbunden hat. Darum höre mir jetzt genau zu. Ich konnte den Berbern und besonders Farina das Recht auf Rache nicht verweigern, obwohl es mir sehr missfällt. Darum werde ich auch dafür sorgen, dass du die Chance erhältst, zu entkommen oder wie ein tapferer Vandale zu sterben. Mehr will und kann ich nicht für dich tun. Lebe wohl, Amalfried." Mit einem schnellen Schritt war Geiserich an der Zellentür und zog sie hinter sich zu.

Am späten Nachmittag wurden sie geholt. Die wüst schimpfende Isodora wurde ebenso wie Amalfried hinaus vor die Stadt gebracht. Direkt vor dem großen Stadttor, das vor ewigen Zeiten von den Phöniziern erbaut und dem Gott Baal gewidmet wurde, hatte Geiserich zwei Pfähle errichten lassen.
Machmoudi war mit einer kleinen Gruppe ausgesuchter Männer erschienen, von denen einige mit Krummschwertern und Speeren, die anderen mit Pfeil und Bogen bewaffnet waren. Isodora und Amalfried wurden nun an die Pfähle gebunden. Beide würdigten sich keines Blickes. Während Isodora in ständigem Gezeter ihre Freilassung forderte, blickte Amalfried lauernd in die Runde. Er wartete darauf, dass Geiserich sein Versprechen einlöste. Dann ertönte von der Stadtmauer der klagende Klang der Hörner und Geiserich trat in Begleitung von Thora, Hunerich, Tirias und Ardel durch das Stadttor. Mittlerweile hatten sich viele Schaulustige

eingefunden. Sie bildeten einen weiten Ring um den Ort des Geschehens. Obwohl niemand so recht wusste, worum es ging, versprachen doch die umfangreichen Vorbereitungen und die Anwesenheit des Königs eine kurzweilige Abwechslung in ihrem sonst tristen Leben. Farina war als letzte erschienen und nahm ihren Platz dicht neben dem alten Machmoudi ein.
Geiserich trat nun vor und verkündete laut die Urteile. „Man schneide der gotischen Hexe Nase und Ohren ab und schicke sie dorthin zurück, wo sie hergekommen ist. Nie wieder wird ihre verführerische Schönheit Unheil bringen. Den verräterischen Vandalen Amalfried übergeben wir der Witwe von Gaius Servandus. Sie kann mit ihm verfahren, wie es ihr beliebt."
Ein Aufstöhnen ging durch die Reihen und Isodora zerrte verzweifelt an ihren Fesseln. Ein alter Vandale trat nun auf sie zu. Mit einem harten Griff in ihr Haar riss er ihren Kopf zurück und wie durch Zauberei hielt er plötzlich ein Messer in der anderen Hand. Noch ehe sie begriff, was geschah, spürte sie den scharfen Schmerz an Nase und Ohren, der ihr fast die Sinne raubte. Es blutete zunächst kaum, aber ihr Gesicht sah fürchterlich entstellt aus. Dort, wo vorher eine hübsche Nase das Gesicht zierte, boten sich dem Betrachter zwei hässliche große Löcher und der Rest vom Nasenbein. Der alte Mann war aber mit der Prozedur noch nicht fertig. Mit einem Ruck zog er ihr die langen blonden Haare hoch und schnitt sie mit einer schnellen Bewegung ab. Dies wiederholte er dann mehrmals, bis sie auf dem Kopf wie ein gerupftes Huhn aussah. Isodoras gellende Schmerzensschreie ließen den Schaulustigen das Blut in den Adern gefrieren.

Amalfried war leichenblass geworden. Er schloss die Augen, um nicht in Isodoras, zur Fratze entstelltes, Gesicht blicken zu müssen. Geiserich legte eine Hand auf Hunerichs Schulter. Er hatte bemerkt, dass dieser ebenfalls die Augen geschlossen hielt.
„Sieh ruhig hin, mein Sohn. Es ist ihre gerechte Strafe. Nie wird sie ein Mann jemals wieder begehren." Den Wachen befahl er: „Schafft sie fort, das Urteil ist vollstreckt."
Dann gab er Ardel ein Zeichen. Der trat zu Amalfried an den Pfahl, zog seinen Dolch und durchtrennte mit einem kurzen Schnitt die Lederriemen, mit denen er an den Pfahl gebunden war. Die Fesseln an den Handgelenken löste Ardel aber nicht. Amalfried verspürte dort nur einen leichten Ruck. Gleichzeitig vernahm er Ardels flüstern: „Ich habe sie von unten her eingeschnitten, damit man es nicht auf Anhieb sehen kann. Wenn du kräftig daran zerrst, werden sie sich lösen. Vielleicht gelingt es dir ja, zu fliehen oder wie ein aufrechter Vandale um dein Leben zu kämpfen. Diese kleine Chance ist mehr Gnade, als du je erwarten konntest." Ardel hielt den Dolch auf Amalfrieds Rücken gerichtet und stieß ihn mit der anderen Hand nach vorne. So schob er ihn vor sich her zu Machmoudi und seinen Berbern hin. Ardel gab Amalfried noch einen letzten Stoß in den Rücken, sodass er auf die Reiter zu stolperte. Dort zerrten sie ihn sofort auf eines ihrer Pferde, wo Amalfried sich nur mühsam halten konnte, da seine Hände ja auf dem Rücken zusammengebunden waren.
Geiserich hob seinen Arm und Machmoudi erwiderte den Gruß. Dann zogen die Berber ihre Pferde herum, nahmen Amalfried in ihre Mitte und entfernten sich langsam, die breite befestigte Straße nutzend, ohne jede Hast.

Amalfried zerrte unauffällig an den Lederriemen, die seine Handgelenke umschlossen. Tatsächlich spürte er, wie sie nachgaben und plötzlich wusste er, dass er seine Hände freibekommen würde, wenn er es ernsthaft versuchte. Lauernd betrachtete er den Berber, der sein Pferd an der Leine führte. Wenn er einen Fluchtversuch wagen wollte, dann musste es sehr bald geschehen, denn waren sie erst in der weiten Ebene von Carthago, würden sie ihn leicht einholen können. Aber hier konnte er es bis hinunter zum Hafen schaffen und Zuflucht auf einem der unzähligen Handelsschiffe finden. Es musste aber alles sehr schnell gehen. Noch mal prüfte er mit einem schrägen Seitenblick die Wachsamkeit der Männer, die direkt neben ihm ritten. Sie schienen sich für ihn im Moment nicht zu interessieren, denn sie unterhielten sich aufgeregt in ihrer kehligen Sprache. Mit einem kräftigen Ruck sprengte Amalfried seine Handfesseln. Dann überschlugen sich die Ereignisse. Mit einem wuchtigen Tritt fegte er den dicht rechts neben ihm reitenden Berber von seinem Pferd. Dann beugte er sich vor und bekam die Führungsleine seines eigenen Pferdes zu fassen und zog heftig daran. Es traf den Halter der Leine vor ihm unvorbereitet. Er verlor das Gleichgewicht und stürzte ebenfalls zu Boden. Wild entschlossen nutzte Amalfried nun die entstandene Unordnung in der Gruppe und scherte seitwärts aus der Umklammerung der Berber aus und trieb sein Tier in hartem Galopp auf den Handelshafen zu.
Chamsi erkannte sehr schnell Amalfrieds Absicht und war keinesfalls gewillt, den Mörder von Gaius Servandus entkommen zu lassen. Entschlossen nahm er mit ein paar Bogenschützen die Verfolgung auf.

„Er darf auf keinen Fall den Hafen erreichen!", brüllte er seinen Männern zu und die wussten, was sie zu tun hatten. Kurz bevor Amalfried die Lagerhäuser des Hafens erreichte, brachten einige von Ihnen ihre Pferde zum Stehen und legten Pfeil und Bogen mit ruhiger Entschlossenheit an.
Amalfried spürte die dumpfen Einschläge in seinem Rücken, aber zunächst keinen Schmerz. Erst als er helles, blasig schäumendes Blut hustete, wusste er, dass er schwer getroffen war. Dann trübten rote Nebel vor seinen Augen die Sicht und kraftlos stürzte er zu Boden. Als Erster war Chamsi bei ihm. Prüfend blickte er Amalfried an und wusste sofort, dass kein Leben mehr in ihm war. Nun kamen auch Machmoudi und Farina herbei.
„Ist er tot?", fragte sie kurz.
Chamsi nickte. Farina atmete tief ein. Sie hatte nicht bekommen, was sie gewollt hatte und doch war sie nun erleichtert, dass alles ein Ende hatte.
„Bist du in der Finsternis, so suche nach Licht.....", flüsterte sie. Dann wandte sie ihr Pferd und sagte laut: „Kommt, lasst uns nach Hause gehen."

Geiserich klopfte Ardel anerkennend auf die Schulter: „Gut gemacht, Ardel. Obwohl sie es wussten, haben sie nicht bemerkt, wie du es angestellt hast. Darum ist auch alles so wie geplant gelaufen."
Ardel murmelte: „Er hat tatsächlich die Flucht gewählt und beinahe wäre sie sogar gelungen. Das hätte ich nicht für möglich gehalten."
Hunerich schaute nun seinen Vater verwundert an. Natürlich hatten sie von hier aus den Fluchtversuch von Amalfried verfolgen können. „Du hast das alles geplant?", fragte Hunerich entgeistert.

Geiserich hob wie entschuldigend die Schultern. „Wie hätte ich sonst allen gerecht werden können?"

*

Der römische Gesandte Phylarchos konnte seine Wut nur mühsam beherrschen, als er nach langem Warten nun endlich zu Geiserich vorgelassen wurde. Er war für einen Griechen recht groß und neigte zur Dickleibigkeit, was von seinem ausschweifenden Lebenswandel zeugte. Die Karriere am römischen Hof verdankte er der ungeheuren Fähigkeit, skrupellos seine Ellenbogen zu benutzen. Übellaunig hob er seine Hand zum Gruß.
„Ave, Geiserich, ich muss über die Behandlung, die mir hier zuteilwird, auf das Schärfste protestieren. Man lässt den Gesandten des großen Imperiums nicht warten wie einen schäbigen Bettler."
Phylarchos hielt sich nicht damit auf, das näselnde, arrogante Latein der Oberschicht zu sprechen, sondern bediente sich der kräftigen Sprache der Plebejer.
Geiserich setzte sein freundlichstes Lächeln auf. „Sei gegrüßt, Phylarchos! Wir haben uns lange nicht gesehen und mir scheint, dass der Stoff deiner Toga bald nicht mehr ausreicht, um deinen Körper zu verhüllen. Was hat das Imperium mir mitzuteilen, dass es nicht so lange warten kann, bis ich Zeit dafür habe. Mein Reich ist groß und ich bin sehr beschäftigt."
„Du hast den Vertrag gebrochen, den wir geschlossen haben", brach es aus Phylarchos heraus.
Geiserich lachte nun schallend. „Vertrag? Was sind schon Verträge? Wenn es in eurer Macht gelegen

hätte, wäret ihr über mich hergefallen, noch ehe die Tinte dieses Vertrages trocken gewesen wäre. Ihr habt immer nur Verträge geschlossen, wenn der Gegenstand dieser Verträge ohnehin nicht mehr in eurer Hand, oder das Geschehen unabwendbar war. Hat es damals, als du den Vertrag unterschrieben hast, nicht in deinem hinterhältigen Kopf gespukt, uns so bald wie möglich aus Africa zu vertreiben? Ich weiß um eure Gesuche beim Kaiser von Byzanz, die schlagkräftige oströmische Flotte gegen uns einzusetzen. Glücklicherweise sind dort verständige Männer an der Macht. Markian und Aspar haben euch abblitzen lassen. Nun wagst du es, dich darüber zu beschweren, dass ich den Vertrag gebrochen habe?"
Phylarchos war der Unterkiefer heruntergefallen. Dicke Schweißperlen standen auf seiner Stirn. Dieser Geiserich wusste alles. Wahrscheinlich hatten die Hofschranzen in der Umgebung des Cäsars alle Aktivitäten bei Hof ausgeplaudert. „Zur Hölle mit ihnen", dachte er. Laut sagte er aber: „Ihr seid schließlich in unsere Provinz eingedrungen und es war das Recht des Imperiums, nach Möglichkeiten zu suchen, euch hier wieder loszuwerden."
Geiserichs Gesichtszüge wurden plötzlich hart: „Das wird nie geschehen, so lange ich lebe! Warum hat dich Valentian hierher geschickt?"
Phylarchos zuckte vor der Heftigkeit Geiserichs zurück. Er wollte ihn auf keinen Fall reizen. Valentian hatte ihm aufgetragen, dass er Geiserich in Sicherheit wiegen sollte. Das westliche Reich brauchte Zeit um seine Kräfte neu zu sammeln. Darüber hinaus gab es alarmierende Berichte von den Grenzen Galliens. Die Hunnen formierten sich dort unter Attila zu einem riesigen Heer. Die Möglichkeit bestand in höchstem Maße, dass das Ziel ihrer Begierde das gesamte

westliche Reich war. Darum hatten sie den fähigen Magister Militum Aetius mit den Legionen, die dem Imperium zurzeit zur Verfügung standen, nach Gallien geschickt. Obwohl er sich dort mit den Westgoten unter der Führung von Theoderich vereinigt hatte, war der Ausgang der bevorstehenden Schlacht ungewiss. Daher konnte man eine weitere Bedrohung durch die Vandalen nicht gebrauchen.
Phylarchos hob beschwichtigend seine Hände.
„Lassen wir die Vergangenheit ruhen. Mein Herr, der Kaiser, bietet dir die Eigenständigkeit an. Er gesteht dir Carthago und die souveräne Herrschaft über Nordafrica zu. Einzige Bedingung ist, dass sich deine Flotte von den Küsten Italiens und Korsikas fernhält."
Geiserich hatte sich erhoben und lief nun unruhig auf und ab. „Woher kommt die plötzliche Friedfertigkeit deines Herrn? Er ist doch nicht etwa in Schwierigkeiten? Höre mir gut zu, Phylarchos. Ich werde das Angebot annehmen, weil ich nichts anderes im Sinn habe, als meinem Volk einen sicheren Lebensraum zu schaffen. Sollte ich aber erfahren, dass ihr mich täuschen wollt, werden euch keine wohlgesetzten Verträge mehr helfen."
Phylarchos atmete erleichtert aus. Das war glatter gegangen, als er es erhofft hatte. Mochte dieser Emporkömmling drohen, wie er wollte, irgendwann, wenn die Zeit reif war, wird es um das Vandalenreich geschehen sein.
„Einen Gefallen musst du mir noch tun", unterbrach Geiserich die Gedankengänge von Phylarchos.
Der beeilte sich, dies sofort zuzusagen.
„Die Tochter des Gotenkönigs Theoderich ist, wie du weißt, seit langem mit meinem Sohn Hunerich vermählt. Nun will sie aber wieder zurück zu ihrem Vater. Wir haben beschlossen, ihrer Bitte zu

entsprechen und möchten sie nach Hause schicken.
Wenn du sie mit auf dein Schiff nehmen würdest,
wäre ich dir sehr verbunden."
Phylarchos war noch zu sehr erfreut darüber, dass
seine Mission gelungen war, dass er den seltsamen
Unterton in Geiserichs Stimme nicht bemerkte. „Wenn
es nur das ist, was du verlangst, so erfülle ich deinen
Wunsch nur allzu gerne", strahlte er Geiserich an.
„Wir laufen morgen mit Sonnenaufgang aus."
Geiserich nickte zufrieden. „Sie wird da sein. Ich
wünsche dir eine gute Heimfahrt. Ab jetzt herrscht
wieder Frieden zwischen Römern und Vandalen."
Als Phylarchos sich entfernt hatte, erschien Thora aus
dem Nebenraum. Sie hatte alles mit angehört und
fragte nun verwundert: „Warum hast du diesen
Schleimer nicht zum Teufel gejagt? Wir brauchen
diesen Frieden nicht."
„Wir brauchen diesen Frieden sehr wohl. Außerdem
gestehen sie ein, dass sie Schwierigkeiten haben.
Wahrscheinlich regt sich mein Freund Attila bereits
und steht schon vor ihren Grenzen. Er wird sicher
noch etliche Zeit brauchen, bis er den Römern
gefährlich werden kann. Dank meiner Warnung an
Aetius wird es ihm nicht gelingen, sie zu schlagen,
aber die Zeit will ich nutzen, unseren Staat zu festigen
und unsere Verteidigung zu stärken."
Thora seufzte: „Du gehst immer deinen eigenen Weg.
Es ist unsinnig, dir raten zu wollen."

Am nächsten Morgen betrat eine völlig verhüllte Frau
das Schiff des römischen Gesandten. Eine Eskorte
hatte sie und ihre Dienstmagd genau bis vor das
Schiff gebracht. Die Besatzung war über ihr Kommen
informiert und brachte sie in eine der Kabinen unter

Deck, die sie dann auch während der ganzen Überfahrt nicht mehr verließ.
Den ungehinderten Blick auf das Gesicht seines Fahrgastes verdankte Phylarchos einer plötzlichen Windbö, als sie in den Hafen von Ostia (*Der Hafen von Rom*) einliefen. Isodora war an Oberdeck gekommen, weil man ihr das Einlaufen in den Hafen angekündigt hatte. Phylarchos fuhr das maßlose Entsetzen in die Glieder, als er ihr entstelltes Gesicht sah. Seine Hände krampften sich an den Haltetauen des Schiffes fest. Im gleichen Moment wusste er, dass der neue Friedensvertrag nicht den Schmutz unter den Fingernägeln der Seeleute wert war.

Die Tochter des Aetius

Welchen Kurs soll ich nehmen, Gento?", fragte Wingard, der Steuermann.
Der Angesprochene lehnte müde am Mast und wischte sich über die Stirn. Seine Kleidung zeigte Spuren eines wohl mörderischen Kampfes. Der Umhang war an vielen Stellen aufgeschlitzt und getrocknete Blutflecken ließen Hose und Umhang Furcht erregend aussehen.
„Nur fort von hier! Wir haben uns drei Jahre in Sardinien mit den Römern herumgeschlagen. Uns gehörte fast die ganze Insel und nun dies." Dabei machte er eine resignierende Geste mit den Händen. „Wir werde Sardinien wohl für eine Weile aufgeben müssen. Wenn ich nur wüsste, was die oströmische Flotte hier auf den Plan gerufen hat."

Gento ärgerte sich maßlos über seine Dummheit. Er war wie ein Anfänger in den Hinterhalt getappt. Die Römer waren mit einer kleinen Anzahl von Kriegsgaleeren gelandet und hatten den Stützpunkt der Vandalen vor der Hafenstadt Arbatax angegriffen. Der Alarm hatte ihn mit seiner Flotte herbeigerufen, um diese kleine Einheit der Römer zurück ins Meer zu werfen. Sie hatten ihn mit seinen Dromonen unbehelligt landen lassen. Dann zog am Horizont die Hauptmacht der Oströmer auf und hatte ihnen den Rückzug abgeschnitten. Die Kriegsgaleeren waren vollgestopft mit kampferprobten Fußsoldaten, die in weit gefächerten Angriffswellen aus den Schiffen herausquollen und durch das flache Wasser auf das Ufer zu marschierten. Zuerst hatte Gento versucht, sie mit seinen Männern ins Meer zurück zu schlagen, doch die Römer waren zu sehr in der Übermacht. Darum mussten sie sich in die Pinienwälder des weithin unwegsamen Küstenstreifens zurückziehen. Der Kommandant der römischen Flotte schien von der Kampfesführung zu Land keine Ahnung zu haben. Daher verzichtete er glücklicher Weise auf eine direkte Verfolgung und setzte sich erst einmal auf dem breiten sandigen Ufer fest.

Nur der, nun schnell einsetzenden, Dunkelheit, in der weder Mond noch Sterne ein noch so spärliches Licht lieferten und des schnellen Handelns von Gento, konnten sie die feindlichen Linien umgehen und zu ihren Dromonen zurück schwimmen. Es war dann, nach kurzen, heftigen Kämpfen, nicht mehr so schwierig, sie wieder in Besitz zu nehmen. Gento atmete tief durch. Er hatte viele gute Männer verloren und seine kleine Flotte brauchte nun erst einmal Ruhe. Bei diesem Gedanken kam ihm eine Idee.

„Wir werden Syrakus anlaufen und dort unsere Wunden lecken", rief er Wingard zu.
Der hob die Hand zum Zeichen, dass er verstanden hatte und nickte beifällig. Das war eine gute Wahl. Ganz Sizilien war mittlerweile unter vandalischer Oberhoheit und starke Flottenverbände schützten die Küsten. Dies wussten die Einwohner wohl zu schätzen, denn es geschahen keine Übergriffe von maurischen Piraten mehr. Daher gab es auch keinen inneren Widerstand der römischen Bevölkerung gegen die neuen Herren. Ja, Gento war von seiner Idee immer mehr begeistert. Vielleicht konnte er ja auch Gracia wieder sehen und der Gedanke an sie weckte ein ganz bestimmtes Gefühl in ihm.
Im Morgengrauen liefen sie in den Hafen von Syrakus ein. Das Leuchtfeuer auf dem vorspringenden Kap vor der Einfahrt hatte ihnen den Weg gewiesen. Gento ließ die königliche Flagge setzen. Dieses Mal schlichen sie sich nicht heimlich wie Piraten ein, sondern nun kam er als Sohn des Königs.
Entsprechende Beachtung fanden die acht Dromonen. Lang anhaltend bliesen die Hörner von den Wehrgängen der Hafenbefestigung zu ihrem Empfang in dumpfem, gleichmäßigem Ton. Aufgeregt liefen die Bediensteten des Hafenkommandanten auf die Anlegestege, um die Liegeplätze für die Dromonen einzuweisen und sie fest zu machen.
Mit einem weiten Satz von der Bordkante hinunter auf die Planken des Anlegers verließ Gento als Erster das Schiff. Sein Weg führte direkt zum Hafenkommandanten. Der empfing ihn schon an der Porta des Castells, das die Römer als Hauptgebäude der Hafenbefestigung direkt an die anschließende Stadtmauer gebaut hatten. Seit die Vandalen die Herrschaft über Sizilien übernommen hatten, waren

alle wichtigen Ämter mit Befehlsgewalt von den Vandalen neu besetzt worden. Dieser neue Hafenkommandant war schon damals, im Hafen von Caesarea, mit dieser Aufgabe betraut worden und war ein erfahrener Mann.

„Sei gegrüßt, Kommandant! Du weißt, wer ich bin?", fragte Gento und hob dabei grüßend die Hand.

Der Kommandant erwiderte den Gruß und antwortete: „Ich habe die Flagge des Königs gesehen und die Ähnlichkeit mit eurem Vater ist schon sehr ausgeprägt. Ihr müsst Gento, der zweite Sohn des Königs, sein."

Gento nickte zufrieden. „Ich brauche deine Hilfe. Einige meiner Männer haben im Kampf tiefe Wunden davongetragen, die bereits schwären. Sie brauchen einen Heilkundigen. Meine Schiffe müssen an einigen Stellen ausgebessert und mit neuem Trinkwasser und Proviant versorgt werden. Dann muss sofort ein Kurierschiff nach Carthago segeln und eine Botschaft an meinen Vater mitnehmen. Weiterhin ordne ich erhöhte Wachsamkeit an den Küsten und den Gewässern zum sardinischen Meer an, denn die Gefahr, dass wir von einer oströmischen Flotte angegriffen werden, ist groß."

Der Kommandant sagte alles eilfertig zu und wollte sich schon in Bewegung setzen, um Gentos Wünsche in die Tat umzusetzen, da hielt ihn Gento noch einmal am Arm fest.

„Ich habe vor einem Jahr eine junge Frau hierher gebracht. Der Statthalter war damals noch ein Römer. Was ist mit ihm geschehen und befindet sich die Frau noch hier in Syrakus?"

Der Kommandant überlegte eine Weile bevor er antwortete: „Von der Frau weiß ich nichts, doch der Statthalter ist ein naher Verwandter des Aetius. Er hat

uns die Stadt widerstandslos übergeben. Es hat keine Kämpfe gegeben. Darum ist er auch unbehelligt geblieben und lebt in seiner Villa am Rande der Stadt auf einer kleinen Anhöhe. Man kann sie nicht verfehlen, wenn man der Via Corona folgt."
„Das ist doch mal eine gute Nachricht", strahlte Gento. „Dann brauche ich frische Kleidung und ein Pferd, denn ich möchte den Römer aufsuchen."
Der Kommandant gratulierte sich insgeheim zu der Entscheidung, damals den Statthalter in Ruhe gelassen zu haben und beeilte sich, nun Gentos Wünsche zu erfüllen.

Die Villa lag doch etwas weiter außerhalb als es der Kommandant beschrieben hatte, doch sie war in der Tat nicht zu verfehlen. Gento lenkte sein Pferd die kleine Anhöhe hinauf. Von hier aus konnte er hinunter auf das Meer sehen. Es war ein herrlicher Sonnentag. Die Luft war klar und das Meer hatte, nur unterbrochen von kleinen weißen Schaumkronen, die tiefblaue Farbe des Himmels angenommen. An der Küste entlang zog sich das silbrige Band der Brandung und der Horizont hob sich messerscharf vom helleren Himmel ab. Gento atmete tief durch und blickte hinüber zu der Villa, die von hier aus nur durch einen schmalen, unbefestigten Weg zu erreichen war. Das Anwesen wurde schützend von einer niedrigen Mauer aus grobem Bruchstein umringt. Gento benutzte nun nicht den Weg durch das große, eiserne Tor, sondern spornte sein Pferd zu scharfem Galopp an, quer über das offene Gelände auf die Mauer zu. So, wie er es bei den Alanen gelernt hatte, presste er seine Schenkel fest an und zog sein Tier mit der Vorderhand hoch. Mit einem weiten Satz jagte er über die Mauer.

Drüben in der Villa war sein Eindringen beobachtet worden. Einige Diener eilten herbei und zogen hastig das Eingangsportal zu. Gento mäßigte den Galopp und verfluchte seinen Übermut. Er hätte doch das Tor nehmen sollen, denn nun würden sie misstrauisch sein und ihn nicht ohne weiteres empfangen wollen. Diese Vermutung bestätigte sich dann auch, als auf sein Klopfen und Rufen keine Antwort kam. Langsam schlug er den Weg zur Rückseite des Anwesens ein, dort, wo die Ställe und die Behausungen der Sklaven, verbunden mit einem Arkadengang, an das Hauptgebäude herangebaut waren. Auch hier ließ sich niemand blicken. Einen Moment blieb Gento regungslos stehen und betrachtete die Rundbogenfenster im oberen Teil des Gebäudes. Da glaubte er, in einem der Fenster eine Bewegung gesehen zu haben. Eine Gestalt, die sich rasch zurückzog, als er hinaufblickte.

„Heh", rief Gento nun. „Ich bin nicht in feindlicher Absicht hier. Ich bin Gento und möchte nur ein Wort mit Antolus, dem ehemaligen Statthalter von Syrakus, reden!"

Die Gestalt am Fenster wurde nun sichtbar. „Gento? Mein Gott, ich hätte es wissen müssen. Nur ein Barbar mit schlechten Manieren benutzt nicht die angelegten Wege!", rief eine weibliche Stimme herunter und sie kam Gento unendlich vertraut vor. Sein Herz machte einen Sprung. Hatte er da Freude in ihrer Stimme vernommen?

Während sie aufgeregt die Bediensteten anwies, das Tor zu öffnen, stieg Gento von seinem Pferd, band es vor den Ställen fest und ging wieder zur Vorderseite der Villa. Dort öffneten sich nun die mächtigen Flügel der Porta und Gracia lief ihm entgegen. Einige

Schritte vor ihm blieb sie stehen und musterte ihn von oben bis unten.
„Du hast schon mal besser ausgesehen, Königssohn. Wo hast du dich die ganze Zeit herumgeschlagen? Ich dachte schon, du hättest mich vergessen!"
Gento lachte nun befreit auf. Sie schien sich wirklich zu freuen. „Ich wäre beinahe schon wieder abgezogen. Verriegelt ihr immer alles, wenn Besucher kommen?"
Sie schüttelte mit dem Kopf: „Nein, ich bin zurzeit nur mit den Sklaven und Dienern allein zu Haus. Da muss man schon vorsichtig sein, besonders wenn Besucher nicht den normalen Eingang nehmen. Antolus ist mit seinen Leuten für ein paar Tage nach Augustus, einem kleinen Hafen, zwei Tagesritte von hier, gegangen. Dort landen unsere Kurierschiffe und bringen Nachrichten aus der Heimat." Nach diesen Worten hielt sie sich erschrocken den Mund zu, als hätte sie etwas Verbotenes gesagt. „Ich hätte beinahe vergessen, dass du ja der Feind bist. Was willst du eigentlich hier in Syrakus?"
Die Frage traf ihn unvorbereitet. „Ich, ich habe gehofft, dich hier zu finden", stotterte er verlegen. „Als ich dich damals hierher brachte, habe ich dir versprochen, dass wir uns wieder sehen."
Gracia kam nun einen Schritt näher, sodass sie ihn mit ausgestrecktem Arm berühren konnte. Scheu berührte sie seine schwarzen langen Haare und streichelte leicht mit den Fingerspitzen über seine Wangen. Gento fasste mit beiden Händen nach ihrer Hand und hielt sie fest. Für einen Moment schauten sie sich tief in die Augen und schwiegen um den Zauber des Augenblicks nicht zu zerstören. Dann brach es aus ihr heraus.

„Ich habe mich damals so töricht benommen und dich gehasst. Deine anmaßende, freche Art hat mich zur Weißglut gebracht. Dabei hatte ich dir so viel zu verdanken. Wärst du nicht gewesen, würde ich nun irgendwo in Africa als Sklavin mein Leben fristen. Heute weiß ich, dass ich mich vom ersten Augenblick an in dich, den Barbaren, den ärgsten Feind des Imperiums, verliebt habe. Das hat mich damals wütend und blind für meine Gefühle gemacht. Als du mich hier im Hafen an Land gesetzt hattest und deine Segel am Horizont verschwanden, da spürte ich die Leere, die mich plötzlich umgab. Von da an habe ich jeden Tag gebetet, dass deine Segel wieder am Horizont erscheinen würden. Du hast mich sicher in all der Zeit vergessen!"
Gento zog sie nun an sich, streichelte durch ihr seidig glänzendes, goldblondes Haar und hauchte ihr einen Kuss auf die Stirn. „Nein, vergessen habe ich dich nie. Es sind in dieser Zeit aber so viele Dinge geschehen, die meine ganze Aufmerksamkeit erforderten. Darum war es mir nicht möglich, dem Wunsch meines Herzens nachzugeben und dich zu suchen." Er versuchte, sie zu küssen, doch sie machte sich los und schob ihn von sich fort.
„Komm mit, ich zeige dir meinen Lieblingsplatz. Ich habe dort fast jeden Tag gesessen und auf das Meer hinaus geschaut."
Sie nahm Gento an die Hand und lief mit ihm zu den Ställen. Dort holte sie ihre weiße Stute heraus und forderte ihn ausgelassen auf. „Folge mir, Sohn des Königs der Barbaren. Gott hat einen Platz auf dieser Erde erschaffen, der dem Himmel gleichkommt."
Der schmale Pfad führte hinunter durch hohes, wehendes Gras, durch rauschende Pinienbäume und schroffe Felsen der Steilküste, in eine kleine Bucht,

deren weißer Sand sich in der Sonne hell blendend von dem dunklen Grau der Felsen darüber abhob. „Wir sind da!", erklärte sie stolz und wies mit der Hand auf alles um sie herum. „Ist es nicht schön hier?" Gento wusste mit der Schönheit des Ortes nicht so viel anzufangen, denn in seinem bisherigen Leben als Seefahrer hatte er schon viele solche Orte gesehen. Gracia bemerkte natürlich, dass sich seine Begeisterung in Grenzen hielt, ließ sich davon aber nicht beeindrucken. Mit einem Satz in den weißen Sand stieg sie von ihrer Stute und gab ihr einen Klaps auf die Hinterhand.

„Das ist noch nicht die Stelle, die ich dir zeigen wollte. Man kann dorthin durch die Felsen klettern oder aber dort hinten um die Klippen schwimmen." Gracia machte sich nicht die Mühe, ihr dünnes Kleid auszuziehen, sondern lief ins Wasser und stürzte sich kopfüber in die schäumende Brandung. Gento gab ihr etwas Vorsprung als er Umhang und Schwert ablegte und ihr folgte. Die kurze, enge Hose behinderte ihn nicht beim Schwimmen. Dennoch war es nicht einfach, vorwärts zu kommen, da hier die Wellen von den Felsen zurückgeworfen wurden und dann in die kleine Bucht drückten. Er sah, dass Gracia glänzend damit zurechtkam. Sie schwamm um eine kleine Klippe herum und war verschwunden. Als Gento, mit den kreuz und quer schlagenden Wellen kämpfend, ebenfalls um die Klippe herumkam, bot sich ihm der Blick auf eine weitere kleine Bucht. Hier war der Strand aber nur so schmal, dass man gerade an Land schwimmen konnte, ohne von den Wellen gegen die Felsen geschleudert zu werden. Gracia hatte bereits das Ufer erreicht und kletterte auf, wie von Menschenhand geschlagenen Stufen, den Fels hinauf, bis sie ein kleines Plateau erreichte. Dort blieb sie stehen und winkte Gento übermütig zu. Das dünne Kleid klebte fest an ihrem Körper und ließ ihre weiblichen Rundungen blicken, die Gento fast den Atem raubten. Eilig folgte er ihr die Stufen hinauf und gelangte nun ebenfalls auf dieses Plateau. Eine Laune der Natur hatte hier eine tiefe Mulde, fast eine Höhle, entstehen lassen, die sich im Laufe der Zeit mit feinem Sand gefüllt hatte. Oberhalb verdeckte ein, vom stetigen Wind schief gedrückter Ast einer verkrüppelten Pinie, die Mulde und schützte sie so vor der direkten Sonneneinstrahlung.

Gracia ließ sich rücklings in den Sand fallen. „Sieh dich um, Gento! Dies ist mein kleines Paradies, seit ich hier in Syrakus leben muss. Ich habe es durch Zufall entdeckt und komme so oft ich kann her. Ich habe es bisher noch niemandem gezeigt."

Gento ließ sich nun auch nieder. Auf seinem drahtigen Oberkörper glänzten noch die Wassertropfen in der Sonne und das Haar klebte noch feucht auf seiner Stirn. Das Rauschen der Brandung, der stetige Wind, der hier in dieser Mulde nur noch ein laues Lüftchen war und die sich leicht bewegende Pinie, deren Schatten bewegliche Muster in den Sand projizierten, ließen ihn den Zauber spüren, den Gracia mit diesem Ort verband. Gracia richtete sich nun auf und zog mit einem Ruck ihr nasses Kleid vom Körper. Im Spiel von Sonne und Schatten bot sich seinen Augen der Anblick ihres nackten Körpers, wie der einer Göttin. Das lange, helle Haar fiel nun offen über die Schultern herunter. Die wohlgeformten Brüste mit den schwellenden Warzen wippten leicht bei jeder Bewegung, die sie machte, und zeigten keck nach oben.

Gracia merkte, wie Gento sie anstarrte. „Was schaust du so? Hier gibt es nur uns. Mach es mir nach und entledige dich deiner nassen Hose. Unsere Sachen müssen für den Rückweg trocken sein, denn der führt durch die Felsen."

Gento wandte ihr den Rücken zu, als er seine eng anliegende Hose hinunterzog. Ein spitzer Aufschrei ließ ihn herumfahren. Gracia blickte mit schreckgeweiteten Augen auf seine Wunden an der Seite. Zwei Schwerthiebe seiner Gegner in Sardinien waren von seinem Schild abgeglitten und hatten ihn noch an der Seite erwischt. Die handbreiten Wunden hatten sich durch das Salzwasser wieder geöffnet und nässten leicht.

„Wie ist das geschehen?", fragte sie entsetzt. Dabei trat sie dicht an Gento heran und streichelte zärtlich dessen muskulösen Oberarme. Der fasste zu und zog sie behutsam heran. Er fühlte, wie ihre kühlen, feuchten Brüste sich gegen ihn pressten, spürte das kurze, drahtige Schamhaar auf seinem Oberschenkel und seine Männlichkeit richtete sich stark und fordernd auf.

„Wir sind im Paradies", flüsterte er. „Da redet man nicht über die schlimmen Dinge des Lebens."

Gracia zuckte mit ihrem Unterkörper verschreckt zurück. Sie hatte bisher noch nie einen erregten Mann gesehen. Nun spürte sie ihn drängend dort, wo das Ziel seiner Wünsche war. Tief atmete sie ein. Sie hatte es sich so gewünscht, sich ausgemalt, wie es mit ihm sein würde und nun raubte ihr die Wirklichkeit fast die Sinne.

„Ich liebe dich, Königssohn, obwohl es nicht sein darf."

Sie wollte noch etwas sagen, doch Gento legte ihr den Finger auf den Mund. „Schscht, Tochter des Aetius, jetzt zählt nur dieser Augenblick."

Gento nahm den Finger fort und küsste sie, erst zärtlich, dann immer fordernder. Langsam gaben ihre Knie nach und sie sanken, fest ineinander verschlungen, in den warmen weißen Sand der Mulde. Sie liebten sich mit der Leidenschaft des Neuen und Unbekannten. Vielleicht aber auch mit der Furcht, es nie wieder so erleben zu können. Die Paradiese auf dieser Welt findet man nicht so oft in seinem Leben. Sie hatten es gefunden und wollten es so lange wie möglich festhalten. Es wurde später Nachmittag als sie erschöpft und glücklich voneinander ließen. Gracia nahm ihr Kleid, das sie zum Trocknen in den Sand gelegt hatte, und zog es über. Dabei warf sie Gento die Hose zu und tadelte ihn scherzhaft: „Bedeck dich, du schamloser Mensch", wir müssen aufbrechen. Wahrscheinlich wird Antolus schon zurück sein und mich vermissen." Gento streifte sich die enge Hose aus grobem Leinen an und fragte: „Sehen wir uns morgen hier wieder?" Gracia streichelte sanft seine Wangen. „Wir werden es sehen, Königssohn. Wir verlassen nun unser Paradies und nichts liegt mehr allein in unserer Hand. Ich zeige dir jetzt den Weg über die Felsen, damit du trockenen Fußes zu deinem Pferd kommst. Warte hier morgen auf mich etwa um die gleiche Zeit."

„Ich werde da sein, das ist ein Versprechen", erwiderte Gento hastig. Dann folgte er ihren behänden Schritten durch die schroffen Felsen. Sie folgte dem versteckten Pfad hinunter in die Bucht, wo ihre Pferde standen. Noch einmal küssten sie sich. Dann löste sich Gracia.

„Bitte folge mir erst in gebührendem Abstand. Antolus muss von uns nichts wissen, denn ich glaube nicht, dass ihn das erfreuen würde." Gento grinste und

erwiderte boshaft: „Ein Barbar ist sicher nicht der Richtige für eine stolze Römerin."
Gracia schwang sich auf ihr Pferd. „Du sagst es, Barbar", rief sie und trieb das Tier an.
Gento schaute ihr mit brennenden Augen nach. „Vielleicht werden deine Leute sich einmal geehrt fühlen, dass ich dich liebe", flüsterte er. Dann, als sie lange seinen Blicken entschwunden war, setzte auch er sich in Bewegung.

Als Gracia ihr Pferd zu den Stallungen brachte, sah sie schon, dass ihr Onkel Antolus von seinem Abstecher nach Augustus zurück war. Schon im Atrium der Villa empfing er sie aufgeregt.
„Wo treibst du dich wieder herum, Gracia. Er geziemt sich nicht für eine Frau deines Ranges, wie eine streunende Katze durch die Klippen zu ziehen. Ich habe mit Ungeduld auf dich gewartet. Es gibt gute Neuigkeiten. Dein Vater ist siegreich aus Gallien zurückgekehrt. Er hat die Hunnen besiegt. Attila zieht sich wieder zurück. Aetius ist nun in Rom der große Triumphator und er wünscht, dass du nach Rom zurückkehrst. Er lässt ausrichten, dass du von Valentian nichts mehr zu fürchten hättest. Der verlässt Ravenna so gut wie nicht mehr. Außerdem gibt es in Rom einen einflussreichen Senator, der dich kennen lernen möchte."
Gracia wurde blass und schüttelte heftig den Kopf. „Ich will nicht zurück nach Rom. Ich will nicht an einen alten, fetten Senator verkuppelt werden. Das kann mein Vater von mir nicht verlangen. Was spricht dagegen, dass ich hier bleibe? Hier bin ich doch auch in Sicherheit!"

Antolus hob ungeduldig seine Stimme: „Lies den Brief deines Vaters selbst! Ich würde dir nicht raten, gegen seinen Willen zu handeln."
Er zog aus seiner Tunika den Brief von Aetius. Gracia nahm ihn an sich und lief damit in ihr Schlafgemach. Mit brennenden Augen überflog sie die Zeilen, die ihr, je mehr sie gelesen hatte, vor den Augen schwammen. Das Schiff lag schon in dem kleinen Hafen von Augustus. Es sollte sie nach Rom bringen. Besonders den letzten Abschnitt des Briefes las sie zweimal.

„Der Senator Marcianus hat den Auftrag von Valentian bekommen, eine Flotte aufzustellen, die der Vandalenpest in Nordafrica ein Ende setzt. An der Küste Hispaniens bei Santa Pola hat er schon viele Galeeren versammelt. Es wird sicher noch einige Zeit dauern, bis er losschlagen kann, denn es ist nicht so einfach, eine Flotte zusammenzustellen, die Geiserich schlagen kann. Es ist an der Zeit, dass du nach Rom zurückkommst. Wenn Geiserich von diesem Vorhaben erfährt, könnte er auf die Idee kommen, dich als Geisel zu nehmen. Darum bist du in Sizilien nicht mehr sicher. Außerdem bist du nun in dem richtigen Alter, um einen geeigneten Ehemann für dich zu suchen……"

Gracia legte den Brief zur Seite. Ihre Gedanken rasten. Sie musste Gento davon in Kenntnis setzen, aber durfte sie andererseits ihren Vater, ihr Volk verraten? Ihre Gedanken sprangen hin und her. Hatte Geiserich nicht ihren Vater vor den Hunnen gewarnt und war dies jetzt der Dank dafür? Sie spürte noch Gentos Umarmungen und den liebenden Blick seiner grauen Augen. Sie hatte ihre Entscheidung gefällt. Nun musste sie nur noch einen Weg finden, Gento die

Nachricht zukommen zu lassen. Wie sie ihren Onkel verstanden hatte, würden sie schon morgen, noch vor Sonnenaufgang, aufbrechen.

Gento nahm diesmal nicht den Umweg über das Anwesen des ehemaligen Statthalters Antolus, sondern lenkte sein Pferd direkt an der Küste entlang zu dem schmalen Pfad, der hinunter in die kleine Bucht führte. Der Himmel war nicht so wolkenlos blau wie am Tag davor. Dicke, hoch auftürmende Wolken kündigten am Horizont ein Gewitter an. Gento blickte prüfend zum Himmel. Das Wetter würde wohl noch einige Zeit halten. Nach einigen Windungen des Pfades konnte er die Bucht einsehen. Dort, wo der weiße Sand endete, saß auf einem der Felsbrocken eine Frau. „Gracia!", dachte er erfreut. Sie klang gestern zum Abschied so merkwürdig, sodass er befürchtet hatte, sie würde nicht kommen. Als Gento die letzten Windungen des Pfades genommen hatte, erkannte er mit Erschrecken, dass es nicht Gracia war, die da auf ihn wartete. Die Frau erhob sich und kam auf ihn zu.
„Ich bin Alena, die Dienerin der Herrin. Sie trug mir auf, dir diesen Brief zu geben."
Sie reichte Gento den versiegelten Umschlag und verließ ihn schnell und ohne Gruß. Mit fliegenden Händen zerbrach er das Siegel.

„Mein geliebter Königssohn! Wenn du diese Zeilen liest, bin ich schon auf dem Weg zurück nach Rom. Mein Vater hat einen Segler geschickt, der mich schnellstens zurückbringt. Ich konnte und wollte mich seinem Willen nicht widersetzen. Bevor du diesen Brief vor Wut und Enttäuschung zerreißt…

Gento hatte, in der Tat, zu dieser Bewegung ausgeholt.

...lies bitte aufmerksam weiter. In der Bucht von Santa Pola in Hispanien sammelt der Senator Marcianus eine Kriegsflotte, die er, bis an den Rand beladen mit Waffen und Legionären, gegen euch aufziehen lassen will. Ihr werdet gegen sie nichts ausrichten können, aber ich warne dich trotzdem, denn ich würde es mir nie verzeihen können, wenn du und dein Volk vernichtet würdet und ich hätte es vielleicht verhindern können. So bleibt mir nur zu wünschen, dass wenigstens du mit dem Leben davon kommst. Wir waren für einige Stunden im Paradies und ich hätte mir von ganzem Herzen gewünscht, dass es ewig so geblieben wäre. Ich werde dich immer wie einen Schatz in meinem Herzen bewahren. Lebe wohl, mein geliebter Königssohn."

Gento ließ den Brief sinken und starrte ins Leere, denn er musste erst einmal verarbeiten, was er gerade gelesen hatte. Zuerst beschäftigten sich seine Gedanken mit Gracia. Er konnte nicht glauben, dass er sie verloren hatte. Zorn kam in ihm hoch und einem ersten Impuls nachgebend, wollte er zurück auf seine Dromone stürmen und ihr folgen. Doch zugleich wusste er, dass dies nicht vernünftig gewesen wäre. Sein zweiter Gedanke galt der Flotte, vor der sie ihn gewarnt hatte. War es möglich, dass die Weströmer solch eine mächtige Streitmacht zusammenbekamen? Plötzlich wusste er, dass er seine verletzten Gefühle in den Hintergrund schieben musste. Es gab nun nichts Wichtigeres, als dass diese Information auf dem schnellsten Wege zu seinem Vater kam, denn diese Flotte bedeutete eine ernste Gefahr für den jungen Vandalenstaat.

Die dunklen Wolken waren schneller herangezogen, als er vermutet hatte. Grelle Blitze zuckten aus dem schwarzen Himmel in das schäumend aufgewühlte Meer.
Gento löste sich aus seiner Starre, blickte noch einmal zurück auf die Bucht und jagte den kurvenreichen Pfad hinauf. Der Ort hatte seinen Zauber verloren.

*

In Carthago hatte gerade die heiße Jahreszeit begonnen. Die Bewohner suchten tagsüber vor der sengenden Sonne Schutz in ihren schattigen Innenhöfen. Der Palast des Königs war von den Römern so klug auf einer Anhöhe gebaut, dass hier in allen Räumen der stetig wehende Wind vom Meer her für Kühlung sorgte.
Geiserich blickte sein Gegenüber lauernd an als er fragte: „Wie steht es mit deinem Glauben an Gott, Heldica?"
Der Angesprochene schaute verwundert auf: „Was ist das für eine Frage. Ich bin gläubiger Christ und bete in römischen Kirchen."
Geiserich seufzte, denn er merkte, dass Heldica ihn nicht verstand. Darum holte er jetzt ein wenig weiter aus. „Als ich dich damals in Thugga kennen lernte, hast du Eindruck auf mich gemacht mit deinem Talent, die Dinge richtig zu sehen. Ich bin zu der Meinung gekommen, dass du ein fähiger Mann bist. Darum möchte ich dir ein Amt in meinen Diensten und dies in hoher Position anbieten."

Heldica lächelte nun: „Was hat dies mit meinem Glauben zu tun? Ich denke nicht, dass ich ein kirchlicher Würdenträger werden soll. Damit wäre ich überfordert, denn ich bin ein Mann der Verwaltung."
„Genau deshalb habe ich dich rufen lassen. Seit Gaius Servandus tot ist, fehlt mir ein Mann an meiner Seite, der etwas von der römischen Verwaltung versteht. In meinem Reich herrsche ich über zehnmal mehr africanische Römer als Vandalen. Ich brauche einen Praepositus Regni, der auch die Gesetze ausarbeitet und überwacht."
Heldica hüstelte verlegen und nestelte an seiner Toga. „Ich sehe mich geehrt, dass du mir so viel zutraust. Ich könnte in dem Amt eine Menge bewirken."
Geiserich unterbrach ihn unsanft. „Aber auch anrichten. Du weißt, dass unser Glaube arianisch ist und die römische Kirche mit ihren Bischöfen uns auf das Schärfste bekämpft. Es gibt keine Predigt in euren Kirchen in der nicht zu Gott gefleht wird, dass er uns vernichten möge. Ist deine Frage, was dies Amt mit deinem Glauben zu tun hat, damit beantwortet?"
Heldica nickte nun: „Wenn ich richtig unterrichtet bin, besteht der Unterschied zwischen beiden Kirchenlehren darin, dass ihr nicht an die Dreieinigkeit Gottes glaubt. Gottvater, der Sohn Christus und der Heilige Geist sind bei euch verschiedene Gottheiten. Ich habe mich bisher schwer damit getan, dies zu glauben, weil es mir von Kind an halt anders vorgebetet wurde. Wenn es aber für dich ein Beweis meiner absoluten Treue zu dir sein würde, hätte ich keine Vorbehalte, den arianischen Glauben anzunehmen."

Nun lächelte Geiserich zufrieden: „Das wollte ich von dir hören. Alles Weitere dazu werde ich mit Tirias, unserem obersten Kirchenmann, besprechen. Hiermit ernenne ich dich mit sofortiger Wirkung zum Praepositus regni. Möge Gott dir die Kraft und das nötige Geschick dazu verleihen." Sie reichten sich die Hände und der Bund war besiegelt.

Draußen, vor der Tür des Arbeitsgemaches, wurde es unruhig und die Tür wurde aufgestoßen. Ardel wirbelte herum und zog seine Schwerter. Gento stürmte herein, blieb aber nach wenigen Schritten stehen und hob seine Hände.

„Es ist schon gut, Ardel! Ich weiß, dass du mich keinen Schritt mehr näher an ihn heran lässt, ohne dass er es erlaubt. Es ist aber wichtig und duldet keinen Aufschub, doch die Wachzwerge da draußen wollten mich nicht zu meinem Vater lassen."

Geiserich war aufgesprungen. „Die Schwerter herunter", donnerte er. „Gento hat zu jeder Zeit Zugang zu mir! Komm her, mein Sohn, es ist eine Freude, dich zu sehen."

Gento gab Ardel einen freundschaftlichen Stoß und lief zu Geiserich. Sie umarmten sich herzlich. „Es gibt eine Menge zu berichten und leider nichts Gutes", überfiel er Geiserich sofort und warf dann einen fragenden Blick auf Heldica, der sich nun ebenfalls erhoben hatte.

„Das ist Heldica, mein Sohn. Ich habe dir schon einmal von ihm berichtet. Er ist hier in Africa geboren und war bisher Prokurator von Thugga und der Region darum herum. Er wird die Stelle von Gaius einnehmen."

„Ein Römer?", entfuhr es Gento verblüfft.

„Gaius Servandus war auch zum Teil ein Römer! Heldica ist ein fähiger Mann, der mir die

Regierungsgeschäfte für die inneren Belange des Volkes abnehmen wird."
Gento beruhigte sich wieder: „Wenn du ihn für fähig hältst, habe ich keinen Grund, an seiner Person zu zweifeln." Er reichte Heldica die Hand. Der nahm sie und sprach:
„Nun, da ich dich vor mir sehe, weiß ich, dass die Geschichten nicht übertrieben haben."
Gento lachte, wurde aber schnell wieder ernst. Dann berichtete er von Sardinien und der oströmischen Flotte, von Gracia und ihrem Brief.
Geiserich hörte sich alles geduldig an. Erst als Gento auf die Bedrohung durch die weströmische Flotte zu sprechen kam, verdunkelten sich seine Augen. „Wenn dies die Wahrheit ist, so müssen wir unverzüglich handeln!"
„Aber was können wir denn tun? Selbst wenn ich unsere gesamten Schiffe versammeln könnte, wären wir hoffnungslos in der Unterzahl. Von der Anzahl der waffenfähigen Männer ganz zu schweigen", warf Gento nun ein.
Geiserich schwieg und man sah, dass er fieberhaft überlegte. Dann sprach er seine Gedanken aus und es klang so, als wäre es das Einfachste auf der Welt:
„Wir nehmen ihnen die Schiffe ab und zwar dort, wo sie sich zum Aufmarsch gegen uns versammeln. Wir haben noch gute Freunde in Hispanien, die uns dabei helfen können."
Gento blickte seinen Vater verblüfft an. „Du denkst an den alten Alkarez?"
Geiserich grinste nun: „Möglicherweise an den, aber auch noch an andere. Ich denke, dass auch Juan mit seinen Leuten aus der alten Heimat uns helfen kann. Alles Weitere erledigen wir selbst dort." Geiserich wandte sich dann an Heldica: „Nun gibt es gleich eine

Menge für dich zu tun. Ich werde mit Gento und einigen Schiffen nach Santa Pola gehen und dort tun, was getan werden muss. Die Sache ist zu wichtig, darum muss ich sie selbst übernehmen." Heldica machte ein bedenkliches Gesicht, sodass Geiserich fragte: „Was gefällt dir daran nicht?"

„Was ist, wenn dein Vorhaben misslingt?", antwortete Heldica nun zweifelnd. „Ich bin dafür, dass wir einige Tausendschaften nach Caesarea schicken, denn ich denke, ihre Flotte wird dort landen wollen. Sie können unmöglich mit den, mit Mensch und Tieren vollgestopften Schiffen, lange auf See bleiben."
Geiserich nickte beifällig: „Sie werden den gleichen Weg wie wir damals nehmen."

Das machte Heldica Mut, seinen Gedanken fortzuführen. „Wir werden sie mit den Tausendschaften nicht aufhalten können, aber wir könnten ihren Vormarsch so erschweren, dass er irgendwann in den Wüsten Numidiens scheitert."

„Du hast vollkommen Recht, Heldica. Wir werden dafür sorgen, dass sie auf ihrem Vormarsch nur verbrannte Erde und vergiftete Brunnen vorfinden. Dies wird deine erste Aufgabe sein, sollte unser Unternehmen in Santa Pola scheitern."

Heldica verneigte sich leicht und verabschiedete sich dann.

Gento hatte die ganze Zeit geschwiegen. Nun brach es aus ihm heraus: „Warum lässt du mich die Sache in Santa Pola nicht alleine machen und bleibst hier? Willst du tatsächlich diesem Römer, den wir alle noch nicht so richtig kennen, die ganze Verantwortung übertragen?"

Geiserich sah seinen Sohn eine Zeit lang nachdenklich an, so als wäre er nicht sicher, was er nun antworten sollte. Dann gab er sich einen Ruck.

„Höre mir gut zu, mein Sohn! Ich habe Heldica damals bei unserem Vormarsch auf Carthago in Thugga kennen gelernt. Da war ich schon von ihm beeindruckt. Er hat mir damals zu verstehen gegeben, dass er sich nicht den Römern verpflichtet sieht, sondern nur diesem Land, in dem er geboren ist. Es war von je her sein Wunsch, dass dieses Land einmal unabhängig von den Römern sein würde. Darum kann ich mich auf ihn verlassen. Unser Kampf mit dem römischen Imperium geht nun in eine entscheidende Runde. Du hast am eigenen Leib erfahren, dass Aspar und Markian in Byzanz nicht länger die Hilfe für Westrom verweigern können. Die Entsendung einer Flotte nach Sardinien ist der Beweis dafür."

„Was gedenkst du dagegen zu tun?", fragte Gento dazwischen.

Geiserich hob die Schultern und antwortete: „Nichts! Auch ihre Soldaten müssen sich vom Land ernähren und dort wird bald nichts mehr zu holen sein. Sie werden von alleine wieder abziehen. Diese Hilfeleistung Ostroms zeigt aber, dass die Lage sich zuspitzt. Darum bin ich nicht sonderlich überrascht, dass nun die Weströmer all ihre Kräfte in dieser Flotte sammeln, um uns zu vernichten. Möglicher Weise bleibt uns aber noch ein wenig Zeit, weil Attila mit seinen Hunnen bereits bis an die Grenzen Galliens vorgerückt ist. Die letzten Meldungen meiner Kuriere besagten, dass Aetius all seine verfügbaren Legionen zusammengezogen hat, um sie den Hunnen entgegen zu werfen. Auch Theoderich mit seinen Goten ist zur Hilfe geeilt. Es wird dort zu einer Entscheidungsschlacht kommen. Vielleicht ist sie aber auch schon geschehen, denn die Meldungen sind einige Wochen alt."

Gento war still geworden und man sah, dass er angestrengt überlegte. Dann, als hätte er das Rätsel gelöst, klatschte er in die Hände. „Natürlich, nur so kann es sein. Aetius ist bereits wieder nach Rom zurückgekehrt und dies höchstwahrscheinlich als großer Sieger!"
Geiserich blickte seinen Sohn nun interessiert an. „Wie kommst du darauf?"
„Wäre er noch in Gallien, würde er seine Tochter nicht nach Rom zurückholen", folgerte der.
„Und wäre er von Attila geschlagen worden, würde er nicht nach Rom zurückgekehrt sein, denn das Imperium geht mit Verlierern recht ungnädig um", pflichtete Geiserich nun bei.
„Dann haben wir doch nicht mehr so viel Zeit", stellte Gento nun fest.
Geiserich erhob sich nun und legte einen Arm um Gentos Schultern. „Es wird von nun an von ungeheurer Wichtigkeit sein, dass wir ständig darüber informiert sind, was am römischen Hof geschieht. Unsere Beobachter dort müssen sich der Brieftauben bedienen, damit die Ereignisse uns nicht davoneilen und uns überraschen können."

*

Der Triumphzug führte in der ewigen Stadt Rom am Capitol vorbei, durch den Trajansbogen mit dem Forum Trajani zum Palast des Tiberius. Kaiser Valentian stand aufrecht, mit lässig ausgestreckter Hand, auf dem Kampfwagen und lächelte verkniffen, stets einen missgünstigen Blick auf seinen Magister Militum Aetius werfend, weil der ganze Jubel der Bevölkerung Roms ihm galt. Er war der große Sieger,

der die Gottesgeißel Attila mit seinen Hunnen besiegt hatte.
Valentian blickte sich um, sah die jubelnden Menschen und dachte: „Warum nehmen diese Affen mich nicht wahr? Habe ich, Valentian, göttlicher Cäsar, nicht genau so viel Anteil an diesem Sieg, wie dieser einfältige Legionsführer?"
Aetius nahm die neidvollen Blicke Valentians nicht wahr. Er hatte sich prächtig herausgeputzt. Der goldene Helm mit dem Federbusch, der lederne Brustpanzer und darunter das Hemd aus Goldbrokat, ließen seine Gestalt erstrahlen und hoben ihn von Valentian in seiner schlichten weißen Toga, mit dem Lorbeerkranz auf dem Haupt, doch deutlich ab. Das Volk wusste sofort, wer der Held war und wer sich bis dahin hinter den Sümpfen in Ravenna versteckt hatte. Hinter dem Kampfwagen des Valentian folgten, in endloser Reihe, die geschlagen Feinde. Ohne ihre Pferde wirkten die kleingewachsenen Hunnen mit ihren krummen Beinen nicht mehr so furchterregend. Sie hatten wohl den Weg von den Schlachtfeldern in Gallien bis hierher zu Fuß zurückgelegt, denn ihre Füße glichen blutiger Klumpen, an denen Stofffetzen hingen, die sie sich zum Schutz darumgebunden hatten. Sie würden auf dem Sklavenmarkt nicht mehr viel Wert sein und die meisten von ihnen im Circus Maximus enden.
Valentian war froh als der Zug endlich vorbei war. Gemeinsam stiegen sie, eingerahmt von einer Eskorte der Prätorianer, die Stufen zum Palast hinauf. Während des Zuges auf dem Kampfwagen hatten Aetius und der Kaiser kein Wort miteinander gewechselt. Nun wandte sich Aetius an Valentian: „Es ist ein großer Tag für Rom, mein Cäsar. Wir werden

das Imperium zu alter Größe führen und unser Ruhm wird ewig strahlen."

Valentian verzerrte sein Gesicht zu einem kalten Lachen. „Heerführer kommen und gehen, Aetius. Ihre Namen werden in Stein gemeißelt und vergessen. Die Namen der Cäsaren und deren Taten hingegen sind unsterblich."

Aetius warf den Kopf in den Nacken und lachte laut auf. „Höre ich da Missgunst in eurer Stimme, mein Kaiser? Alles, was ihr über das Leben und den Krieg wisst, habt ihr von mir. Ihr saßet auf meinen Knien als kleiner Junge und habt an meinen Lippen gehangen, wenn ich von großen Schlachten erzählt habe. Bisher habt ihr mich noch nicht aufgefordert, von dieser großen Schlacht mit den Hunnen zu berichten. Ich nehme an, ihr wollt es nicht hören. Trotzdem solltet ihr wissen, dass der Gotenkönig Theoderich in dem Kampf gefallen ist. Wir müssen uns auf eine neue Situation einstellen."

Valentian starrte Aetius nun grimmig an. „Wir? Wir, Aetius?", fragte er boshaft. „Du bist anmaßend geworden, alter Freund. Ich allein, ich, Valentian II, Cäsar von Gottes Gnaden, fälle alle Entscheidungen."

Mittlerweile waren sie auf der Veranda des Palastes angekommen um sich von dort aus noch einmal dem Volk zu zeigen. Wieder brandete Jubel auf.

„Hört ihr das Volk? Ob es euch gefällt oder nicht, ich bin euer rechter Arm, der euch die Macht sichert, auf dessen Befehl die Legionen hören."

Valentian knirschte mit den Zähnen und flüsterte, sodass es Aetius nicht verstand: „Ärgert dich dein linkes Auge, so reiße es heraus und ärgert dich dein rechter Arm, so hacke ihn ab, soll Jesus Christus einmal gesagt haben. Ich werde mich daran erinnern, ganz gewiss."

Gracia blickte angestrengt zur Mole, als sie in den
Hafen von Portus Augusti einliefen. Der Wind zerrte
an ihren Haaren, während sie die Windschattenseite
des Schiffes verließ und nach vorne zum Bug trat um
besser sehen zu können. Sie hatte viel geweint
während der Überfahrt und die dunklen Ringe unter
ihren Augen legten Zeugnis von ihrer quälenden
Schlaflosigkeit ab. Doch nun, als sie den Hafen von
Portus sah, den wichtigsten Umschlagplatz für Roms
Handelswaren, kam wieder Leben in sie. Sie wollte
den Kampf mit dem Schicksal aufnehmen, es war
noch nichts verloren. Noch einmal schloss sie kurz die
Augen, sah Gento vor sich mit seiner ungestümen
Wildheit und den zärtlichen grauen Augen, dann
spannte sich ihr Körper und ihre Blicke suchten
wieder die Hafenmole ab. Dann sah sie jemanden
winken und merkte, dass sie gemeint war.
„Mein Gott, Gaudentius", entfuhr es ihr. Sie hatte ihren
Bruder so lange nicht mehr gesehen, dass sie ihn
beinahe nicht erkannt hätte. Ihr Bruder war
gekommen um sie in Empfang zu nehmen. Zum
ersten Mal seit Tagen huschte ein Lächeln über ihr
Gesicht. Sie waren als Kinder unzertrennlich gewesen
und sie hatte ihren großen Bruder vergöttert. Später,
als es für ihn unschicklich war, sich mit kleinen
Mädchen abzugeben, hatte sie ihn nur noch selten
gesehen. Nun stand er dort und wartete auf sie. Sie
konnte es kaum erwarten, dass die Galeere fest
machte.
Gaudentius, der einzige Sohn des Aetius, war mit
seinen 21 Jahren gerade im besten Alter. Er hatte die
hohe Stirn seines Vaters und dessen energisch
vorspringendes Kinn, das mit einem kurz gehaltenen
Bart bedeckt war. Bekleidet war er mit einer Tunika,

wie sie die vornehmen Römer trugen, deren lange Seite er nun über die rechte Schulter geschlagen hatte, damit er beide Hände frei hatte.
„Gracia? Ich glaube nicht, was meine Augen sehen. Als ich dich das letzte Mal gesehen habe, mein Gott wie lange ist das her, warst du noch ein dürres, kleines Mädchen, das nur aus Knien und Ellenbogen bestand. Nun bist du eine wunderhübsche, reife Frau."
„Sei gegrüßt, mein Bruder! Du brauchst nicht deine Künste, den Frauen zu schmeicheln, an mir ausprobieren. Ich bin deine Schwester und sehe sicher grässlich aus."
Sie lachten nun befreit auf und umarmten sich. Dann fasste Gaudentius sie bei den Schultern und hielt sie ein Stück von sich weg um sie besser betrachten zu können.
„In der Tat sehe ich in deinem Gesicht dunkle Schatten. Was ist geschehen? Komm, dort drüben ist meine Kutsche. Du kannst es mir auf der Fahrt nach Rom erzählen."
„Wo ist unser Vater? Hat er dich geschickt um mich zu holen? Was geht in Rom vor?", fragte sie hastig und rührte sich nicht von der Stelle.
Gaudentius lachte nun wieder. „Nun komm endlich. Auch dies werde ich dir auf der Heimfahrt erzählen." Er klatschte in die Hände und seine Sklaven kamen herbeigeeilt. Sie nahmen Gracias Gepäckstücke auf, die mittlerweile ausgeladen worden waren und brachten sie zur Kutsche. Bald ruckelte die Kutsche über die Basaltpflastersteine der Via Portuensis, der Römerstraße, die direkt zur ewigen Stadt führte.
Gaudentius begann als Erster zu berichten: „Vater hat gegen die Hunnen einen großen Sieg errungen. Die Warnung des Vandalenkönigs Geiserich, die du

überbracht hast, kam noch früh genug. Vater konnte alle verfügbaren Legionen zusammenziehen und auch die Goten in Südgallien gewinnen, mit ihrem König Theoderich zur Hilfe zu eilen. Die Schlacht tobte sieben Tage. Die Hunnen hatten mit so viel Widerstand nicht gerechnet und waren daher leichtsinnig. Ich will dich nicht mit Einzelheiten langweilen, aber letztendlich musste Attila sich zurückziehen und Vater war der große Triumphator."
„Wo ist Vater nun?", fragte Gracia dazwischen.
„Er genießt seinen Ruhm in Rom und hat den Palast des Tiberius bezogen. Leider ist Valentian aber auch dort. Vater meint, du solltest dich dort vorerst nicht blicken lassen. Er hat für uns eine Villa am Rande der Stadt eingerichtet. Er wird uns dort besuchen, so oft es seine Zeit erlaubt. Wir bleiben dort, bis Valentian wieder nach Ravenna verschwindet."
Gracia blickte versonnen durch die dünnen Schleier der Vorhänge an den Fenstern der Kutsche hinaus. Es war Frühling hier in Rom und noch nicht so warm, wie es schon in Sizilien gewesen war.
„Also hat Geiserich großen Anteil daran, dass unser Imperium nicht von den Hunnen beherrscht wird. Ich habe ihn am Hof von Carthago kennen gelernt."
„Was?", fuhr Gaudentius hoch. „Du hast die Geißel der christlichen Welt gesehen? Den Antichrist, der mordend und plündernd die Welt in Atem hält?"
Gracia lächelte. „Ich sehe, du bist bestens darüber informiert, was unsere Bischöfe über den König der Vandalen verbreiten. Ich habe ihn als angenehmen Menschen kennen gelernt, der genau weiß, was er will."
„Du verteidigst ihn, den, nach Attila, größten Feind des Imperiums?"

„Er will nur, dass sein Volk überlebt. Dafür ist ihm jedes Mittel Recht. Er hat mir die Freiheit gegeben, obwohl er wusste, dass ich die Tochter des Aetius bin. Dafür bin ich ihm dankbar", ereiferte sich Gracia nun.
„Ist ja gut! Du musst mir später noch mehr von ihm erzählen."
Es war schon dunkel, als sie die Mauern von Rom erreichten. Gracia war müde von der Fahrt und konnte kaum noch die Augen offen halten.
Es dauerte dann auch nicht mehr lange, da bog die Kutsche in die Einfahrt eines kleinen Anwesens. Es lag, umringt von den prächtigen Villen der reichen Römer, recht versteckt und nahm sich, im Vergleich mit ihren direkten Nachbarn, recht bescheiden aus.
Die Haussklaven erwarteten sie bereits. Den Weg zum Hauptgebäude erhellten lodernde Fackeln bis zu den Stufen des Eingangsportals.
Der Verwalter, ein stattlicher Mann mit wohlgenährtem Bauch und schütterem, ergrautem Haar, öffnete die Tür der Kutsche und half Gracia auszusteigen.
„Seid gegrüßt und herzlich willkommen, Herrin. Ich bin Petronius, der Verwalter und ihr Diener. Ich werde dafür sorgen, dass es ihnen hier an nichts fehlt."
Gaudentius winkte unwillig ab. „Ja, schon gut, Petronius. Meine Schwester ist müde und braucht dringend Ruhe. Sorge dafür, dass sie ihr Nachtlager bekommt."
Petronius verneigte sich. „Bitte folge mir, Herrin. Euer Vater hat mir aufgetragen, dass er Euch erst morgen begrüßen kann. Heute Nacht gibt der Kaiser ihm zu Ehren eine Feier."
Gracia nickte müde. Ihr war es nur recht, denn nun galt ihr einziges Interesse ihrem Nachtlager. Morgen war auch noch ein Tag.

Am nächsten Morgen wurde Gracia durch heftiges Rütteln an ihrer Schulter unsanft geweckt. Schlaftrunken öffnete sie ihre Augen und blickte ihren Bruder verständnislos an. Als sie sein verstörtes Gesicht sah, wurde sie hellwach.
„Was ist geschehen? Warum reißt du mich aus meinem tiefsten Schlaf? Der Tag ist noch nicht da!"
„Wach auf, Gracia. Es ist etwas Schreckliches geschehen. Der Kaiser hat heute Nacht auf dieser Feier unseren Vater ermordet. Der große Aetius ist tot. Valentian hat ihm meuchlings einen Dolch in den Leib gestoßen."
Gracia fuhr hoch: „Das ist nicht wahr, das kann nicht wahr sein! Vater ist die Stütze des Imperiums! Rom braucht ihn!", schrie sie.
Gaudentius sank auf die Knie und weinte bitterlich. Dabei umarmte er Gracia und barg sein Gesicht in ihrem Schoß. „Sie haben ihn gebraucht, um Attila zu besiegen. Nun ist er ihnen zu mächtig geworden. Der Kaiser hat ihm den Ruhm geneidet und ihn gefürchtet. Darum musste er sterben. Ach Gracia, wärst du doch nur in Sizilien geblieben. Nun sind auch wir in Gefahr. Valentian wird nach uns suchen lassen."
Nun erst begann Gracia, die schreckliche Wahrheit zu begreifen. Ihr Vater war tot, ermordet von einem schwachsinnigen Despoten. Tränen verschleierten ihren Blick und Verzweiflung drohte sie zu überwältigen. Tapfer kämpfte sie dagegen an, versuchte, den Schmerz und die Trauer um ihren Vater in den Hintergrund zu drängen, um klare Gedanken fassen zu können. Schon bald schlug der Schmerz in wilden Hass auf den Mörder ihres Vaters um. Mit einem harten Ruck zog sie den Kopf von Gaudentius aus ihrem Schoß hoch und blickte ihn mit weit aufgerissenen Augen an.

„Höre mir gut zu. Du bist der Sohn des Aetius. Diese Tat darf nicht ungesühnt bleiben. Es ist nun deine Pflicht, Rache zu üben!"
Ungläubig schüttelte Gaudentius den Kopf. „Was soll ich gegen den Cäsar ausrichten? Wir müssen froh sein, wenn er uns unbehelligt lässt. Du warst lange fort und weißt nicht, wie es am Hof von Valentian zugeht. Es ist dort gefährlicher als in einer Schlangengrube."
Gracia hielt den Kopf von Gaudentius mit beiden Händen fest und schüttelte ihn energisch. „Lass das Lamentieren, Bruder, und denke nach. Unser Vater hatte sicher einflussreiche Freunde, die uns nun helfen könnten. Was ist mit den Legionsführern, die ihm besonders treu ergeben waren? Suche sie auf und fordere von ihnen den letzten Treuebeweis für ihren großen Führer Aetius. Sie haben auf den Schlachtfeldern in Gallien gegen die Hunnen ihren Mut bewiesen. Es wird ihnen ein Leichtes sein, diesen Meuchelmörder und Totengräber des Imperiums mit einem Schwertstreich vom Thron zu fegen."
„Das ist Wahnsinn!", flüsterte Gaudentius verstört.
„Das ist Rache! Wenn du es nicht tust, werde ich es sein, die nicht eher ruht, bis es vollendet ist."
Gaudentius erhob sich und seine Gestalt straffte sich. „Ich bin der erstgeborene Sohn des Aetius und habe das Recht und die Pflicht, meinen Vater zu rächen. Ich werde es tun!"
Gracia nickte beifällig und fügte leise hinzu. „Und ich werde dafür sorgen, dass Geiserich von diesem hinterhältigen Mord erfährt, denn er hatte große Achtung vor unserem Vater."

Die Eroberung der Heiligen Stadt Rom

Der Gerichtssaal im Palast des Königs in Carthago konnte all die Menschen nicht fassen, die drängend hineinströmten, um an der Verhandlung gegen den Priester Deogratias teil zu nehmen. Der Gottesmann hatte in der Sankt Faustus Basilika einen Gottesdienst nach dem Glauben der römischkatholischen Kirche abgehalten und damit die Kirche der arianischen Vandalen entweiht. Wäre es nach Tirias, dem Oberhirten der Arianer gegangen, hätte er diesen Priester gleich nach dieser Schandtat ohne viel Federlesens vierteilen lassen und die Stücke draußen vor den Toren der Stadt den Aasgeiern zum Fraß vorgeworfen. Aber seit Geiserich den africanischen Römer Heldica zum Praepositus regni ernannt hatte, besaß dieser die Macht über die Schutz- und Ordnungstruppen im Land. Übertretungen der vandalischen Gesetze mussten angezeigt werden, um dann in öffentlichen Gerichtsverhandlungen nach Recht und Gesetz abgeurteilt zu werden.
Also war Tirias gezwungen, diesen Priester vor ein Gericht zu zerren. In diesem schwerwiegenden Fall vor das oberste Gericht, an dem Heldica selbst den Vorsitz führte. Tirias spürte zum ersten Mal in seinem Leben Unbehagen. Er hatte auf der Seite der Ankläger Platz genommen und starrte missmutig auf den überfüllten Gerichtssaal. Es waren überwiegend römische Einwohner von Carthago, wahrscheinlich Anhänger dieses Priesters, hierhergekommen. Tirias spürte, wie die Unruhe wuchs und sein suchender Blick galt den Wachmannschaften, die mit ihren Speeren und Schwertern bereit standen, jeden Aufruhr im Keim zu ersticken.

Der Gong kündigte das Erscheinen des obersten Richters an. Heldica kam gemessenen Schrittes herein und nahm auf dem Richterstuhl Platz. In der Tunika, die er lässig über dem Arm trug, sah er aus wie ein Mitglied des Senats von Rom und Tirias bekam Zweifel, dass hier vandalisches Recht gesprochen wurde. Zu seiner Überraschung ertönte der Gong ein weiteres Mal. Neugierig blickte er zum Portal, durch das eben noch Heldica gekommen war. Dort erschien nun, zu seiner Verwunderung, der König in Begleitung von Thora und seinem Sohn Hunerich.
Schlagartig war es still im Saal. Natürlich hatten sich alle Anwesenden erhoben und verfolgten schweigend, wie die königliche Familie sich rechts neben Heldica an dem Richtertisch niederließ.
Heldica blickte Geiserich erwartungsvoll an. Geiserich erhob sich nun wieder und zeigte mit seinen Händen, dass die Anwesenden sich wieder setzen sollten. Seine Stimme drang nun bis in den letzten Winkel des Saales:
„Als oberster Richter dieses Staates werde ich an dieser Gerichtsverhandlung teilnehmen und auch den Urteilsspruch fällen. Die Verhandlung wird, wie vorgesehen, der Praepositus regni, Heldica, führen. Möge mit Gottes Hilfe Recht gesprochen werden."
Heldica verbeugte sich leicht und rief: „Bringt den Angeklagten herein."
Deogratias wurde von den Wachen hereingeführt. Er war klein, hager und unscheinbar. Seine purpurne Kutte sah reichlich mitgenommen aus und zeigte, dass es ihm während seines Aufenthaltes im Kerker nicht sonderlich gut gegangen war. Seine Augen glühten aber und zeigten ungebrochenen Stolz und Willenskraft.

Heldicas Stimme füllte wieder den Saal: „Du bist Deogratias, Priester der römischen Kirche?"
Deogratias trat einen Schritt vor und antwortete mit lauter, klarer Stimme:
„Ich bin Deogratias. Unser ehrwürdiger Vater und Oberhirte Papst Leo hat mich zum Bischof von Carthago benannt. Er hat mich damit beauftragt, den wahren Glauben der römischen Kirche hier in dieser Stadt zu verteidigen."
„Darum stehst du hier heute vor diesem Gericht!", unterbrach Heldica ihn nun heftig. „Die Anklage wird nun von dem obersten Kirchenherrn der arianischen Kirche, Tirias, erhoben. Nach unserem Recht steht dem Angeklagten ein Beistand zu, der für seine Sache spricht."
„Ich werde mich selbst für meine Sache einsetzen", antwortete Deogratias schnell.
Heldica nickte zustimmend und gab Tirias ein Zeichen, dass er beginnen konnte.
Tirias erhob sich. Man sah ihm deutlich an, dass ihm diese Gerichtsverhandlung äußerst zuwider war. „Ich will es kurz machen", begann er seine Anklage. „Diese Kreatur, die sich Bischof nennt, hat in der heiligen arianischen Kirche Sankt Faustus einen Gottesdienst nach den Riten der römischen Kirche abgehalten. Dies ist nach unseren Gesetzen verboten. Ich fordere daher dafür die höchste Strafe, den Tod. Die Todesart überlasse ich der Fantasie des hohen Gerichtes." Tirias setzte sich nach diesen Worten wieder und schaute auffordernd zu Heldica und Geiserich.
Heldica überhörte den beißenden Unterton in Tirias Stimme und wandte sich dem Bischof zu. „Du hast gehört, was dir vorgeworfen wird. Hast du etwas zu deiner Verteidigung zu sagen?"

Deogratias kam noch ein paar Schritte näher an den Richtertisch heran. Sofort eilten zwei Wachen herbei und kreuzten vor ihm ihre Speere, sodass ihm der Weg versperrt wurde. Wild riss er seine Soutane auf und bot den Speerträgern seine nackte Brust. „Hier, stoßt zu! Dann werden tausende von Gläubigen in dieser Stadt anklagend zu euch aufschreien, denn sie haben ihr einziges Licht in der Finsternis verloren. Ich habe also den Tod verdient, weil ich Gottes Wort verkündet habe? Sagtet ihr, dass ich den Gottesdienst in der arianischen Kirche abgehalten hätte? Diese Basilika ist der römischen Kirche geweiht. Ihr habt sie, wie alle anderen auch, gestohlen. Es war mein gutes Recht, dort die heiligen Sakramente unseren Gläubigen teilhaftig werden zu lassen."

Tirias sprang erregt auf und ereiferte sich: „Schweig, du Wicht! Du und deine Genossen sind wie eine üble Krankheit. Ihr lasst euch nicht ausrotten. Ihr verbreitet und predigt in euren Zusammenkünften nicht Gottes Wort, sondern hetzt geifernd gegen die arianische Kirche und den König. Ihr predigt Hass und Widerstand. Dafür hast du den Tod verdient."

Die Zuschauer wurden unruhig. Drohendes Gemurmel wurde laut. Heldica ließ den Gong schlagen. Die Palastwachen zogen ihre Schwerter und die Bogenschützen griffen in ihre Köcher. Sofort kehrte wieder Ruhe ein.

Heldica räusperte sich. Man merkte ihm an, dass diese Verhandlung ihm unangenehm war, denn bis vor kurzem war er ja selbst noch Anhänger der römischen Kirche. „Was hast du gegen diese Anschuldigung zu sagen?"

Deogratias wandte sich Heldica zu. „Darf ich den Vertreter der arianischen Kirche fragen, ob er an diesem fraglichen Gottesdienst teilgenommen hat?

Ich bin nämlich nicht nach Carthago gekommen, um zu hetzen, sondern nur um Gottes Wort zu predigen. Mir wäre es zweifellos lieber, wenn der Kaiser des Imperiums hier die Macht hätte, aber ich werde auch die jetzigen Machtverhältnisse hinnehmen. Jesus hat geantwortet als man ihn fragte, ob man ihm oder dem Kaiser dienen sollte: „Gebt Gott was Gottes ist und gebt dem Kaiser, was des Kaisers ist". So werde ich es auch halten, wenn man mich meinen Glauben hier ausführen lässt."

Geiserich hatte die ganze Zeit nur aufmerksam zugehört und geschwiegen. Nun gab er Heldica ein Zeichen, dass er die Verhandlung übernehmen wollte. Er erhob sich und kam um den Richtertisch herum auf Deogratias zu. Seine grauen Augen schienen den kleinen Bischof zu durchbohren. „Ich lasse es nicht zu, dass du unseren höchsten Kirchenherrn, Tirias von Ravenna, als Lügner hinstellst. Alles, was er gesagt hat, stimmt. Dennoch habe ich Worte von dir vernommen, die noch nie über die Lippen von Vertretern deiner Art gekommen sind. Habe ich mich verhört, willst du damit nur dein Leben retten, oder meinst du aufrichtig, was du gesagt hast?" Deogratias riss seine Augen auf und empörte sich: „Mein Leben retten? Es würde mich glücklich machen, für meinen Glauben sterben zu dürfen und als Märtyrer durch die Himmelspforten ins Paradies zu schreiten. Doch bis dahin werde ich für meine Worte einstehen."

Geiserich nickte zufrieden. „Das Gericht wird sich zur Beratung zurückziehen und dann das Urteil verkünden."

Tirias verstand die Welt nicht mehr. Was gab es da noch zu beraten? Erwartungsvoll blickte er Geiserich an, als sie an dem runden Tisch in dessen

Arbeitszimmer saßen. Thora, Heldica und sein Sohn Hunerich blickten ebenso neugierig zu Geiserich. Der sprach als erstes zu Heldica. „Was meinst du, sollen wir mit ihm machen?"
Heldica richtete sich in seinem Stuhl ein wenig auf und antwortete mit fester Stimme: „Ich bin in diesem Land geboren und habe bis vor nicht allzu langer Zeit in römischen Kirchen gebetet. Meine Meinung ist nicht ohne Befangenheit."
„Ich will sie trotzdem hören", unterbrach Geiserich seine Rede.
„Nun ja, ich kann ihn nicht verurteilen, nur weil er einen Gottesdienst abgehalten hat."
Tirias wollte auffahren, wurde aber von Geiserich durch ein energisches Handzeichen gestoppt.
„Deine Meinung kenne ich, mein Freund. Ich möchte noch die der anderen hören. Was sagst du, Hunerich?"
Der machte ein grimmiges Gesicht und knurrte: „Tirias hat völlig Recht. Diese Brut muss ausgemerzt werden. Er hat für seinen Frevel den Tod verdient!"
Geiserich wandte sich an Thora: „Und du?"
„Wir Alanen mischen uns nicht in eure Glaubensstreitigkeiten. Darum enthalte ich mich und werde keine Meinung äußern." Wieder wollte Tirias protestieren, doch Geiserich legte ihm nun beruhigend eine Hand auf die Schulter. Da wurde plötzlich die Tür aufgerissen und Ardel, der draußen Posten bezogen hatte, steckte seinen Kopf herein. „Herr, ich habe eine wichtige Nachricht für euch. Ich denke, sie duldet keinen Aufschub."
Geiserich strich noch einmal fast zärtlich über die massigen Schultern von Tirias. „Ich komme sofort wieder zurück und dann reden wir weiter."

Es musste schon sehr wichtig sein, wenn Ardel es wagte, gerade jetzt zu stören. Mit schnellen Schritten war er draußen bei Ardel. Neben seinem Leibwächter trat sein Sohn Gento unruhig von einem Bein auf das andere. Sein Gesicht ließ nichts Gutes vermuten.
„Gento?", fragte Geiserich verwundert. „Warum kommst du nicht herein? Du hast immer und überall Zutritt zu mir!"
Gento nickte: „Ich weiß, Vater, aber ich war mir nicht sicher, ob das, was ich dir nun sage, für alle Ohren bestimmt ist."
„Was ist geschehen?", drängte nun Geiserich.
„Valentian hat Aetius ermordet. Wir bekamen die Nachricht heute Nachmittag. Vater, ich muss nach Rom, um Gracia dort herauszuholen. Sie ist nun in Gefahr!" Geiserich griff unter seinen Umhang und fühlte die Wärme seiner goldenen Fibel, fühlte, wie die Bernsteine glühten. „Das ist das Zeichen!", flüsterte er.
Gento sah seinen Vater ratlos an. „Ich verstehe nicht!", murmelte er.
„Valentian, dieser wahnsinnige Imperator, hat sich mit der linken seine rechte Hand abgeschlagen. Nun werde ich handeln. Wir werden zusammen nach Rom gehen, mein Sohn. Vorher musst du aber zu meinem maurischen Freund Habib. Wir brauchen seine Hilfe. Handle mit ihm aus, wie viel Männer und Schiffe er entbehren kann. Aber hüte dich ihm zu sagen, wofür wir sie brauchen. Du kannst ihm aber versichern, dass es sein Schaden nicht sein werde. Während du fort bist, werde ich hier alles für die Einnahme Roms vorbereiten."
„Du willst Rom erobern?" Gento blickte Geiserich entgeistert an.

„Ja, mein Sohn! Ich habe an den Säulen des Imperiums gerüttelt als ich Carthago eingenommen habe. Nun werde ich sie einreißen, indem ich in die heilige Stadt einmarschiere. Valentian hat mich mit dem Mord an Aetius gerade dazu aufgefordert. Doch nun eile dich. Ich brauche hierfür die Hilfe der Mauren." Gento wollte noch einiges einwenden, doch dann ließ er es sein, weil er wusste, dass sein Vater gerade in diesem Moment einen Entschluss gefasst hatte, von dem er sich durch nichts und niemanden wieder abbringen lassen würde. Stattdessen verneigte sich Gento leicht. „In zwei Wochen werde ich zurück sein. Ich bringe dir deine Mauren und müsste ich sie hierher schleifen", versicherte er. Dann wandte er sich um und eilte davon.
Geiserich blickte ihm noch einen Moment nach, dann kehrte er zu der Beratungsrunde zurück. Alle blickten ihn erwartungsvoll an.
Geiserich lächelte: „Die Unterbrechung war gerechtfertigt. Ich habe eine Nachricht von höchster Wichtigkeit bekommen. Wir reden nachher darüber. Wo waren wir stehen geblieben? Ach ja, Heldica kann den Priester nicht verurteilen, Thora hält sich heraus und Tirias und Hunerich wollen ihn zur Hölle schicken. Nun kommt es nur noch auf meine Stimme an. So vernehmt meine Entscheidung und das Urteil, denn als oberster Richter habe ich zwei Stimmen. Der Priester, oder Bischof Deogratias wird frei gesprochen. Er darf sein Kirchenamt ab sofort in der Basilika Sankt Faustus frei ausüben." Tirias sprang auf und schlug mit der Faust auf den Tisch. „Das ist zu viel. Das verstehe ich nicht. Wir haben sie von hier vertrieben, weil sie eine Gefahr für unsere Kultur und unseren Glauben sind. Sie werden nicht eher Ruhe geben, bis sie die arianische Kirche vernichtet haben.

Er wird der Erste sein und viele andere werden ihm folgen, weil du sie dazu ermutigt hast."
„Tirias!" Geiserichs scharfer Ruf brachte ihn zum Schweigen. „Tirias, alter Freund", fuhr Geiserich nun sanfter fort. „Erinnerst du dich noch daran, als wir uns zum ersten Mal getroffen haben? Dort, in dem römischen Verlies, hast du dich für von Gott auserwählt gehalten, den Vandalen den Glauben zu bringen. Wir haben einen Bund geschlossen und es ist mehr daraus geworden, als du dir damals je vorstellen konntest."
„Wie könne ich das jemals vergessen?", unterbrach nun Tirias, nun schon weniger aufgebracht, Geiserichs Rede. „Wenn du es aber nun zulässt, dass die römische Kirche wieder öffentlich gegen uns hetzen kann, wird bald alles wieder verloren sein."
Geiserich schüttelte energisch den Kopf. „Nichts wird verloren sein! Ich bitte dich nur noch dieses eine Mal, mir zu vertrauen. Was hältst du davon, wenn ich dir für den Verlust der kleinen, unbedeutenden Basilika Sankt Faustus den Allerheiligsten Dom der römischen Kirche in Rom eintausche?"
Tirias blickte Geiserich entgeistert an. „Es ist jetzt nicht die rechte Zeit zu scherzen", knurrte er.
Thora hielt entsetzt den Atem an und Hunerich entfuhr es ungläubig: „Du willst doch nicht etwa Rom angreifen?"
Geiserich erhob sich und lachte nun laut auf: „Genau das werden wir tun. Aber das werden wir nachher bereden. Lasst uns nun gehen und das Urteil sprechen. Höre mir dabei gut zu, Tirias. Mit diesem Urteilsspruch werde ich diesen Deogratias an die Kette legen oder er wird sich selbst ans Messer liefern."

Draußen, im großen Gerichtssaal, waren die Menschen schon wieder unruhig geworden. Ungeduldig forderten einige lauthals das Urteil. Als Geiserich nun, gefolgt von seinen Begleitern, wieder den Saal betrat, brandete für einen Moment Lärm auf. Es entlud sich die knisternde Spannung mit der Frage, was der König wohl entscheiden würde.
Geiserich ließ den Gong schlagen. Nur langsam wurde es ruhig.
„Der Beschuldigte möge vortreten!", rief er und gab den Wachen ein Zeichen, damit sie Deogratias vorführten. „Bist du bereit, dein Urteil zu hören?" Deogratias verneigte sich leicht zum Zeichen der Zustimmung.
Geiserich fuhr fort: „Der Vertreter der Anklage, unser oberster Kirchenherr, Tirias von Ravenna, hat mit seiner Anklage völlig Recht. Nach vandalischem Gesetz ist es verboten, hier in Carthago Gottesdienste nach römischem Glauben abzuhalten. Dies war dir bekannt und trotzdem hast zu zuwider gehandelt!"
Nach diesen Worten wurde es wieder unruhig im Saal. Heldica gab den Bogenschützen ein Zeichen, die Sehnen zu spannen und wies die Speerträger an, ihre Waffen zu heben. Sofort wurde es wieder still und Geiserich konnte weiterreden.
„Du hast vorhin kundgetan, dass du glücklich wärst, den Märtyrertod zu sterben. Da muss ich dich enttäuschen. Bei uns wird es keine Märtyrer geben. Jedoch erhalten Gesetzesbrecher ihre gerechte Strafe. So höre nun dein Urteil. Ich, der König und oberster Richter, habe dich für schuldig befunden, vandalisches Gesetz gebrochen zu haben. Darum verurteile ich dich zu einem Jahr Arrest in den Räumlichkeiten der Sankt Faustus Basilika. Während dieser Zeit wird es dir erlaubt sein, Gottesdienste

nach deinem Glauben dort abzuhalten und jedem Einwohner von Carthago wird es erlaubt sein, daran teilzunehmen."

Geiserich konnte nun nicht weiter reden. Der Lärm war unbeschreiblich. Deogratias schaute Geiserich fassungslos an. Insgeheim hatte er mit seinem Leben schon abgeschlossen und nun dies. Geiserich hob beide Arme und Heldica ließ den Gong ertönen. Nur langsam kehrte wieder Ruhe ein.

„Ich bin mit der Verkündung des Urteils noch nicht zu Ende", drang nun Geiserichs scharfe Stimme bis in den letzten Winkel des Saales. „Es gibt eine wichtige und unabdingbare Bedingung. Es ist dir verboten, in deinen Gottesdiensten den arianischen Glauben zu verunglimpfen, herabzusetzen oder gar zu verspotten. Sollte es sich danach gelüsten, so wird dieses Urteil mit sofortiger Wirkung in eine Todesstrafe umgewandelt, deren Art und Weise deine schlimmsten Befürchtungen bei Weitem übertreffen werden. Solltest du dich aber auf dem vorgegebenen Pfad bewegen, werde ich darüber nachdenken, dich als Bischof der römischen Kirche in Carthago zuzulassen. Das Urteil ist hiermit rechtmäßig und die Gerichtsverhandlung geschlossen." Die düstere Miene von Tirias hatte sich nach den letzten Worten von Geiserich merklich aufgehellt. Nun wusste er, was Geiserich mit „an die Kette legen" gemeint hatte. Das war weitaus besser, als einen Märtyrer zu schaffen. Dennoch baute er sich nun drohend vor dem sichtlich zufriedenen Deogratias auf.

„Ich werde ein Auge auf dich halten, Freundchen. Es wird mir nichts verborgen bleiben und meine Stunde kommt sicherlich noch. Also nimm dich in Acht." Deogratias legte den Kopf ein wenig schief und grinste hinterhältig: „Ich werde nur dem einzigen, dreieinigen Gott dienen, so wie es der König erlaubt hat."

Tirias ballte die Fäuste. „Ich wusste, dass ihr römischen Priester nur Gift versprüht, wenn ihr nur das Maul aufmacht. Jesus Christus, Gottvater und der Heilige Geist werden euch allen gemeinsam den Weg zur Hölle weisen."

Wütend trat Tirias zur Seite und gab Deogratias den Weg frei.

*

Gaudentius entledigte sich seiner Tunika, band sich ein dünnes Leinentuch um die Hüften und betrat das Caldarium (*Warmwasserbereich, Sauna*) der Therme. Heiße Dampfschwaden wallten ihm entgegen und nahmen ihm für einen Moment die Luft. Angestrengt kniff er die Augen zusammen und versuchte damit etwas in dem Raum zu erkennen. Auf den heißen Marmorbänken saßen einige beleibte Männer, manche in angeregter Unterhaltung, andere wiederum mit geschlossenen Augen, in sich gekehrt die wohltuende Wärme genießend. Nachdem sich Gaudentius an die Nebelschwaden gewöhnt hatte, begann er suchend, die Männer zu betrachten. Dann blieb sein Blick an einer stattlichen Gestalt hängen, die etwas abseits von den anderen am Rand des Warmwasserbeckens saß. Ohne zu zögern, steuerte Gaudentius auf ihn zu. Wie zufällig ließ er sich in seiner Nähe nieder. Der Mann veränderte seine Haltung nicht und wendete seinen Kopf eher ab, als er leise sprach:

„Dein Vater war uns ein guter Herr. Wir Offiziere trauern wie du um einen Vater."
Gaudentius schüttelte nun unwillig den Kopf. „Nicht Trauer, sondern Hass und Rufe nach Vergeltung beseelen mein Herz. Ich kann diesen Meuchelmord nicht ungesühnt lassen und ihr dürft es auch nicht, Traustila", zischte er.
Der Mann stieß sich nun von der Kante des Beckens ab und ließ sich ins Wasser gleiten. Ruhig schwamm er einige Züge, bis er an der gegenüberliegenden Seite angekommen war. Dort blieb er eine Weile und kehrte dann in genau denselben ruhigen Schwimmzügen zurück. Noch im Wasser flüsterte er: „Sorge dich nicht um deine Vergeltung, sondern sorge dich um deine Sicherheit. Es hat ein weit mächtigerer Mann als du die Messer gewetzt. Er will den Tod deines Vaters nutzen, um selbst an die Macht zu kommen. Darum verschwinde mit deiner Schwester von der Bildfläche, damit die Geschehnisse in der nächsten Zeit nicht dir angelastet werden können."
Gaudentius riss die Augen auf: „Wer ist es?", fragte er atemlos.
„Du wirst es schon früh genug erfahren. Doch nun geh, denn wir dürfen nicht zusammen gesehen werden." Mit diesen Worten stieß er sich wieder ab und schwamm wieder zur anderen Seite.
Gaudentius erhob sich, band sein nun nasses Leinentuch wieder fester um die Hüfte und verließ das Caldarium durch die Tür, die zum Frigidarium *(Kaltwasserbereich)* führte. Nachdem er sich in dem kalten Wasser abgekühlt hatte, trocknete er sich hastig ab. Eilig warf er sich seine Tunika über und verließ die Therme mit schnellen Schritten. Sein Diener hatte ihn bereits kommen sehen und fuhr mit der Kutsche vor. Fieberhaft überlegte Gaudentius, ob

das unscheinbare Landhaus am Rande der Stadt ihnen die Sicherheit bieten konnte. Dann beruhigte er seine besorgten Gedanken damit, dass sein Vater dieses Domizil nicht von ungefähr für sie ausgesucht hatte. Rom wird in der nächsten Zeit Zeuge großer Ereignisse sein", dachte er und konnte nicht ahnen, wie Recht er damit hatte.

Gaudentius traf zu Hause seine Schwester Gracia beim Abendmahl an. Als sie ihn sah, sprang sie auf und rannte auf ihn zu. „Und? Was hast du erreicht? So sprich doch!"

„Ich habe mich in der Therme mit Vaters treuestem Offizier Traustila getroffen. Er hat mir geraten, mich herauszuhalten, denn Valentians Tage wären ohnehin gezählt."

Gracia blickte ihren Bruder verständnislos an. „Ich verstehe nicht!"

„Jemand will nach dem Thron greifen und wir müssen darauf achten, nicht zwischen die Mühlsteine der Machtinteressen zu geraten."

Gracia blickte nun mit besorgten Augen ins Leere. „Hoffentlich hat Gento meine Nachricht erhalten. Er wird uns hier herausholen, du wirst es sehen."

Einige Wochen später erschütterte die Nachricht die Einwohner Roms, dass Kaiser Valentian in der Nähe seines Landsitzes Ad duas Lauros bei der Abnahme einer Truppenparade von zwei Offizieren gotischer Herkunft aus der Legion des Aetius niedergestochen worden war. Auf der Via Labicana am dritten Meilenstein hauchte er, zerfetzt von den Messerstichen von Optila und Traustila sein unwertes Leben aus und die gesamte Truppe schaute dabei untätig zu. Kurz darauf ließ sich ein gewisser Patrizier Petronius Maximus zum neuen Kaiser ausrufen. Dies alles erlebten Gracia und Gaudentius in der Abgeschiedenheit ihres Landhauses am Rande der Stadt und die Glut der Vergeltung in ihrer Seele war gelöscht. Nun wartete Gracia sehnsüchtig auf ein Zeichen von Gento. Der Wunsch, ihn wieder zu sehen wurde in ihr übermächtig.

*

Die Dromone warf sich schräg in den Wind. Die Gischt vom Bug des Schiffes spritzte bis zum Achterdeck, wo Wingard, der Steuermann, das Ruder festhielt. Besorgt blickte er zu Gento, der seine Hände fest in die Taue der Segel gekrallt hatte und beide Beine leicht gespreizt gegen die Planken des Decks stemmte, um festen Halt zu haben. Fragend blickte er zu dem Mann hinauf, der den schwankenden Mast empor geklettert war.
„Siehst du die Küste?", brüllte Gento gegen das Tosen der Wellen. Die Antwort war nicht zu verstehen, aber der Mann deutete aufgeregt nach vorne. Gento schwang sich zu Wingard herüber. „Dort muss irgendwo das Kap von Rusaddir sein. Halte nach Süden, Wingard."
Der nickte und stemmte sich gegen das Ruder. Dabei brüllte er gegen das Rauschen der Wellen an: „Du musst das Segel aus dem Wind nehmen, sonst holen die Wellen über und wir saufen hier ab."
Gento schüttelte den Kopf. „Gleich müsste die See ruhiger werden. Kannst du dich an die weit vorspringende Landzunge Melilla erinnern? Sie taucht urplötzlich auf und im Schutz seiner Felsen wird das Meer ruhig wie ein Ententeich."

Wingard lachte und zeigte dabei sein prächtiges Gebiss. „Wenn wir nicht vorher Mast und Aufbauten verloren haben. Ich habe dich noch nie so ungeduldig gesehen."
„Wir haben es eilig, mein Freund! Mein Vater will in zwei Wochen mit der Flotte aufbrechen und Rom erobern."
Wingard hätte bald vor Schreck das Ruder losgelassen. „Er will was?", brüllte er fassungslos.
„Du hast richtig gehört! Dazu brauchen wir die Mauren. Unsere Aufgabe ist es, ihnen eine Beteiligung schmackhaft zu machen."
Wingard verzog missbilligend sein Gesicht. „Es sind zwar gute Seefahrer, aber ich mag sie nicht. Sie geben dir grinsend die rechte Hand, um dir mit der linken einen ihrer krummen Dolche zwischen die Rippen zu jagen, wenn sie einen Vorteil dadurch erlangen." Wingard spuckte verächtlich aus.
Gento lächelte zustimmend. „Aber meinem Vater sind sie treu ergeben. Der erhabene Habib hat eine Menge Respekt vor ihm. Ich hoffe wenigstens, dass er es nicht vergessen hat."
Vom Mast herunter erscholl nun die Stimme des Ausgucks. „Da sind eine Menge dreieckige Segel voraus. Sie kommen auf uns zu!"
Gento gab mit der Hand ein Zeichen, dass er verstanden hatte. „Halte den Kurs bei, Wingard. Wir müssen wohl genau richtig liegen. Das Meer wird schon ruhiger und ich weiß noch vom letzten Mal, als ich hier war, dass sie immer aufgeregt reagieren, wenn man ihrer Hafenstadt zu nahe kommt." Es dauerte auch nicht lange, da konnten auch sie die Segel der Mauren erkennen.
„Sie werden uns aufbringen und in ihren Hafen schleppen wollen. Aber ich werde ihnen zeigen, dass

wir Vandalen auch gute Seeleute sind. Alle Mann auf Position!"
Gento rief diesen Befehl so scharf aus, dass die Besatzung nun die Beine in die Hand nahm. Sie wussten, dass nun niemand einen Fehler machen durfte. Drei Mann kletterten mit geschmeidigen Bewegungen den Mast hinauf. Ihre Aufgabe war es, das gereffte Segel an der Rahe festzumachen oder es je nach Befehl zu lösen. Die Männer an Deck waren für das Spannen und Manövrieren des Segels zuständig. Gentos Befehle kamen nun laut und präzise:
„Wingard, nimm das Schiff aus dem Wind. Halt die Ruderblätter quer ab ins Wasser."
Tausendfach geübte Handgriffe sorgten dafür, dass das Schiff augenblicklich die Fahrt herausnahm. Mit den querab ausgelegten Ruderblättern erreichte Gento aber, dass der Bug des Bootes sich nicht in dem immer noch unruhigen Meer drehte. Regungslos wartete er nun auf die herankommenden Schiffe der Mauren. Die holten nun ihrerseits auch die Segel ein und versuchten so, die Fahrt herauszunehmen, damit sie nicht an der Dromone der Vandalen vorbei rauschten. Grinsend beobachtete Gento ihre Bemühungen. Dann, den richtigen Moment abwartend, hob er seine Hand.
„Los! Segel herunter! Rudert euch die Seele aus dem Leib!"
Es war als würde die Dromone förmlich aus dem Wasser gehoben. Das Segel füllte sich knallend mit dem steifen Wind und die heftigen Ruderschläge ließen das Boot nach vorne schießen, während die Mauren noch damit beschäftigt waren, die Fahrt aus ihren Schiffen zu nehmen. Es dauerte daher auch nicht lange, da waren die dreieckigen Segel der

Mauren nur noch kleine Punkte hinter ihnen. Gento trat zu Wingard ans Ruder. Dabei lachte er wild und ließ sein weißes Gebiss blitzen.
„Denen haben wir es gezeigt, was?"
Wingard nickte bekümmert. „Das wird sie nicht gefreut haben. Bist du sicher, dass du immer noch in ihren Hafen einlaufen willst?"
Gento schlug ihm auf die Schultern: „Alter Spaßverderber! Den Mauren muss man zeigen, dass man ihnen über ist, sonst respektieren sie dich nicht. Siehst du dort hinten die spitze Landzunge? Halte genau darauf zu. Du wirst die Einfahrt in den Hafen erst sehen, wenn du glaubst, dein Schiff würde an den Klippen zerschellen."
Gento sah sich nach seinen Verfolgern um, die mit ihren leichten Schiffen wieder bedrohlich schnell aufgeholt hatten. Trotzdem erreichte er die versteckte Einfahrt nach Rusaddir vor ihnen und bald ließ er Wingard auf einen der freien Anlegestege zusteuern. Doch noch während sie die Dromone mit den Seilen festmachten, waren sie heran. Die aufgeregt kehligen Laute ihrer, für Vandalenohren fremdartigen, Sprache, drang zu ihnen herüber. Eines der Schiffe machte an der Außenseite der Dromone fest, während die anderen ebenfalls an dem Anlegesteg festmachten. Die Besatzung der Hilderich wollte schon zu ihren Schwertern greifen, als die Mauren sich anschickten, mit wild schwingenden Krummschwertern die Dromone zu entern. Ein scharfer Befehl Gentos hielt sie zurück. Mit einem Satz war er dann auf dem Anlegesteg und stellte sich mit verschränkten Armen den heranstürmenden Mauren entgegen. Kurz vor ihm, in gebührendem Abstand, machten sie halt. Wild redeten sie in ihrer Sprache auf ihn ein und rückten

nun bedrohlich nahe an Gento heran. Gento hob die Arme und setzte sein strahlendstes Lächeln auf.
„Warum regt ihr euch so auf? Ich habe euch doch nur gezeigt, dass wir Vandalen die besseren Seeleute sind", rief er spöttisch.
Er hatte lateinisch gesprochen, in der Hoffnung, dass irgendjemand ihn verstehen konnte. Als er in ihre aufgebrachten, verständnislosen Gesichter blickte, wusste er, dass niemand ihn verstanden hatte. Nun wurde ihm doch ein wenig ungemütlich zumute. Möglicherweise hatte er eines dieser krummen Schwerter zwischen den Rippen, ehe er seine eigentliche Absicht erklären konnte.
Da ließ ein scharfer Befehl in der maurischen Sprache die Männer zurückfahren und die Schwerter senken. Dann bildeten sie eine Gasse für einen Mauren, der seine Leute um Haupteslänge überragte und nun auf Gento zukam. Der begann nun breit zu grinsen und begrüßte den Mauren spöttisch:
„Hassan, der Beherrscher des Meeres der Mitte", wie klein die Welt doch ist."
Hassan verzog keine Miene und verbeugte sich leicht.
„Du hättest um Erlaubnis bitten sollen, bevor du in diesen Hafen eingelaufen bist, Vandale. Außerdem hast du meine Leute mit deinen Tricks sehr erzürnt. Nur mein Wort bewahrt dich und deine Besatzung davor, von ihnen in kleine Stücke gehackt zu werden. Ich hoffe, du hast gute Gründe, hierher zu kommen!"
Gento betrachtete Hassan von oben bis unten. Er trug einen seidenen Kaftan und um die Mitte seines Körpers hatte er ein breites, dunkelrotes Tuch, gebunden.
„Ich sehe an deiner Kleidung, dass deine Bedeutung zugenommen hat", antwortete Gento nun mit gespielter Bewunderung.

„Ich bin der Großmeister der Flotte. Unser aller Herr, der große Habib, hat mich seit der letzten Jahreswende dazu ernannt."
Gento nickte anerkennend, um dann mit einer gewissen Schärfe in der Stimme hinzuzufügen: „Dann solltest du deinen Leuten aber schnellstens beibringen, dass man den Gesandten des Königs der Vandalen und Alanen nicht wie ein fettes phönizisches Handelsschiff auf offener See aufbringt. Ich hätte eher ein ehrenvolles Geleit in respektvoller Entfernung erwartet." Gento sah, wie sich Hassan nur mühsam beherrschte und die Zähne so fest zusammenbiss, dass die Wangenknochen stark hervortraten. Er wollte es nicht auf die Spitze treiben, schließlich war er nicht zu seinem Vergnügen hier. Darum schlug er nun einen versöhnlicheren Ton an. „Ich muss mir leider den Spaß verkneifen, mit dir zu streiten, Hassan. Mein Vater schickt mich. Ich muss dem großen Habib eine Botschaft bringen und sie ist von größter Wichtigkeit." Hassan blickte nun Gento prüfend an. Dann nickte er. „Ich stehe nach wie vor noch in deiner Schuld. Darum werde ich dich persönlich zu unserem Herrn bringen. Dazu musst du mir zu seinem Palast in den Bergen folgen." Gento verneigte sich nun leicht. „Ich habe dich damals in der Bucht von Carthago aus deiner Schuld entlassen. Ich nehme dein Angebot aber trotzdem an. Nur muss es schnell geschehen, denn die Zeit drängt."
Hassan wandte sich um und gab seinen Leuten einige kehlige Befehle. Dann fragte er Gento mit verhaltenem Grinsen: „Kannst du reiten, Vandale? Du musst dich auf einen Höllenritt gefasst machen, denn der Weg zum Palast ist einen Tagesritt, über unwegsames Gelände und schmale Pfade, entfernt."

Gento tat erbost: „Nun willst du mich aber kränken! Beschreibe mir den Weg und gib mir ein Pferd, das nicht lahmt. Dann bin ich einen halben Tagesritt vor dir dort."
Hassan zerbiss einen Fluch auf der Zunge. „Wir werden es sehen, Vandale!"

Es wurde wirklich ein Höllenritt. Hassan hatte nicht zu viel versprochen, doch Gento war bei den Alanen mit Pferden aufgewachsen und konnte daher jedes Tempo mitgehen. Gerade weil er ein hervorragender Reiter war, konnte er seinem Tier jede erdenkliche Hilfe geben, auch die schwierigsten Wegstrecken problemlos zu meistern. Trotzdem musste er heimlich zugestehen, dass auch Hassan ein sehr guter Reiter war.
Dann sah er zum ersten Mal den Palast des großen Habib in den Bergen. Die Baumeister hatten ihn irgendwie an die Felsen gebaut, dass es so aussah, als wüchse der Palast aus dem Gestein heraus. Als Gento den schmalen Pfad sah, der sich in schwindelnder Höhe an den Felsen entlang bis zum Palast hinaufschlängelte, verwarf er schnell seinen Plan, Hassan mit einem schnellen Antritt zu überraschen und in einem Endspurt als Erster den Palast zu erreichen. Also folgte er nun im Schritt, den Blick starr auf den Weg gerichtet, seinem Führer. Hassan blickte mit strahlenden Augen hinauf und prahlte:
„Dieser Palast unseres Herrn ist der sicherste Platz auf dieser Welt. Nie wird je ein unbefugter Fuß einen Schritt über seine Schwelle setzen."
Gento blickte nun auch hinauf und runzelte die Stirn und es zeigte sich nun, dass er den scharfen Verstand von seinem Vater geerbt hatte.

„Es ist schon möglich, dass niemand hinein kann. Aber wenn das übrige Land in Feindeshand gerät, kommt aber auch keiner hinaus."

„Das wird niemals geschehen", hielt Hassan im Brustton der Überzeugung dagegen.

Sie erreichten das große, mit Eisen beschlagene, Tor des Palastes.

„Wie kommen wir nun da herein?", fragte Gento ungeduldig.

Als Antwort öffnete sich langsam knarrend ein Flügel des Tores. Hassan grinste:

„Siehst du, unser Nachrichtendienst funktioniert prächtig."

Gento knurrte als Antwort: „Wer so abgelegen wohnt, freut sich sicher über jeden Besuch."

„Du wirst deinen Spott noch herunterschlucken, wenn du erst den Palast von innen siehst", erwiderte nun Hassan gereizt.

Nun blieb ihnen aber keine Zeit mehr, die Unterhaltung fortzusetzen. Von allen Seiten kamen bis an die Zähne bewaffnete Mauren auf sie zu. Ungeduldig bedeutete man Gento, dass er absteigen sollte. Kaum hatten seine Füße den Boden berührt, da griffen sie auch nach ihm. Sie hielten seine Hände fest, während sie sein Schwert aus der Scheide zogen und nach weiteren Waffen an ihm suchten. Sie fanden natürlich den Dolch, den er sich an die rechte Wade gebunden hatte. Erst wollte er aufbegehren, ließ es dann aber, weil er seinen Auftrag nicht gefährden wollte.

„Niemand, der diesen Palast betreten will, darf Waffen tragen", erklärte Hassan und gab auch seine Waffen bereitwillig ab. Sie wurden nun in die Mitte genommen und über den breiten Innenhof zu einem weiteren großen Tor geführt. Auch dies öffnete sich wie von

Geisterhand. Ein Gong ertönte, dabei schloss sich das Tor hinter ihnen und niemand sonst von den Mauren war ihnen gefolgt.
Gento blickte sich um. Der Raum wurde durch genial angelegte Öffnungen in den Wänden indirekt mit Tageslicht versorgt. Staunend blieben Gentos Augen an den Wänden hängen. Sie waren bis hinauf zur spitzgewölbten Decke mit seltsamen glatten Steinen bedeckt, deren weiße Grundfläche mit blauen, verschnörkelten Ornamenten und im Muster immer wiederkehrend, verziert war. Die äußere Kontur der Steine erinnerte Gento an die Form einer Zwiebel. Etwas Ähnliches hatte er noch nie gesehen. Der Fußboden war ebenfalls mit diesen glatten Steinen bedeckt, nur waren sie kleiner, die Grundfarbe blau und mit verschlungenen Ornamenten aus noch kleineren weißen Steinen gleicher Kantenlänge. Irgendwie glich der Boden den mit Mosaiken verzierten Böden der reichen römischen Villen. Dennoch war dies für ihn einzigartig. Hier wurden keine Bildnisse dargestellt, sondern die Harmonie von schwungvollen Formen im Zusammenspiel von Licht und Farben mussten das Herz eines jeden Betrachters höher schlagen lassen.
Nachdem der Gong verklungen war, gewahrte Gento ein leises Plätschern. Um weiter in den Raum zu gelangen, mussten sie nun vier Stufen emporsteigen. Dann erblickte Gento auch den Grund des Plätscherns. Wie aus dem Boden gewachsen standen zwei, aus fremdartig dunklem Stein gehauene, Löwen. Die Figuren waren bis auf die winzigsten Einzelheiten naturgetreu gestaltet worden und ihre Oberfläche von einer fein polierten Glätte, dass sich selbst das kunstvoll angelegte, indirekt schimmernde Licht darin spiegelte. Aus ihren aufgerissenen Mäulern sprudelte

in hohem Bogen jeweils ein breiter Strahl klaren Wassers, der sich in der Luft, gerade in dem Moment, wo es seinen Druck nach oben zu steigen verlor, mit dem anderen kreuzte und sich mit gleichtönigem Plätschern in ein, in den Boden gelassenes, Becken ergoss.

„Das ist wunderschön!", entfuhr es Gento. Dabei merkte er erschrocken, dass seine, selbst nur geflüsterten, Worte den ganzen Raum ausfüllten. Hassan nickte und flüsterte nun ebenfalls: „Es ist eine der allerhöchsten Gunst, die der Erhabene dir gewährt hat. Ich glaube nicht, dass je ein Fremder das Allerheiligste betreten hat."

„Gefällt es dir, zweiter Sohn des Königs der Vandalen und Alanen?" Die Stimme mit der leicht kehligen Aussprache kam aus dem Dunkel hinter den Löwenstatuen.

Hassan warf sich sofort nieder und versuchte dabei, Gento mitzuziehen. Der blieb aber stehen und antwortete in das Dunkel:

„Dieser Ort scheint nicht von dieser Welt zu sein, so vollkommen ist er. Aber er hat für mich etwas von der Schönheit eines Grabes. Ich brauche den Wind des Meeres, das Schäumen der Wellen und die Gischt, die mein Gesicht benetzt. Ich fühle gerne die schaukelnden Planken meines Schiffes unter den Füßen, das gleißende Licht der Sonne in meinem Gesicht oder die Ungewissheit der Finsternis, die es zu durchdringen gilt. Das gefällt mir, das ist Leben."

„Genau wie du habe ich auch einmal gedacht!" Die Stimme trat nun aus dem Zwielicht des Hintergrundes hervor und blieb genau in der Mitte zwischen den beiden Löwen stehen.

Gento sah Acham Habib zum ersten Mal. Als Erstes fielen ihm die lange, spitze Nase und die schmalen

Wangen auf. Überhaupt schien der Herrscher sehr schlank zu sein, wenn dies auch von seinem Kaftan und der Pluderhose verdeckt wurde.
„Ich habe dieses Gefühl leider verloren, seit mein Vater mich mit der Bürde der Herrschaft über das mächtige Land der Mauren alleine gelassen hat und in das ewige Reich seiner Ahnen eingezogen ist."
Gento verneigte sich leicht und erwiderte: „Mein Vater Geiserich, Herrscher über den Norden Africas, einschließlich aller ehemaligen römischen Provinzen, entbietet Euch seine Grüße. Er hat mich zu Euch geschickt, weil er Eure Unterstützung braucht. Dabei verweist er auf das Abkommen, das er mit Eurem ehrenwerten Vater geschlossen hat."
Acham Habib kam nun um die Löwen herum auf Gento zu. „Ich kenne deinen Vater und war dabei, als dieses Abkommen geschlossen wurde. Er ist gefährlich wie eine Viper. Umgibt er sich immer noch mit dieser honigfarbenen, schlitzäugigen Furie?"
Gento lachte nun schallend auf. „Ihr meint seine alanische Frau, Thora? Oh, ja, sie hütet ihn immer noch wie ihren Augapfel."
Habib nickte, so als hätte er nichts anderes erwartet. „Wir haben damals dem Abkommen zugestimmt, weil wir ihn nicht zum Feind haben wollten. Es erschien uns rein geschäftlich das Vernünftigste. Nun, der Lauf der Dinge hat uns Recht gegeben. Was wir damals schon geahnt hatten, ist Gewissheit geworden. Er hat alles erreicht. Er hat die Römer aus diesem Teil der Welt vertrieben und ist Herrscher über ein unvorstellbar reiches Land. Wozu braucht er nun unsere Hilfe?"
Die Frage kam lauernd und Gento blieb dies nicht verborgen. Der schüttelte nun energisch den Kopf. „Vielleicht habe ich mich nicht richtig ausgedrückt.

Geiserich braucht Eure Hilfe nicht. Er möchte Euch aus Freundschaft an etwas Großem teilhaben lassen. Dazu wäre ihm natürlich jede Unterstützung der, zu außergewöhnlichen Leistungen fähigen, Mauren sehr willkommen."

Habib winkte ab: „Schon gut, ich habe verstanden. Du willst mir also nicht sagen, wozu er unsere Hilfe braucht?"

Gento breitete seine Hände aus und zog die Schultern hoch. „Mein Vater sagt, man redet nicht über Dinge, die man tun will, man tut sie."

Acham Habib wandte sich nun an Hassan. „Was sagst du dazu?"

Hassan erhob sich nun langsam, dabei verbeugte er sich noch mehrmals. „Herr, wie ich die Vandalen bisher kennengelernt habe, richten sich ihre Feindseligkeiten immer gegen die Römer und dies mit viel Erfolg. Wir Mauren sollten dabei nicht abseits stehen."

Habib machte eine resignierende Geste. „Also gut, was braucht ihr genau?"

„So viel Schiffe und Menschen wie möglich und natürlich Euren persönlichen Einsatz", kam es, ohne zu zögern, von Gentos Lippen.

Acham lächelte nun und kam auf Gento zu. „Du ähnelst deinem Vater sehr, nicht nur im Äußeren. Das wird gewiss sein Herz erfreuen. Nimm meine Hand, Vandale und berichte ihm, dass deine Mission ein Erfolg war. Ich werde mit einer beträchtlichen Anzahl von Schiffen nach Carthago kommen und Geiserich helfen, was immer dieser alte Fuchs auch vorhat. Der Großmeister Hassan wird die Flotte sammeln. Das darf nicht länger als zwei Wochen dauern. Dann sehen wir uns in Carthago wieder." Habib wandte sich nun um und deutete Gento und Hassan damit an, dass ihr Gespräch beendet war.

Später, als sie wieder vor den Toren des Palastes standen, betrachtete Hassan seinen Begleiter Gento mit viel Respekt. „Du hast Eindruck auf ihn gemacht, Vandale! Er hat dir eine große Gunst erwiesen. Darum muss ich mich nun beeilen, seine Worte zu erfüllen, sonst lässt er mich an den höchsten Mast hängen."

Gento grinste: „Es wäre sicherlich eine Zierde für das Schiff."

Vorsorglich war er bei den Worten ein paar Schritte zur Seite getreten, um aus dem Bereich von Hassans Pranken zu kommen, die wütend nach ihm greifen wollten.

*

Geiserichs Vorbereitungen liefen im Schutz der Bucht von Carthago mit Hochdruck an. Kein fremdes Schiff durfte in die Bucht einlaufen und einen Blick auf die merkwürdige Flotte werfen können. Die bestand aus den unterschiedlichsten Schiffstypen und ähnelte ein wenig einer Ansammlung von Frachtern. Große Triremen, die Galeeren mit den dreifach übereinander angelegten Ruderbänken, wechselten sich mit schwerfälligen Kähnen, leichten Kriegsgaleeren und schnellen Dromonen ab. Ein unwissender Beobachter hätte sich ob dieser Mischung verwundert die Augen gerieben. Es waren schon beachtlich viele und täglich kamen noch etliche hinzu. Geiserich blickte vom Fenster seines Palastes hinunter in die Bucht. Von hier aus waren die in der Bucht vor Anker liegenden

Schiffe nur kleine dunkle Punkte. Die einsetzende Dämmerung ließ die Konturen der Berge auf der gegenüberliegenden Seite der Bucht von Carthago verschwimmen. Draußen vor der Bucht hatten schon die patrouillierenden Kriegsgaleeren ihre Positionslichter gesetzt und man konnte nun deutlich den Riegel erkennen, den sie um die Bucht gezogen hatten. Geiserich betrachtete dies nun wohlwollend. Er wollte sein Vorhaben so lange wie möglich geheim halten.

Mit leisem Knarren öffnete sich nun die Tür zu seinem Arbeitszimmer. Ardel ließ die Bediensteten herein. Sie zündeten die, an den Wänden befestigten, Fackeln an. Sobald sie den Raum wieder verlassen hatten, machte sich Ardel bemerkbar:

„Darf ich eure Gedanken stören, Herr? Ich habe wichtige Nachrichten."

Geiserich wandte sich um, blickte Ardel abschätzend an, und nickte. „Nur, wenn es keine schlechten sind", schränkte er scherzhaft ein.

„Das könnt nur ihr beurteilen, Herr! Eines unserer Schiffe brachte die Nachricht, dass Kaiser Valentian von gotischen Offizieren aus der Legion des Aetius ermordet worden ist. In Rom geht es nun zu wie in einem Tollhaus. Ein gewisser Petronius Maximus hat sich die Kaiserkrone aufgesetzt. Um dies zu legalisieren, hat er auf der Stelle Eudoxia, die Witwe Valentians, geheiratet."

Geiserich schlug mit der Faust auf den Tisch. „Ein Grund mehr, diesen Sumpf auszuheben. Wir müssen schnellstens handeln, bevor sich Maximus erst richtig festgesetzt hat. Wo bleibt Gento mit den Mauren?"

Ardel zuckte mit den Schultern. „Wir erwarten ihn jeden Tag zurück."

Geiserich wusste, dass er ungeduldig war. „Es ist gut, Ardel! Ich will informiert werden, wenn ihr auch nur einen Fetzen seines Segels zu sehen bekommt."
Ardel verneigte sich leicht und zog sich zurück, denn er spürte, dass der König allein sein wollte. Geiserich öffnete eine der Seitentüren, die hinaus auf die breite Terrasse führte. Er lenkte seine Schritte hinaus bis zu der steinernen Brüstung. Dies war sein Lieblingsplatz, denn von hier aus konnte er sowohl die Riesenmetropole Carthago überblicken, als auch die Bucht hinaus bis auf den unendlichen Horizont schauen. Geiserich atmete tief ein. Viele Gedanken wirbelten durch seinen Kopf. All die Jahre war er von der Idee besessen gewesen, das römische Reich in die Knie zu zwingen. Nun lag Rom schutzlos, wie auf deinem silbernen Tablett, vor ihm. Wie werden sich Aspar und Markian in Byzanz verhalten? Wie stark ist mittlerweile schon die römische Flotte, die der Senator Mayorianus in Hispanien gegen ihn zusammenstellen wollte? Dies waren alles Fragen, die er noch nicht beantworten konnte. Aber eines stand für ihn fest. Dieser Eroberungszug musste genau geplant und straff durchgeführt werden. Dazu hatte er auch schon ganz genaue Vorstellungen. Der Überfall durfte nicht länger als zwei Wochen dauern, denn das größte Problem würde die Disziplin der Soldaten sein.
In seine Gedanken vertieft spürte er plötzlich eine leichte, schmale Hand auf seiner Schulter. Thora blickte ihn mit ihren dunklen Mandelaugen besorgt an. „Ich teile nun schon seit über 20 Jahren das Nachtlager mit dir und du bist mir vertraut wie niemand sonst. Ich habe immer, bei allem was du unternommen hast, deine Stärke und Entschlusskraft gespürt. Nun spüre ich aber etwas an dir, was ich so noch nicht bei dir gesehen habe. Wenn du nicht sicher

bist, dass es richtig ist, was du tun willst, dann lass es. Nur eines solltest du wissen! Ich werde immer an deiner Seite sein, weil ich weiß, dass du dazu geboren bist, das Richtige zu tun."
Geiserich hatte erst eine heftige Erwiderung auf der Zunge, hielt sie aber zurück, weil er wusste, dass Thora Recht hatte. Stattdessen umfasste er mit beiden Händen ihre Schultern und blickte sie voll an. „Kannst du ermessen, was es bedeutet, dass ich, Geiserich, Sohn des Godigisel und König der Vandalen und Alanen, die Heilige Stadt Rom als Eroberer betrete? Ich habe es mir zum Ziel gesetzt, seit ich damals, fast noch ein Kind, von Stilicho in den Kerker geworfen wurde. Du weißt es selbst genau, was wir alles erdulden mussten, bis wir in der Lage waren, es ihnen heimzuzahlen. Nun ist es bald so weit, dass ich ihnen das Herz heraus reiße und niemand wird mich davon abhalten können." Thora wich seinem Blick nicht aus. „Warum spüre ich dann deinen Zweifel?"
Geiserich ließ ihre Schultern los und begann, unruhig auf und ab zu gehen. „So lange ich nun mein Volk führe, habe ich mich bei allen Entscheidungen stets gefragt, welchen Nutzen die Vandalen davon haben. Nie haben dabei meine eigenen Wünsche im Vordergrund gestanden. Doch nun werde ich mir das Ziel meines Lebens erfüllen und dabei weiß ich nicht, ob es nicht zum Schaden meines Volkes ist."
Geiserichs Umhang war durch seine Unruhe ein wenig verrutscht und gab für Thora den Blick auf die goldene Bernsteinfibel frei, die er immer auf der nackten Haut an einem Lederband um den Hals trug. Sie sah das rötliche Leuchten der Bernsteine und riss verwundert die Augen auf. All die Jahre hatte sie diese ungewöhnliche Fibel auf seiner Brust gesehen,

doch noch nie dieses rötliche Leuchten gesehen.
Geiserich bemerkte ihre Verwunderung, sah das
Glühen und versuchte, die Fibel zu verdecken. Immer,
wenn die Bernsteine glühten, geschah etwas
Merkwürdiges.
Thora ließ es nicht zu, dass er die Fibel versteckte.
Wie in Trance schob sie seinen Umhang zur Seite
und griff danach. Sie fühlte noch die Wärme der
Steine, dann griff etwas nach ihren Gedanken.
Geiserich merkte gleich, dass etwas nicht stimmte, als
Thora mit starren Augen ins Leere blickte und als sie
sprach, klang ihre Stimme rau und fremd.
*„Du hast das Spiel angefangen, mein Freund, nun
spiele es auch zu Ende. Spiele es aber nach deinen
Regeln, sonst hast du das Ende nicht in deiner Hand.
Wie du weißt, währt ein Leben nicht ewig, auch
deines nicht. Darum handele, sonst wird dir der Erfolg
in deinem Leben nicht mehr zu Teil. Bis dann, mein
Freund."*
Geiserich umschloss mit beiden Händen Thoras
Faust, die die Fibel fest im Griff hatte.
*„Jäger und Opfer vereint, gehalten die Macht des
Bösen im Gefängnis der Ewigkeit"*, flüsterte er.
„Gaius, alter Freund! Mir wäre jetzt wohler zumute,
wenn ich dich jetzt noch an meiner Seite hätte."
Es gab keine Antwort mehr, denn die Bernsteine
hatten ihre Glut verloren. Verwirrt blickte Thora
Geiserich an.
„Was ist geschehen? Die Fibel hat eine unheimliche
Kraft! Ich habe eine wohlige Wärme verspürt. Was ist
das für ein Wunderding?"
Geiserich zog sie an sich und küsste sie zart auf die
Stirn. „Ich habe es nie ergründen können. Vielleicht
wollte ich es auch nicht. Ich weiß nur, dass dieses
geheimnisvolle Schmuckstück mir den Beweis

erbracht hat, dass nichts auf dieser Welt verloren geht und der Tod dich nur in eine andere Form des Seins befördert. Gaius hat durch dich zu mir gesprochen. Ich kenne nun wieder meinen Weg."
Thora nickte und hauchte: „Die Fibel macht mir Angst, doch sie scheint dir Kraft zu geben. Ich habe nie gezweifelt, dass du deinen Weg nicht wieder finden wirst."

*

Stolz blickte sich Gento um. Es waren schon beträchtlich viele Schiffe, die nun in die Bucht von Carthago einfuhren. Zwar war die Flotte der Mauren nicht so stark, dass man mit ihr erfolgreich einen Eroberungszug starten könnte, doch zur Ergänzung der Vandalenflotte würde sie gute Dienste leisten können. Was ihn am meisten mit Freude erfüllte, war, dass Acham Habib persönlich die Führung seiner Schiffe übernommen hatte. Das würde sicher der Disziplin seiner Leute sehr dienlich sein und Gento wusste zu dem Zeitpunkt nicht, wie Recht er damit hatte.
Nun brauchte er aber seine ganze Konzentration um den maurischen Schiffen in der Nähe der Stadt geeignete Ankerplätze zuzuweisen. Den Segler von Acham Habib nahm er längsseits, warf die Enterhaken herüber und machte das Schiff an seiner Dromone fest. Wingard nahm das Ruder herum und ließ das Segel einholen. Die beiden Schiffe drehten aus dem Wind und lagen nun ruhig nebeneinander, weil Hassan seinen Leuten das gleiche Manöver befohlen hatte.

„Hey!", rief Gento begeistert zu dem Mauren herüber. „Das war ja richtig gut. Ich wusste, dass du die Seefahrt irgendwann lernen würdest, Hassan."
Hassan bleckte nur wütend die Zähne, erwiderte aber nichts, da er fürchtete, dass dies seinem Herrscher missfallen würde, denn der kam gerade an Oberdeck. „Sag diesem überheblichen jungen Mann, dass wir Mauren schon zur See gefahren sind, als die Vandalen noch nicht wussten, dass es ein Meer gibt", beteiligte der sich auch gleich an dem Disput.
Gento winkte ab, als Hassan die Worte seines Herrschers wiederholen wollte und wandte sich direkt an Habib. „Oh, großer Herrscher, Euer Erscheinen verleiht dem jungen Tag unendlichen Glanz. Seht die Strahlen der heraufziehenden Sonne. Sie scheint heute nur für Euch. Verzeiht meine unbedachten Worte. Sie waren nicht für Eure Ohren bestimmt. Trotzdem müsst Ihr zugeben, dass die Macht unserer Flotte das ganze westliche Meer der Mitte umfasst und wir schnell gelernt haben."
Habib lauschte den Worten Gentos noch etwas nach und überlegte, ob er gerade geschmeichelt oder beleidigt worden war. Dann lachte er. „Deine Zunge ist so scharf wie dein Schwert und du weißt wahrlich damit umzugehen. Warum hast du uns geentert?"
„Ich wollte mit Euch abstimmen, wie wir nun weiter vorgehen. Ich werde jetzt in den Hafen einlaufen und meinem Vater Eure Ankunft melden. In der Zwischenzeit versucht Ihr Ordnung in Eure Flotte zu bekommen und hier zu ankern. Lasst uns nur ein wenig Zeit, um Euch einen Empfang zu bereiten, wie es unter Freunden üblich ist. Ich würde sagen, wenn die Sonne am höchsten steht, folgt Ihr mir. Unsere Leute werden Euch in den Hafen einweisen."

Der Maure hob die Hand zum Zeichen, dass er einverstanden war. Gento gab seinem Steuermann Wingard einen Wink. Der verstand sofort und gab schallend den Befehl, die Enterhaken zu lösen und die Ruderpinne zu besetzen. Die Dromone löste sich von dem Maurenschiff und entfernte sich mit kräftigen Ruderschlägen in Richtung Carthagos Kriegshafen.

Schon in den frühen Morgenstunden war Geiserich von Gentos Ankunft unterrichtet worden. Suchend blickte er zum offenen Meer hinaus, doch von der Veranda des Palastes konnte er noch nichts erkennen. Die dichten Morgennebel über dem Wasser verhinderten eine weite Sicht. Dann aber, als die Sonne ihre Bahn betrat und mit ihren schrägen Strahlen die Nebel vertrieb, sah er sie. Der Anblick ließ sein Herz schneller schlagen. „Er hat sie gleich mitgebracht!", entfuhr es ihm erleichtert. „Wohl jedem Vater, der einen solchen Sohn hat", dachte er dankbar. Dann brachte er die Dienerschaft auf Trab. Er wollte Gento so schnell wie möglich sehen. Außerdem ließ er Heldica, Hunerich, Tirias, Thora, Frigiter und Hermator rufen.

Gento begrüßte seinen Vater mit den drängenden Worten: „Wie weit bist du mit den Vorbereitungen? Wann kann es losgehen?"
Geiserich lachte. „Wir haben nur noch auf dich gewartet. Du hast dir mit den Mauren Zeit gelassen, doch sei trotzdem gegrüßt, mein Sohn."
„Verzeih meine Ungeduld, Vater. Gibt es neue Nachrichten aus Rom?"
Geiserich nickte: „Wir werden das gleich in großer Runde besprechen. Was hast du bei den Mauren

erreicht? Ich habe gesehen, dass du eine Menge Schiffe mitgebracht hast."

Gento hob stolz den Kopf und verkündete: „Ich habe sogar den Herrscher der Mauren, Acham Habib, dazu überreden können, sich an unserem Vorhaben zu beteiligen. Er wird gleich in den Hafen einlaufen. Ich denke, wir sollten ihm die nötige Aufmerksamkeit entgegenbringen."

Nun war Geiserich doch überrascht: „Er weiß aber noch nicht, was wir vorhaben?"

Gento grinste: „Das war die Schwierigkeit, ihn trotzdem dazu zu bewegen. Ich freue mich schon auf sein Gesicht, wenn du es ihm eröffnest."

Geiserich gab nun entsprechende Befehle. Habib sollte ehrenvoll empfangen und sofort zum Palast gebracht werden.

„Das war mehr, als ich von dir erwartet habe. Du hast gute Arbeit geleistet. Das macht mich guten Mutes, dass unser Unternehmen gelingt."

Als Acham Habib im Palast eintraf, begrüßte ihn Geiserich herzlich: „Ich freue mich, dass du meiner Einladung, die mein Sohn dir überbracht hat, gefolgt bist. Sei willkommen in der Hauptstadt des Vandalenreiches."

Habib deutete eine Verbeugung an und erwiderte: „Dein Sohn hat meine Neugier entfacht. Ich bin sehr gespannt, woran du mich teilhaben lassen möchtest. Welche der Inseln im Meer der Mitte willst du erobern?"

Geiserich lächelte: „Du wirst es gleich erfahren. Gedulde dich nur, bis die Runde der führenden Köpfe meines Volkes vollständig versammelt ist."

Es dauerte auch nicht lange, da trafen sie alle ein. Jeder von ihnen wusste, warum sie gerufen worden

waren. In den letzten Tagen hatten sie alle sich mehr oder weniger nur mit der Vorbereitung des Unternehmens beschäftigt. Nun erwarteten sie genaue Anweisungen und Erklärungen von Geiserich. Entsprechende Anspannung konnte man auf allen Gesichtern lesen.
Geiserich begann dann auch ohne große Umschweife: „Zunächst möchte ich euch Acham Habib, Herrscher der Mauren, des Landes Tingitana *(Marokko)* und Mauretania und dem Meer davor, vorstellen. Er erfüllt den Bund der Freundschaft, den ich mit seinem Vater vor vielen Jahren geschlossen habe."
Habib erhob sich kurz und nickte bestätigend mit dem Kopf.
Geiserich fuhr fort: „Wie ihr alle wisst, ist der große und fähigste Legionsführer, Aetius, von Kaiser Valentian ermordet worden. Seine Legionen befinden sich immer noch in Gallien. Der Verlustreiche Sieg über Attila hat sie sehr geschwächt und sie sind außerdem nun ohne Führung. Die neueste Nachricht ist aber, dass nun auch Valentian ermordet worden ist und ein gewisser Petronius Maximus den Thron bestiegen hat. Diese Tatsache entbindet mich von allen Verträgen, die ich mit Valentian geschlossen habe. Die Zeit ist reif, unsere Macht zu zeigen. Morgen, noch bevor die Sonne ihre Bahn betritt, werden wir aufbrechen, um Rom, die ewige Stadt, Zentrum der Macht des Imperiums und Hort allen Übels, einen Besuch abzustatten."
Habib fuhr hoch als hätte ihn etwas gestochen. „Du willst Rom erobern? Ich hätte dich nicht für so anmaßend gehalten!"
Geiserich schüttelte den Kopf und maßregelte den Mauren mit vorsichtigen Worten: „Verzeih mir, dass

ich dich darauf hinweisen muss, dass du nicht richtig zugehört hast. Ich will nicht erobern, sondern einen Besuch abstatten, der nicht länger als zwei Wochen dauern wird. So lange müsste es möglich sein, die Disziplin unserer Leute aufrecht zu halten. Ich gehe nicht davon aus, dass es dort nennenswerte Gegenwehr gibt. Es liegen um Rom keine Legionen, die zur Verteidigung herangezogen werden könnten. Wir werden mit unserer Flotte wie aus dem Nichts vor Roms Hafen Portus Augusti *(Porto)* auftauchen und die Stadt in unseren Besitz bringen, noch ehe sie wissen, was eigentlich geschieht." Gento hob die Hand zum Zeichen, dass er reden wollte. Geiserich nickte ihm auffordernd zu.

„Unten in der Bucht ist die merkwürdigste Kriegsflotte versammelt, die ich je gesehen habe. Sie besteht überwiegend aus Frachtkähnen. Seit wann führen wir mit langsamen Kähnen Krieg?"

„Dies wird kein Krieg sein, sondern ein Raubzug. Ich werde Rom bis auf die letzte Kupfermünze ausplündern. Dazu brauche ich Schiffe, die auch alles transportieren können."

„Wie groß wird der Anteil der Mauren sein?", fragte nun Habib lauernd dazwischen.

Geiserich maß ihn mit einem tadelnden Blick. „Ich werde nicht schon jetzt das Fell des Bären verteilen, bevor ich ihn erlegt habe. Doch wird es so sein, dass alle Beute hierher nach Carthago geschafft wird. Hier erhält dann jeder seinen gerechten Anteil."

Nun begann Geiserich damit, seinen Aufmarschplan bis in alle Einzelheiten zu erläutern. Jeder bekam dabei seine speziellen Aufgaben zugewiesen. Als Habib mit seinen Mauren an die Reihe kam, zögerte Geiserich einen Moment, um dann vorsichtig zu mahnen. „Deine Leute werden an der Seite der

Vandalen in die Stadt eindringen. Sie werden Dinge zu sehen bekommen, die sie zuvor noch nie gesehen haben. Die Schätze und der Reichtum von Rom werden sicher ihre Habgier entfachen. Glaubst du, dass deine Befehle sie dann noch im Zaum halten können?"
Habib verzog sein Gesicht, so als wäre er gerade auf das tödlichste beleidigt worden. „Ich bin Acham Habib, der Auserwählte meines Volkes. Bei den Mauren wird schon den Kindern, kaum, dass sie der Mutterbrust entwöhnt sind, gelehrt, dass ihr Leben dem Auserwählten gehört. Mir zu dienen, ist der Sinn ihres Lebens. Darum wird mein Wort ihr Handeln lenken. Sie werden nicht eine Haaresbreite davon abweichen."
„Ich wollte dich nicht kränken", beschwichtigte Geiserich den Mauren und wandte sich dann wieder an alle. „Ich habe nicht vor, Rom in Schutt und Asche zu legen. Darum ist es von großer Wichtigkeit, dass meine Befehle bis ins Kleinste ausgeführt werden. Nur so kann unser großes Vorhaben gelingen. Es ist alles gesagt, was gesagt werden musste. Nun müssen wir handeln. Morgen in der Frühe werden wir aufbrechen. Mögen Gottvater, Jesus Christus, der Sohn, und der Heilige Geist uns zur Seite stehen."

*

In der abgelegenen Villa am Stadtrand von Rom war schon Nachtruhe eingekehrt. Gracia lag mit weit geöffneten Augen auf ihrem Lager. Sie hatte die dicken Vorhänge vor den Fenstern zur Seite gezogen und starrte hinaus zum Sternenhimmel. „Ob Gento wohl gerade die gleichen Sterne betrachtete und vielleicht an sie dachte? Hatte er ihren Hilferuf überhaupt bekommen? Wenn ja, was konnte er denn ausrichten?" So wirbelten ihre Gedanken in ihrem Kopf herum. In die Trauer um ihren Vater mischte sich immer mehr die Sehnsucht nach Gento, darum suchte sie nach einer Möglichkeit, ihre Lage zu ändern. Sie hatte ihrem Bruder Gaudentius schon mehrmals vorgeschlagen, einfach aus Rom zu fliehen. Ein Schiff, das sie nach Sizilien bringen konnte, würden sie im Hafen von Portus bestimmt finden. Gaudentius hatte dies energisch ausgeschlossen. Er wollte um sein Erbe kämpfen. Sein Vater, Aetius, hatte während seiner Zeit als Magister Militum erhebliche Reichtümer erworben, die Valentian einfach seinem eigenen Vermögen zugeschlagen hatte. Nun, da Valentian selbst nicht mehr unter den Lebenden weilte, hatte er sich an den neuen Cäsar im Kaiserpalast gewandt und sein Recht eingefordert!

Gracia schreckte aus ihren Gedanken auf. Täuschte sie sich oder vernahm sie den forschen Gleichschritt einer Patrouille. Sie lief zum Fenster und schaute hinaus. Sie sah die Prätorianer den breiten Weg zur Villa hinaufkommen. Hastig raffte sie ihre Kleider zusammen und zog sich an. Da hörte sie schon das laute Klopfen an der Eingangspforte.

Gaudentius eilte die Stufen hinunter. „Ich bin Gaudentius! Wieso dringt ihr zu so später Stunde hier ein? Was wollt ihr von uns?"

Der Offizier antwortete kurz und knapp: „Wir sollen euch zu Maximus bringen. Der Cäsar will euch sehen. Eilt euch, denn er kann sehr ungehalten werden, wenn man ihn warten lässt."

Gaudentius wusste, dass es keinen Zweck hatte, mit dem Mann zu streiten. Außerdem war er neugierig darauf, was Maximus von ihnen wollte.
Mittlerweile war auch Gracia hinzugekommen. „Was wollen die von uns?", fragte sie ihren Bruder ängstlich. „Der neue große Cäsar will uns sehen. Es ist zwar eine ungewöhnliche Zeit, aber dennoch eine große Ehre. Wir werden bald erfahren, womit wir die verdient haben."

Vor dem Anwesen wartete schon eine Kutsche. Eine Eskorte von sechs Reitern geleitete sie durch das menschenleere, nächtliche Rom. Es war kurz vor Mitternacht, als die Kutsche vor dem Kaiserpalast hielt. Die Palastwache nahm sie wortlos in ihre Mitte und führte sie die Marmortreppen hinauf, durch die, mit flackernden Fackeln erhellten, Wandelgänge, zu den Gemächern des Kaisers. Gaudentius blickte seine Schwester vielsagend an, denn sie hörten schon, dass dort hinter den Türen, eine wilde Orgie tobte. Er war neugierig auf diesen Maximus, der seinen Vater gerächt hatte. Es musste doch ein guter Mann sein, der den unfähigen und grausamen Valentian von seinem Thron gestoßen hatte.
Die Wachen öffneten die Tür. Zwei der Männer geleiteten die Geschwister in den Raum. Für einen Moment gerieten Gracias Schritte ins Stocken. Der Anblick, der sich ihnen bot, lähmte ihren Schritt. Der Raum war mit wenigen Wandfackeln nur spärlich beleuchtet. Trotzdem sah Gracia die vielen Menschen, manche nur noch wenig bekleidet, wirr durcheinander zwischen Säulen, Statuen, Amphoren und Sitzbänken liegen. Ein Dunstgemisch aus Schweiß, Wein und dem strengen Geruch der Räucherkerzen ließ sie nur flach atmen. Im

Hintergrund mischten sich Harfenklänge und rhythmische Trommelschläge in das Gekicher, hysterische Lachen oder lustvolle Gestöhne.
Gracias Blick fiel auf den Römer, der sich, etwas erhöht auf weichen Kissen liegend, seinen entblößten Oberkörper von zwei vollkommen nackten, dunkelhäutigen Sklavinnen massieren ließ. Das Öl glänzte auf seinem haarigen Rücken und die Sklavinnen mühten sich, seinen zur Korpulenz neigenden Körper, mit ihren schmalen Händen zu bearbeiten. Neben ihm saß eine blasse, dunkelhaarige Frau, deren leerer Blick Langeweile und Unbehagen ausdrückte.
„Das ist Maximus und neben ihm Eudokia, die Witwe Valentians. Er hat sie, einen Tag, nachdem Valentian erschlagen wurde, gezwungen, ihn zu heiraten", flüsterte Gaudentius Gracia zu.
Eigentlich sollte der Rächer ihres Vaters all ihre Sympathie besitzen, doch nun empfand sie nur Widerwillen.
Maximus öffnete nun seine wohlig geschlossenen Augen und blickte dabei genau in ihre Richtung. Mit einem Ruck richtete er sich auf. Mit einer Handbewegung scheuchte er die Sklavinnen fort, griff nach seiner Tunika und bedeckte damit wieder seinen Körper. Einem der Sklaven gab er ein Zeichen, den Gong zu schlagen.
Der metallene Klang ließ alle in ihren Beschäftigungen innehalten. Fragend blickten sie zu Maximus herüber. Der hob beide Hände und rief:
„Verehrte Senatoren, Bürger Roms! Ich habe euch für heute Nacht eine Überraschung versprochen. Hier ist sie." Dabei zeigte er auf Gracia und Gaudentius.
„Gerade sind der Sohn und die Tochter des großen Aetius eingetroffen!" Auffordernd winkte er sie heran.

„Wo habt ihr so lange gesteckt? Es hat mich große Mühen gekostet, euch zu finden."
Gaudentius ging auf die Frage nicht ein, sondern fragte seinerseits: „Warum habt ihr uns herbringen lassen? Was ist so dringend, dass es nicht zur normalen Zeit am Tage besprochen werden kann?"
Maximus Miene verfinsterte sich und er knurrte: „Weil es mich danach gelüstet, euch jetzt zu sehen. Ich bin der Cäsar, ich brauche keinen Grund. Ich sehe schon, du hast die gleiche anmaßende Art wie dein Vater. Nimm dich in Acht, Gaudentius! Du hast schon jetzt meinen Unwillen erregt." Maximus wandte sich nun wieder an seine Gäste. „Seht her, was der Große Aetius der Welt hinterlassen hat. Diesen prächtigen jungen Mann und dieses verführerische junge Weib. Sie haben von mir verlangt, dass ich das Vermögen des Aetius herausgebe."
Gelächter erscholl und höhnische Zurufe wie: „Gib es ihm, aber richtig!"
Maximus sprach nun wieder direkt zu Gaudentius. „Bestehst du noch immer darauf?"
„Das Vermögen meines Vaters steht uns zu! Es gibt keinen Grund, dass es widerrechtlich festgehalten wird."
„Das Recht bin ich", fauchte Maximus. „Ich werde dir zeigen, was ich vermag."
Wieder erhob Maximus seine Stimme, sodass alle im Raum ihn verstanden.
„Hiermit haben die Nachkommen des Aetius alle Rechte verwirkt. Sie haben den Cäsar des Imperiums des Diebstahls beschuldigt. Das ist Hochverrat. Damit gehen auch sie in meinen Besitz über. Ich habe euch aber für heute einen Spaß versprochen. Darum könnt ihr sie ersteigern. Wer das meiste bietet, kann sie

haben." Er winkte einen muskulösen, riesigen nubischen Sklaven heran.

Gaudentius wollte protestieren und bei Gracia mache sich panische Angst breit.

„Zeige meinen Gästen sein Hinterteil. Sie sollen wissen, was er wert ist", grinste nun Maximus.

Noch ehe Gaudentius sich wehren konnte, hatte der hünenhafte Sklave ihn gepackt. Er zwang ihn, sich zu bücken und raffte mit der anderen, freien Hand Gaudentius Tunika hoch. Nun bot sich sein entblößtes Hinterteil den Anwesenden dar. Wieder erscholl Gelächter. Ein reichlich angetrunkener älterer Patrizier kam auf sie zugewankt. Lüstern streichelte er die nackten Hinterbacken und nestelte an seiner eigenen Tunika.

„Bevor ich etwas kaufe, muss ich es ausprobieren", lallte er. Es kam aber nur ein völlig schlaffes Glied zum Vorschein, das bei der Allgemeinheit einen Heiterkeitssturm auslöste.

Gaudentius versuchte verzweifelt, sich zu befreien, doch der eiserne Griff des Sklaven hielt ihn erbarmungslos fest. Der Patrizier fluchte und ließ sein Glied wieder verschwinden.

„Lass ihn los", schrie nun Gracia und trommelte mit ihren Fäusten auf den Rücken des Sklaven. „Wenn ihr uns auch nur ein Haar krümmt, werden die Legionsführer, die unserem Vater treu ergeben waren, uns bitter rächen. Dessen könnt ihr gewiss sein."

Das Gelächter im Raum verstummte plötzlich. Selbst durch das letzte, vom Wein vernebelte Gehirn, drang die Erkenntnis, dass dieser Spaß tödlich sein konnte. Immerhin standen da der Sohn und die Tochter des einst mächtigsten Mannes im Imperium. Das Interesse an ihnen erlosch so schnell, wie es Maximus entfacht hatte. Der sah, dass er heute

vielleicht zu weit gegangen war. Er würde bald eine bessere Gelegenheit finden, sie loszuwerden. Um sein Gesicht nicht zu verlieren, gebot er:
„Die Versteigerung ist beendet! Meine kaiserliche Frau Eudokia möchte sie zu ihrer Bedienung haben. Da mir ihr Wille ein Befehl ist, gehören die beiden nun ihr. Führt sie ab!"
Es kamen Wachen herbeigeeilt, die Gaudentius und Gracia in ihre Mitte nahmen. Die Harfenklänge und Trommeln setzten wieder ein und die Sklavinnen schwärmten aus, um die Weinkrüge zu füllen.
Eudokia erhob sich von ihrem Lager und blickte Maximus mit ausdruckslosen Augen an: „Ich danke dir für dein Geschenk. Es ist sehr großzügig von dir. Gestatte mir, dass ich mich zurückziehe, denn ich bin müde." Maximus bemerkte nicht den falschen Unterton in ihrer Stimme und gab sich geschmeichelt. „Als Dank erwarte ich, dass du mir bald bestätigst, dass sich kaiserlicher Nachwuchs ankündigt. Ich brauche einen rechtmäßigen Nachfolger."
„Wir werden sehen, ob es Gottes Wille ist", entgegnete sie spitz. Dann zog sie sich mit ihren Dienerinnen zurück.
Mit schnellen Schritten holte sie die Wache ein. Mit bestimmter Stimme befahl sie ihnen: „Bringt sie in meine Gemächer. Ich will noch mit ihnen reden."
Gaudentius und Gracia wurden in einen Raum geschoben und die Tür hinter ihnen verschlossen. Diener kamen herbeigeeilt und zündeten Fackeln an. Gaudentius nahm Gracia in den Arm. „Es ist alles meine Schuld", klagte er. Ich hätte auf dich hören und aus Rom verschwinden sollen. Ich habe diesen Maximus völlig falsch eingeschätzt. Kannst du mir verzeihen?"

Gracia löste sich von ihm und sah sich um. „Es nützt nun nichts mehr, in Selbstmitleid zu verfallen. Wir müssen sehen, wie wir aus dieser Lage wieder herauskommen."
Es öffnete sich hinter ihnen nun die Tür und Eudokia trat ein. Gracia sah sie nun zum ersten Mal lächeln. Dabei kam sie näher und umfasste mit beiden Händen ihre Schultern.
„Dein beherzter Einsatz hat sie alle verschreckt. Das hat euch gerettet. Maximus wollte euch wirklich als Sklaven verkaufen. Nun blieb ihm nichts anderes übrig, als euch zu behalten. Ihr seid nun mein Eigentum und ich werde dafür sorgen, dass er euch unbehelligt lässt. Euer Vater war ein guter Freund von mir. Darum werde ich euch schützen. Maximus ist ein Mistkerl. Er hat mich vergewaltigt und gedemütigt. Dabei hat er mir höhnisch eröffnet, dass er es veranlasst hat, meinen Gatten zu töten. Das werde ich ihm heimzahlen. Ich werde euch hier im Palast verstecken, bis sein Interesse an euch erlahmt ist. Dann seid ihr frei."
Gracia nahm ihre Hände. „Wir stehen tief in deiner Schuld. Hoffentlich können wir sie eines Tages einmal begleichen."

*

So etwas hatten die Einwohner von Portus, der wichtigen Hafenstadt von Rom, noch nicht gesehen. So weit das Auge reichte, blähten sich im Morgengrauen quadratische Segel am Horizont, die zunehmend näher kamen. Wer hatte von ihnen noch nicht von den gefürchteten vandalischen Dromonen gehört. Sie waren der Schrecken aller Küstenbewohner, weil ihr Auftauchen immer brutale Raubzüge, Zerstörung und Pein bedeuteten. Bisher hatte man sie nur in kleinen Flottenverbänden gesehen, doch nun löste der Anblick blankes Entsetzen bei ihnen aus. Panik griff um sich. Die Schiffe, die zurzeit noch im Hafen lagen, versuchten noch hinaus auf das Meer zu entkommen. Sie mussten aber bald einsehen, dass eine Flucht unmöglich war. Die feindlichen Boote liefen in einem engmaschigen Halbkreis auf den Hafen zu. In der Mitte dieser Umklammerung lief eine große Trireme mit vollen Segeln und hoher Schlagzahl der übereinander liegenden Ruder, allen voran mit hoher Geschwindigkeit auf den Hafen zu. Die Schiffe an den beiden äußeren Enden des Halbkreises waren ausschließlich vandalische Dromonen, bis an die Grenze ihres Fassungsvermögens mit Fußsoldaten besetzt. Diese konnten mit den leichteren, flachen Schiffen bis dicht an das flache, sandige Ufer heranlaufen. Welle auf Welle der Krieger watete durch das Wasser an Land. Dies geschah mit oft geübter Geschwindigkeit. Bald marschierten sie in geordneter Formation in einer Zangenbewegung auf die Stadt Portus zu.

Geiserich ließ die Segel der Trireme einholen und befahl den Ruderern: „Ruder quer ab!" Das Schiff verlor sofort an Fahrt. Prüfend blickte er in die Runde. Er sah das Landen seiner Fußsoldaten und ihren Vormarsch auf die Stadt und nickte zufrieden. Bald würden sie das Einlaufen von einem Teil der Flotte in den Hafen sichern können. Gento hatte den linken Flügel übernommen und Frigiter den rechten. Geiserich wusste, dass es nun darauf ankam, die Pferde samt ihrer Reiter sowie die Lasttiere und

Wagen so schnell wie möglich an Land zu bekommen. Einen großen Teil führte er auf seiner Trireme mit, die schon einmal als Frachtschiff umgebaut worden war. Er wusste, dass nun, wenn er erstmal seinen Fuß auf römischen Boden gesetzt hatte, alles sehr schnell gehen musste.

Gento und Frigiter hatten mit ihren Leuten bereits den Bereich des Hafens erreicht. Sie beachteten die, in panischer Angst kopflos fliehenden, Menschen nicht, sondern griffen zielstrebig das Gebäude der Hafenkommandantur an. Aber auch hier gab es keinen Widerstand. Die Besatzung hatte ihre Waffen fortgeworfen und war ebenfalls geflohen.

Gento signalisierte mit zwei Flaggen in der Zeichensprache der Mauren, dass der Hafen gesichert war.

Hunerich trat nun neben seinen Vater: „Ich kenne diesen Hafen und diese Stadt. Valentian hat mir damals, während meiner Geiselzeit, die Vorzüge dieses Hafens gepriesen. Kaiser Trajan hat ihn erbauen lassen, weil der damalige Hafen Ostia total versandet war. Gleichzeitig ließ er auch die Via Portuensis erbauen. Sie ist eine der meist genutzten Straßen Roms. Du wirst sehen, sie wird sich für unseren Aufmarsch bestens eignen. Sie führt schnurgerade nach Rom und eine Vierspännerkutsche kann die ewige Stadt mit einem Pferdewechsel in einer Tagesreise erreichen. Sie hat sogar zwei Fahrbahnen, die in der Mitte durch einen Streifen, auf dem die Fußgänger die Kutschen nicht behindern können, getrennt sind."

„Wieso hat der Tiber nicht auch diesen Hafen im Laufe der Zeit versandet?", fragte Geiserich nun interessiert?

Hunerich war stolz darauf, dass er seinem Vater einmal etwas Wissen voraushatte und erklärte: „Trajan hat etwas weiter flussaufwärts einen großen See anlegen lassen, in dem der Tiber zuerst seinen Sand ablässt." „Gut, dass dieser Trajan heute nicht unser Gegner ist, denn er muss sehr klug gewesen sein", warf nun Geiserich anerkennend ein. „Gut ist aber auch, dass du dich hier auskennst. Schon alleine dafür war deine Geiselzeit hier in Rom nicht unnütz. Du wirst uns führen." Geiserich gab Juan, seinem Gefährten aus der hispanischen Zeit und Kapitän der Trireme, das Zeichen zum Einlaufen in den Hafen. Ihnen folgten nun die vorher bestimmten Schiffe mit ihrer Fracht.

Was für fremde Beobachter wie ein heilloses Durcheinander aussah, war ein genau abgesprochener Vorgang. Die Schiffe entluden ihre Fracht und lösten sich dann wieder von den Anlegern, um den nachfolgenden Schiffen Platz zu machen. Nur Geiserichs Trireme blieb dort festgemacht liegen. Auf seinen Befehl hatten sich alle Führer des Unternehmens an Deck eingefunden. Ohne Umschweife begann Geiserich, noch einmal einige Worte an sie zu richten:

„Ihr kennt unser Ziel. Wenn es erfolgreich sein soll, muss jeder seine Aufgabe erfüllen. Wir werden nun mit der Reiterei die Vorhut bilden. Die Fußsoldaten folgen im Gewaltmarsch, denn die Geschwindigkeit und die Überraschung werden unsere Verbündeten sein. Wir folgen der Via Portuensis bis vor die Mauern von Rom. Dort werden wir uns sammeln und morgen bei Tagesanbruch einmarschieren. Ich sage es hier noch einmal. Ich will Rom nicht zerstören, sondern nur bis auf die letzte goldene Ziegel ausrauben. Darum ist jede unnötige Gewalt gegen die Einwohner verboten.

Dies würde uns nur behindern. Ich habe eine Zeit von zwei Wochen angesetzt. Bis dahin muss alles abtransportiert sein. Die Alanen werden unseren Transport sichern und diesen Hafen unter Kontrolle halten." Geiserich blickte zu Thora. Sie hatte wieder den spitzen, goldenen Helm des Befehlshabers der Alanen auf und nickte ihm entschlossen zu. Geiserich fuhr fort: „Gento, Hunerich, Tirias und Acham Habib mit den Mauren werden an meiner Seite sein, wenn wir der Welt zeigen, dass die Vandalen das Imperium in die Knie zwingt. Möge Gott mit uns sein."
Tirias trat einen Schritt vor und hob beide Hände zum Himmel: „Der Herr wird mit uns sein, denn er hat uns den Weg gewiesen. Doch nun lasst uns losziehen. Ich kann es nicht erwarten, meinen Fuß in die Heilige Stadt zu setzen."

*

Die Nachricht von der Landung der gewaltigen Vandalenflotte löste in der ewigen Stadt helle Panik aus. Aufgebrachte Bürger versammelten sich auf dem Forum vor dem Kaiserpalast. Lautstark wurde nach dem Kaiser gerufen.
„Wo bleiben die Legionen, die uns schützen können? Was unternimmt der Kaiser nun, um die drohende Gefahr abzuwenden?", schrien sie.
Andere rafften ihre Habseligkeiten zusammen, um zu fliehen. Doch sie wussten nicht, in welche Richtung sie sich wenden sollten. Die Menschen liefen, ängstlich schreiend, durcheinander, kopflos und fast irre vor Angst. Zu viel hatte man von den Gräueltaten der Barbaren gehört.

Als der Kommandant der Prätorianer die Nachricht im Kaiserpalast verbreitete und dann dem Kaiser von der drohenden Gefahr berichtete, weiteten sich dessen Augen ängstlich.
„Was sagst du da? Die Vandalen greifen Rom an? Wie lange wird es noch dauern, bis sie hier sind?"
Der Kommandant zuckte mit den Schultern. „Man sagt, sie rücken mit großer Geschwindigkeit vor. Wir erwarten sie in den Abendstunden vor unseren Toren."
Die Lippen von Maximus zitterten als er fragte: „Können wir etwas dagegen tun?"
„Nein, mein Cäsar! Valentian hatte alle verfügbaren Legionäre gegen Attila nach Gallien geschickt. Selbst, wenn seine Hilfslegionen sofort aufbrechen würden, brauchten sie mindestens drei Wochen Gewaltmärsche hierher."
Maximus starrte den Mann verständnislos an. „Wie viel Prätorianer haben wir hier?"
„Es werden etwa zweihundert Männer sein, eher weniger. Sie sind verstreut über das Stadtgebiet zum Schutz der öffentlichen Gebäude. Die meisten sind zum Schutz des Palastes abgestellt. Sie sichern im Moment die Eingänge, denn das Volk ist zornig und verängstigt. Es verlangt Schutz vom Kaiser."
Maximus lachte verzweifelt auf: „Schutz von mir? Wer schützt denn mich? Ich muss fliehen, sofort. Bereite alles vor. Ich verlasse den Palast an den Hintereingängen. Ich brauche eine schnelle Kutsche."
Der Kommandant verneigte sich und fragte: „Sollen die Kaiserin und ihre Töchter mit?"
„Dazu ist keine Zeit mehr. Ihr werden sie nichts anhaben, doch mich werden sie ans Stadttor nageln und von den Krähen auffressen lassen. Beeile dich!

Ich packe nur noch schnell einige Sachen zusammen."

Der Offizier eilte davon und Maximus lief in seine Gemächer. Er raffte Schmuck und Goldstücke zusammen, steckte sie in einen Lederbeutel und band ihn unter seiner Tunika am Körper fest. Dabei überraschte ihn Eudokia.

„Was geht vor in Rom? Die Leute sind aufgebracht. Willst du verreisen?"

Maximus lachte höhnisch auf: „Ja, ich werde verreisen. Die Vandalen zwingen mich dazu. Sie stehen schon fast vor den Toren Roms."

Eudokias Augen weiteten sich: „Die Vandalen? Aber, wie ist das möglich? Willst du feige fliehen und nichts dagegen tun? Was ist mit mir und meiner Tochter?"

„Ich kann euch nicht mitnehmen. Das würde mich zu sehr aufhalten. Nun geh mir aus dem Weg! Ich habe schon genug Zeit verloren."

Eudokias Fassungslosigkeit wandelte sich nun in kalte Wut: „Ich habe es immer gewusst, dass du nur ein feiger Meuchelmörder bist. Geh nur ohne mich, denn ich ziehe ein Leben als Gefangene der Barbaren vor, als an deiner Seite weiter leben zu müssen!"

Noch ehe er antworten konnte, war sie aus dem Raum gelaufen.

„Weiber!", knurrte er. Dann eilte er die Stufen hinunter zu den Ausgängen am hinteren Teil des Palastes. Der Kommandant hatte die Kutsche besorgt. In scharfem Galopp kam der Vierspänner vorgefahren. Dabei hatte er aber nicht bedacht, dass eine schnelle vierspännige Kutsche bei den aufgebrachten Menschen Argwohn hervorrief. So kam es, dass eine Meute zorniger Bürger im Laufschritt der Kutsche gefolgt war. Als Maximus den Hintereingang verließ, ging ein drohendes Murren durch die Menge.

„Seht da, der Kaiser will sich aus dem Staub machen!", schrie eine Stimme und heizte damit den Zorn der Menge an.

„Prätorianer, bildet einen Schutzring um die Kutsche", befahl der Kommandant.

Einer der Prätorianer trat nun hervor und erhob seine Stimme. Er war groß gewachsen und seinem Gesicht sah man deutlich seine Herkunft an. „Wir schützen keinen feigen Cäsar, der heimlich fliehen will. Ich bin Ursus, ein einfacher Prätorianer. Ich würde einem mutigen Herrn klaglos in den Tod folgen, wenn ich Rom damit dienen könnte."

Maximus unterbrach Ursus in seiner Rede. „Tötet diesen Aufrührer und schafft die Menschen aus dem Weg!"

Ursus brüllte seinerseits: „Tod dem feigen Tyrannen, denn er will Rom verraten."

Dabei griff er zum Boden und riss einen der Pflastersteine aus der Straße. „Du hast es noch nicht einmal verdient, durch das Schwert zu sterben!"

Mit diesen Worten warf er den Stein mit ungeheurer Wucht nach Maximus. Dies geschah so schnell, dass dieser nicht ausweichen konnte. Der Stein traf Maximus seitlich an der Stirn. Der harte Aufprall schleuderte ihn von der Kutsche fort und ließ ihn einige Schritte entfernt in der Mitte der Straße auf das Pflaster sinken. Die Menge grölte und die letzten Hemmungen fielen. Wütende Hände griffen nach Maximus, zerrten und schlugen ihn. Einige hatten plötzlich auch Steine in den Händen. So geschah es, dass der Patrizier Petronius Maximus, der sich durch Mord zum Cäsar aufgeschwungen hatte, nun durch die aufgebrachte Meute zu Tode gesteinigt wurde und die Prätorianer sahen dabei zu. Der Tod war aber nicht genug für die Menge. Grölend zogen sie die

Leiche durch die Straßen hinunter zum Tiber und warfen, was von seinen sterblichen Überresten noch vorhanden war, in den Fluss hinein. Ihre Blutgier war nun einmal entfacht und sie hätte sich wohl gegen den Palast und die Senatoren gerichtet, wenn nicht die Alarmposaunen der Wachen an der Porta Portuensis sie aus ihrem Rausch gerissen hätte und der Zorn der nackten Furcht wich.

Gaudentius und Gracia hatten von ihren Fenstern aus die Unruhe draußen bemerkt. Die Räume, in denen Eudokia sie untergebracht hatte, lagen im hinteren Teil des Palastes. Von dort konnten sie nun schreckensbleich die Geschehnisse am Hintereingang beobachten. Zum gleichen Zeitpunkt kam die Kaiserin Eudokia hereingestürzt.
„Die Vandalen greifen Rom an und Maximus will fliehen! Wenn ihr euch auch in Sicherheit bringen wollt, dann sorge ich dafür, dass ihr eine Kutsche bekommt."
Gracia lief auf sie zu und nahm ihre Hand. „Schau hinaus, Herrin, es ist schrecklich. Gerade ist Maximus von der wütenden Meute da draußen erschlagen worden, als er in seine zur Flucht bereite Kutsche steigen wollte. Die Prätorianer waren sogar daran beteiligt."
Eudokias Gestalt straffte sich. Sie ging nicht zum Fenster, um hinauszusehen und sagte:
„Er hat es nicht anders verdient. Ich weine ihm keine Träne nach. Damit seid ihr erst recht frei. Geht fort von hier, denn den Palast werden die Barbaren als Erstes stürmen. Ich muss hier bleiben, denn ich vertrete nun das Imperium. Wenn ihr mir aber eine Gunst erweisen wollt, dann nehmt meine Töchter Placidia und Eudoxia mit, denn ich möchte nicht, dass

sie in die Hände dieser Unholde fallen." Gracias Herz machte einen Sprung. „Gento ist da", dachte sie. Zu Eudokia aber sprach sie laut: „Frage mich nun bitte nicht, warum, denn ich erkläre es dir alles später. Lasst uns alle in den Thronsaal gehen und dort auf die Vandalen warten. Habe Vertrauen, uns wird nichts geschehen."

*

In der Basilika, die dem letzten Jünger Jesus, dem heiligen Petrus, geweiht war, kniete Papst Leo vor dem Altar und betete.
„Herr, deine Prüfungen sind hart. Du hast uns diesen Antichrist geschickt, um unseren Glauben auf die Probe zu stellen. Ich neige in Demut mein Haupt und werde deine Strafe annehmen. Gleichwohl bleibt mein Glaube in deine Güte und Barmherzigkeit fest. Ich bitte nicht für mich, sondern für diese heilige, dir geweihte, Stadt. Lass sie nicht in Zerstörung und Feuersbrünsten untergehen und verschone Leib und Leben der Menschen hier. Du bist der dreieinige Gott, der Himmel und Erde gemacht hat. Wir begeben uns in deine Hände."
Leo erhob sich, verneigte sein Haupt vor dem Kreuz am Altar und bekreuzigte sich. Als er sich zum Gehen wandte, erblickte er in den hinteren Reihen des Kirchenschiffs den hohen Rat der Bischöfe. Sie wirkten sehr aufgeregt.
„Ich weiß um eure Sorgen", versuchte Papst Leo sie zu beruhigen als er sich ihnen näherte, doch ihr Sprecher trat hervor und widersprach:

„Dies wisst ihr sicherlich noch nicht, Eure Heiligkeit. Die Bürger sind irre vor Angst. Sie haben den Kaiser gesteinigt und in den Tiber geworfen, weil er fliehen wollte. Nun seid Ihr, Herr, die einzige Autorität in dieser Stadt. Ihr müsst zu den Leuten reden und sie beruhigen, sonst hält Anarchie Einzug."
Papst Leo faltete seine Hände und blickte nach oben. „Der Herr hat mir ein Zeichen gegeben! Ja, ich muss etwas tun. Ich werde diese Stadt vor größerem Schaden bewahren, so wahr mir Gott helfe. Lasst die Menschen wissen, dass ich zu ihnen reden will. Sie sollen sich auf dem Platz vor der Kathedrale des heiligen Sankt Peter versammeln."
Es bedurfte nicht viel, um die Bürger von Rom auf den Petersplatz zu holen. Die Kunde, dass der Heilige Vater selbst dort zu ihnen reden wollte, gab ihnen Hoffnung. Bald herrschte drangvolle Enge auf dem Platz. Erwartungsvoll blickten die Menschen zu der Brüstung hinauf, von der sich immer der Heilige Vater dem Volk zeigte und seinen Segen sprach.
Papst Leo strengte seine Stimme in höchstem Maße an, damit so viel Menschen wie möglich ihn verstehen konnten. Dabei war er sich gewiss, dass alle, die ihn verstanden hatten, seine Worte weitergeben würden. „Der Herr ist das Licht, die Wahrheit und das Leben!", begann er seine Rede. Dann forderte er in beschwörenden Worten die Zuhörer auf, doch Ruhe zu bewahren und die Ordnung wieder herzustellen.
„Geht nach Hause in eure Häuser und harrt der Dinge, die da kommen. Betet zu dem Herrn, dass der Kelch an euch vorübergehen möge. Ich selbst werde den Barbaren entgegentreten, um Schonung für die Stadt zu erbitten. Wenn dies denn doch nicht in seinem Ratschluss liegt, dann nehmt seine Züchtigung klaglos hin, denn Gott vergibt euch eure

Sünden und nimmt euch in sein Himmelreich auf. Geht hin in Frieden!" Es dauerte eine Weile, bis die Bürger die Botschaft verstanden hatten. Der Heilige Vater würde sich für sie einsetzen. Das war die Hoffnung, an die sie sich nun klammerten. Langsam zerstreute sich dann die Menge und folgte so den Worten des Papstes.

*

Es war wohl der seltsamste Aufmarsch zur Eroberung einer Stadt, den es je gegeben hatte. Von dem Hafen Portus Augusti, der Lebensader Roms, aus waren sie aufgebrochen. Allen voran die Reiterei mit Hermator und Gento an der Spitze. Dicht hinter ihnen die königliche Familie mit Thora und einer Truppe der besten Kämpfer der Alanen, die Ardel befehligte. Sie bildeten einen schützenden Ring um Geiserich, Hunerich und Thora. Dahinter, und dies war das Besondere an diesem Aufmarsch, eine fast endlose Schlange von Gespannen, die Karren hinter sich herzogen, wie sie sonst nur die Bauern zum Einbringen der Ernte benutzten. Darauf saßen, dicht gedrängt, maurische und vandalische Fußsoldaten. Den Schluss bildeten die Fußsoldaten, für die es auf den Karren keinen Platz mehr gegeben hatte und eine Gruppe berittener Alanen. Sie bildeten die Nachhut und sorgten dafür, dass niemand zurückblieb. Die Via Portuensis bot mit ihrem glänzenden Zustand dem Eroberungsheer wirklich außergewöhnlich gute Bedingungen. So wurde das Tempo des Vormarsches auf Rom nur von der Leistungsfähigkeit der Pferde begrenzt.

Geiserich und besonders die Alanen wussten genau, was sie den Tieren zumuten konnten und achteten genau darauf, dass diese nicht überfordert wurden. Trotzdem war es ein höllisches Tempo gewesen und als die ersten Reiter in den späten Abendstunden die Mauern der ewigen Stadt erblickten, waren sie heilfroh. Doch für viele war der Aufmarsch noch nicht beendet. Geiserich schickte sie weiter, um die Stadttore auf der anderen Seite von Rom zu besetzen. Er selbst blieb mit der Hauptmacht auf Sichtweite vor der Porta Portuensis in Stellung. Dort ließ er dann ein Feldlager aufschlagen.

„Versorge die Tiere gut", wies er Hermator an. „Sie sind im Augenblick das Kostbarste, was wir besitzen." Dann wandte er sich an Frigiter: „Leider kann ich dir und einigen deiner Männer noch keine Ruhe gönnen. In der näheren Umgebung muss es einige Latifundien geben. Schaffe alle Pferde und Lasttiere heran, deren du habhaft werden kannst. Wir werden sie gut gebrauchen können." Frigiter verneigte sich kurz und verschwand.

Gento hatte die Befehle seines Vaters missmutig verfolgt. Zum ersten Mal war er mit den Entscheidungen seines Vaters nicht einverstanden. Während Hunerich sich aufmachte, das Einrichten des Nachtlagers der Truppe zu überwachen, trat Gento neben seinen Vater. Die Aufregung und Ungeduld stand ihm auf der Stirn geschrieben.

„Was soll das hier werden? Haben wir uns den Tag über so beeilt und fast die Pferde zuschanden geritten, um nun vor dem Ziel in aller Ruhe ein Nachtlager aufzuschlagen? Wir würden in der Nacht über sie kommen wie Gottes Gericht!"

Geiserichs Gesicht verfinsterte sich. „Ich halte deine Worte deiner Jugend und der Sorge um deine Gracia

zugute", antwortete er mit schneidender Stimme, um dann etwas versöhnlicher fortzufahren: „Du hattest leider nicht so einen guten Lehrmeister wie ich. Es war das Erste, was Hilderich mir als jungem, unerfahrenem Krieger beigebracht hat. Er sagte: *Wenn du in den Kampf ziehst, lass dich nie von deinen Gefühlen leiten. Wut, Hass oder auch Liebe blenden deine Augen. Nur der kalten Herzens ist, sieht, was getan werden muss.*
Verstehst du, Sohn? Ich werde morgen in der Frühe mit ausgeruhten, satten Kämpfern in diese Stadt einrücken. So kann ich am ehesten gewiss sein, dass sie so handeln, wie ich es will. Du musst deine Ungeduld schon bis morgen zügeln. Gerade du musst kalten Herzens sein, denn davon hängt der Erfolg dieses Unternehmens ab."
Gento blickte ein wenig zerknirscht zu Boden und murmelte: „Verzeih mir, Vater, aber in meinem Blut ist etwas, was nicht die Kälte deines Handelns in sich trägt."
Geiserich nickte verstehend: „Gunderich, mein Halbbruder, trug dies ungleich stärker in sich. Achte darauf, dass es sich nicht beherrscht. Nun ruhe dich aus und bereite dich auf einen großen Tag vor.

Es war der 2. Tag des römischen Monats Juno und man schrieb nach römischer Zeitrechnung Anno 455 nach Christi Geburt.
Glutrot sendete die aufgehende Sonne ihre Strahlen durch die Morgennebel über der Stadt. Geiserich hatte schon lange vorher seine Nachtruhe beendet. Wie vor jeder wichtigen Schlacht, die er in der Vergangenheit erfolgreich bestritten hatte, legte er seinen dunklen Umhang an. Er wurde auf der rechten Seite an der Brust mit einer silbernen Fibel

zusammengehalten und ließ seinen rechten Schwertarm frei. Die eng geschnittene, knielange schwarze Hose wurde durch einen breiten Ledergürtel gehalten, an dem Scheide und Schwert befestigt waren. Sein langes, immer noch schwarzes Haar trug er, wie vor jedem Kampf, auf der linken Seite zu einem Knoten zusammengebunden.
Ardel, der Schatten, Schild und Schwert und die Augen im Rücken des Königs, betrachtete ihn bewundernd. „Eure Erscheinung wird dem Gegner Respekt und Furcht einflößen."
Geiserich lächelte und entgegnete: „Furcht lähmt den Gegner und hindert ihn am klaren Denken. Ich will, dass sie Furcht vor mir haben. Bring mir den Rappen. Ich möchte, bevor die Sonne ihre Bahn betritt, einen Blick auf Rom werfen."
Ardel holte das Tier herbei und begleitete Geiserich zu einem der zahlreichen Hügel, von denen man die Stadt überblicken konnte. Schweigend blickte er auf das monumentale Häusermeer, sah die herausragenden Bauten und Tempel, die einst den römischen Göttern geweiht waren. Er fühlte, wie ein Schauer über seinen Rücken lief. „Heute werde ich der Herr von Rom sein", dachte er stolz und ein immer verzehrenderer Wunsch würde in Erfüllung gehen.
Dann zog er sein Pferd herum und sprach mehr zu sich selbst als zu Ardel:
„Lasst es uns angehen, denn die Zeit ist reif."
Der dumpfe Ton der Hörner, die den Angriff signalisierten, verkündete der eingeschlossenen Stadt Rom, dass nun das Unheil seinen Lauf nahm.
Geiserich versammelte seine Vertrauten um sich. Thora drängte sich an seine Seite. Sie trug wieder den vergoldeten, spitzen Helm, der das Zeichen und die Würde des Befehlshabers der Alanen bezeugte.

Ihre dunklen Mandelaugen ruhten erwartungsvoll auf Geiserich. Geiserich erwiderte ihren Blick und sprach: „Ich möchte, dass du an meiner Seite bist, wenn wir Rom betreten, denn du und dein Volk haben großen Anteil daran, dass wir nun hier stehen."
Thora lächelte nun entspannt und neigte leicht den Kopf. Geiserich fuhr fort:
„Ebenfalls sollen meine beiden Söhne und natürlich du, Tirias, an meiner Seite sein." Dabei wandte er sich an den massigen Kirchenfürsten. „Ich werde dir heute alle heiligen Kirchen von Rom schenken, als Dank für deine Treue zu mir und der Fürsprache zu Gott für unser Volk, die du in all den schweren Zeiten von Gott erbeten hast."
Tirias blieb für seine Verhältnisse recht einsilbig und dies ließ seine innere Erregung erkennen.
„In deinem Schatten wirken zu können, war die große Gnade, die Gott mir gewährt hat."
Geiserich zeigte nun deutlich, dass ihn diese Worte nicht unberührt ließen. Schnell wandte er sich daher nun an den Maurenherrscher Acham Habib.
„Auch du wirst an meiner Seite die Stadt betreten. Möge es ein Zeichen unserer unverbrüchlichen Freundschaft sein."
Auch der, sonst so beherrschte, Habib konnte seine Erregung nicht verbergen und neigte sein Haupt.
Gento wurde unruhig. „Soll ich dem Heer das Zeichen geben?"
Geiserich nickte und erlaubte es mit den Worten: „So sei es nun! Treten wir ein in die Geschichte Roms."

Es war schon ein gewaltiger Anblick. Geiserich ließ das Heer in Sechserreihe, die gesamte Breite der Via Portuensis nutzend, aufmarschieren. Vor ihnen ritt ein Teil der Tausendschaft, die Hermator befehligte. Die

Spitze aber bildeten Geiserich und seine ernannten Begleiter. Mit dem dumpfen Klang der Hörner bewegten sie sich auf die aurelianische Stadtmauer mit den wuchtigen, doppelten Torbögen der Porta Portuensis zu.
Gerade noch wunderte sich Geiserich über die völlige Ruhe, die trotz ihres Erscheinens an der Stadtmauer herrschte, da erschien an der Porta eine Gruppe. Noch waren sie nicht nahe genug heran, um erkennen zu können, was da vor sich ging. Man sah aber aus dieser Entfernung das Blitzen römischer Paradeuniformen, wie sie auf den Siegesparaden getragen wurden. Geiserich kniff die Augen zusammen. Bereiteten sie einen Ausfall vor? In diesem Fall müsste er handeln und die Aufmarschformation ändern.
Da meldete sich Gento von der Seite her. „Die ziehen in die Schlacht mit einer Kutsche", spöttelte er, denn seine scharfen Augen hatten hinter den federbehelmten Reitern eine Kutsche ausgemacht. Nun sah sie auch Geiserich und je näher sie kamen, bemerkte er auch die weiße Fahne in der Hand des vordersten Reiters.
„Sie wollen verhandeln", stellte Geiserich nicht sonderlich überrascht fest. „Also reiten wir ihnen ein Stück entgegen. Der Rest wartet hier!"
Ardel protestierte sofort. „Ich werde euch mit meinen Leuten begleiten. Sollte einer von denen auch nur eine falsche Bewegung machen, so war es seine letzte."
Geiserich lächelte: „Natürlich wirst du in meiner Nähe sein und deine Aufgabe erfüllen. Ich habe mich an deine Gegenwart schon so gewöhnt, dass ich sie nicht mehr besonders wahrnehme."

Ardel nickte zufrieden und winkte die für diesen Einsatz ausgesuchten Männer heran.
Die Kutsche hatte angehalten. Die Reiter machten respektvoll Platz, als ein älterer Mann in weißem Gewand und einem goldenen Kreuz an einer Kette um den Hals der Kutsche entstieg. Auf dem Kopf trug er eine seltsam aussehende flache, runde Mütze. Der Mann hob beide Hände leicht angewinkelt hoch und verneigte sich leicht zum Zeichen der Unterwerfung.
Geiserich ritt etwas näher heran. Dabei hielt er die prächtig gekleideten römischen Offiziere im Auge. Die hielten aber respektvoll Abstand zu dem weiß gekleideten Mann und rührten sich nicht.
„Wer bist du, dass du es wagst, dich mir in den Weg zu stellen? Ich bin Geiserich, Herr über Vandalen und Alanen. Rom wird heute in meine Hände fallen und es gibt nichts, was mich daran hindern könnte. Also, was willst du von mir?"
„Ich bin Leo I, der ‚Vertreter Gottes auf Erden und der Nachfolger des heiligen Petrus als Oberhirte der Gläubigen dieser Welt."
Geiserich warf einen fragenden Blick zu Tirias. Der nickte bestätigend, sagte aber nichts. Geiserich wandte sich wieder dem Papst zu. „Wie du sicherlich weißt, gehöre ich nicht zu deinen Gläubigen. Ich hänge dem arianischen Glauben an, dessen oberster Hirte hier an meiner Seite ist. Was willst du also von mir?"
Papst Leo warf nur einen kurzen Blick auf Tirias. Natürlich war ihm dieser von den Berichten der Bischöfe aus Hippo Regius und Carthago bekannt. „Ich möchte nun nicht über unseren verschiedenen Glauben streiten, denn das wäre in meiner Lage zu vermessen. Ich stehe hier vor Euch, um für diese

Stadt zu bitten." Geiserich verzog verärgert sein Gesicht. „Wo ist der Kaiser? Versteckt er sich jetzt hinter den Röcken der Kirche? Nur er alleine kann mir diese Stadt übergeben", machte er dem Papst unmissverständlich klar.

„Nun, das ist leider nicht mehr möglich. Er wurde gestern von der aufgebrachten Menge gesteinigt, als er fliehen wollte. Ich bin zurzeit die einzige Autorität hier in Rom."

„Maximus ist tot?", entfuhr es Geiserich. Dabei blickte er kurz zu Gento, der sichtlich unruhig wurde.

Papst Leo hob beschwörend die Hände: „Seht auf diese heilige Stadt. Gott, der Herr hat diese Stadt zur Wiege des wahren Glaubens gemacht. In diesem Streben ist Petrus, der Jünger des Herrn Jesus Christus, gewandelt und hat den Märtyrern Kraft und Zuversicht gegeben. Gott wird nicht wollen, dass du die Zeugnisse seines Wirkens zerstörst."

Geiserich schüttelte missbilligend den Kopf. „Weißt du keinen besseren Grund als diesen? Gerade die Märtyrer erinnern mich daran, wie wenig gnädig die Römer mit all denen umgegangen sind, die sich nicht ihrem Willen beugten. Warum also sollte ich sie schonen?"

Papst Leo fiel auf die Knie: „Seht mich an! Ich bitte nicht für mich! Ich liege vor dir auf den Knien und gebe mich in deine Hände. Verfahre mit mir, wie es dir beliebt, doch schone diese Stadt." Geiserich blickte anerkennend zu ihm hinunter. „Du hast ein mutiges Herz. Es erinnert mich an den Bischof von Tolosa. Er hatte den gleichen Mut und damit seine Stadt gerettet. Du hast meine Achtung und darum habe ich beschlossen, Rom zu schonen. Doch höre meine Bedingungen: Als Erstes darf es keinen Widerstand geben. Die Bewohner halten sich nur in ihren Häusern auf. Alle Sachen, die von Wert sind, müssen ohne große Aufforderung herausgegeben werden. Für die Zeit unserer Besetzung gelten in Rom das Recht und die Gesetzte der Vandalen. Jeglicher Versuch, Wertsachen vor unserem Zugriff zu verbergen, wird mit dem Tode bestraft." Geiserich zögerte nun einen Augenblick und blickte zu Tirias und fuhr fort. „Meine letzte Bedingung ist, dass du dem Oberhaupt unserer Kirche das Besteck der heiligen Messe aus der Basilika des Petrus überreichst und ihm zum Zeichen deiner Demut die Hände küsst." Die Augen des Papstes weiteten sich: „Ich soll einem Ketzer……?" Er vollendete den Satz nicht. Verzweiflung machte sich in seinem Gesicht breit. Langsam erhob er sich von seinen Knien, wandte sich wortlos um und ging zu der Kutsche zurück. Dort sprach er einige Worte zu seinem Begleiter, der daraufhin etwas aus der Kutsche holte. Es war ein flacher Korb mit blauen, seidenen Tüchern ausgelegt. Er überreichte ihn Leo und verneigte sich respektvoll. Der nahm ihn mit beiden Händen in Empfang und kam damit, den Korb vor sich hertragend, gemessenen Schrittes wieder zurück. Er steuerte dabei direkt auf Tirias zu. Der stieg nun von seinem Pferd und ging seinerseits ein paar Schritte auf den Papst zu. Gebannt schauten alle zu den Beiden hin. Es war schon ein seltsamer Anblick, wie sich die Oberhäupter der so feindlichen Glaubensrichtungen dicht gegenüberstanden. Der massige Tirias überragte sein Gegenüber, dessen feingliederige Gestalt gegen ihn fast zerbrechlich wirkte, um Haupteslänge.

Papst Leo hielt nun den Korb hoch und sprach: „Dies ist das Geschirr von der Tafel des Herrn. Er hat es bei seinem letzten Abendmahl vor seiner Kreuzigung, als er mit seinen Jüngern das Brot brach, benutzt. Es ist

der Nachlass des heiligen Petrus. Ihr könnt nicht ermessen, was es für mich und die heilige, römische Kirche bedeutet, dies hergeben zu müssen. Achtet darauf, dass es nicht verloren geht, denn es ist ein unwiederbringlicher Schatz."
Mit den Worten überreichte Leo den Korb Tirias. Der trat verlegen von einem Fuß auf den anderen und als der Papst seine Hand ergreifen wollte, um sie zu küssen, zog er sie zurück, als hätte er sich verbrannt. Verwundert blickte Leo zu ihm auf.
Tirias trat demonstrativ einen Schritt zurück. „Weiche von mir", grollte er. „Mein König hat es gut mit mir gemeint. Ich verzichte aber auf einen Handkuss, denn ich weiß, wie mir zumute wäre, wenn ich deine Hand küssen müsste. Du bist ein aufrechter Christ. Darum gehe zurück in deine Stadt und nimm das Geschirr des Herrn wieder mit. Darum verspreche ich dir, dass wir eure Kirchen zwar nutzen werden für die Zeit, die wir hier verbringen, aber wir werden sie nicht ausrauben. Das ist ein Versprechen!"
Geiserich blickte Tirias anerkennend von der Seite an. Dann wandte er sich an Papst Leo. „Du hast gehört, was das Oberhaupt unserer heiligen arianischen Kirche gesagt hat. Gehe hin und halte alle Bedingungen ein. Dann wird keine sinnlose Gewalt geschehen. Das ist auch ein Versprechen!"
Papst Leo schaute nun fassungslos von Geiserich zu Tirias und faltete seine Hände zum stillen Gebet. Dann kehrte er, ohne sich noch einmal umzudrehen, zu seiner Kutsche zurück und bald war sie durch die Porta Portuensis wieder in die Stadt zurückgekehrt.
Nach einer Weile hob Geiserich die Hand. „Wir marschieren nun los. Wir werden bis zum Colosseum in unserer Formation bleiben, dann schwärmen wir aus. Jeder kennt seine Aufgabe und ich erwarte, dass

sie genau ausgeführt wird. Wir haben nur zwei Wochen Zeit, diese Stadt auszuplündern, darum verschwendet keine Zeit."
Dann munterte er sein Pferd auf und trabte voran auf die ewige Stadt zu.
Gento kam an seine Seite. Geiserich spürte fast körperlich die Ungeduld seines Sohnes.
„Was werden wir zuerst tun? Ich habe noch nie auf diese Art eine Stadt in Besitz genommen und dies ist eine ganz besondere Stadt. Brauchst du mich überhaupt dabei oder kann ich nach Gracia suchen? Ich bin sehr in Sorge um sie!"
„Wir sind gerade dabei, die mächtigste Stadt der Welt in Besitz zu nehmen und du denkst dabei nur an die Rockschöße eines Weibes?", tat Geiserich nun verärgert. „Schau dir diese Stadt an! Selbst Carthago ist dagegen nur ein kleiner beschaulicher Ort. Wie willst du sie in diesem Ameisenhaufen denn finden, wenn sie nicht zu dir kommt? Unser erstes Ziel werden die Kaiserpaläste sein. Dort werden wir uns einrichten. Wenn sie dich sehen will, wird sie dort hinkommen."
„Vielleicht hält man sie irgendwo gefangen", blieb Gento uneinsichtig.
„Dann werden unsere Leute sie finden. Wenn auch nicht heute, dann aber bestimmt in den nächsten Tagen, denn keines der reichen Domizile wird auf der Suche nach Beute ungeschoren bleiben."
Gento senkte den Kopf: „Verzeih mir, Vater, aber nun, wo Gracia für mich zum Greifen nahe ist, wird die Sorge um sie in mir übermächtig."
Geiserich nickte nun verständnisvoll: „Bleib an meiner Seite, Sohn, und erlebe den größten Tag in der Geschichte unseres Volkes."

*

Es gab in der Tat keinen Widerstand. Die Wachen an der Porta Portuensis hatten ihre Posten bereits seit geraumer Zeit verlassen, doch Geiserich blieb trotzdem vorsichtig. Zunächst schickte er eine Hundertschaft der Reiterei durch die beiden riesigen Torbogen als Vorhut in die Stadt hinein. Dann, nach einiger Zeit ließ er die nächste Hundertschaft Fußsoldaten folgen.
Als dann die Signalhörner verkündeten, dass es keinen Hinterhalt gab, folgte, mit Geiserich und seinen Begleitern an der Spitze, das gesamte Heer.
Die Stadt Rom, wo sonst selbst schon zu dieser frühen Morgenstunde das Leben pulsierte, wo Kutschen über das holperige Pflaster ratterten und Menschen zu Fuß zu den Markthallen hasteten um ihre Einkäufe zu tätigen, da herrschte nun furchtsame Stille. Gleich, nachdem sie die Porta passiert hatten und sich innerhalb der Stadtmauer Roms befanden, da übertrug Geiserich die Führung seinem Sohn Hunerich.
„Nun zeige uns, dass die Zeit, die du als Geisel hier verbracht hast, nicht umsonst gewesen ist. Führe uns zu den Kaiserpalästen."
Hunerich richtete sich auf seinem Pferd kerzengerade auf. „Ja, hier kenne ich mich aus, denn hier habe ich einen Teil meiner Jugend verbracht. Wir folgen noch eine Weile dieser Via, bis wir zur Ponte Rotto kommen. Dort geht es über den Tiber direkt ins Centrum." „Gibt es da einen Platz, wo wir uns sammeln können?", fragte Geiserich noch einmal nach.

Hunerich nickte. „Ich werde uns hinführen."
Nachdem sie die Ponte Rotto, die ihren Namen augenscheinlich zu Recht trug, überquert hatten, schlug Hunerich den Weg zum Capitolinus des Jupiters ein. Der Tempel mit seinen mächtigen Säulen und den goldenen Dachziegeln hob sich weithin sichtbar von den anderen Prachtbauten ab. Hunerich blickte spöttisch zu Gento, dessen Augen vor Staunen immer größer wurden. Die gewaltigen Bauten beeindruckten ihn doch sehr und langsam begriff er, wie vermessen es von ihm gewesen war, in diesen unzähligen monumentalen Gebäuden, Foren und Thermen, Basiliken und Tempeln nach einer einzigen Person suchen zu wollen. Das Heer der Vandalen wälzte sich durch die breiten Prachtstraßen und das Klirren der Schwerter, das Hufgeklapper der Pferde und das Hallen der Tritte voranschreitender Fußsoldaten klang unheilvoll durch die menschenleeren Straßen.

Die Straße machte nun einen Knick und rechts am Capitolinus vorbei konnte man das stolz aufragende Colosseum sehen. Hunerich lenkte nun den Tross auf die Via Sacra, die hinauf zum Palatin und den Kaiserpalästen führte. Er wies mit der Hand nach vorne und erklärte Geiserich:

„Dort unten, fast direkt gegenüber dem Palatin liegt der Circus Maximus. Das ist wohl die größte Rennbahn, die je gebaut wurde. Da haben auf den Zuschauerrängen dreihundert Tausendschaften Platz. Dies wäre der ideale Ort, um unsere Truppen zu sammeln. Von dort aus könnten unsere Beutegänge beginnen und wieder enden."

Geiserich nickte beifällig: „Ja, es liegt ziemlich zentral und der Weg für den Abtransport ist, wie ich gesehen habe, auch nicht so weit."

Geiserich sah sich nach Ardel um, der sich wie gewohnt mit seinen Alanen stets in seiner Nähe aufhielt. Sie befanden sich nun unmittelbar vor dem riesigen Säulengang des Kaiserpalastes. Es ging dann einige Stufen hinauf, vorbei an den Statuen vergangener Cäsaren, bis sie vor dem gewaltigen Halbrund des Palastgebäudes standen.
„Ich denke, eine Hundertschaft wird genügen", rief er ihm zu. „Es wird nur Gewalt angewendet, wenn jemand Widerstand leisten sollte."
Ardel hatte verstanden und gab seinen Leuten entsprechende Befehle. Im Laufschritt jagten sie die Marmorstufen hinauf, die einst die Mächtigen des Imperiums geschritten waren und drangen in den Palast ein.
Geiserich sammelte nun Thora, Gento, Hunerich und Tirias um sich.
„Wir werden nun das Centrum der Macht des römischen Imperiums in Besitz nehmen. Bleibt an meiner Seite, damit ihr den erhebenden Augenblick erleben könnt."
Thora drückte sich dicht an ihn. „Sag, dass ich nicht träume. Wenn ich all diese Bauten sehe, die so viel Macht und Größe ausstrahlen, dann frage ich mich, wie es gelingen konnte, dass wir nun hier sind."
„Nichts in dieser Welt hat Bestand für die Ewigkeit. Auch unser Volk wird das eines Tages erfahren müssen", antwortete Geiserich ernst.

*

Helle, spitze und furchtsame Schreie gellten durch die Hallen und Flure des Palastes. Die Alanen trieben die vielen Diener und Sklaven, Hofbeamten und alles, was sonst noch zum kaiserlichen Hofstaat gehörte, zusammen und drängten sie alle in einen der größeren Räume. Eudokia, die Kaiserin, zitterte am ganzen Körper. Wie schützend hatte sie ihre Arme um ihre beiden Töchter Eudoxia und Placidia gelegt. Auch Gaudentius wurde unruhig.

„Hätte ich nur ein Schwert", murrte er und blickte sich suchend nach einer geeigneten Waffe um.

„Du rührst dich hier nicht von der Stelle und nimmst auch keine Waffe in die Hand. Was willst du damit ausrichten? Glaube mir, es wird uns nichts geschehen", versuchte Gracia ihren Bruder von einer Torheit abzuhalten.

Da wurden krachend die mächtigen Flügel der Porta zum Thronsaal aufgestoßen. Es stürmten fremdartig aussehende Krieger mit gezückten Schwertern herein und ihre etwas schräg sitzenden Schlitzaugen blitzten drohend und Furcht einflößend. Sofort wurden sie von ihnen umringt. Ihr Anführer sprach in lautem Befehlston, in einer seltsamen Sprache, auf sie ein.

„Das sind sicher die Alanen", fuhr es Gracia durch den Kopf. Sie hatte damals am Hof von Carthago einen von ihnen in der Nähe des Königs der Vandalen gesehen. Mit rohen Griffen wurden nun die Frauen an ihren Gewändern fortgezerrt, während man Gaudentius eine Schwertspitze an die Kehle drückte.

„Rührt mich nicht an", schrie Gracia die Alanen an. Dies hatte aber nur zur Folge, dass man sie nur noch energischer vor sich her stieß. Die Kaiserin hielt noch immer ihre Töchter verzweifelt umklammert, denn die beiden jungen hübschen Frauen ließen die Augen der Eindringlinge begehrlich flackern.

Gaudentius nutzte einen Moment der Unachtsamkeit des Alanen, der ihm das Schwert an die Kehle hielt, und riss sich los. Wild stürzte er sich auf den anderen, der seine Schwester mit sich fortzog. Diese Verzweiflungstat war aber nicht von Erfolg gekrönt, denn bald schon fand er sich auf den Marmorplatten am Boden wieder. Über ihn beugten sich nun einige Angreifer und schlugen hart auf Gaudentius ein. Dann rissen sie ihn wieder hoch und trieben ihn mit Fußtritten und Faustschlägen aus dem Thronsaal hinaus. Taumelnd folgte er nun gefügig den Frauen, die dorthin gebeten wurden, wo man inzwischen alle Menschen, die sich zurzeit im Palast aufhielten, gefangen hielt.

Geiserich schritt mit seinem Gefolge durch die Säulengänge des Palastes zielstrebig auf den Thronsaal zu. Hunerich führte sie ortskundig durch das Gewirr der Flure, Hallen und Gänge. Schließlich hatte er hier einige Jahre gelebt und kannte jeden Winkel. Die Porta zum Thronsaal bewachte ein alanischer Krieger, der sofort Ardel Meldung machte. „Der Palast ist in unserer Hand. Alle Räume sind durchsucht. Wir haben die Römer in eine der Hallen gesperrt."

Ardel blickte Geiserich fragend an. Der nickte und sagte: „Gehen wir! Der Stuhl der Cäsaren wartet auf mich. Durchsucht inzwischen die Gemächer des Kaisers nach den Insignien der kaiserlichen Macht. Ich will das Zepter und die Krone in Händen halten, wenn ich den Platz der Cäsaren einnehme."

Sofort schwärmten Ardels Männer aus. Geiserich nahm Thora bei der Hand und betrat mit ihr den Thronsaal. Gento und Hunerich folgten ihnen einige Schritte dahinter. Einen Moment blieben Geiserich und Thora mitten im Raum stehen und blickten sich um. Die imposante Kulisse des Raumes ließ sie andächtig staunen. Das hohe, geschwungene Dach

wurde von fünf Säulen aus reinstem rotem Marmor getragen. Geiserich schätzte kurz, dass drei ausgewachsene Männer nötig wären, um sie mit ausgestreckten Armen zu umspannen. In der Mitte des Saales führten fünf Stufen zu einer Empore hinauf zum Thron des Imperiums. Geiserich vermochte nicht zu sagen, welche Sorte edlen Gesteins dafür verwendet worden war. Die polierten Flächen des Sitzes schimmerten grünlich. Die Arm- und Rückenlehnen waren von einer unregelmäßigen rotbraunen Maserung durchzogen.
Während Geiserich dies alles sah, reifte sein Entschluss, dass er alles, was man aus diesem Raum transportieren konnte, mit nach Carthago nehmen würde. Mit innerer Erregung setzte er sich auf den Stuhl der Cäsaren und flüsterte:
„Es ist vollbracht."
Für einige Zeit sagte niemand ein Wort, bis Gento das Schweigen brach:
„Haben wir nun das römische Weltreich besiegt?"
Geiserich schüttelte ernst den Kopf:
„Nein, ich fürchte nicht. Das römische Reich wankt zwar, aber es ist noch nicht gefallen. Es ist wie eine Hydra: Schlägst du einen Arm ab, wachsen drei neue nach. Wir haben die Hydra zwar schwer getroffen, aber sterben wird sie daran nicht."
„Dann werden wir sie wieder treffen und das wird sie nicht überleben", erwiderte Gento trotzig und alle Umstehenden pflichteten ihm bei.
„Dann lasst uns erst dies zu Ende bringen. Durchsucht den Palast nach Schätzen. Maximus hatte keine Zeit gehabt, etwas davon fortzuschaffen. Wo befindet sich die Kaiserin Eudokia? Ich möchte mit ihr reden!"
Ardel trat zu ihm und flüsterte Geiserich etwas zu.

Geiserich fuhr auf: „Bringt sie sofort wieder hierher. Ihnen darf nichts geschehen!"
Ardel leitete Geiserichs Willen mit ein paar scharfen Befehlen an seine Leute weiter. Gento hatte derweil die Untätigkeit sowieso satt und schloss sich den Alanen im Laufschritt an. Sie liefen einige Gänge weiter, durchquerten eine der unzähligen Säulenhallen und blieben vor dem Portal einer Tempelhalle stehen. Einer der Alanen klopfte mit dem Schwertknauf gegen die Tür. Das Tor öffnete sich einen Spalt. Dann erst, als man sie erkannt hatte, wurden sie eingelassen. Gento blickte fragend zu den alanischen Wachen:
„Wo sind die Gefangenen, die ihr aus dem Thronsaal geholt habt?"
Der Alane zuckte mit den Schultern und antwortete: „Wie sollen wir das noch wissen? Schaut euch doch um! Der Raum ist voller Römer. Man kann sie nicht auseinander halten."
Gento musste trotz der negativen Antwort grinsen. Nur den wenigsten Vandalen war es möglich gewesen, die Alanen an ihrem Aussehen zu erkennen. Ihre asiatischen Gesichter sahen alle irgendwie gleich aus und nun behaupteten diese das von den Römern.
Gento wollte gerade darauf antworten, als ihn ein gellender Ruf herumfahren ließ.
„Gentooo! Mein Gott, Gento, hier sind wir!"
Er blickte suchend in die Richtung, aus der er den Ruf vernommen hatte. Dann sah er sie.
„Gracia!", schrie er und bahnte sich rücksichtslos den Weg durch die dichtgedrängt stehenden Menschen. Sie fielen sich in die Arme und klammerten sich fest wie zwei Ertrinkende. Eine ganze Weile blieben sie so

und sprachen kein Wort. Dann fand Gracia als Erste ihre Worte wieder:
„Du abscheulicher Barbar! Bald wärst du zu spät gekommen. Ich denke, du stehst als Königssohn immer an der Spitze deiner Leute. Ich hatte dich im Thronsaal erwartet. Stattdessen schickst du die grässlichen Alanen vor. Meinen Bruder hätten sie fast umgebracht."
Gento verschloss ihren Mund mit einem Kuss und unterbrach damit ihren Redeschwall. Zärtlich streichelte er ihr über das Haar.
„Du hättest mich nicht verlassen dürfen, du arrogante Römerin."
Gracia löste sich aus seinen Armen und trat einen Schritt zurück. „Hätte ich damals gewusst, was hier geschehen würde, wäre ich niemals fortgegangen. Doch nun macht es trotzdem Sinn, dass ich hier bin. Ich habe der Kaiserin Eudokia und ihren Töchtern versprochen, dass ihnen nichts geschehen wird. Ich hoffe, du kannst mein Wort einlösen."
Gento horchte auf und fragte: „Wo sind sie denn? Mein Vater möchte sie sehen. Ich weiß zwar nicht, was er mit ihnen vorhat, aber sicher wird er ihnen nicht nach Leib und Leben trachten."
Gracia winkte die Frauen heran. Nur zögerlich folgte die Kaiserin dem Wink, doch als sie vor Gento stand, kehrte ihre Entschlossenheit zurück.
„Was geschieht mit diesen Menschen hier? Ich verlange, dass sie freigelassen werden. Ich bin die Kaiserin und nun, nach dem Tod des Maximus, die höchste Instanz im Reich. Ich sage, verschwindet aus dem Palast, verschwindet aus Rom. Niemand hat euch gerufen", fauchte sie ihn an.
Gento lachte nun und antwortete: „Das wird mein Vater wohl anders sehen, aber er möchte gerne mit

Ihnen reden, kaiserliche Hoheit. Dabei würde ich an Ihrer Stelle etwas vorsichtiger sein, denn er ist nicht so sanftmütig wie ich. Was die Menschen hier betrifft, so können sie gehen, wohin es ihnen beliebt. Ihnen wird nichts geschehen, sofern sie nicht die Waffen gegen uns erheben. Es war ohnehin nur eine Vorsichtsmaßnahme."
Eudokias Gesichtszüge entspannten sich etwas.
„Dann werde ich auch mit Geiserich reden. Aber auf die Wahl meiner Worte werde ich nicht achten, denn ich bin die Kaiserin."
Gracia hatte inzwischen Gaudentius bei der Hand genommen und nach vorne zu Gento gezogen. „Das ist mein Bruder Gaudentius", stellte sie ihn vor. Die beiden Männer musterten sich abschätzend.
„Du bist also der Sohn des Aetius. Dein Vater war unser ärgster Feind, doch wir Vandalen haben ihn sehr geachtet, denn er war ein großer Mann."
„Würde mein Vater noch leben, so hätte kein Vandale seinen Fuß in diese Stadt gesetzt", erwiderte Gaudentius abweisend.
Gentos Blick verfinsterte sich. „Nun sind wir aber hier und es gelten unsere Gesetze. Ich würde auch dir raten, dich damit abzufinden."
„Hört auf damit", mischte sich nun Gracia ein.
„Du hast Recht", lenkte Gento nun ein. „Gehen wir."
Er gab den Alanen den Befehl, die Menschen im Saal in geordneten Reihen gehen zu lassen. Dann führte er, in Begleitung von Ardels Leuten, die Kaiserin mit ihren Töchtern, Gracia und Gaudentius zurück zu Geiserich in den Thronsaal.
Der musterte die Ankömmlinge und seine grauen Augen blitzten freudig auf, als er Gracia erkannte.
„So hat er dich doch gefunden", begrüßte er sie lächelnd und fügte spöttisch hinzu: „Ich glaube, er

hätte sonst jeden Stein in dieser Stadt umgedreht und so lange nach dir gesucht, bis er dich gefunden hätte." Dann wurde er wieder ernst und sein Blick fiel auf Eudokia. Er betrachtete sie sehr eingehend. Ihre schlanke Gestalt, die langen, schwarzen hochgesteckten Haare und die vornehm weiße Haut, die wohl noch nie einen Sonnenstrahl abbekommen hatte, ließ sie wie eine römische Göttin erscheinen. Geiserichs Blicken entgingen auch nicht die beiden jungen Frauen an ihrer Seite. Während die ältere Eudoxia ihrer Mutter wie aus dem Gesicht geschnitten glich, musste die jüngere Placidia wohl ihrem Vater Valentian gleichen.
Eudokia betrachtete ihrerseits Geiserich lauernd. Diese große, dunkle Gestalt mit den ausdrucksvollen, grauen Augen war also der grausame Barbar, der Antichrist und die Geißel der römischen Christenheit. Sie hatte ihn sich ganz anders vorgestellt. Den Geschichten nach, die man sich von ihm erzählte, musste er einen Wolfskopf mit riesigen Fangzähnen haben und ihre Überraschung war perfekt, als er sie im reinsten Latein der Patrizier anredete.
„Ihr musstet in der letzten Zeit viel durchmachen. Zwei Ehemänner in solch schneller Folge durch Mord zu verlieren, ist selbst für römische Verhältnisse schwer zu ertragen."
Eudokia vernahm den spöttischen Unterton in Geiserichs Stimme und entgegnete spitz:
„Es ist gut zu wissen, dass ein Barbar, der seine großen Füße feindlich in diese Stadt gesetzt hat, sich für mein Schicksal interessiert. Aber die Anteilnahme ist verschwendet. Über Valentian werde ich nichts sagen, denn er ist schließlich der Vater meiner Töchter. Maximus hingegen war ein Mistkerl. Noch am selben Tag als er Valentian ermorden ließ, hat er

mich vergewaltigt und zur Ehe gezwungen, damit sein Anspruch auf den Cäsarenstuhl rechtmäßig wurde. Sein Tod war eine Erlösung für mich. Nun kämpfe ich darum, dass mein Anspruch auf die kaiserliche Macht erhalten bleibt, denn ihr Barbaren werdet euch hier nicht lange halten können."
Geiserich betrachtete sie eine Weile schweigend. Dann lächelte er anerkennend. „Ihr seid eine tapfere Frau, doch in Rom wird es für Euch gefährlich werden. Entweder wird man versuchen, Euch aus dem Weg zu räumen, oder es wird Euch wieder ein ungeliebter Ehemann aufgezwungen. Ich werde Euch für einige Zeit mit nach Carthago nehmen. Dort seid Ihr sicher. Vielleicht könnte man auch unsere……"
Geiserich sprach den Satz nicht zu Ende und grinste dabei die beiden Mädchen an.
Inzwischen war auch Hunerich wieder zurückgekehrt. Als er Eudokia und ihre Töchter erkannte, lief er auf sie zu und rief: „Da seid Ihr ja, kaiserliche Hoheit. Wir haben den ganzen Palast nach euch abgesucht."
Eudokia stutzte, dann erkannte sie Hunerich. „Du bist doch der junge Prinz, den Valentian als Geisel bekommen hat, damit alle Verträge eingehalten wurden. Er hätte dich nie gehen lassen dürfen."
Hunerich lachte: „Es war trotzdem keine schlechte Zeit und die beiden schönen Damen hier waren noch kleine Kinder." Dabei schielte er besonders zu Eudoxia hin. „Diese da war besonders dürr wie eine Spindel und bestand nur aus Knie und Ellenbogen."
Eudoxia kicherte nun und blickte verschämt zu Boden.
Geiserich machte nun der Unterhaltung ein Ende. „Kehrt nun in eure Gemächer zurück. Dort seid ihr in Sicherheit."
Gento zog Gracia an sich, hauchte ihr einen Kuss auf die Stirn und flüsterte: „Ich werde nicht viel Zeit für

dich haben, denn jeder von uns hat seine Aufgabe hier, die erfüllt werden muss. Der Tag wird meinem Vater gehören, die Nacht jedoch dir."
„Es ist schon ein komisches Gefühl, den Feind zu lieben, der meine Heimatstadt plündert. Ich kann aber nichts dagegen tun. Darum werde ich über jede noch so kurze Zeit glücklich sein, die du bei mir bist", flüsterte Gracia zurück.
Während die Frauen sich nun in ihre Gemächer zurückzogen, kamen die Männer zurück, die Ardel zum Durchsuchen des Palastes ausgeschickt hatte. Aufgeregt berichteten sie, dass sie eine Schatzkammer entdeckt hatten. Geiserich wurde hell wach. Die Formalitäten waren erledigt. Nun begann das, weswegen sie gekommen waren.
Die Schatzkammer hatten die Alanen nur durch Zufall entdeckt. Direkt hinter den Privatgemächern des Maximus hatte ein wunderschönes Mosaik auf dem Fußboden die Aufmerksamkeit der Männer erregt. Es stellte die Göttin Diana auf der Jagd dar. Sie saß, leicht geschürzt, auf einem feurigen Ross und erlegte mit Pfeil und Bogen seltsame schlanke Tiere. Bewundernd hatten sie das Bildnis betastet. Besonders der goldene Helm der Diana hatte es ihnen angetan. Plötzlich versank der Helm ein Stück in den Boden und eine Wand im Raum begann, sich langsam zu drehen.
Als Geiserich davor stand, sprach er zu Thora. „Was immer auch hinter dieser Wand verborgen sein mag, wir hätten es wohl nie gefunden, wenn deine Männer sich nicht so für die Göttin der Jagd interessiert hätten." In dem Raum war es stockdunkel. Es gab keine Fenster oder Öffnungen, durch die Tageslicht hätte fallen können. Geiserich ließ von Ardel eine Öllampe holen. Der Schein der Lampe erhellte den

Raum nur spärlich. Er genügte aber, um zu erkennen, dass er angefüllt mit glitzernden und funkelnden Gegenständen war. Geiserich hielt den Atem an. Mit einem Schlag war er sich bewusst, dass sie etwas gefunden hatten, das dem Goten Alarich bei seiner Eroberung Roms entgangen war. Solche Schätze konnte selbst ein römisches Weltreich in der kurzen Zeitspanne nicht zusammengetragen haben.
Geiserich ließ weitere Öllampen herbeiholen. Nun, als der Raum gänzlich erhellt war, konnten sie erst das ganze Ausmaß der Schätze erkennen. Der Ordnungsliebe derjenigen, die diese Kammer angelegt und gefüllt hatten, war es nun zu verdanken, dass beschriftete Tontafeln die Herkunft der Wertgegenstände bekundeten. Einer der Tische war mit Edelsteinen, goldenen Kelchen, deren Ränder mit Juwelen besetzt waren, mit Goldketten, Spangen und Ringen fast überladen. In der Mitte aber, etwas erhöht, bestaunte Geiserich eine goldene Krone, deren Zacken mit roten Rubinen besetzt war.
Daneben lag ein Zepter aus purem Gold, ebenfalls mit roten Rubinen verziert. Geiserich beugte sich über die davor liegende Tontafel und las:
Titus Sieg über die Hebräer Anno 70 n. Chr. Vae victim (Wehe den Besiegten). Der Schatz des Königs Salomon mit Zepter und Krone.
Dann nahm er von dem Tisch einen glitzernden Diamantring und ein Diadem. Den Ring steckte er an Thoras Hand und legte ihr dann das Diadem an.
„Du siehst nun aus wie eine römische Göttin und niemand hat es mehr verdient, diese Kostbarkeiten zu tragen, als du."
Thoras schmale, dunkle Augen füllten sich mit Tränen der Freude. „Das Leben an deiner Seite und deine

Liebe sind für mich mehr wert als alle Kostbarkeiten dieser Erde."
Sie blieben noch eine Weile und betrachteten ihren Fund eingehend. Dann ließ Geiserich die Kammer wieder verschließen und Ardel stellte seine zuverlässigsten Männer zur Bewachung ab.

*

Das vandalische Eroberungsheer hatte sich, wie von Hunerich vorgeschlagen, im Circus Maximus eingerichtet. Von hier aus starteten sie ihre Beutezüge. Dabei grasten sie Straßenzug um Straßenzug ab, drangen in die pompösen Villen ein und trugen zusammen, was auch nur annähernd von Wert war. Erschien es ihnen zu wenig, und der Hausherr rückte nicht mit der Sprache heraus, wo sich seine Sesterzen befanden, da nahm man ihn oder seine Frau kurzerhand mit. Man würde sie ja freikaufen können, oder sie brachten auf dem Sklavenmarkt von Carthago sicherlich auch einige Münzen. Es lief alles so ab wie Geiserich es befohlen hatte. Gewalt wurde nur angewendet, wenn jemand sich sträubte, seine Habe herauszugeben.
Gento hatte seine Männer um sich versammelt. Der Trupp bestand ausschließlich aus Vandalen und sollte für die öffentliche Ordnung sorgen. Gento achtete darauf, dass alles zügig und reibungslos ablief. Der Abtransport der Beute wurde von ihnen bis zum Stadttor begleitet und gesichert. Von dort aus übernahmen Thoras Alanen den Transport über die Via Portuensis nach Portus. Besonders schwere Teile, wie Statuen, wurden auf Flöße verladen und

dann, wie es die Römer mit ihren Lasten sonst auch machten, von Ochsengespannen den Tiber hinunter bis nach Portus gezogen und dort auf die wartenden Schiffe verladen. Aber der überwiegende Teil der Beute wurde über die Straße befördert. Ein nicht enden wollender Zug aus Karren, Kutschen und Handwagen schleppte aus Rom fort, was nicht niet und nagelfest war.

Gento wusste nicht so recht, warum er den Weg seiner Patrouille in den Norden der Stadt lenkte. Sie ritten am Capitol des Jupiters vorbei, wo die Vandalen damit beschäftigt waren, die goldenen Dachziegel, die bis dahin weithin sichtbar leuchteten, abzureißen. Gento grinste: „Wir werden das Gesicht dieser Stadt wohl etwas verändern", wandte er sich an den neben ihm reitenden Wingard.

Der machte ein missmutiges Gesicht. „Es ist mir gleich! Wenn wir nur schon wieder auf unserer Dromone wären. Ich fühle mich nicht wohl hier. Was ist das denn für ein Gebäude? Es sieht mit seinen Säulen an der Vorderseite und den Figuren auf dem Dach reich und mächtig aus. Bisher hat aber noch kein Vandale einen Fuß in diesen Bau gesetzt." Gento lachte: „Das ist das Tabularium! Ich habe mir sagen lassen, dass dort alle Aufzeichnungen der römischen Gesetze und alle Dokumente ihrer langen Geschichte aufbewahrt werden. Ich hätte nicht übel Lust, ihnen ihre lange Geschichte zu nehmen und den Kasten anzuzünden." Gento zuckte nun mit den Schultern. „Der König hat aber verfügt, dass dieses Haus unangetastet bleibt. Kein Vandale darf es betreten." Wingard nickte nun. „Geiserich ist ein weiser König. Sicher weiß er auch, wann wir wieder nach Hause ziehen."

„Nur noch wenige Tage, dann wird es in Rom nichts mehr geben, was für uns von Wert wäre."
Sie bogen nun auf die Via Celeste ein und folgten ihr bis zum Grabmal des Hadrian. Dort hatten die Christen nun ein Kloster errichtet. Als sie näher kamen, vernahmen sie Schreie, Wehklagen und Kampfeslärm. Gento ließ sein Pferd angaloppieren und der Rest der Truppe folgte ihm.

Uhaier, der Maure und sein Begleiter Metier hatten sich nicht mehr beherrschen können. Nachdem sie mit ihrer Truppe das Kloster auf Wertsachen durchsucht hatten, war ihr verlangender Blick auf die vielen jungen Gottesfrauen gefallen. Sie waren nun schon lange von zu Hause fort und hatten eine kleine Ewigkeit keine Frau mehr gehabt. Ihre Lenden brannten und diese Frauen entfachten das Feuer umso mehr. Es begann damit, dass Metier einer jungen Nonne sein Schwert an die Kehle hielt und ihr Gewand öffnete. Er hatte nicht mit so viel Gegenwehr gerechnet und beinahe erschrocken stieß er zu. Als die anderen Nonnen das Blut spritzen sahen, brach Panik aus. Dabei ging auch bei den Mauren jegliche Ordnung verloren. Uhaier schnappte sich eine der Flüchtenden und riss sie zu Boden. Mit einem Faustschlag brachte er ihren Widerstand zum Erliegen. Grob zerriss er ihren Rock, spreizte ihre Beine und holte mit einer gleitenden Bewegung sein steifes Glied heraus. Es war nicht leicht, in sie einzudringen, denn er spürte den Widerstand ihrer Jungfräulichkeit. Auch bei Metier und den anderen Mauren brachen nun alle Dämme. Sie fielen wie Tiere über die Nonnen her. Ihre Schreie hallten weithin hörbar durch die Straßen Roms.

Gento erfasste mit einem Blick die Situation. Wild entschlossen warf er sich mit seinen Männern auf die Mauren. Es war nur ein kurzer Kampf und alle Mauren waren entwaffnet und gefangen gesetzt. Die Frauen rafften weinend ihre Kleider zusammen und liefen davon. Nur die nackten Leichname der ermordeten Frauen lagen noch in der Mitte der Halle. Der Maure Uhaier starrte fassungslos die Vandalen an. Er blutete aus einer Wunde an der Schulter und der Rausch war verflogen. Er verstand nicht, warum die Vandalen sie angegriffen hatten.

Gento versuchte, sich nun verständlich zu machen. Er beschimpfte sie in allen Sprachen, die er beherrschte, doch die Mauren blickten ihn nur verständnislos an. Er sah ein, dass es keinen Sinn hatte, weiter auf sie einzureden. Er befahl ihnen, in Zweierreihe anzutreten und seine Männer machten ihnen dies mit derben Stößen und Schlägen mit der flachen Seite ihrer Schwerter deutlich. Gento brachte die Mauren zurück zum Circus Maximus, wo sie in einer Kurve der Rennbahn ihr Lager hatten. Dort verlangte Gento Hassen, den Großmeister der maurischen Flotte, zu sprechen.

Als der erschien, entlud sich Gentos ganze Wut: „Bisher war unsere Gegnerschaft nur ein Spiel oder Rivalität unter Freunden. Das ist nun vorbei! Deine Männer haben das Vertrauen meines Vaters missbraucht. Die Befehle waren klar und eindeutig. Nimm zur Kenntnis, dass wir keine weiteren Übergriffe dulden werden."

„Was ist geschehen, Vandale, dass du so redest?", fragte Hassan betroffen.

„Wir konnten gerade noch verhindern, dass deine Männer unter den Frauen eines Klosters ein Blutbad anrichteten", knurrte Gento immer noch erbost.

Hassan starrte Gento einen Moment verständnislos an. Dann schrie er Befehle in seiner abgehackten, kehligen Sprache. Sofort stürzten sich einige seiner Männer auf die Übeltäter und schleppten sie fort. „Sie werden ihre gerechte Strafe erhalten. Sie haben unsere Ehre beschmutzt. Dies ist unverzeihlich. Sei versichert, es wird keinen weiteren Vorfall dieser Art geben", erklärte Hassan und verneigte sich vor Gento. Der ließ es dabei bewenden und kehrte zu seinen Männern zurück.

Noch am Abend desselben Tages erschien Acham Habib bei Geiserich. Natürlich hatte Gento seinen Vater von dem Vorfall berichtet.

„Meine Leute haben Schande über unser Volk gebracht. Ich bitte dich, die Schande von uns zu nehmen und uns deine Vergebung zu Teil werden zu lassen."

Geiserich erwiderte mit spöttischem Unterton: „Erinnerst du dich noch an unser Gespräch in Carthago? Du legtest für deine Leute die Hand ins Feuer. Du weißt, wenn erst einmal ein Brand gelegt ist, lässt er sich nur schwerlich löschen. Wir können hier nur erfolgreich sein, wenn die Disziplin der Truppe bis zum letzten Tag erhalten bleibt. Was geschieht nun mit denen, die dir den Gehorsam verweigerten?"

„Sie werden zur Abschreckung heute Abend öffentlich hingerichtet. Es wird auf der Rennbahn des Circus Maximus geschehen. Erweise uns die Ehre, der Vollstreckung beizuwohnen."

Geiserich schüttelte den Kopf: „Es ist eine Angelegenheit deines Volkes. Ich habe ihren Tod nicht gefordert. Für mich ist die Sache erledigt, wenn du sicherstellst, dass ähnliches nicht wieder geschieht."

Acham Habib verneigte sich leicht und zog sich zurück.

Uhaier und Metier wurden, wie auch die anderen fünf Männer, in einem Abstand von dreißig Schritten mit gespreizten Armen und Beinen, an eigens dafür errichteten Pfählen, angebunden. Die Zuschauerränge waren gefüllt mit Kriegern der Vandalen, Alanen und natürlich auch der Mauren. Acham Habib saß mit seinen Führern in der Loge, wo sonst bei römischen Rennen der Kaiser oder die Senatoren die Spiele beobachteten.
Die quälenden Flöten der Mauren kündigten den Beginn der Hinrichtung an. Aus den Stallungen in der Mitte der Rennbahn, die eine Gerade von der Gegengeraden trennten, schnellten zehn Reiter hervor. Sie hielten die Zügel in einer Hand und schwangen mit der anderen ihre seltsam gebogenen Schwerter. Erst sah es so aus, als würde hier ein ganz normales Rennen abgehalten. Sie jagten in wildem Wettstreit bis hinauf zur ersten Kurve. Als dann aber der Erste die gegenüberliegende Bahn, auf der die Unglücklichen festgebunden waren, erreicht hatte, ordneten sie sich nacheinander in fünf Pferdelängen Abstand.
Dann geschah etwas, was selbst für Vandalenaugen, die schon einiges erlebt hatten, abschreckend war. Der erste Hieb mit dem Krummschwert traf Uhaier. Er trennte seinen rechten Oberarm genau an der Schulter vom Rumpf. Sein gellender Schrei hallte durch die Arena. Die nächsten Reiter nahmen sich in gleicher Weise die anderen vor. Die Schreie und das schaurig, groteske Bild ließen die Zuschauer aufstöhnen. Nur noch an drei Gliedmaßen befestigt, hingen die Delinquenten schräg in den Stricken. Die

Reiter vollführten nun in der Gegenkurve eine Wende und kamen mit wirbelnden Schwertern zurück. Nun erhielt Metier den nächsten Hieb. Der trennte oberhalb des Kniegelenkes sein linkes Bein ab. Da er nun nur noch an zwei Gliedmaßen gehalten wurde, hing er fast waagerecht mit dem Kopf nach hinten an den Seilen. Mit gleicher Präzision geschah dies auch bei den anderen. Wieder wendeten die Reiter in der Kurve, nun aber ein letztes Mal und vollendeten die Tortur. Der Schwerthieb traf die Unglücklichen an der Kehle. Die Köpfe kullerten mit weit aufgerissenen Augen und dem Schrei der erlittenen Pein auf den Lippen, zu Boden.

‚Acham Habib war aufgestanden und sprach zu seinen Führern: „Dies geschieht jedem, der mein Wort nicht achtet. Lasst uns nun weiter unsere Aufgaben erfüllen."

‚Die Sonne war schon seit geraumer Zeit hinter den Hügeln von Rom verschwunden. In der Dämmerung verschwanden auch die langen Schatten, welche die Säulen, Triumphbögen und Tempel in der schräg stehenden Sonne auf das Pflaster der Straßen und Plätze geworfen hatten.

Gento verließ seinen Platz auf den Rängen des Circus Maximus. Er hatte sich heimlich unter die Zuschauer gemischt. Der Tod hatte keine besondere Bedeutung für ihn. Dafür war er ihm in einigen Kämpfen schon zu nahe gewesen. Doch diese Hinrichtung hatte auch ihn nicht kalt gelassen. Er hatte nun nur noch den Wunsch, sein Haupt in Gracias Schoß zu bergen, den Duft ihres Körpers in sich aufzusaugen und die Welt zu vergessen.

*

Am letzten Tag der Besetzung Roms erschien Tirias wieder bei Geiserich im Kaiserpalast.
„Wo bist du die ganzen Tage gewesen?", fragte Geiserich. „Ich habe mir schon Sorgen um dich gemacht und wollte dich suchen lassen."
Tirias breitete seine Arme aus und seine Augen glänzten glücklich. „Du hast mir alle Kirchen Roms geschenkt und ich habe sie mir angesehen. Ich habe an der Gruft des Lieblingsjüngers Christi, Petrus, gestanden und die Katakomben der Märtyrer, die Wiege der Christenheit, gesehen. Ich war in Basiliken von königlicher Pracht und Herrlichkeit, wie ich es noch nie gesehen habe. Ich konnte unsere Männer nur schwer davon abhalten, sie anzutasten."
Geiserich lachte und erinnerte Tirias: „Es war deine Entscheidung. Du hättest alles mitnehmen und damit die Basiliken in Carthago schmücken können."
Tirias entgegnete nun heftig: „Nein, nein, es ist hier am richtigen Platz. Mögen diese Kunstwerke ewig Bestand haben."
Geiserich machte ein ungläubiges Gesicht: „Was willst du dann von mir? Ich dachte, du wolltest mich gerade darum bitten."
Tirias schüttelte den Kopf: „Ich möchte einen Dankgottesdienst abhalten und zwar in der Basilika von San Paolo fuori le mura (*dem Apostel Paulus geweiht*). Es ist eine der neuen Kirchen und wohl das Beste, was Honorius in seiner Zeit als Kaiser zuwege gebracht hat. Sie hat fünf Säulengänge aus rotem Marmor, so hoch wie der Tempel des Juno Moneta und eine Tausendschaft kann sich darin verlaufen. Die Wände sind verziert mit Mosaiken und Reliefs. Sie zeigen die Geschichte Jesus Christus. Das

wunderbarste ist aber das Licht. Es glüht über dem Altar wie die aufgehende Sonne."
„Nein, Tirias", unterbrach Geiserich die Lobpreisungen der Basilika. „Wir werden Gott danken, wenn wir nach Carthago zurückgekehrt sind. Ich denke, Gott würde es als anmaßend und voreilig empfinden. Es liegen noch so viele Hindernisse vor uns, bei denen wir seine Hilfe brauchen. Außerdem haben wir keine Zeit mehr. Wir brechen morgen in der Früh mit dem ersten Lichtschein auf. Es ist schon alles vorbereitet."
Tirias merkte, dass er in seiner Begeisterung einen Fehler gemacht hatte. „Dann werde ich dort alleine für eine glückliche Heimkehr beten", brummte er sichtlich zerknirscht.

*

Die Kaiserpaläste waren gründlich leer geräumt worden. Den Stuhl der Cäsaren hatten sie unter viel Mühen aus dem Boden gebrochen und hinaus zum Tiber auf ein Floß gehievt. Um ein Haar wäre er im Tiber versunken, als das Floß zu kippen drohte. Geiserich hatte darauf bestanden, dieses Prunkstück und Zeichen der Macht mit nach Carthago zu nehmen. Dazu waren kurzerhand römische Steinmetze und Baumeister mitgenommen worden. Gute Handwerker, die es verstanden, große Lasten zu bewegen, zu formen und zu bauen, konnte man ohnehin dort gut gebrauchen.
Geiserich rief Ardel und Hunerich herbei. Mit ihnen zusammen schritt er noch einmal durch die Hallen und Gemächer des Palatin. Mit Genugtuung sah er, dass seine Männer gründlich gearbeitet hatten. Nichts

von Wert, das man hätte mitnehmen können, war noch vorhanden. „Die gesamte römische Welt wird uns dafür hassen", stellte Geiserich fest.
Hunerich sah seinen Vater von der Seite her an und fragte: „Was ist, wenn die Oströmer in Byzanz nun doch dem Westreich zur Hilfe kommen?"
„Das steht nicht zu befürchten, solange Markian und Aspar dort an der Macht sind. Ich habe einen Vertrag mit ihnen. Außerdem sind sie mir zu Dank verpflichtet, denn ich habe ihnen Attila vom Hals geschafft", antwortete Geiserich bestimmt.
„Was ist mit dem Westreich?", blieb Hunerich hartnäckig. „Sie haben in Gallien immer noch genug Legionen, mehr als unser beider Völker Köpfe zählt."
Geiserich lächelte nun überlegen. „Dazu müssten sie die aber über das Meer schaffen."
Hunerich gab immer noch nicht auf. „Sind sie nicht schon in Hispanien seit geraumer Zeit dabei, eine Flotte zu bauen?"
Geiserich wurde wieder ernst. „Ja, darum werden wir uns als Nächstes kümmern müssen."

Der Hafen von Portus Augusti hatte wohl seit seinem Bestehen noch nie eine solche drangvolle Enge erlebt. Der nicht abreißende Strom der Beutetransporte und das Verladen der Sachen auf die Lastkähne und Schiffe verlangte allen höchsten Einsatz ab. Die vollgeladenen Schiffe der Flotte liefen wieder aus, ankerten in der Bucht und machten den nächsten noch zu beladenden Booten Platz. Es sah so aus, als hätten sie dieses Manöver hundertfach geübt. Jede Hand wurde dabei gebraucht und jeder arbeitsfähige Einheimische musste, ob er wollte oder nicht, den ganzen Tag im Schweiße seines Angesichts schleppen, bis er am späten Abend

erschöpft niedersank. Wer sich weigerte, bekam Meerwasser zu trinken und musste so lange in der prallen Sonne stehen, bis er es sich anders überlegt hatte. Das geschah in den meisten Fällen recht bald. Erst nachdem alle Beutestücke verstaut waren, wurden die Geiseln auf die Schiffe verteilt.
Gento hatte diesen letzten Transport übernommen. Die Kaiserin Eudokia mit ihren Töchtern und Gracia und Gaudentius bekamen eine Kutsche. Die Senatoren und reichen Patrizier mussten auf Karren Platz nehmen, mit denen sonst Heu und Stroh transportiert wurden.
Gento hatte jeden Protest darüber im Keim erstickt. „Wer nicht auf diese Karren steigen will, wird hinten angebunden und muss den Weg laufen. Aber rechnet nicht damit, dass es eine Rast gibt", hatte er gedroht. Die Römer kannten den Weg nach Portus Augusti und es gab ein regelrechtes Gedränge um einen Platz auf den Karren zu ergattern. Die kaiserliche Familie wurde auf Geiserichs große Trireme gebracht.
Gento half Gracia aus der Kutsche, die sie bis auf den Anlegesteg gebracht hatte. Gaudentius schwang sich zur anderen Seite heraus.
„Wenn Wind und Meer es zulassen, so sind wir in gut einer Woche wieder in Carthago. Es steht dir natürlich frei, mit der Kaiserin auf der Trireme meines Vaters zu reisen. Dort ist es sicher und bequem. Meine Dromone kennst du ja bereits."
Gracia lächelte und beteuerte: „Ich habe so viele Erinnerungen an dieses Schiff, dass ich die Überfahrt darauf mit nichts in der Welt tauschen möchte."
Gento küsste sie auf die Stirn. „Ich habe gehofft, dass du das sagst." Dann wandte er sich an Gaudentius. „Was ist mir dir?"

„Ich möchte in der Nähe meiner Schwester bleiben, wenn ich darf. Es hat mich mit Schmerzen erfüllt, zusehen zu müssen, wie meine Stadt ausgeplündert wurde. Dabei muss ich aber sagen, dass dies von unseren Führern heraufbeschworen wurde. Ich hoffe nun darauf, dass sich das Blatt einmal wieder wendet. Bis dahin werde ich mich in mein Schicksal fügen." Gento lachte lauf auf. „Niemand vermag zu sagen, was in der Zukunft geschieht, darum ist es müßig, uns schon jetzt darüber zu streiten."
Den letzten Transport leitete Geiserich persönlich. Ardel mit den kampferprobtesten Alanen führten ihn an und Thora bildete mit ausgewählten Getreuen die Nachhut. Der Schatz aus der Geheimkammer des Palastes musste auf mehrere Karren verteilt werden und trotzdem ächzten die Achsen der Räder unter der Last. Geiserich und sein Sohn Hunerich ritten jeweils an einer Seite in Begleitung von Hermator, Frigiter und einer Auswahl der besten Kämpfer der Vandalen. Weder die Habgier einzelner, noch unglückliche Zufälle durften diese Fracht gefährden.
Erst als alles auf der Trireme sicher untergebracht war, erklärte Geiserich das römische Unternehmen für beendet. Als Letzter erschien Tirias auf dem Anlegesteg des Hafens. Er gab seinem Pferd einen Schlag auf das Hinterteil, sodass es schrill wiehernd davon sprang und lief dann mit fliegender Kutte, so schnell, wie man es seinem Alter und seiner Leibesfülle nicht zugetraut hätte, über die Planken zum Laufsteg der Trireme.
„Ich habe schon gedacht, du wolltest hier bleiben. Ich hätte nicht auf dich gewartet", versuchte Geiserich den Kirchenmann zu reizen.
„Ich komme so spät, weil ich mich von dem Anblick nicht losreißen konnte. Kaum hatte der letzte unserer

Leute die Stadt verlassen, da tanzten die Bürger Roms auf den Straßen. So als wären sie eine Plage losgeworden. Papst Leo hat den Dankgottesdienst abgehalten, den eigentlich ich aus einem anderen Grund halten wollte", ließ sich Tirias aber nicht ärgern. Geiserich konnte es aber trotzdem nicht lassen. „Da wird Gott aber ins Grübeln gekommen sein."
„Nur wer in Demut Gott und der heiligen Kirche folgt, wird das Himmelreich sehen. Du bist im Augenblick weit davon entfernt, demütig zu sein", grollte Tirias mit gespieltem Ärger.
Geiserich gab das Signal an Juan, dem Kapitän der Trireme, das Schiff abzulegen. Gleichzeitig verkündeten vom Oberdeck die Signalhörner, dass alle anderen Schiffe der Flotte die Anker lichten sollten.
„Lasst uns heimkehren, es ist vollbracht", verkündete er und versetzte Tirias einen versöhnlichen Schlag auf die Schulter.

Die Heimkehr

Die Tage auf See verliefen zäh und eintönig. Die Sonne brannte tagsüber vom Himmel und der Wind, der die Flotte nach Carthago bringen sollte, war nur ein laues Lüftchen. Die schwer beladenen Schiffe lagen tief im Wasser und die Männer auf den Ruderbänken mühten sich, die Fahrt aufrecht zu halten. Einer der Kähne hatte eine bedenkliche Schräglage, ein Zeichen dafür, dass die Ladung nicht richtig verteilt war. Geiserich schützte mit der flachen Hand die Augen vor der Sonne und blickte zu dem Schiff herüber.

„Wieso hängt der Kahn so? Was hat er denn geladen?", fragte er Hunerich.

Der zuckte mit den Schultern. „Ich war nicht dabei, als er beladen wurde. Ich glaube aber, dass es einige Statuen aus dem Tempel des Jupiters und der Cäsarensitz aus dem Kaiserpalast geladen hat."

Geiserich blickte besorgt zum Himmel. „Hoffentlich hält das Wetter. Einen Sturm wird es wohl nicht überstehen."

Hunerich war aber nicht so richtig bei der Sache. Seit geraumer Zeit hatte er die ältere Tochter der Kaiserin im Blick. Sie war an Oberdeck gekommen, um ein wenig Luft zu schnappen. Hunerich verließ das Kommandodeck und näherte sich ihr wie rein zufällig. Sie bemerkte ihn erst, als er neben ihr stand.

„Ich habe es unten nicht mehr ausgehalten. Es ist stickig dort. Ich konnte Plazidia und meine Mutter nicht überreden, mit hoch zu kommen. Sie fürchten die Sonnenstrahlen", begann Eudoxia ganz unbefangen die Unterhaltung.

„Du fürchtest die Sonne nicht?", fragte Hunerich verwundert.

Sie lachte und sah ihn voll an. „Sieh mich doch an! Meine Haut ist sowieso nicht so hell wie die meiner Mutter. Die Sonne kann mir also nicht schaden."

„Du hast eine Haut wie Milch und Honig", beeilte er sich zu versichern.

Verschämt schlug Eudoxia die Augen nieder. „Es klingt komisch aus dem Mund eines Barbaren, aber ich gestehe, dass es mich schmeichelt."

Nun war es Hunerich, der verwirrt war, denn er hatte mit einer heftigeren Antwort gerechnet. Sie schwiegen für eine Weile. Dann war es wieder Eudoxia, die das Gespräch fortführte:

„Dein Vater sagt, er würde uns zu unserem Schutz mit nach Carthago nehmen. In Wirklichkeit sind wir doch seine Geiseln, oder nicht?" Hunerich war die Wendung der Unterhaltung gar nicht recht. „Es wird beides zutreffen, denke ich", druckste er, um gleich zu versichern: „Es wird euch in Carthago an nichts fehlen. Du wirst sehen, es ist eben so schön wie Rom. Wenn es dir dort an irgendetwas fehlt, wo wende dich an mich. Ich werde für dich da sein."
Erstaunt blickte sie ihn mit ihren großen, dunklen Augen an und versonnen sprach sie mehr zu sich selbst: „Gracia, die Tochter des Aetius, hat mir erzählt, dass die Vandalen besser sind, als ihr Ruf. Wir werden sehen, was die Zukunft bringt."
Ein plötzlicher Windstoß löste ihre festgesteckten Haare aus den Spangen und ließ sie auf die Schultern fallen. Hunerich sah sie fasziniert an. Dann hielt er die Hand hoch:
„Endlich kommt Wind auf", freute er sich. „Das bringt uns schneller nach Hause."
In der Tat blähten sich die Segel und die Ruder konnten eingezogen werden. Weit im Westen, am Horizont, türmten sich weiße Wolkenberge bis hoch hinauf zum Himmel und Juan, der Kapitän, blickte argwöhnisch zu ihnen hinüber. Geiserich blickte in dieselbe Richtung:
„Sie werden guten Wind bringen, denke ich."
Juan verzog missmutig sein Gesicht und brummte: „Bei uns in Hispanien sagt man: *Wenn sich die Wolken so hoch in den Himmel recken, dann steigt daran der Blitz und Donner herunter.*"
„Das mag ja sein, doch es ist noch sehr weit entfernt. Wir sollten, wenn wir den Wind nutzen, noch davor herkommen.", hielt Geiserich dagegen.

Juan war immer noch nicht so recht überzeugt.
„Schade, dass wir Ramon, unseren Wetterfühler, nicht mitgenommen haben. Dann wären wir jetzt schlauer. Wir sollten aber trotzdem eine Sturmwarnung an die Flotte weitergeben."
Geiserich hörte auf die Stimme seines alten Gefährten und ließ die Sturmflagge hissen. Auf allen Schiffen begannen nun die Seeleute, zu überprüfen, ob die Ladungen auch festgezurrt waren und nicht verrutschen konnten. Alle Luken und Niedergänge wurden verschlossen. Jeder, der nicht zur Besatzung gehörte, musste unter Deck.
Der Wind nahm nun zu und das Meer veränderte seine Farbe. Aus dem tiefen Blau wurde dunkles Grau mit weißen Schaumkronen. Trotzdem machte nun die Flotte gute Fahrt. Die weißen Wolken in der Ferne veränderten nun ebenfalls ihre Farbe. Im Gegenlicht der Sonne sahen sie bedrohlich dunkel und direkt über dem Meer so gelb wie Schwefel aus. Noch schien das Unwetter aber nicht näher zu kommen. So blieb es dann bis in die Abendstunden. Dann schien es so, als würden sie genau in die Wolkenwand hineinfahren. Noch immer weit voraus erhellten Blitze für Wimpernschläge den Himmel und fuhren, in der Dunkelheit gut zu sehen, wir lange grelle Fäden ins Meer. Dann setzte der Regen ein. Dicke Tropfen prasselten auf sie hernieder. Geiserich wich Juan, auf dem Kommandodeck der Trireme, nicht von der Seite.
„Herr, steh uns bei", flüsterte Juan.
Obwohl der Wind noch immer nicht bedrohliche Ausmaße angenommen hatte, ließ Juan das große Segel herunternehmen. Das bedeutete für die Seeleute ein waghalsiges Unterfangen. Sie mussten in der Finsternis, die nur ab und zu durch einen Blitz erhellt wurde, den Mast hinauf und die Taue lösen.

Kaum war dies geschehen, begannen Blitz und Donner eins zu werden. Die Welt um sie herum schien aus den Fugen zu geraten. Der nun böige Sturm peitschte die Wellen hoch und der dichte Regen nahm ihnen die Sicht.
„Hoffentlich nehmen die anderen Schiffe nicht alle Segel herunter", brüllte Juan gegen das Tosen des Sturmes an. „Sie müssen Fahrt behalten, sonst werfen die Wellen sie um."
„Sie sollten Erfahrung genug haben. Die Mauren kennen sich auf dem Meer aus." Auch Geiserich musste schreien, um sich verständlich zu machen.

Bis zur Mitte der Nacht hielt das Gewitter an. Gento hatte die Segel seiner Dromone nicht heruntergenommen. In einem wilden Ritt über die Wellen, durch Blitz und Donner, war er der gesamten Flotte weit vorausgeeilt. Er bemerkte auch als erster, dass Sturm und Gewitter in sich zusammenfielen. Gaudentius war während des Sturmes tausend Tode gestorben und hatte alle Gebete gesprochen, die er kannte. Er war Römer und kein Seefahrer. Zwischen den Gebeten hatte er geschworen, sollte er jemals heile an Land kommen, nie wieder einen Fuß auf eine Dromone zu setzen. Gracia amüsierte sich darüber, denn auf Gentos Schiff fühlte sie sich so sicher, wie nirgendwo auf der Welt. Als sie im Morgengrauen an Oberdeck kam, fühlte sie sich bestätigt. Es war an Bord alles heil geblieben. Gento stand noch immer mit Wingard am Ruder und sie hielten es fest umklammert. Von der übrigen Flotte war weit und breit nichts zu sehen. Allerdings trübten Nebel und tief hängende Wolken die Sicht.

Gento und Wingard grinsten sich an. „Da sind wir wieder einmal dem Teufel von der Schüppe gesprungen", triumphierte Wingard.
Gento blickte sich um, versuchte die Nebelschwaden zu durchdringen, doch es war kein Mast und kein Segel zu sehen. Nachdenklich erwiderte er: „Hoffentlich sind es die anderen auch. Ich glaube jedenfalls fest daran. Wir werden nun ein wenig kreuzen und die Position halten. Wenn die Nebel sich verzogen haben, werden sie bestimmt auftauchen. Ich denke, du kannst jetzt das Ruder wieder alleine halten. Da vorne wartet jemand auf mich."
Wingard grinste wieder: „Geh nur zum Weib. Du hast mir hier ohnehin nur im Weg gestanden.

Ebenfalls übernächtigt, aber glücklich, das Unwetter überstanden zu haben, versuchten Juan und Geiserich auf dem Kommandodeck der Trireme sich einen Überblick zu verschaffen. Wie durch ein Wunder hatte der Sturm die Flotte nicht auseinander getrieben. Nun, da sich langsam die Morgensonne durch die Wolken kämpfte und die Nebelschwaden vertrieb, konnte man erkennen, in welchem Zustand sich die Schiffe befanden. Es dauerte einige Zeit, bis alle das Zeichen setzten, dass bei ihnen alles klar war. Juan schickte einen Seemann in den Aussichtskorb, um die Anzahl der Schiffe festzustellen. Noch bevor er wieder unten war, stellte Juan aufgeregt fest: „Ich glaube, es fehlen zwei Schiffe. Ich kann nirgendwo den schräg hängenden Frachtkahn entdecken und die Dromone von Gento fehlt auch. Geiserich bekam einen Schreck. Nun war es also doch geschehen. Der Kahn hatte das Unwetter nicht überstanden. Möglicherweise war die Ladung noch weiter verrutscht und das Schiff

gekentert. Nun lag der Stuhl der Cäsaren auf dem Meeresgrund und mit ihm die Statuen, die er sich gerne in seinen Palast in Carthago gestellt hätte. Er hielt sich aber nicht lange mit den Gedanken an den Verlust auf. Vielmehr beschäftigte ihn das Fehlen von Gentos Dromone. Als wenn Juan seine Gedanken erraten hätte, beruhigte er Geiserich:
Es gibt niemand in dieser Flotte, der besser mit einem Schiff umzugehen weiß. Er wird über diesen Sturm gelacht und nicht einen Fetzen Segel heruntergenommen haben. Ich wette mit dir, dass er jetzt schon in der Nähe der sizilianischen Küste ungeduldig kreuzend auf uns wartet."
Geiserich nickte bestätigend. „So wird es gewesen sein. Dann lasst uns nun auch jeden Fetzen Segel setzen und heimkehren."

Es gab nun keine Zwischenfälle mehr. Sie trafen Gento, wie Juan es vorausgesagt hatte, an der Küste Siziliens dicht vor dem Leuchtfeuer von Lilybaeum. So wieder vereint liefen sie einige Tage später in die Bucht von Carthago ein. Noch am selben Abend verlangte Acham Habib, im Palast von Carthago Geiserich zu sprechen. Der hatte dies bereits erwartet und ließ ihn vor.
„Verzeih mir meine Ungeduld, großer König, doch ich hätte doch gerne gewusst, was mein Anteil an der Beute ist. Wir Mauren haben unseren Teil der Abmachung erfüllt. Wie gedenkst du nun zu teilen?", sprudelte es aus ihm hervor.
Geiserich verzog keine Miene, als er antwortete: „Höre ich da etwa heraus, dass du Zweifel hast, dass wir Vandalen unseren Teil der Abmachung erfüllen werden?"

„Nein, nein", wies dies Habib mit gespielter Empörung von sich. „Mir ist nur nicht klar, wie du gerecht teilen willst und wie das geschehen soll!"

Nun war es heraus. Acham Habib, der auserwählte und unumschränkte Herrscher seines Volkes, hatte im Grunde nur die Seele eines Teppichhändlers. Schon während der Heimfahrt hatte er sich sein Hirn zermartert, wie es ihm gelingen konnte, einen guten Teil der Beute für sich zu beanspruchen.

Geiserich gab nun seinen gespielten Ernst auf und lachte schallend auf. „Oh, mein misstrauischer Freund, du hast dich sicher in meine Lage versetzt und bist dabei zu einem schlechten Ergebnis gekommen. Es ist nicht meine Art, Freunde zu verprellen, denn ich könnte sie ja noch einmal brauchen. Sieh mal, die Verteilung ist doch ganz einfach! Die Anzahl deiner Schiffe betrug den dritten Teil derer, die wir aufgeboten haben. Alles, was ihr geladen habt, könnt ihr also mit nach Hause nehmen, wenn du damit einverstanden bist. Das erspart uns die Erbsenzählerei und viel Zeit und Mühe."

Acham Habibs Gedanken begannen zu rasen. Er suchte verzweifelt den Nachteil, der ihm daraus erwachsen würde, doch ihm fielen immer nur die vielen Sesterzen, Schmuckstücke und kräftigen Sklaven ein, die sich in den Laderäumen seiner Schiffe befanden. Er hatte verloren, noch bevor er zu verhandeln beginnen konnte.

Geiserich blickte ihn lauernd an. Hatte er den Köder geschluckt? Er wusste nur zu gut, dass Habib über den Wert der Beute auf seinen Schiffen genau informiert war. Wahrscheinlich hatte er sich persönlich davon überzeugt. Darum hoffte Geiserich, dass bei Habib nun die Gier über den klaren Verstand siegte. Klarer Verstand hätte bedeutet, dass ihm eingefallen

wäre, dass die Mauren in Portus Augusti beim Verladen der Beute auf die Schiffe nicht dabei gewesen waren. Folglich konnte er keinen Überblick über den gesamten Wert und Umfang der Beute haben. Von dem Schatz aus dem Kaiserpalast wusste er ohnehin nichts.
„Nun, was sagst du dazu?", fragte Geiserich noch einmal nach.
Habib kniff die Augen zusammen und machte, um nicht sein Gesicht zu verlieren, einen lahmen Versuch, zu handeln.
„Du hast die kostbaren Geiseln. Die Kaiserin und der Sohn des Aetius werden dir viele Sesterzen einbringen. Das könnte noch eine Ladung von deinen Schiffen aufwiegen."
Geiserichs Gesicht verfinsterte sich nun. „Mein Angebot war mehr als großzügig. Ich habe auf der Überfahrt schon eines meiner Schiffe verloren. Darauf befand sich überaus wertvolle Fracht. Außerdem sind viele meiner Schiffe mit Statuen und anderen, für dich wertlosen Gegenständen, beladen. Wenn ich es mir nun recht überlege, war mein Angebot zu meinem Nachteil und wenn du mir noch mehr Zeit gibst, es zu überdenken, so könnte ich davon Abstand nehmen."
Nun sah Habib ein, dass er zu weit gegangen war. Die Vandalen verstanden eben nicht, zu handeln.
„Wenn wir dadurch Freunde bleiben, will ich dein Angebot annehmen", beeilte sich Habib nun mit seiner Zusage. Schließlich hatte er mehr bekommen, als er es sich je erhofft hatte. Nun lächelte Geiserich wieder: „Hier meine Hand darauf! Ich wünsche dir eine gute Heimfahrt und ein langes Leben."
Sie reichten sich die Hände und schieden im besten Einvernehmen.

Es dauerte fast eine Woche, bis alle Beutestücke entladen waren und die Kammern des Palastes von Karthago füllten. Hätte Acham Habib all die kostbaren Dinge gesehen, so wäre er wohl vor Ärger geplatzt.

*

Die Kaiserin Eudokia konnte mit ihren Töchtern einen Seitenflügel im Königspalast beziehen. Hunerich erkundigte sich auffallend oft nach dem Befinden der ältesten Tochter Eudoxia. Es war Sommer in Carthago und die Sonne brannte tagsüber erbarmungslos auf die Dächer und Straßen der Stadt. In der Mittagszeit zogen sich die Menschen in die Kellerräume ihrer Häuser zurück, wo es kühl und erträglich war. Weil der Königspalast durch seine Lage hoch über der Stadt auch bei der größten Hitze immer noch eine kühle Brise vom offenen Meer her bekam, konnte man es in den schattigen Wandelgängen recht gut aushalten. Hier trafen sich Hunerich und Eudoxia oft. Es war schon eine seltsame Verbindung, die sich da anbahnte. Eine Tochter der kaiserlichen Familie des römischen Imperiums und der Sohn des Vandalenkönigs, der die größte Bedrohung des Reiches war. Trotzdem war Geiserich nicht gegen eine solche Verbindung und er versuchte auch nicht, sie ihm auszureden. Eine familiäre Bindung mit dem Imperium könnte in Zeiten der Not noch einmal von Nutzen sein.
Hunerich war von der anmutigen Natürlichkeit Eudoxias begeistert. Ihre Begegnungen waren immer angefüllt mit regen Gesprächen und es konnte nur

eine Frage der Zeit sein, dass sie sich über das Reden hinaus näher kamen.

„Könntest du dir vorstellen, für immer hier an meiner Seite in Carthago zu leben?", fragte er sie eines Tages bei einem ihrer Treffen.

Für einen Moment schaute sie ihn wie versteinert an. Dann sprudelte es nur so aus ihr heraus.

„Ich hätte nie für möglich gehalten, dass du mich das fragen würdest. Was wird dein Vater dazu sagen? Meine Mutter wird sicherlich in Ohnmacht fallen, aber ich habe dich vom ersten Tag, an dem wir uns gesehen haben, geliebt. Ja, ich will hier an deiner Seite bleiben, für immer."

Sie schauten sich dabei tief in die Augen und ihr Kuss schien eine Ewigkeit zu dauern.

Dann liefen sie direkt zu Geiserich, um ihm ihre Entscheidung zu verkünden. Hunerich hatte dabei ein ungutes Gefühl im Magen, denn noch zu gut konnte er sich an die Reaktion seines Vaters erinnern, als er ihm Isodora vorgestellt hatte. Doch nun war alles anders.

„Es wurde auch Zeit, dass du dir ein Weib suchst.", strahlte Geiserich sie beide an. „Wenn ihr glaubt, ihr gehört zusammen, so sollte nichts hinderlich sein, was euch trennen könnte. Meinen Segen habt ihr."

Hunerich fiel ein Stein vom Herzen und war sich gewiss, dass er diesmal die richtige Wahl getroffen hatte.

*

Gracia blickte wie jeden Tag suchend von dem Fenster ihres Gemaches hinaus auf das offene Meer. Es war nun schon einen Monat her, seit sie Gento zuletzt zu Gesicht bekommen hatte. Noch in der Nacht nach ihrer Ankunft, in der sie sich wie von Sinnen geliebt hatten, war er wieder zu seiner Dromone zurückgekehrt.

„Mein Vater schickt mich nach Hispanien. Ich soll herausfinden, wie weit die Römer dort mit dem Bau der Flotte sind", hatte er gesagt.

Nun wartete sie sehnsüchtig auf ihn, immer mit der Sorge, dass ihm etwas geschehen könnte. Heute war sie besonders unruhig. Es war anders als sonst, denn irgendwie war es ihr, als spürte sie seine Nähe. Aufgeregt ließ sie nach einer Kutsche rufen. Vom Palast aus führte eine breite Straße hinauf zu den Klippen der Nordseite der Halbinsel von Carthago. Dort, in der Nähe des Wachturmes, von dem man die gesamte Bucht und das offene Meer davor überblicken konnte, ließ sie sich absetzen. Sie ging ein paar Schritte zum Rand der Klippe, dort wo die Küste steil und schroff ins Meer hinab fiel, und ließ sich nieder. Ein wenig kam es ihr so vor, als säße sie in den Klippen von Sizilien, wo sie damals schon nach Gento Ausschau gehalten hatte. Immer wieder suchte sie den Horizont ab. Dann, als sie schon enttäuscht wieder gehen wollte, sah sie das Segel dort, wo Himmel und Meer sich begegneten. Es gab für sie keinen Zweifel, dass es Gento war. Sie lief zurück zur Kutsche und trieb den Diener zur Eile an. Sie wollte Gento unten am Kriegshafen empfangen.

Ihr Gefühl hatte sie nicht betrogen. Es war Gentos Dromone, die in der Mittagszeit an der äußeren Anlegestelle des Kriegshafens festmachte. Mit einem Satz über die Bordwand auf den Anleger eilte er ihr entgegen und umfasste mit beiden Händen ihre schlanke Taille. Dann hob er sie hoch und wirbelte sie herum, dass ihr fast schwindelig wurde. Erst nach einigen Umdrehungen setzte er sie wieder ab.

„Die Sehnsucht nach dir hat meiner Dromone Flügel wachsen lassen", flüsterte er zärtlich.

„Du warst viel zu lange fort! Ohne dich ist das Leben hier öd und leer", erwiderte sie schmollend.

Mit einem Kuss verschloss er ihre Lippen. „Wenn es in meiner Macht läge, würde ich mich nie von dir trennen, doch ich fürchte, mein Aufenthalt in Carthago wird auch diesmal nicht von langer Dauer sein. Darum muss ich auch sofort zum König, denn ich habe wichtige Neuigkeiten."

Gracia stieß ihn von sich: „Nein, das kannst du nicht ernst meinen. So kann ich nicht leben. Ich möchte nicht all meine Zeit damit verbringen, auf das Meer hinauszustarren, um voller Sorge auf dich zu warten, bis du mal kurz vorbeischaust." „Es wird nicht ewig so sein", versuchte er sie zu besänftigen. „Sieh mal, die Zeiten sind unruhig und mein Vater braucht mich jetzt an seiner Seite. Da darf ich nicht nur mein Glück im Auge haben." Er versuchte, sie wieder an sich zu ziehen, doch sie sträubte sich mit steif ausgestreckten Armen.

„Wenn du meine Liebe willst, musst du dich entscheiden, was dir wichtiger ist."

Gento ließ seine Arme sinken. „Du weißt genau, dass ich mein Volk nie im Stich lassen könnte, darum zwinge mich nicht zu solch einer Entscheidung."

Trotzig wandte sich Gracia von ihm ab. „Dann lebe wohl. Eine zweite Wahl will ich nicht sein."

Es traf Gento wie ein Stich ins Herz, als sie zu ihrer Kutsche lief, ohne sich noch einmal umzuwenden. Doch er konnte es nicht ändern.

Geiserich blickte Gento prüfend an. „Du siehst nicht glücklich aus, mein Sohn. Ist das, was du zu berichten hast, so schlecht?"
„Die Zeiten sind schlecht, Vater. Wir haben uns in Carthago Nova unter das Volk gemischt und eine Menge Neuigkeiten erfahren. Die Westgoten haben einen Heerführer mit dem Namen Ricimer mit drei Legionen nach Rom geschickt, um es zu schützen. Gleichzeitig hat er auch einen gewissen Avitius mitgebracht und ihm zum neuen Kaiser wählen lassen. Doch dies ist noch nicht alles. Die Römer und Westgoten scheinen den Plan, eine große Flotte gegen uns aufzustellen, nun in die Tat umzusetzen. Ganze Landstriche sind zum Bau der Schiffe abgeholzt worden. Überall in den Häfen werden Seeleute angeheuert und mehrere Legionen sind von Gallien aus in Marsch gesetzt worden."
Gento blickte seinen Vater an und wartete auf eine Reaktion von ihm. Der starrte aber nur gedankenversunken zu Boden. Dann murmelte er, so als würde er nur mit sich selbst reden.
„Man müsste sie beschäftigen, sie an anderer Stelle unter Druck setzen. Wir sind noch nicht so weit, einen direkten Angriff von mehreren ausgebildeten und kampferprobten Legionen abzuwehren. Wenn sie dort in Hispanien alle Kriegsschiffe, die sie haben, versammeln, dann sind die Küsten Italiens und die Handelsschiffe schutzlos. Das ist es!", rief er nun laut. „Wir werden eine Seeblockade errichten. Es dürfen ab sofort keine Waren mehr nach Rom gelangen. Wenn das Volk nichts mehr zu essen hat, wird es gegen seine Führung aufbegehren."
Gentos Gesicht erhellte sich nun zum ersten Mal auf. „Das könnte gelingen, denn die Truppen aus Gallien

werden Carthago Nova nicht vor den Herbststürmen erreichen. Dann wird ein Übersetzen nicht mehr möglich sein. Also haben wir Zeit, bis das Meer im nächsten Jahr wieder schiffbar wird."

„Trotzdem werde ich Heldica anweisen, mehrere Tausendschaften nach Mauretanien in Marsch zu setzen. Darüber hinaus werden wir alle Häfen an der mauretanischen Küste bis hinunter nach Tingitana unter unsere Kontrolle bringen, damit man uns nicht überraschen kann", ergänzte Geiserich die Überlegungen seines Sohnes.

„Das bedeutet für mich, dass ich gleich morgen wieder aufbrechen muss, nicht wahr?", zog Gento fragend die Schlussfolgerung aus dem Gespräch. Geiserich nickte: „Tut mir leid, mein Sohn, aber ich kann niemand anderen mit dieser wichtigen Aufgabe betreuen. Das Meer der Mitte muss den Vandalen gehören, sonst kann unser Volk hier nicht bestehen."

„Dann werde ich Gracia, wenn du es erlaubst, wieder nach Syrakus bringen. Dort wird sie sich nicht so einsam fühlen, wie hier."

„Sie ist ungehalten über deine häufige Abwesenheit", stellte Geiserich wissend fest.

Gento blickte zu Boden. „Sie will, dass ich mich für sie und gegen unser Volk entscheide."

„Gracia ist noch jung. Sie wird noch lernen müssen, dass es im Leben nicht immer nur geradeaus geht. Irgendwann wird sie verstehen, dass sie nur einen Mann lieben kann, der sich von einem Weiberrock nicht verbiegen lässt und seine Pflicht tut. Ich werde Thora bitten, einmal ein freundschaftliches Gespräch mit ihr zu führen. Sie kann in dieser Beziehung aus eigener Erfahrung sprechen."

„Nein, Vater, das wäre mir nicht recht. Sie hat sich entschieden und ich werde damit leben." Die

Dromonen der vandalischen Kriegsflotte liefen am Mittag des nächsten Tages aus mit Kurs auf Sizilien. Gracia hatte das Angebot zwar angenommen und befand sich auf einem der Kriegsschiffe, aber sie hatte sich geweigert, auf Gentos Dromone mitzufahren.

*

Geiserich empfing jeden Tag um die Mittagszeit die Boten der Kurierschiffe. Ständig brachten sie die neuesten Nachrichten von den Unternehmungen der vandalischen Flotte. Immer wieder wurde Gentos Heldenmut beschrieben. Stets kämpfte er todesmutig an der Spitze seiner Männer. Er hatte seine Aufgabe mehr als erfüllt. In Rom war eine Hungersnot ausgebrochen. Kein Schiff erreichte den Hafen von Portus Augusti. Das Volk begann zu murren und bald kam es zu einem offenen Aufstand gegen Avitius. „Dieser Kaiser kann uns nicht von dem Joch der Vandalen befreien", riefen sie erbost.
Die neuesten Nachrichten aus Rom besagten, dass der Gote Ricimer den Avitius als Kaiser abgesetzt und nach Gallien zurückgeschickt hatte. Geiserich lachte darüber und spottete.
„Das wird für Avitius eine Schmach gewesen sein. Es war ihm sicher nicht recht, denn römische Kaiser ermordet man, aber man schickt sie nicht einfach fort." Dann fragte er den Boten: „Wie geht es meinem Sohn Gento? Seine Aufgabe ist erfüllt. Er sollte sich Ruhe gönnen und nach Hause kommen."

Der Bote verneigte sich kurz, ehe er antwortete.
„Gento hat mir aufgetragen, er werde die Angriffe so lange fortführen, bis Ricimer die Waffen strecke."
Geiserich versuchte, seinen Ärger darüber im Zaum zu halten. Trotzdem war er aufgesprungen und ging nun unruhig hin und her.
„Du machst dich mit deinem Schiff noch heute auf den Weg zu ihm und überbringst ihm folgenden Befehl von mir: Die Flotte beendet bis auf weiteres alle Feindseligkeiten gegenüber Rom. Sie zieht sich auf ihre Häfen in Sardinien und Sizilien zurück. Gento soll jedoch sofort nach Carthago zurückkehren."
Der Bote verneigte sich wieder und sprach: „Es wird etwas dauern, aber ich werde ihn finden und den Befehl überbringen, Herr."

Als Gento wieder im Kriegshafen von Carthago festmachte, war jedoch schon der Sommer vergangen.
Sein erster Weg führte in den Palast zu Geiserich. Sein Gruß fiel nur flüchtig aus. Der Ärger stand in seinem hager gewordenen Gesicht geschrieben. Geiserich erkannte sofort, dass seine jugendliche Unbekümmertheit verloren gegangen war. Schließlich war er mit seinen nun 30 Jahren kein Jüngling mehr.
„Warum hast du die Flotte zurückbefohlen? Wir hatten sie am Halse und es wäre nur noch eine Frage der Zeit gewesen, dass sie um Gnade gebettelt hätten. Es war ein Fehler, die Angriffe einzustellen."
Jeden anderen hätte Geiserich für diese Unbotmäßigkeit auspeitschen und in den Kerker werfen lassen, aber dies war sein Sohn Gento, den er für fähig hielt, einmal sein Nachfolger auf dem Thron der Vandalen und Alanen zu werden.

„Hör mir gut zu, mein Sohn. Mein väterlicher Freund und Lehrmeister, Hilderich, hat mir folgendes mit auf den Weg gegeben: *„Wenn du im Kampfe stehst und ihn noch so heldenhaft und todesmutig führst, wirst du scheitern, wenn du dabei deinen Kopf nicht gebrauchst."* Ich habe in der Zwischenzeit nämlich eine Botschaft aus Byzanz erhalten. Marcianus und Aspar ließen mich wissen, dass, wenn ich die Strangulierung Roms nicht aufgeben würde, sie die ständigen Hilfeersuche des Westreiches nicht mehr ignorieren könnten. Was dies bedeuten würde, kannst du dir sicher ausmalen. Also gehen wir erst einmal behutsamer vor, denn ich verspüre keinerlei Lust darauf, von den West- und Oströmern in die Zange genommen zu werden. Wird dir nun mein Befehl verständlich?"
Gento senkte den Kopf: „Ich hätte es wissen müssen, dass es einen besonderen Grund gab. Verzeih mir meine Unbeherrschtheit, aber so kurz vor dem vermeintlichen Ziel aufgeben zu müssen, verstellt einem schon den Blick. Hinzu kommt noch, dass Ricimer nun jenen Majorianus zum Kaiser gemacht hat, der die römische Flotte in Hispanien aufstellt und nun mit seinen Legionen auf Carthago Nova zu marschiert."
Geiserich war über diese Neuigkeit nicht sonderlich überrascht. „Dieser Majorianus scheint ein ernst zu nehmender Gegner zu sein. Ich werde ihn mir ansehen müssen."
Gento machte ein verblüfftes Gesicht. „Wie meinst du das?"
„Ich werde mit ihm verhandeln. Dabei biete ich ihm Frieden an."
Gento schüttelte den Kopf. „Den wird er nicht annehmen, denn er glaubt, dass er mit der Flotte und

den gotischen Legionen stark genug ist, um uns zu vernichten."
„Natürlich wird er nicht annehmen, aber wir haben gegenüber Byzanz unseren guten Willen gezeigt."
Gento gab noch nicht auf. „Es bleibt aber die Bedrohung durch diese Flotte."
Geiserich grinste nun. „Um die werden wir uns an Ort und Stelle kümmern. Zunächst werden wir aber Hunerichs Vermählung mit Eudoxia feiern. Dies wird in den nächsten Tagen geschehen."
Dieses Mal freute sich Geiserich über Gentos überraschtes Gesicht.
„Das ist nicht wahr! Hunerich hat sich die junge Kaisertochter geschnappt? Ja, dafür muss der Krieg warten."

Hunerichs Hochzeit war das Ereignis in Carthago. Alle Vandalen hatten ihre Festgewänder angezogen und versammelten sich vor der Basilika Majorum um einen Blick auf das hohe Brautpaar werfen zu können. Die Mauren hatten eine Abordnung unter der Führung von Hassan, dem Großmeister ihrer Flotte, geschickt. Geiserich sah aber mit besonderer Freude, dass die Berber den alten Machmoudi in Begleitung von Farina und Chamsi, der nun der Führer der Berber geworden war, geschickt hatten. Über das Erscheinen von Farina freute sich Geiserich besonders und hoffte, dass es eine Gelegenheit geben würde, mit ihr ein paar Worte wechseln zu können. Selbst die römische Bevölkerung Carthagos hatte eine Abordnung unter der Führung ihres Bischofs Deogratias entsandt.
Als der Gottesdienst für die Trauung begann, war die Basilika bis auf den letzten Platz gefüllt. Eudoxia strahlte ihr glücklichstes Lächeln und Hunerich schaute sie verliebt an, als Tirias sie fragte: „Wollt ihr

mit dem Segen des Herrn, der Hilfe von Jesus Christus und des Schutzes des Heiligen Geistes, Mann und Frau werden?"
Ihr gemeinsam gesprochenes „Ja" drang bis in den letzten Winkel der Basilika. Draußen im Forum hatte man eine Empore gebaut, auf der das Brautpaar nach der Trauung Platz nahm. Dort nahmen sie die Gratulationen der einzelnen Abordnungen entgegen. Neben Hunerich und Eudoxia saßen auf der einen Seite die Kaiserin Eudokia und ihre Tochter Placidia, auf der anderen Geiserich und Thora. Gento hatte seinen Bruder kurz auf die Schulter geschlagen und Eudoxia die Hand geküsst. Das war seine Art, zu gratulieren. Dann ward er auf der Feier nicht mehr gesehen. Nachdem die Abordnung der Berber Hunerich und Eudoxia ihre Aufwartung gemacht hatten, begrüßte Geiserich den alten Machmoudi wie einen alten Freund.
„Es tut meinen Augen gut, dich zu sehen, alter Mann." Machmoudi war in der Tat alt und gebrechlich geworden. „Meine Augen sehen nicht mehr so gut. Dafür kann ich aber noch leidlich hören und von dir hört man in der Welt große Dinge. Es ist mir eine Ehre, in deinem Schatten stehen zu dürfen." Er tastete in seinem Gewand nach dem heiligen Dolch. Dann hielt er ihn auf der flachen Hand Geiserich entgegen. „Es ist für mich an der Zeit, diesen Dolch weiter zu geben. Das Band unserer Freundschaft würde gestärkt, wenn du ihn meinem Nachfolger übergeben würdest. Es ist Chamsi, der ihn fortan tragen soll."
Geiserich nahm den Dolch in seine Hände. Ein unbeschreibliches Gefühl beschlich ihn. Für einen kurzen Moment fühlte er sich nach Thugga in den Turm des Massinissa versetzt. Bilder der

Vergangenheit rasten durch seinen Kopf und auf einmal wurde der Wunsch übermächtig, den Dolch nie wieder herzugeben. Dabei blickte er in die starren, fast blinden Augen von Machmoudi. Langsam entspannte sich Geiserich wieder und wandte sich an Chamsi: „Dieser heilige Dolch soll auch in der Zukunft und für alle Zeit das Zeugnis unserer Freundschaft sein."
Chamsi verneigte sich. Dann kniete er nieder und nahm aus Geiserichs Hand den Dolch, berührte ihn kurz mit seinen Lippen und versprach feierlich: „Berber und Vandalen werden für immer Brüder sein."
Nun trat Farina heran. „Ich bin gekommen, damit ich meine Seele von einer Last befreien kann. Ich möchte um Vergebung bitten, dass meine Trauer um Gaius in blindwütigen Hass umgeschlagen ist. Gerade dich hätte ich nicht kränken dürfen, denn schließlich bist du es, den Gaius es für Wert hielt, sein Leben zu geben."
Geiserich reichte ihr die Hand und sagte: „Ich habe deine Wut verstanden, denn ich trug sie auch in mir. Nur die Verantwortung für mein Volk hat mich vor unüberlegtem Handeln bewahrt. Lass uns in Gaius Sinne unsere Freundschaft erneuern."
Erleichtert ergriff Farina seine Hand und flüsterte: „Nun wird alles gut."
Ein paar Schritte entfernt stand Hermator und blickte sie mit brennenden Augen an. Sie bemerkte seinen Blick und hielt ihm für eine ganze Weile stand. Dann trat sie zu ihm.
„Ich habe immer noch deine Abschiedsworte im Ohr. Sie haben mich die ganze Zeit in der Finsternis begleitet. Als ich wieder bereit war, nach Licht zu suchen, wusste ich, dass du das Licht sein könntest. Gib mir noch ein wenig Zeit, dann werde ich den Durst mit deinem Wasser stillen."

Hermator wusste vor Schreck nichts zu sagen.
Freudig nahm er ihre Hand und küsste sie. Sanft, aber bestimmt, entzog sie sich ihm und folgte Chamsi und Machmoudi, die sich auf den Heimweg machen wollten.

Derweil hatte der römische Bischof Deogratias bei Geiserich vorgesprochen. „Herr, ich hoffe, dich anlässlich dieses Festes gnädig gestimmt vorzufinden."

Geiserich lachte. „In der Tat könnte meine Stimmung nicht besser sein. Ich hoffe auch nicht, dass du sie mir verdirbst."

Deogratias hob abwehrend die Hände. „Ich würde es nicht wagen, an einem solchen Tag dem König die Stimmung zu verderben."

„Was willst du?", fragte Geiserich nun kurz.

„Ich möchte römische Geiseln freikaufen. Ihre Familien haben mir, was ihnen möglich war an Sesterzen geschickt. Was verlangst du für sie?"

Geiserich lachte jetzt wieder laut auf. „Glaubst du allen Ernstes, ich würde an diesem Fest einen Handel mir dir abschließen? Alles, was ich dir heute zusagen kann, ist, dass du sie auslösen kannst. Über den Preis wirst du mit Heldica, dem Praepositus regni, verhandeln müssen."

Deogratias verneigte sich. „Ich wusste, dass du wohlgestimmt bist, vielen Dank."

Die Feier wurde später im Palast fortgesetzt und dauerte bis in die Morgenstunden. Irgendwann am Abend hatte Thora nach Gento gefragt. Im allgemeinen Trubel war es nicht aufgefallen, dass er nicht an der Feier teilnahm.

„Gento hat sein strahlendes Lachen verloren. Es ist nicht gut für ihn, alleine zu sein", stellte sie bedauernd fest.

„Er wird es wieder finden, da bin ich mir sicher", erwiderte Geiserich, „denn er ist stark."

Zu diesem Zeitpunkt hatte sich Gento längst hinunter zum Hafen begeben. Dort war seine Welt. Er betrat eine der Schänken, aus der laute Musik erscholl. Zwei Flötenspieler wurden von einem Tamburin und einem Saiteninstrument begleitet. In der Mitte des Raumes tanzten dazu drei dunkelhäutige, fast nackte Mädchen. Gento nahm an einem der Tische Platz. Eilfertig kam ein Diener herbei.
„Hol mir den Wirt dieser Schänke her", herrschte Gento den Mann an.
Der verschwand auf der Stelle, denn sein geschulter Blick hatte erkannt, dass hier nicht nur ein einfacher Seemann saß. Kurz darauf erschien dann auch der Wirt.
„Du kennst unsere Gesetze? Dirnen zu halten, ist verboten. Ich könnte deine Schänke auf der Stelle schließen lassen", drohte Gento, doch der Wirt ließ sich nicht aus der Fassung bringen.
„Dirnen, hoher Herr? Ich sehe hier keine Dirnen. Die jungen Frauen sind meine Töchter, die einfach Spaß am Tanzen haben."
Gento wusste, dass jedes Wort gelogen war, aber er war nicht hier, um dafür zu sorgen, dass Gesetze eingehalten wurden.
„Deine Töchter sind anmutig", grinste Gento nun. Er holte aus seinem Gewand eine Goldmünze. „Ich möchte dafür ein paar Krüge von deinem besten Wein und deine „Töchter" sollen für mich tanzen.
Der Wirt wog die Münze in der Hand und strahlte Gento an. „Kommt mit, Herr. Ich habe ein Gemach, wo sie nur für euch alleine tanzen und alles tun, was ihr wollt."

Er gab den Mädchen ein Zeichen. Sofort kamen sie herbei, schwirrten kokettierend um Gento herum und nahmen ihn dann bei der Hand. Sie führten ihn in einen Raum, in dem ein niedriger Tisch stand. Darum herum lagen braune Ziegenfelle und Sitzkissen aus rotem Leinen. Der Raum wurde mit schummrig leuchtenden Öllampen erhellt.
Sie ließen Gento an dem Tisch auf einem der Sitzkissen Platz nehmen. Der Wirt kam mit einem großen Krug Wein herein und stellte ihn auf den Tisch. Ihm folgten die vier Musiker. Der Wirt verschwand wieder, doch die Männer mit den Musikinstrumenten blieben. Gento nahm einen tiefen Schluck aus dem Krug. Der Wein war süß und schwer. Er hatte nur den einen Wunsch, für ein paar Stunden seine Traurigkeit zu vergessen. Da er den Wein nicht gewöhnt war, begann es schon nach dem zweiten Krug in seinem Kopf an zu rauschen. Die Mädchen bewegten sich aufreizend im Takt der Musik. Eine hüpfte sogar vor ihm auf den Tisch, spreizte ihre Beine und bog ihren Körper biegsam wie eine Schlange nach hinten. Sie trug nichts unter ihrem Lendenschurz. Der dritte Weinkrug schaltete sein Denken aus. Eines der Mädchen gab der Musik ein unauffälliges Zeichen. Sie packten ihre Instrumente und verschwanden. Nun zeigten die „Töchter", welche Kunst sie wirklich ausübten. Geschickt befreiten sie Gento von seinen Beinkleidern, lösten den Schwertgurt mit dem Kurzschwert daran und legten dies außerhalb seiner Reichweite. Dann begannen sie gleichzeitig mit den Lippen alle Bereiche seines Körpers zu bearbeiten. Während eine von ihnen sich über sein Glied hermachte, verschloss die andere seinen Mund mit einem leidenschaftlichen Kuss und ihr heruntergefallenes Haar nahm ihm die Sicht auf

die Dritte im Bunde. Die machte sich nun unauffällig an seinem Lederbeutel mit den Goldstücken zu schaffen, der an dem Schwertgurt befestigt war. Irgendwie meldete sich bei Gento, trotz des Rauschens im Kopf, sein Instinkt für Gefahr. Die Nebel begannen sich plötzlich zu lichten. „Was mache ich überhaupt hier?", fuhr es ihm durch den Kopf. Unwillig machte er sich frei. Dabei fiel sein Blick auf das Weib, das gerade im Begriff war, seinen Geldbeutel zu leeren. Mit einem Hechtsprung war er bei ihr, riss sein Schwert aus der Scheide und hielt es ihr an die Kehle. Dabei krallte sich eine Faust in ihr kurzes, krauses Haar.

„Du kleines, gieriges Biest. Wie oft habt ihr dies schon mit einfachen Seeleuten gemacht?"

Er schleuderte sie mit dem Griff in die Haare auf ihre beiden Komplizinnen zu. Ihre nackten, dunklen Leiber fielen übereinander zu Boden. Hastig griff er nach seinem Beinkleid und dem Umhang. Während er sich wieder bekleidete, drohte er den nun doch arg verschreckten Weibern: „Los, verschwindet, ehe ich euch in kleine Stücke hacke. Sorgt dafür, dass ihr mir nie mehr über den Weg lauft, denn dann werde ich euch im Meer ersäufen lassen, wie junge Katzen."

Die Weiber ergriffen nun kreischend die Flucht. Ohne sich um ihre Nacktheit zu kümmern, jagten sie durch den Schankraum, hinaus ins Freie.

Gento schritt nun durch die Schänke auf den Wirt hinter dem Schanktisch zu. Mit der Schwertspitze fuhr er ihm dicht unter der Kehle ins Gewand und zog ihn damit zu sich heran.

„Deine „Töchter" haben versucht, mich zu bestehlen. Darauf stehen in unseren Gesetzen der Tod."

Der Wirt wurde fahl im Gesicht. Mit schreckgeweiteten Augen beteuerte er nun: „Das sind nicht meine

Töchter. Ich kenne sie überhaupt nicht. Sie sind heute das erste Mal in meiner Schänke."
Gento zog sein Schwert nun mit einem Ruck durch den Stoff. Das Gewand zerriss vom Brustbein her und der Wirt wurde über den Schanktisch gezogen.
„Solches Gesindel wie dich können wir in Carthago nicht dulden. Verschwinde auf der Stelle von hier, denn morgen wird dieser Laden niedergebrannt. Jeder, der hier noch angetroffen wird, hängt noch am selben Tag draußen vor den Toren am Pfahl."
„Das könnt ihr nicht machen, Herr. Ich bin unschuldig", winselte der Wirt nun.
Doch Gento hatte die letzten Worte schon nicht mehr vernommen. Wütend auf sich selbst schlug er nun die Richtung zum Kriegshafen ein. Die Wache vor seiner Dromone erkannte ihn sofort.
„Ich werde heute Nacht in meiner Kammer schlafen", erklärte er kurz dem Posten und verschwand unter Deck. Hier fühlte er sich zu Hause und schlief recht bald traumlos, das erste Mal seit langer Zeit, den Rest der Nacht durch.

Die Flotte

Blutrot hob sich die Sonne aus dem Meer. Noch schickte sie ihre Strahlen in den Himmel und vertrieb dort Mond und Sterne, die ihnen die Nacht hindurch den Weg nach Westen gewiesen hatten. Geiserich war schon früh an Oberdeck gekommen und fast gleichzeitig mit ihm Gento, der Wingard am Ruder von der Nachtwache ablösen wollte.

Die Dromone lag ruhig in den leichten Wellen, angetrieben von dem stetigen Ostwind, der sie nach Hispanien bringen sollte.
„Es kann nicht mehr lange dauern, dann müsste Land zu sehen sein. Ich denke, wir sollten Juan aufwecken."
Gento nickte und sprach: „Ich habe schon einige Möwen gesehen. Juan wird die Bucht vor seinem Heimatdorf bestimmt mit verbundenen Augen finden."
Es war nicht nötig, Juan zu wecken. Die unmittelbare Nähe der Küste und Aussicht, bald sein Heimatdorf wieder zu sehen, ließen ihn nicht lange ruhen. Ein Seemann ist es gewohnt, auf See nur mit wenig Schlaf auszukommen. Darum erschien er an Deck, gerade als sie über ihn geredet hatten. Juan war etwa in dem gleichen Alter wie Geiserich. Doch im Gegensatz zu ihm hatten sich seine, früher schwarzen, Haare grau verfärbt und in sein hageres Gesicht tiefe Kerben gegraben.
Wenn Geiserich es so recht überlegte, war es diesem Mann zu verdanken, dass die Vandalen eine Seemacht geworden waren. Er war es, der ihm die Liebe zum Meer ins Herz gepflanzt hatte, ihm das Können vermittelt, es zu beherrschen und die Augen geöffnet für die Möglichkeiten, die es seinem Volk bieten würde.
Juan hatte vom ersten Zusammentreffen an immer an Geiserichs Seite gestanden, ihn beraten und sein Wissen an die Vandalen weiter gegeben. Nun kam er nach langer Abwesenheit in seine Heimat zurück.
Geiserich wies mit dem Arm voraus und begrüßte Juan: „Ich rieche schon das Land und denke, es ist an der Zeit, dass du das Ruder übernimmst."
Juan betrachtete prüfend den Himmel, warf einen Blick in das gefüllte Segel und bestätigte: „Deine Nase

ist immer noch sehr gut. Wenn der Wind so anhält, sind wir in den Mittagsstunden am Ziel."

Noch einmal blickte er auf den Stand der Sonne und den verblassenden Morgenstern. „Schickt einen Mann in den Mastkorb, damit er uns meldet, wenn Land in Sicht ist."

Gento gab den Befehl sofort weiter und fügte hinzu: „Ich will auch über jedes Segel Bescheid wissen, das in unserem Umkreis auftaucht."

Die Dromone hatte nämlich eine wertvolle Fracht aus den Schatzkammern des Palastes von Carthago. Aber abgesehen davon, wäre es undenkbar gewesen, dass Geiserich, der König der Vandalen und Alanen, in feindliche Hände fallen würde. Mit dieser Dromone waren sie weithin sichtbar als Vandalen auszumachen. Darum mussten sie so schnell wie möglich an einen sicheren Ort, und dies war die Bucht vor Juans Heimatdorf.

Der aufgeregte Ruf des Mannes im Mastkorb unterbrach Gentos Gedanken.

„Gerade voraus ist Land! Dicht vor der Küste scheinen Galeeren zu liegen. Jedenfalls tragen sie keine Segel!"

Gento warf einen fragenden Blick auf Juan. Der übernahm nun von Gento das Ruder und murmelte: „Wir sind wahrscheinlich etwas zu weit südlich. Ich habe es mir schon gedacht, als ich an Deck kam. Gehen wir also kein Risiko ein und halten uns nach Norden."

Er legte das Ruder herum und für einen Moment schlugen die schlaffen Segel klatschend an den Mast. Die Männer der Besatzung eilten herbei. Sie waren eine eingespielte Mannschaft, die auch ohne Befehle sah, was getan werden musste. Sie zogen die Segelstange herum, lösten die Taue und machten sie an anderer Stelle wieder fest. Es knallte laut, als sich das Segel wieder blähte.

„Es könnte die Flotte sein, die wir suchen", vermutete Gento.

Geiserich nickte. „Dann müssten wir in etwa auf der Höhe von Carthago Nova sein. Es wäre nicht auszudenken gewesen, wenn wir ihnen direkt in die Arme gelaufen wären."

Die warnende Stimme aus dem Mastkorb ließ nun alle aufhorchen: „Drei Galeeren halten auf uns zu! Sie scheinen sich mächtig in die Riemen zu legen."

Juan lachte nur. „Daran sieht man, was Goten und Römer doch für lausige Seefahrer sind. Sie bilden sich wirklich ein, uns mit ihren schwerfälligen, schwimmenden Ruderbänken einholen zu können." Noch einmal korrigierte er den Kurs und das Pfeifen in dem Segel zeigte, dass sie voll im Wind lagen. Bald war von den Galeeren nichts mehr zu sehen.

„Sie wollten uns nur verjagen, damit wir ihre Flotte nicht sehen sollten", widersprach Geiserich. „Sie haben wohl eine Menge zu verbergen."

Juan zuckte mit den Schultern. Ihm war es egal. Seine Augen richteten sich nach vorne. Scharf beobachtete er die Küste. Seine Augen waren trotz seines Alters noch gut. Suchend tastete er damit die Form der vorspringenden Riffe ab und ab und zu glitt ein erkennendes Lächeln über sein Gesicht. Dann, nach einiger Zeit guter Fahrt, rief er Gento zu sich.

„Pass gut auf, mein Junge! Solltest du irgendwann einmal ohne meine Hilfe diese Bucht finden müssen, dann achte auf den vorspringenden Felsen dort. Er ragt weit ins Meer hinein und sieht aus, wie ein gespaltener Zahn. Dort müssen wir herum und auf die Küste zuhalten."

Gento lachte: „So viel hast du nicht an einem Stück geredet, seit ich dich kenne."
„Er riecht die Heimat", mischte sich Geiserich nun ein. „Es ist auch eine Heimkehr für mich. Hier habe ich die unbeschwerteste Zeit meines Lebens verbracht."
„Schau, dort!" Juans aufgeregte Stimme unterbrach Geiserichs Erinnerungen. „Da ist die Einfahrt!"
Gento folgte mit den Augen Juans zeigender Hand, doch von einer Einfahrt konnte er nichts sehen. Dann, erst sehr spät, öffnete sich vor ihnen die sonst geschlossene Steilküste zu einer kleinen Bucht. Juan steuerte die Dromone durch nun quer tanzende Wellen, die, von den schroffen Felswänden zurückgeworfen, in schäumenden Schüben in die Bucht strömten. Dort, im seichten Wasser, warfen sie den Anker. Von den hohen Klippen her hörten sie die wohlbekannten Alarmhörner der Iberer.
„Deine Leute sind immer noch so wachsam, wie früher", lobte Geiserich.
In Juans Ohren klang ihr drohender Ton wie die schönste Musik. „Setzt die Flagge meines Stammes. Sie soll unter Geiserichs Fahne wehen", befahl Juan nun ungeduldig. Kaum war dies geschehen, da verstummten die Hörner.
„Lasst uns an Land gehen! Sie warten schon auf uns", unterbrach Juan die Stille.
Gento hatte vorher von seiner Besatzung zehn der besten Männer ausgesucht, die sie begleiten sollten. Sie zurrten ihre Waffen fest und versammelten sich am Bug der Dromone. Nun kam auch Ardel unter Deck hervor. Er selbst und seine vier Männer, ausgesuchte Kämpfer und hervorragende Botenschützen, waren noch etwas bleich um die Nase. Sie waren keine Seefahrer und würden auch nie welche werden. Heilfroh, nun an Land zu kommen

und wieder festen Boden unter den Füßen spüren zu können, drängten sie nach vorne.
Dann verließen sie, einer nach dem anderen, das Schiff. Der Rest der Besatzung bekam von Gento den Befehl, die Dromone immer bereit zum Auslaufen zu halten, falls ein unvorhergesehener Rückzug nötig wäre.
Sie erreichten gemeinsam die, in den Fels gehauenen, Steinstufen. Missmutig blickte Wingard, der Steuermann, die Felswand hinauf. So wie Ardel nie ein Seefahrer würde, würde er nie im Leben nur so zum Spaß auf Berge klettern wollen. Irgendwie ließ ihn der Gedanke nicht los, dass dort oben an der Felsenkante jemand mit einem dicken Stein auf sie wartete. Er brauchte ihn nur ins Rollen zu bringen und sie würden wie lästige Insekten an der Felswand zerquetscht.

Juan erreichte zuerst die Kante des Plateaus, wo sich erst ein lichter, dann aber immer dichter werdender Pinienhain erstreckte. Dort erwarteten sie schon, mit Speeren und Schwertern bewaffnete, Iberer. Drohend hielten sie die Waffen auf ihn gerichtet. Es waren alles junge Männer und darum kannten sie Juan auch nicht. Der hob die Hände und rief so laut, dass jeder ihn verstehen konnte in der Sprache der Iberer:
„Ich bin Juan Narsis und ein Sohn eures Heimatdorfes. Eure Väter sind mit mir zur See gefahren und werden erfreut sein, mich zu sehen. Ebenso kennen sie meinen Freund und seine Gefährten. Legt die Waffen zur Seite, denn nach all der Zeit meiner Abwesenheit hätte ich mir einen schöneren Empfang gewünscht."
Verblüfft ließen die Iberer die Waffen sinken. Ihr Anführer trat einen Schritt vor und antwortete: „Wir

haben uns schon gewundert, als das Schiff unsere Stammesflagge hisste. Wir konnten es aber nicht verstehen. Ich habe die Alten von einem Juan Narsis erzählen hören. Er ist dem mächtigen König Geiserich gefolgt und in seine Dienste getreten. Wenn du es bist, so vergib uns den unwürdigen Empfang. Du und deine Freunde sind herzlich willkommen. Folgt uns in das Dorf."
Mittlerweile hatten alle die steilen Stufen bezwungen. Geiserich hielt sich im Hintergrund, denn er hatte wohl bemerkt, dass Juan mit Absicht seine Identität nicht gelüftet hatte und dafür war er ihm dankbar.
Die Iberer führten sie in verwirrenden Wendungen durch den dichten Pinienhain, doch Juan kannte ihn wie die Taschen seiner Seemannshose und Geiserich natürlich auch. Darum hatten sie auch nur ein mildes Lächeln für diese Verwirrungstaktik. Dann irgendwann lichteten sich die Pinien und gaben den Blick auf das gute, alte Dorf frei. Plötzlich war alles wieder da. In Geiserichs Erinnerung tauchte Ragna auf, wie sie ihn hier, nach seiner langen Abwesenheit, empfangen hatte. Sein Blick blieb an Gento hängen.
„Mein Gott, ist das alles schon lange her", dachte er. Hier war Gento gezeugt worden und von hier war er ausgezogen, um sein Volk zu retten. Irgendwie hatte er das Gefühl, dass, wenn er diesmal dieses Dorf verlassen würde, sich der Kreis geschlossen hätte.
Die Alten des Dorfes begrüßten Juan wie einen verlorenen Sohn. Alles redete durcheinander. Der Dorfälteste forderte Juan auf, doch zu erzählen, wie es ihm in all der Zeit ergangen war. Der winkte ab.
„Das ist etwas für ein Lagerfeuer mit gegrilltem Fisch und viel Rotwein und das nicht nur für einen Abend." Antonio, der Patron des Dorfes, ein alter Gefährte von Juan, war dabei gewesen, als Juan dem Vandalen

Geiserich die Seefahrt gelehrt hatte. Lachend schlug er Juan auf die Schultern und rief: „Ich freue mich schon auf diese Abende und……." Mitten im Satz brach er ab und starrte entgeistert auf Gento, der sich an Juans Seite geschoben hatte. „Das, das kann nicht sein", stotterte er. „Der muss ungefähr so alt sein wie wir, Juan!"

Nun schob sich auch Geiserich direkt neben Gento in den Kreis. Antonio schnappte nach Luft und seine Bewegungen gerieten außer Kontrolle. Erst wollte er Geiserich umarmen, besann sich aber, dass er den großen König der Vandalen vor sich hatte, und verbeugte sich. Das misslang aber kläglich und beinahe wäre er gestürzt, hätte Geiserich ihn nicht aufgefangen. Dabei blickte er ihn voll an und legte den Zeigefinger auf den Mund, zum Zeichen, dass er schweigen sollte.

Antonio schaltete schnell. „Dieser junge Mann sieht einem alten Freund sehr ähnlich. Verzeiht meinen Irrtum."

„Meine Freunde und ich möchten für einige Tage eure Gastfreundschaft in Anspruch nehmen. Wäre das möglich?", fragte nun Juan und lenkte das Gespräch wieder in eine andere Richtung.

„Bleibt so lange, wie es euch beliebt. Wir haben einige leer stehende Hütten am Rande des Dorfes. Dort können sich deine Freunde niederlassen", bot Antonio bereitwillig an. „Doch nun bin ich auf den wahren Grund eures Erscheinens gespannt", ließ er seiner Neugier freien Lauf.

Juan nickte und antwortete: „Den werden wir dir nennen, denn wir brauchen deine Hilfe. Können wir irgendwo ungestört reden?"

Antonio wies nun lautstark seine Männer an, den Fremden die Unterkünfte zu zeigen. Den Frauen befahl er, ein Festmahl zuzubereiten. Alles setzte sich nun in Bewegung. Nur Juan, Gento und Geiserich blieben wo sie standen.

Antonio gab ihnen einen Wink: „Folgt mir!"

Er führte sie in ein auffällig großes Gebäude in der Mitte des Dorfes. Es diente dem Ältestenrat in den kühleren Wintermonaten als Versammlungsraum. Nun, nachdem Antonio die Tür hinter sich geschlossen hatte, konnte er seine Neugier nicht mehr bezähmen.

„Warum ist der König der Alanen und Vandalen dorthin zurückgekehrt, wo seine Wurzeln sind? Wir haben voller Bewunderung deine Siege verfolgt und waren stolz darauf, dass wir, mit den Kenntnissen, die du bei uns erworben hast, unseren Anteil daran hatten. Die ganze Baetica hat es tief bedauert, dass du mit deinem Volk nach Africa gezogen bist. Mein Volk, die Iberer, haben dich geliebt und würden noch heute alles für dich tun!"

Geiserich reichte ihm lächelnd die Hand und erwiderte: „Ich habe gehofft, dass es so ist und darum sind wir hier. Ich brauche eure Hilfe."

Antonio blickte ihn verwundert an. „Die Goten machen mit den Römern gemeinsame Sache. Sie lassen unserem Volk nicht die Luft zum Atmen. Wie könnten wir, die wir uns nicht einmal selbst helfen können, dem großen Vandalenkönig dienlich sein? Dazu kommt noch, dass der neue Kaiser der Römer, Majorianus, mit mehreren Legionen, nur einen Tagesritt von hier, heranrückt. Niemand weiß, was sie vorhaben."

„Aber wir wissen es", mischte sich nun Juan ein. Dann berichtete er Antonio von der Flotte der Römer in der Bucht von Santa Pola, die Legionäre, Pferde und

Waffen nach Africa übersetzen soll, um das Vandalenreich zu vernichten."

Antonio machte ein bestürztes Gesicht und fragte: „Was habt ihr vor? Wobei sollen wir euch helfen? Wo ist eure Streitmacht, die das verhindert?"

Geiserich zeigte nach draußen auf die Männer. „Mehr sind wir nicht. Darum brauchen wir eure Hilfe. Wir werden ihnen die Flotte wegnehmen."

Nun verstand Antonio nichts mehr. „Wegnehmen!", echote er. „Ihr wollt sie ihnen einfach wegnehmen?"

Geiserich wurde nun ungeduldig. „Gebrauche deinen Verstand, Antonio! Sie werden erfahrene Seeleute anwerben müssen und das sind deine Landsleute. Sie werden es dann sicher zu richten wissen, dass die Schiffe nie die africanische Küste erreichen. Ich hoffe aber, dass es soweit erst gar nicht kommt. Ihr müsst mich nur mit euren Booten in die Nähe der Flotte bringen. Mit unserer Dromone wird uns das nicht gelingen, denn sie haben ein waches Auge darauf, dass ihnen keine Feinde zu nahe kommen. Ich muss aber dort hin, wo die Kapitäne abends in den Schänken sitzen. Ich habe so viel Gold und Silber mit dabei, dass ich ihnen das Zehnfache bieten kann, als das die Römer bereit sind zu zahlen. Das ist die Hilfe, um die ich euch bitte."

Antonio schlug sich vor Vergnügen auf die Schenkel. „Du hast den Ruf, verschlagen zu sein und nun bin ich ein Teil eines weiteren Handstreiches gegen die Römer. Gib mir einige Tage Zeit, damit ich unsere Leute informieren kann. Dann werden wir nach Carthago Nova segeln und jeder wird euch für echte Iberer halten."

Gento hatte sich bisher zurückgehalten. Nun sah er Antonio zweifelnd an. „Alles hängt davon ab, dass die

Römer nichts von unserem Vorhaben erfahren.
Können wir deinen Leuten auch trauen?"
Antonios Gesicht verdunkelte sich. Man sah deutlich, wie er um seine Beherrschung rang. „Jeder andere hätte für diese Beleidigung bezahlen müssen", presste er heraus. „Aber du bist noch jung und unerfahren. Außerdem bist du der Sohn des Mannes, der einst auch unser König war. Es wird jedem Iberer eine heilige Pflicht sein, ihm zu helfen. Dafür lege ich meine Hand ins Feuer."
Gento hob beschwichtigend die Hände. „Ich wollte dich nicht beleidigen, Patron. „Es war dumm von mir, diese Frage zu stellen."
Geiserich versuchte, die Situation zu entspannen und fragte Antonio: „Du sprachst davon, dass dieser Majorianus mit seinen Legionen im Anmarsch sei. Wo genau befinden sie sich? Ich möchte ihm einen Besuch abstatten."
Antonio starrte ihn entgeistert an. „Besuch abstatten?", wiederholte er verständnislos. „Er wird dich in kleine Stücke hacken lassen, wenn er deiner Habhaft wird. „
Geiserich grinste nun. „Du musst mich nur hinführen. Den Rest werden wir dann sehen".

Mittlerweile hatten die Frauen über dem Feuer in der Mitte des Dorfplatzes eine große Pfanne gehängt. Sie war an drei dicken Balken befestigt, die oben von einem breiten Eisenring zusammengehalten wurden. Gento hob die Nase und zog den köstlichen Duft ein. „Ich weiß nicht, warum ich dies alles so vertraut finde. Ich habe irgendwie das Gefühl, nach Hause gekommen zu sein."
Geiserich wollte etwas erwidern, ließ es aber dann doch und lächelte still vor sich hin.

Es wurde noch ein tolles Fest. Die jungen Mädchen tanzten nach den Klängen der Saiteninstrumente. Der gebratene Fisch und der rote Wein schmeckten vorzüglich. Es herrschte für einige Zeit eine sorglose, beschwingte Stimmung. Sie wurde nur kurz unterbrochen, als Antonio nach Gaius Servandus fragte.
Geiserich hatte mit einer Hand die Fibel ergriffen und gesagt: „Er ist hier, mitten unter uns und wird es immer sein."

*

Sie sahen das Lager der römischen Legionen schon von weitem. Antonio streckte den Arm aus und zeigte hinüber zu der flachen Senke, durch die ein schmaler Weg direkt zu den ausgedehnten Wiesen führte, auf denen die Römer ihr Lager für die Nacht aufbauten. „Ihr müsst eure Köpfe einziehen und immer diesem Weg folgen. Dann werden sie euch erst bemerken, wenn ihr vor ihnen steht. Ich wünsche euch viel Glück, auch wenn ich das Vorhaben für Wahnsinn halte."
Geiserich stieß Gento und Ardel an. „Los geht's! Nahmt die Pferde an die Hand. Wir werden erst kurz vor dem Lager aufsteigen."
Gento hielt seinen Vater für einen kurzen Augenblick am Arm fest und fragte: „Du willst wirklich mit Ardel alleine zu diesem Majorianus gehen?"
Geiserich nickte. „Ich habe mit Ardel unser Vorgehen abgesprochen. Falls etwas schief geht, müsst ihr uns da herausholen. Ich denke aber nicht, dass dies nötig ist. Eure Aufgabe wird es sein, unseren Rückzug zu

decken. Es könnte sein, dass sie uns verfolgen werden."

Gento ließ sich nicht so leicht beruhigen. „Kann ich dich nicht begleiten?"

„Ich kann dich dabei nicht gebrauchen. Dein Platz ist hier bei deinen Leuten", verneinte Geiserich schroff Gentos Frage und setzte sich in Bewegung. Gento wusste, dass nun weiteres Reden sinnlos war. Er fasste sein Pferd an den Zügeln und gab seinen Leuten ein Zeichen, zu folgen.

Antonio hatte Recht gehabt. Sie wurden erst entdeckt, als sie kurz vor dem Lager ihre Pferde bestiegen hatten und auf die Wachposten zuritten. Geiserich hob die Hand und die kleine Gruppe hielt an. Man konnte allen die Anspannung anmerken. Selbst Ardels Männer, die es gewohnt waren, ihre Gefühle hinter einer undurchdringlichen Miene zu verbergen, sah man die Erregung an.

Die Römer bliesen die Alarmhörner und sofort kam Leben in das Lager. Geiserich setzte sich mit Ardel wieder in Bewegung, während der Rest der Gruppe wieder von den Rücken der Pferde abstieg und die abgesprochene Stellung bezog.

Langsam und bedächtig ritten Geiserich und Ardel auf die Wachen zu. Sie wurden mit einem barschen „Absteigen!" empfangen.

Geiserich ließ sich nicht beirren und herrschte seinerseits zurück: „Was ist das für ein respektloser Empfang für den Gesandten des großen Vandalenkönigs Geiserich. Ich will einen Offizier sprechen!"

Der Wachposten zuckte zusammen. Geiserichs Auftreten hatte ihn beeindruckt. Um möglichem Ärger aus dem Weg zu gehen, fragte er, schon merklich freundlicher:

„Tragt ihr Waffen? Dann müsst ihr sie hier ablegen! Ich lasse den Optio rufen."

Geiserich und Ardel zeigten ihre Handflächen und beteuerten: „Wir tragen keine Waffen, wir sind Unterhändler!"

Ardel war es wahrlich schwer gefallen, sich von seinen Waffen zu trennen und hatte protestiert, als er auch die Dolche in der Hose, an den Innenseiten seiner Schenkel, ablegen musste.

Nun machte sich der eine Wachposten daran, sie abzutasten, doch sie fanden nichts. Misstrauisch beäugte er die Lederschnur, an deren beiden Enden ein kleiner Lederbeutel festgebunden war. Ardel trug sie um den Nacken gelegt, so dass die Beutel in gleicher Höhe auf seiner Brust baumelten.

„Was ist das?", fragte der Römer neugierig.

„Das sind magische Steine!", tat Ardel geheimnisvoll. „Ich trage sie immer bei mir. Sie sorgen für meine Gesundheit."

Der Posten nickte verstehend. In dem Augenblick kam auch der Optio herbei.

„Was wollt ihr?", fragte er abweisend.

Geiserich trat auf ihn zu. „Ich habe eine Botschaft von Geiserich, dem König der Vandalen, an Majorianus zu überbringen. Ich muss sofort zu ihm!"

Der Optio lachte nun schallend auf. „Der Kaiser empfängt um diese Zeit niemanden mehr. Nach einem Tagesmarsch pflegt sich der Cäsar zurückzuziehen, um sich von den Strapazen des Tages zu erholen."

Erbost trat Geiserich nun dicht an den Optio heran und schaute drohend auf ihn hinunter, denn er überragte den Mann um Haupteslänge. „Du hast wohl nicht richtig zugehört? Ich komme von dem Mann, gegen den ihr in den Krieg ziehen wollt. Wenn dein

Cäsar diese Nachricht nicht erhält, weil du mich hier abgewiesen hast, könnte das Folgen haben, die du gar nicht absehen kannst."
Auch der Optio ließ sich von Geiserichs sicherem Auftreten beeindrucken. „Folgt mir", gab er nach einer kurzen Bedenkzeit klein bei. Er führte sie durch die, in Reih und Glied stehenden, Schlafzelte der Legionäre zu dem Platz, in dessen Mitte ein prachtvoller Zeltbau stand. Dicht um ihn herum standen, in wenigen Abständen, die Männer der Leibgarde des Kaisers, ohne die er keinen Schritt tat.
Der Optio erklärte dem Kommandanten der Garde, was es mit den Fremden auf sich hatte. Der verschwand dann für einige Zeit und kehrte mit den Worten zurück: „Ihr habt Glück, dass der Kaiser gnädig gestimmt ist. Er will euch sehen."
Nochmals wurden sie nach Waffen durchsucht, dann sagte er: „Ihr könnt hineingehen, der Kaiser erwartet euch."
Das Zelt des Majorianus war in mehrere Gemächer abgeteilt. Im Vorzelt hielten sich einige Diener auf, die sie neugierig musterten. Eilfertig wurde ihnen der Vorhang zu dem Hauptgemach des Kaisers aufgehalten. In gebückter Haltung traten sie ein. Majorianus lag, seitlich durch Kissen gestützt, auf einem Diwan und fixierte sie mit starrem Blick. Er war ein stattlicher Mann. Sein krauses, kurz geschnittenes Haar war an den Schläfen leicht ergraut und sein energisch vorspringendes Kinn glatt rasiert. Geiserich wusste mit dem ersten Blick, dass er hier keinen der dekadenten und nahe dem Wahnsinn verweichlichten, römischen Kaiser vor sich hatte. Dieser Mann wusste, was er wollte und hatte auch die Kraft, es durchzustehen. Das machte ihn zu einem gefährlichen Gegner. Schon alleine diese Erkenntnis

hatte das Risiko, was er nun eingegangen war, gerechtfertigt. Geiserich erhob eine Hand zum Gruß. „Sei gegrüßt, Kaiser des Westreiches."
„Wer seid ihr?", fuhr Majorianus dazwischen. „Man sagte mir, ihr hättet eine wichtige Nachricht von meinem ärgsten Feind zu überbringen."
Geiserich trat nun respektlos näher. „Ich bin dein ärgster Feind. Mein Name ist Geiserich, König der Vandalen und Alanen, Herr über die ehemaligen römischen Provinzen in Africa. Dies ist Ardel, der Vertreter des Volkes der Alanen."
Majorianus richtete sich kerzengerade auf und schnappte nach Luft. „Was zum Teufel soll das bedeuten?", keuchte er und machte Anstalten, die Wachen zu rufen.
„Du solltest dir lieber anhören, was ich zu sagen habe, bevor du die Wachen rufst. Ich habe nicht umsonst die Strapazen auf mich genommen, um mit dir zu reden."
Majorianus Mund klappte wieder zu. „Du bist wirklich Geiserich?", fragte er ungläubig.
„Natürlich, wer sonst? Du hast doch nicht im Ernst geglaubt, dass mir deine Unternehmung verborgen geblieben wäre. Aber du bist ein ernst zu nehmender Gegner und darum bin ich hier. Ich biete dir Frieden an. Du verzichtest darauf, mein Reich anzugreifen. Dafür würde ich mich verpflichten, dass fortan die vandalische Flotte die Küsten des Westreiches nicht mehr behelligen wird."
Majorianus lachte spöttisch auf. „Das ist schon ein tolles Stück. Du kommst einfach in mein Zelt und winselst um Frieden. Alle Welt spricht von deiner Klugheit, doch ich glaube, du bist nur ein einfältiger Barbar, der außer Zerstörung und Plünderung nichts im Kopf hat." Majorianus richtete sich auf seinem

Diwan kerzengerade auf und seine Augen glühten. „Ich habe Jahre dafür gebraucht, um diese Legionen und die Flotte kampfbereit zu machen. Nun ist es soweit und niemand wird mich aufhalten. Der Senat von Rom hat mir den Auftrag gegeben, dich zu vernichten. Allein aus diesem Grund bin ich zum Kaiser ausgerufen worden."
Geiserichs graue Augen verengten sich zu Schlitzen, aber seine Stimme blieb gefährlich ruhig. „Ich habe dir Frieden angeboten und es wird sich noch herausstellen, wer einfältig ist. Es wird dir nicht gelingen, deine Legionen auch nur in die Nähe meines Reiches zu bringen. Du wirst scheitern! Dann wird dir dieser Misserfolg von denen, die dich auf den Schild gehoben haben, nicht verziehen. Du gehst dann den Weg deiner vielen Vorgänger auf dem Thron des Imperiums."
Majorianus griff wutentbrannt nach seinem Schwert. „Du glaubst doch nicht, dass du jemals dieses Lager lebend verlassen kannst? Das Vandalenreich anzugreifen ohne ihren Führer wird für mich ein Kinderspiel sein. Ihr werdet als Spione hingerichtet!" Er wollte gerade nach den Wachen rufen, als etwas durch die Luft direkt auf ihn zu wirbelte. Fast geräuschlos wickelte sich die Lederschnur um seinen Hals und die schweren Broncekugeln in den Lederbeuteln sorgten mit ihrem Gewicht dafür, dass sie sich fest zuzog. Der Ruf nach der Wache blieb Majorianus im Halse stecken. Es war ein Meisterwurf von Ardel gewesen. Diese Waffe trugen die Alanen schon als Kinder mit sich herum und brachten es damit zu großer Geschicklichkeit.
Dem Kaiser quollen die Augen aus dem Kopf und sein Gesicht lief blau an. Dann sank er bewusstlos auf den Diwan zurück. Mit einem Satz war Ardel bei ihm. „Wir

sollten ihn jetzt unschädlich machen. Ich brauche nur noch ein bisschen an dem Lederriemen zu ziehen.", zischte er.

„Gib ihm seine Luft zurück", befahl Geiserich. „Sein Tod würde uns nichts nützen. Wir würden nur die Oströmer gegen uns aufbringen. Außerdem würde sich morgen ein anderer an die Spitze setzen und den Feldzug gegen uns weiterführen. Er muss nur so lange ruhig sein, bis wir in Sicherheit sind."

Ardel löste geschickt den Lederriemen vom Hals des Kaisers. Der schnappte röchelnd nach Luft. Noch ehe er wieder zur Besinnung kam, drückte Ardel mit einem harten Griff in dessen Nacken fest zu. Majorianus sackte wieder in sich zusammen. „Der wird sich für die nächste Stunde nicht mehr rühren", versprach er zufrieden.

Dies alles hatte nur wenige Augenblicke gedauert und Geiserich lauschte, ob jemand von den Dienern oder der Garde etwas bemerkt hatte. Doch es blieb draußen alles ruhig. Laut verabschiedete er sich nun von Majorianus und erweckte damit, für alle hörbar, den Eindruck, dass sie sich in Frieden trennen würden. Als sie durch den Vorhang das Gemach verließen, rief er den Dienern zu: „Der Kaiser möchte nun seine Ruhe haben. Ich würde ihn an eurer Stelle so bald nicht stören!"

Das Gleiche empfahl er den Wachen vor dem Zelt. Sie wurden durch die Zeltreihen der Legionäre zurück zum Eingang des Lagers geleitet. Der Posten dort ließ seiner Neugier freien Lauf und brachte Geiserichs Nerven zum Zerreißen.

„Der Kaiser hat euch wirklich empfangen? Welche Nachricht habt ihr ihm überbracht?"

Geiserich antwortete ruhig, als hätte er alle Zeit der Welt: „Wir haben ihm Frieden angeboten. Er will es

sich überlegen und hat um Bedenkzeit gebeten.
Vielleicht müsst ihr gar nicht auf dieses schreckliche
Meer."
„Das wäre eine gute Nachricht", freute sich der
Posten. Bereitwillig überließ er Geiserich und Ardel
die Pferde. Ruhig und ohne Hast saßen sie auf.

*

Majorianus öffnete mühsam ein Auge. Immer noch
sah er helle Blitze und sein Kopf dröhnte. Der erste
Versuch, sich aufzurichten, scheiterte. Kraftlos fiel er
zurück Er brauchte seine ganze Willenskraft, um nun
beide Augen zu öffnen. Plötzlich kam auch die
Erinnerung wieder. Er versuchte, zu schreien, doch
die Schmerzen in seiner Kehle hinderten ihn daran.
Es kam nur ein klägliches Krächzen heraus. Dann,
irgendwann nahm er seine ganze Kraft zusammen,
richtete sich auf und torkelte auf den Vorhang des
Eingangs zu.
Die Diener kreischten entsetzt auf, als sie ihren Herrn
so sahen. Sofort tauchten auch von draußen die
Leibwachen auf.

Geiserich und Ardel trabten gemächlich auf den
kleinen Hohlweg zu, der ihnen schon bei ihrer Ankunft
Schutz geboten hatte. Prüfend schaute Geiserich zum
Himmel. Die Sonne war schon seit geraumer Zeit
hinter den Bergen verschwunden. Die Dämmerung
senkte sich über das Land.
„Es wird nicht mehr lange dauern, dann ist es
stockfinster. Ich glaube, wir haben es geschafft."

Ardel wollte gerade antworten, als sie die Alarmhörner der Römer hörten. Deutlich vernahmen sie, wie sie sich zur Verfolgung aufmachten.
Geiserich grinste. „Der große Kaiser hat seinen Schlaf wohl beendet. Beeilen wir uns nun!"
Sie jagten den Weg hinauf bis zu der Stelle, wo sie Gento und seine Leute zurückgelassen hatten. Die machten sich gerade, voller Sorge, dass etwas schief gegangen wäre, auf, um den Weg zum Lager herunter zu stürmen. Als Gento seinen Vater und Ardel erkannte, fiel alle Last von ihm ab. „Ich dachte, sie hätten euch erwischt. Mein Gott, so etwas machst du nicht noch einmal. Ein Wahnsinn ist das", schimpfte er.
Geiserich legte ihm eine Hand auf die Schulter und sprach leise, aber bestimmt: „Auch du wirst eines Tages erkennen, dass einige Dinge nur von dir selbst erledigt werden können, wenn du sicher sein willst, dass es auch gelingt."
Er blickte hinunter zum Lager der Römer. Mehrere Gruppen hatten die Verfolgung aufgenommen. Sie schwärmten in alle Richtungen aus. Eine von ihnen hielt auch auf den Hohlweg zu.
„Nimm deine Männer, Ardel, und lass die Römer nicht den Hohlweg hinauf. Mit euren Reflexbögen solltet ihr dazu in der Lage sein. Dann folgt ihr uns."
Ohne zu zögern, verschwand Ardel mit den anderen im hohen Gras, während sich Geiserich und Gento mit den Vandalen in hohem Tempo davon machten. Majorianus würde sie suchen lassen, dessen war Geiserich sich gewiss. Darum brauchten sie nun Vorsprung.

Die Römer peitschten ihre Tiere den Hohlweg hinauf. Majorianus hatte gedroht, ihnen ihre Köpfe vor die

Füße zu legen, wenn sie die Flüchtigen nicht zurückbringen würden.

Das unangenehm fauchende Zischen der Pfeile war für viele von ihnen das Letzte, was sie hörten. Sie durchschlugen die ledernen Brustpanzer, als wären sie Seidenhemdchen. Pferde und Reiter stürzten, in wildem Durcheinander verkeilt, den Hohlweg hinunter. Die gequälten Schreie der Tiere und das Stöhnen der tödlich getroffenen Menschen hallten durch die nun einbrechende Dunkelheit. In wilder Flucht trieb es diejenigen, die den Pfeilhagel überlebt hatten, den Weg wieder hinunter.

„Die haben genug", stellte Ardel sachlich fest. „Ohne Verstärkung werden sie sich nicht mehr hier hin trauen, ziehen wir uns zurück."

Majorianus tobte und fluchte, soweit es seine Halsschmerzen zuließen. In seiner Wut wollte er die ganze Legion zur Suche antreten lassen. Er wusste jedoch, dass dies in der Dunkelheit keinen Sinn machte. Als er wieder klar denken konnte, kam er zu dem Schluss, dass es nun doch wichtiger war, seine Legionen so schnell wie möglich auf die Schiffe zu bringen, um sie nach Africa überzusetzen. Daher kündigte er zur Strafe für die nächsten Tage Gewaltmärsche an, die Blut, Schweiß und Tränen kosten würden.

*

An der gesamten Küste, von Santa Pola bis Carthago Nova, herrschte Alarmzustand. Ständig patrouillierten dort Kriegsgaleeren, die nach vandalischen

Dromonen Ausschau hielten. Die kleinen iberischen Fischerboote beachteten sie jedoch nicht.
Ungehindert machten sie im Hafen von Carthago Nova fest. Geiserich hatte sich, wie die anderen Iberer auch, ein weißes Leinentuch um den Kopf gebunden und verbarg damit sein langes Haar. Man hätte ihn wirklich für einen einheimischen Fischer halten können, wenn er nicht Antonio und seine Männer um Haupteslänge überragen würde. Ein aufmerksamer Beobachter hätte auch Gento, mit seiner hochaufgeschossenen Gestalt, nicht für einen Iberer gehalten. Hier im Hafen, wo die Fischer abends ihren Fang an die Händler ablieferten, kümmerte sich niemand um sie.
Aufmerksam betrachtete Geiserich die anderen Schiffe im Hafen. Es lag keine einzige Galeere dort, doch sehr viele Beiboote, die von bewaffneten Seeleuten bewacht wurden. Geiserich hatte mit seiner Vermutung Recht gehabt. Die Kapitäne und deren Offiziere hielten es auf ihren Schiffen, die nun doch schon sehr lange weit draußen in der Bucht von Santa Pola vor Anker lagen, nicht mehr aus. Hier in Carthago Nova, wo abends das Leben in den Schänken pulsierte, suchten sie Zerstreuung von der Eintönigkeit des Bordlebens. Das kostete aber viele Sesterzen und mancher von ihnen hatte die Schuldbücher der Wirte mit ansehnlichen Summen gefüllt. So kam es immer wieder zu Streitigkeiten über die Rückzahlung, denn die Römer bezahlten den monatlichen Sold auch nur unregelmäßig und es war nie genug. Mittlerweile hatten sich die Wirte eine Schutztruppe zusammengestellt, die sie vor Übergriffen der Kapitäne und ihren Besatzungen schützen sollten, wenn sie ihnen den Wein verweigerten. Manchmal versuchten sie, auch die

Schulden mit Gewalt einzutreiben und es gab wilde Prügeleien.
Geiserich und Gento betraten eine dieser Schänken und setzten sich an den einzigen freien Tisch in der Ecke. Antonius und seine Leute suchten derweil andere Schänken auf, in denen die einheimischen Seeleute ihren Wein tranken.
Der Wirt schlurfte heran und fragte in seiner iberischen Muttersprache: „Könnt ihr auch zahlen?"
„Was ist das für eine Bedienung? Dort, wo ich herkomme, fragt der Wirt zuerst nach meinen Wünschen", tat Geiserich entrüstet. Dabei zog er einen Lederbeutel aus seiner Hose, ließ den Wirt sehen, dass er prall gefüllt war, und holte, nach langem darin herumwühlen, ein Goldstück heraus. Die Augen des Wirtes weiteten sich gierig. „Oh, verzeiht mir, Herr, aber eure Kleidung ließ nicht darauf schließen, dass ihr ein Vermögen mit euch herumschleppt. Es sind hier schlechte Zeiten angebrochen. Der Hafen steckt voller Seeleute, die nicht eine lumpige Kupfermünze in der Tasche haben. Da wird man schon misstrauisch. Das Goldstück ändert natürlich alles. Was darf ich euch bringen?"
Geiserich blickte in die Runde. „Ich denke, dieses Goldstück reicht aus, um alle deine Gäste hier mit ausreichend Wein zu versorgen."
Der Wirt wollte verschwinden und den Wein holen, doch Geiserich hielt ihn an seinem schmierigen Ärmel fest. Mit sanfter Gewalt zog er ihn dicht zu sich heran. „Ich werde dir ein weiteres Goldstück geben, wenn du mir einen Gefallen tun könntest."
Dem Wirt stockte der Atem. „Ihr seid Vandalen, nicht wahr? Ich besitze diese Schänke schon so lange, seit dem ihr hier noch die Herren wart. Ich kenne also eure Art und mich täuscht auch eure Kleidung nicht.

Es geht mich auch nichts an, was ihr im Schilde führt, aber wenn ihr es auf die Flotte da draußen abgesehen habt, dann müsst ihr euch an Marcelinus wenden."
Geiserich kniff die Augen zusammen. „Du hast einen guten Blick für Menschen. Bist du bereit, uns zu helfen? Dann soll es dein Schaden nicht sein. Wer ist dieser Marcelinus?"
Der Wirt wies mit der Hand in die Ecke des Schankraumes. Er sitzt fast jeden Tag dort hinten. Der neue Kaiser Marcianus hat ihn zum Befehlshaber dieser Flotte gemacht. Er verdankt diese Ernennung nur, weil er wohl der einzige echte Römer unter den Capitanes ist."
„Warum sollen wir gerade mit ihm reden?", fragte Geiserich jetzt weiter nach.
„Weil er dumm und habgierig ist. Obendrein hat er in der ganzen Stadt enorme Schulden. Er verspricht immer, sie zurückzuzahlen, wenn er siegreich aus Africa zurückkehren würde. Setzt euch zu ihm! Ich bringe dann den Wein. Das wird sein Ohr öffnen und die Zunge lösen."
Geiserich gab Gento einen Wink, dass er ihm folgen sollte. Sie schlenderten unauffällig auf den Tisch zu, an dem Marcelinus mit seinem Navigator vor einem leeren Weinkrug saß.
Geiserich musterte den Capitan von oben bis unten. Für seine Stellung als Flottenführer machte er einen ungepflegten Eindruck. Sein Bart war wohl schon lange nicht mehr gestutzt worden und die Uniform wies einige dunkle Flecken auf. Aus seinem Gesicht ragte eine fleischige, grobporige Nase heraus, die darauf schließen ließ, dass er reichlich dem roten Wein zusprach. Seine stechenden, eng stehenden Augen ließen Habgier und Skrupellosigkeit erkennen.

Ungefragt ließen sich Geiserich und Gento auf den beiden freien Plätzen am Tisch nieder.

„Was fällt euch ein? Ihr wisst wohl nicht, mit wem ihr es zu tun habt? Verschwindet von meinem Tisch", erboste sich Marcelinus.

Geiserich ließ sich nicht beirren. „Wir haben mit dir zu reden! Es ist sehr wichtig."

„Was wollt ihr von mir?"

„Es ist nur für deine Ohren bestimmt", fuhr Geiserich ungerührt fort.

Mit einem Wink verscheuchte Marcelinus seinen Steuermann. Der verstand sofort und verschwand in Richtung Schanktisch. Der Wirt hatte inzwischen einen großen Krug von seinem besten Rotwein auf den Tisch gestellt. Verlangend schielte der Capitan darauf.

„Bitte, bediene dich! Der Krug gehört dir!"

„Was wollt ihr von mir?", wiederholte der Capitan seine Frage nun doch etwas freundlicher.

„Die Römer haben dich zum Flottenführer gemacht? Was haben sie dir dafür gezahlt?", fragte Geiserich ohne Umschweife.

„Das geht euch nichts an, aber es ist wenig genug", knurrte der Capitano nun wieder abweisender.

Geiserich fuhr unbeirrt fort: „Was die Römer mit dieser Flotte im Sinn haben, ist kein Geheimnis. Majorianus ist mit einigen Legionen auf dem Weg hierher. Du wirst in den Krieg ziehen müssen."

Marcelinus lachte verächtlich auf. „Ich brauche sie nur nach Africa zu bringen. Das ist ohne jegliche Gefahr. Ich habe mit den Streitigkeiten der hohen Herren nichts zu schaffen."

Geiserich beugte sich leicht vor und durchbohrte den Capitano mit seinen ausdrucksvollen Augen. „Hör mir jetzt gut zu und vergiss nicht ein einziges Wort. Ich

werde dir sagen, was dich erwartet. Ihr werdet nie in Africa ankommen. Eure iberischen Besatzungen werden davonlaufen, weil sie immer noch mit dem Vandalenkönig verbunden sind und dafür von ihm fürstlich entlohnt werden. Sollten dennoch einige Galeeren es schaffen, auszulaufen, so wird die vandalische Flotte sie auf den Grund des Meeres schicken."
Der Capitano war aufgesprungen. „Wer hat dir diese Teufelei zugesteckt? Ich werde dies zu verhindern wissen!", brüllte er.
„Setz dich wieder hin!", zischte Geiserich. „Ich hatte dich für einen verständigen Menschen gehalten, darum rede ich hier mit dir. Ich glaube aber nun, dass du einer von denen sein wirst, die auf dem Meeresgrund landen. Was schuldest du den Römern, dass du dich für sie opfern willst?"
Der Capitano konnte sich der eindringlichen Stimme Geiserichs nicht entziehen und setzte sich wieder. In seinem Gehirn begann es zu arbeiten. „Wer seid ihr?", fragte er, schon einlenkend, nach.
„Ah, endlich scheinst du vernünftig zu werden", stellte Geiserich erfreut fest. Dann dämpfte er seine Stimme. „Wir kommen aus Carthago und wollen mit allen Mitteln verhindern, dass die römischen Legionen unser Reich bedrohen. Nenn mir deinen Preis und wir kaufen dir die Flotte ab."
Der Capitano schnappte nach Luft. „Wie stellt ihr euch das vor? Majorianus hat drei Jahre dafür gebraucht, um das Gold für diese Flotte aufzutreiben und anscheinend hat er es immer noch nicht zusammen, sonst würde er unseren Sold pünktlich bezahlen."
„Wir haben mehr Mittel, als du dir jemals vorstellen kannst", fachte Geiserich die Gier des Flottenführers an.

Man sah förmlich, wie es hinter seiner Stirn arbeitete. Dann schüttelte er mit dem Kopf. „Das ist unmöglich. Ich könnte den anderen Capitanos keinen Verrat befehlen. Es sind zu viele dabei, die dem Kaiser den Treueid geleistet haben."

„Das verlange ich ja nicht von dir", widersprach Geiserich. „Was meinst du, muss man ihnen zahlen, dass sie ihn vergessen? Außerdem würde es schon ausreichen, wenn du mir die Hälfte von ihnen überreden könntest. Sie könnten dann in unseren Diensten segeln und würden dafür reichlich entlohnt. Dafür würdest du, anstatt auf dem Meeresgrund zu landen, einer der reichsten Männer Hispaniens."

Dem Capitano klappte der Unterkiefer herunter. „Gib mir den Beweis, dass du über so viel Geld verfügst", forderte er nun, seine letzten Skrupel verlierend.

Geiserich langte in seine Hosentasche und reichte ihm unter dem Tisch hindurch seinen Lederbeutel mit den Goldmünzen. Der Capitano öffnete ihn noch unter der Tischkante und blickte neugierig hinein. Geiserich sah, wie ihm die Farbe aus dem Gesicht wich.

„Du erhältst noch zehn weitere Beutel, wenn du getan hast, was ich von dir verlange", versprach er.

Bei den Worten erhoben sich Geiserich und Gento, der die ganze Zeit geschwiegen und scharf darauf geachtet hatte, dass sie niemand störte.

„Was wäre denn, wenn ich nun die Wachen rufen und euch ans Messer liefern würde?"

Geiserich lachte verächtlich. „Was könntest du dabei gewinnen? Es würde sich nichts ändern! Ein Wort von mir und die iberischen Seeleute laufen euch davon. Das wird Majorianus sicher ärgern. Er wird dich wegen Unfähigkeit bestrafen."

Marcelinus verzog säuerlich sein Gesicht. Wieder überlegte er eine Zeit lang. Dann hatte das Gold gesiegt. „Dieser Vandale hat ja Recht", dachte er. Die Capitanos würden leicht zu überreden sein, dessen war er sich gewiss. Bei den meisten würden nur wenige Goldstücke reichen. „Gib mir fünf Tage Zeit, es zu regeln", forderte er laut.

Geiserich schüttelte den Kopf. „Du hast genau zwei Tage! In fünf Tagen ist vielleicht Majorianus schon mit seinen Legionen hier."

Marcelinus schluckte, war aber nach einigem Zögern einverstanden.

„Wie können wir sicher sein, dass wir das Gold auch erhalten?", fragte er noch mal nach und Geiserich wusste, dass er gewonnen hatte.

„Ich werde euch eine Anzahlung überbringen lassen, sobald ich deine Zusage habe, dass der größte Teil der Flotte hier verschwindet. Den Rest bekommt ihr in Carthago, wenn ihr dort in unsere Dienste tretet."

Marcelinus Miene hellte sich zusehends auf. „Das klingt nicht schlecht. Ich werde in zwei Tagen um die gleiche Zeit hier sein. Halte schon das Gold bereit. Ich werde sehen, was ich tun kann."

Sie verließen die Schänke unauffällig und achteten darauf, dass ihnen niemand folgte.

„Glaubst du, dass alles so läuft, wie du es dir vorstellst?", fragte Gento, nachdem sie draußen im Freien standen.

„Ich denke schon", erwiderte Geiserich. „Es ist ein Spiel mit hohem Einsatz, aber auch mit großem Gewinn."

Gento schüttelte den Kopf. „Manchmal bist du mir unheimlich."

Sie nahmen nun den Weg zu den Anlegestegen im Hafen. Brennende Fackeln wiesen ihnen, mit ihrem spärlich flackernden Licht, die Richtung. Dort, so hoffte Geiserich, würde Antonio bereits auf sie warten.

Der wartete in der Tat schon und brannte darauf, Geiserich von seinem Erfolg berichten zu können. Doch zuerst legten sie mit ihren Segelbooten ab und verließen im Schutze der Dunkelheit den Hafen. Die Dromone wartete weiter südlich in einer der unzähligen, versteckten kleinen Buchten auf sie. Damit sie leichter navigieren konnten, segelten sie dicht unter der Küste, die sich dunkel vom sternenhellen Nachthimmel abhob. Erst jetzt, nachdem sie sich auf offener See befanden, brach Antonio das Schweigen.

„Du hast hier bei den Iberern immer noch einen großen Namen", sprach er zu Geiserich und fuhr fort: „Das hat es mir unglaublich einfach gemacht. Natürlich wissen alle, zu welchem Zweck die Römer die Kriegsgaleeren hier versammelt haben. Aber sie konnten bisher nichts dagegen tun. Nun aber gibt es auf jeder dieser Galeeren Männer, die nur auf dein Wort warten."

Geiserich legte ihm anerkennend die Hand auf die Schulter. „Ich danke dir, mein Freund, aber vielleicht brauche ich sie nicht einmal. Es tut aber gut, zu wissen, dass ich auf sie zurückgreifen kann, sollte mein Versuch scheitern."

Dann berichtete Geiserich von seinem Erfolg bei dem Befehlshaber der Flotte, Marcelinus, und Antonius bekam große Augen.

*

Marcelinus hatte in der Tat keine Mühe gehabt, seine Capitanos zu überreden. Die Aussicht, endlich wieder Sesterzen in die Finger zu bekommen und als

Gegenleistung nur einfach davon zu segeln und in die Dienste der Vandalen zu treten, was reichlich Belohnung verhieß, ließ sie nicht lange überlegen. Eine Galeere, Frachtschiff und zum Truppentransport umgebaute Segler nach der anderen, verließen die Bucht von Santa Pola. Als Geiserich nach zwei Tagen seine Boten mit sechshundert Goldstücken losschickte, waren bereits zwei Drittel der Flotte verschwunden.
Die Dromone kreuzte in einigem Abstand vor der Küste und beobachtete den Abzug. Geiserich hielt sich dabei die ganze Zeit an Oberdeck auf. Das weiße Leinentuch zierte noch immer sein Haupt. Er trug es wie eine Trophäe, wie ein Siegeszeichen. Seine Gesichtszüge wirkten seit langem wieder entspannt und als Gento und Juan zu ihm traten, lächelte er zufrieden. „Sie ziehen tatsächlich ab", stellte er triumphierend fest.
Gento verzog missbilligend sein Gesicht. Er war zwar mit dem Ergebnis zufrieden, nicht aber, wie es zustande gekommen war. „Es hat dich eine Menge Goldstücke gekostet. Wäre es nicht einfacher gewesen, wenn wir diesen korrupten Haufen mit Hilfe unserer Flotte und den Iberern auf den Meeresgrund geschickt hätten? Es wäre nichts einfacher als das gewesen."
Geiserich nickte. „So wäre es bestimmt auch gegangen!", bestätigte er. „Doch dann hätten sie neue Schiffe gebaut und daran geglaubt, dass, wenn sie wachsamer sein würden, sie es noch einmal versuchen könnten. Doch nun ist ihnen die Flotte einfach davongelaufen. Die Welt wird über sie lachen und sie werden es sich eingestehen müssen, dass sie niemals wieder die Möglichkeit haben, uns

anzugreifen. Wir haben gewonnen, mein Sohn! Der Krieg ist aus."
Gento sah seinen Vater mit großen Augen an. So habe ich das noch nicht gesehen!" Gento klatschte in die Hände. „Bedeutet das, dass wir nun Frieden mit den Römern haben?"
„So ist es! Wenn Majorianus mit seinen Legionen hier eintrifft und sieht, dass sein Unternehmen gescheitert ist, wird er es sein, der um Frieden winselt. Kehren wir zurück und kommen mit einer größeren Anzahl von Dromonen zurück. Das wird seiner Bereitwilligkeit nachhelfen."
Nun lachte Gento spitzbübisch auf, denn er glaubte, für seinen Vater eine Überraschung parat zu haben. „Auf meine Anweisung kreuzen fünfzig Dromonen eine Tagesfahrt von hier und warten auf ihren Einsatz. Sie sollten eingreifen, falls dein Plan gescheitert wäre."
„Ich weiß es schon, oder glaubst du, dass mir solche Dinge entgehen? Wir werden sie herbeiholen."
Juan war die ganze Zeit still geblieben. Er sah irgendwie bedrückt aus. Als Geiserich es bemerkte, fragte er verwundert:
„Was ist mit dir, mein Freund? Freut dich unser Erfolg nicht?"
„Nichts freut mich mehr, als dies, aber ich bin alt und müde geworden. Der Besuch in meinem Heimatdorf hat mir gezeigt, wo ich hingehöre. Jetzt, wo du dein Ziel erreicht hast und du mich nicht mehr brauchst, möchte ich für immer dorthin zurückkehren. Ich bitte dich, mich aus deinen Diensten zu entlassen."
Geiserich nahm Juans Hände. „Du hast nie in meinen Diensten gestanden. Du warst immer mein Gefährte und Freund. Ich kann dich gut verstehen und darum werde ich nicht versuchen, dich zu halten. Es wird

auch kein Abschied für immer sein, denn wenn ich wieder einmal den Geschmack von eurer vorzüglichen Fischpfanne verspüren möchte, werde ich bei dir auftauchen."
Juan lächelte nun erleichtert. „Du wirst immer willkommen sein."
Auf sein Zeichen kam eines der iberischen Fischerboote längsseits. Juan umarmte Geiserich und Gento kurz. Dann wandte er sich um und wechselte auf das Fischerboot hinüber. Dort wurde er von Antonio in Empfang genommen. Der winkte Geiserich noch einmal freundlich zu. Dann lösten sie sich von der Dromone und nahmen Kurs auf ihr Heimatdorf. Nachdenklich und mit etwas Wehmut im Herzen schaute Geiserich ihnen nach. Er wusste, dass er Juan wohl nie mehr wieder sehen würde.

*

Die Straße befand sich in einem schlechten Zustand. Die dicken Steinplatten hatten sich an vielen Stellen angehoben und die hoch stehenden Kanten ließen die, vom langen, anstrengenden Marsch, müden Legionäre immer öfter straucheln. Die Kampfwagen an der Spitze der Kolonne bekamen ähnliche Schwierigkeiten damit. Oft genug wurde eines der Räder an den Gespannen hochgeschleudert und brachte damit die Wagenlenker in arge Bedrängnis. Manchmal landeten sie unsanft im Dornengestrüpp, das bis dicht an die Straße heranwuchs.
Die Stimmung in der Truppe war auf dem Tiefpunkt. Die Hitze, die harten Anstiege in dieser bergigen Gegend, der Staub und der Durst brachte sie fast um.

Vor allem, weil Majorianus kaum eine Rast duldete und stets darauf achtete, dass das Marschtempo hochgehalten wurde. Ständig forderte er seine Centurios auf, nicht nachzulassen, die Legionäre anzutreiben. Wütend spuckten die Männer den Staub aus, der ihnen die Kehle zuschnürte und zwischen ihren Zähnen knirschte.

„Verflucht, Optio, wie lange soll das so weitergehen? Wenn wir am Ziel sind, wird von uns nichts mehr übrig sein", murrte einer der Legionäre.

Der Optio antwortete nicht, sondert ritt an der langen Dreierreihe der Legionäre vorbei nach vorne, wo Majorianus an der Spitze der zweirädrigen Kampfwagen fuhr.

„Herr, es wird nichts mehr übrig sein, womit wir kämpfen können. Die Männer sind am Ende!"

„Sie haben Zeit genug, sich zu erholen, wenn sie auf den Schiffen sind. Ich habe diese Jahreszeit absichtlich gewählt. Da ist zwar das Marschieren in der Hitze beschwerlich, aber dafür bleibt das Meer ruhig. Wenn du einmal erlebt hast, wie das Meer sich auftut und das Schlingern der Schiffe tapfere Soldaten zu hilflosen, sabbernden Bündeln macht, die, wo sie gerade liegen, ihre Eingeweide ausspucken, dann betest du zu Gott, dass er den Wind nicht wecken möge. Dagegen ist dieser Marsch hier ein Vergnügen."

Der Optio wollte sich schon wieder umwenden, als Majorianus versöhnlich hinzufügte:

„Es ist nur noch diese Anhöhe dort. Dann geht es hinunter in die Bucht von Santa Pola. Sage den Männern, dass in den Abendstunden der Marsch ein Ende hat."

Die Kunde verbreitete sich mit Windeseile durch die Reihen der Legionäre. Noch einmal nahmen sie ihre

ganze Kraft zusammen, während Majorianus in
Gedanken schon bei der Flotte war. Das Verladen
würde wohl knapp eine Woche dauern und für die
Überfahrt nach Portus Magnus hatten seine Berater
ebenfalls eine Woche veranschlagt.
„Dann", flüsterte er, „wird mich nichts mehr aufhalten."
Seine Hand fuhr dabei unwillkürlich zu seiner Gurgel.
Noch immer spürte er dieses Wurfgeschoss des
Alanen dort. „Ich werde sie mir holen", knurrte er. Und
grimmig fügte er hinzu: „Und zwar alle!"

Die letzte Anhöhe verlangte der Truppe noch einmal
alles ab. Die Sonne brannte unbarmherzig vom
Himmel und die Wasserschläuche auf dem
Versorgungswagen waren leer. Mit letzter Kraft zogen
die Pferde die Kampfwagen über die holperige
Straße, der Passhöhe entgegen. Majorianus erreichte
sie als Erster. Sofort erfasste ihn der kühle Wind vom
Meer her. Aufatmend ließ er einen Blick über die weit
ausladende Bucht schweifen. Er sah die leuchtend
weißen Schaumkronen draußen auf dem Meer, sah
die Wellen, wie sie im immer wiederkehrenden
Rhythmus auf die Küste zuliefen und sich dort
rauschend brachen. Er sah aber keine Galeeren,
Frachter oder sonstige Boote. Die Bucht war leer. Als
er vor zwei Monaten mit einer Galeere hier war, um
sich über den Zustand der Flotte zu informieren, da
wimmelte es hier nur so von Schiffen. Verwirrt rieb er
sich die Augen. Tausend Gedanken schossen ihm
durch den Kopf. Dabei zog er alle Möglichkeiten in
Betracht. Nur die eine, die verheerendste, wollte er
nicht zu Ende denken.
Später, als der Statthalter Fulgenius von Carthago
Nova vor ihm auf den Knien lag und bestätigen
musste, dass es keine Flotte mehr gab, da wurde es

auch für Majorianus fürchterliche Gewissheit, dass sein Unternehmen gescheitert war. Die Legionen mussten aufgelöst werden, denn sie wären hier in dieser kargen Gegend nicht zu versorgen gewesen. Noch in seine düsteren Gedanken hinein schreckte ihn der Ton der Alarmhörner, von den Befestigungsmauern des Hafens, hoch.
„Herr, am Horizont vor der Stadt zeigen sich unzählige Segel von vandalischen Dromonen."
Majorianus schlug mit der Faust auf den Schreibtisch des Statthalters. „Ich wusste, dass dieser Hund dahinter steckt. Ohne Kriegsschiffe sind wir hilflos. Sie können sich nun unbehelligt an unseren Küsten gütlich tun und wir müssen untätig zusehen. Nun wird er über mich lachen! Alle Welt wird über mich lachen!" Plötzlich hielt er in seinem Wutausbruch inne. Man sah ihm nun deutlich an, dass er angestrengt überlegte. „Was meinst du, will dieser Barbar mit seinen Schiffen hier?", fragte er den verständnislos blickenden Fulgenius.
„Uns angreifen?", fragte der nun unsicher.
„Geh mir aus den Augen, du Narr", fauchte Majorianus nun verärgert. „Du hast das Gehirn einer Mücke. Die Vandalen wissen, dass gerade hier so viele Legionen beisammen sind, um den gesamten Vandalenstaat ausrotten zu können. Kämen wir nur über das verdammte Meer. Nein, er will uns natürlich nicht angreifen! Er will mir seine Herrschaft über das Meer der Mitte demonstrieren. Vielleicht will er sogar mit mir reden. Lass die letzte, verbliebene Galeere klarmachen. Ich werde ihnen entgegen fahren."
Fulgenius blickte seinen Kaiser entsetzt an. „Ist das nicht gefährlich? Er wird euch töten!"
Majorianus wischte den Einwand mit einer verächtlichen Handbewegung fort. „Nun, wenn das

sein Ziel wäre, würde ich schon nicht mehr leben."
Dabei griff er sich wieder unbewusst an den Hals.
Fulgenius verstand nun gar nichts mehr. Er beeilte
sich aber nun, dem Befehl des Kaisers
nachzukommen. „In einer Stunde kann die Galeere
auslaufen, Herr."

*

Geiserich lächelte zufrieden, als man ihm die Galeere
meldete. „Dieser Majorianus ist trotz allem ein fähiger
Kopf. Ich beginne langsam, ihn zu mögen. Er hat
genau verstanden, warum wir uns hier zeigen. Was
mir am meisten gefällt, ist, dass er sich nicht lange mit
Wehklagen über seine Niederlage aufhält. Hören wir
uns an, was er uns zu sagen hat."
„Er wird um Frieden bitten", mutmaßte Gento.
Die Galeere kam nun schon auf Rufweite heran. Sie
hatte am Mast den Stander des Kaisers und darunter
eine weiße Flagge gesetzt. Gento gab ein Zeichen,
dass sie längsseits kommen konnten. Das Meer war
ruhig, wie ein Ententeich. Daher konnte das Manöver
auch recht einfach durchgeführt werden. Die
Ruderblätter der Galeere wurden eingezogen und
Taue mit Enterhaken daran flogen herüber. Langsam
näherten sich die beiden Boote, bis die Bordwände
aneinander scheuerten.
An Oberdeck der Galeere erschienen nun Prätorianer
in ihrer Prachtuniform mit Federhelm und goldenem
Brustpanzer. Sie nahmen in Zweierreihe Aufstellung
und wendeten ruckartig den Kopf zu dem Niedergang,
aus dem der Kaiser jeden Moment erscheinen
musste.

Geiserich hingegen lehnte gelangweilt am Mast der Dromone und betrachtete interessiert die Zeremonie. Nun betrat Majorianus das Deck. Die Körper der Prätorianer strafften sich und sie hoben die rechte Hand zum Gruß. „Ave, Cäsar!"
Lässig erwiderte Majorianus den Gruß. Dann wanderte sein Blick zu Geiserich. Mittlerweile hatte sich die ganze Mannschaft der Hilderich auf dem Oberdeck versammelt. Sie verfolgten mit großem Interesse das Geschehen auf der Galeere.
Geiserich löste sich vom Mast und kam zur Reling. Nun trennten ihn nur noch wenige Schritte von dem Kaiser des Imperiums. Da die Galeere etwas höher gebaut war, musste Geiserich aufblicken, als er Majorianus fragte: „Wie ist es möglich, dass der große Cäsar den einfältigen Barbar aufsucht? Ich sehe die weiße Flagge am Mast! Willst du etwa mit mir verhandeln?"
Das Gesicht des Kaisers verzog sich säuerlich. „Du weißt besser, als ich, welcher Grund mich hierher treibt", fauchte er.
Geiserich betrachtete intensiv seine Finger und murmelte, jedoch so laut, dass es Majorianus verstehen konnte: „Ja, wenn man seine Leute nicht anständig und pünktlich bezahlt, kann einem so etwas passieren."
Majorianus wäre fast vor Zorn geplatzt, doch es gelang ihm, sich zu beherrschen. „Ich habe nicht vor, mich mit dir zu streiten. Auch möchte ich mich nicht länger, als nötig in deiner Gegenwart aufhalten. Unser letztes Zusammentreffen hat mir gereicht."
Demonstrativ fasste er sich bei diesen Worten an den Hals.

„Du solltest mir dankbar sein, denn mein alanischer Freund wollte die Lederschnur noch ein wenig straffer ziehen", lachte Geiserich nun.

„Kommen wir zur Sache", versuchte Majorianus das Gespräch zu wechseln. „Ich bin hier, um mit dir über den Frieden zu verhandeln. Ich biete dir dafür die Anerkennung des Vandalenreiches, die Herrschaft über ganz Nordafrika als unabhängigen, selbstständigen Staat. Unsere Gesandten könnten die Einzelheiten eines Friedensvertrages dann festlegen."
Geiserich starrte den Kaiser nun eine Weile an und schwieg.

Majorianus begann, unruhig zu werden, denn die grauen Augen des Barbaren schienen ihn zu durchbohren.

Dann endlich begann Geiserich zu reden. „Warum sollte ich darauf eingehen? Du hast keine Flotte mehr, die eure Küsten schützen könnte. Deine kaiserliche Macht ist nur noch ein Abglanz früherer starker Cäsaren. Die wahren Herren in Rom sind die Goten mit Ricimer an der Spitze. Ihr seid schwach geworden und ich könnte mir von euren Küsten nehmen, was ich wollte."

Geiserich machte eine Pause und ließ seine Worte bei Majorianus wirken. Der zuckte mit keiner Wimper, denn dies alles wusste er selbst.

„Ich bin mit meinem Volk quer durch das alte Land gezogen, auf der Suche nach einer neuen, sicheren Heimat, in der wir Vandalen in Frieden leben können. Das Ziel ist nun erreicht! Darum werde ich auf deinen Vorschlag eingehen. Ich habe jedoch noch einige Bedingungen. Ich erhebe Anspruch auf das Erbe des Valentian, dessen Tochter meinen Sohn Hunerich geheiratet hat. Zum zweiten erhebe ich Anspruch auf das Erbe des Aetius, dessen Sohn Gaudentius sich

als Geisel in meiner Gewalt befindet. Der dritte Punkt, und die wichtigste Bedingung ist, dass Carthago keine Annonen mehr an Rom liefert. Wenn ihr Getreide braucht, könnt ihr es bei uns kaufen. Dafür bin ich bereit, Frieden zu schließen und alle Feindseligkeiten gegen das römische Reich einzustellen."
Majorianus schluckte, denn sein Mund war trocken geworden. Er versuchte, seine Gedanken zu ordnen. Diese Bedingungen würde er nie und nimmer im Senat von Rom durchsetzen können. Zu viele einflussreiche Senatoren und Patrizier hatten schon Hand auf das Erbe von Valentian und Aetius gelegt. Mit der Einstellung der Kornlieferungen würden sie sich wohl abfinden müssen. Laut sagte er aber: „Ich bin nicht in der Situation, Bedingungen abzulehnen. Daher gehe ich auch darauf ein. Meine Schreiber werden diesen Vertrag in Worte fassen und ihn dir nach Carthago bringen. Nun ist Frieden und meine Niederlage hat doch noch einen Sinn gehabt. Lebe wohl, König der Vandalen und Alanen. Ich habe einen großen Irrtum begangen, als ich glaubte, du wärst ein einfältiger Barbar."
Mit den Worten wandte sich Majorianus um und verschwand, den Niedergang hinunter, unter Deck. Die Mannschaft der Galeere holten die Enterhaken ein und lösten sich mit kräftigem Drücken von der Dromone.
Erst als die Galeere außer Sichtweite war, löste sich bei Geiserich die Spannung. Gento bemerkte zum ersten Mal an seinem Vater eine Ausgelassenheit und Freude, wie er sie noch nie gesehen hatte. Die, sonst ernsten und kritisch blickenden, Augen strahlten ihn nun an. Dann geschah etwas, an das er sich sein ganzes Leben noch erinnern würde.

Geiserich breitete seine Arme aus, zog Gento an sich und drückte ihn, dass es ihm fast den Atem nahm. „Wir haben unser Ziel erreicht. Wir sind endlich angekommen."
Verlegen machte Gento sich frei. Bedeutet das, dass ich nun nicht ständig an irgendeinem Ort dieser Welt kämpfen muss? Hätte ich dann auch Zeit für eine Frau und vielleicht auch für Kinder?"
Geiserich nickte. „Dies wird die Zeit sein, in der unser Volk aufblüht, es stark wird und sich vermehrt." Dabei kniff er Gento ein Auge zu.
„Wäre es möglich, dass du auf eine andere Dromone überwechselst und damit nach Hause segelst? Ich möchte noch einen Abstecher nach Syrakus machen. Ich habe dort noch einiges zu bereden."
Nun lachte Geiserich noch einmal laut auf. „Hol dir deine Gracia. Ich bin überzeugt, sie wartet schon lange auf dich."

Gento und Gracia

Gento schaute angestrengt nach vorne. Er hielt dabei schützend eine Hand über seine Augen, damit die gleißende Sonne ihn nicht blendete. Noch war der Horizont dunstig und unscharf. Die Dromone lag unruhig in den kurzlaufenden, weiß aufschäumenden Wellen. Hier, an der Südspitze Siziliens, trafen sich die Strömungen und Winde aus der Straße von Messina und dem Mare Ionica und verlangten von den Schiffsführern höchste Konzentration.
Wingard, der Steuermann, änderte nun, nach einem prüfenden Blick zur Sonne, den Kurs. Kräftig stemmte

er sich in das Ruder und brüllte Befehle an die Besatzung. Blitzschnell wurde die lange Rahe aus ihrer Befestigung gelöst und quer über das Deck auf die andere Seite geschwenkt. Dort wurde sie dann wieder festgesetzt. Die Dromone vollführte unter heftigem Schlingern eine Viertelwende und nahm, mit dem Wind und gegen die hochspritzenden Wellen, volle Fahrt auf.
„Bald müssten die Wachtürme von Syrakus in Sicht kommen", verkündete Wingard und sah dabei Gento prüfend an.
Der verhielt sich ungewöhnlich unruhig. „Da sind sie!", rief er plötzlich so erregt, als erblickte er diese Türme das erste Mal in seinem Leben. „Du kennst diese kleine Bucht, etwas abseits des Hafens? Es ist nur ein schmaler Einschnitt in die felsige Steilküste dort!"
Wingard nickte und antwortete mürrisch. „Dort kann man nicht an Land gehen. Die querschlagenden Wellen würden uns gegen die Felsen werfen."
„Bring mich nur in die Nähe. Ich werde dann dort von Bord gehen. Du legst die Dromone dann in den Hafen von Syrakus und wartest dort auf mich."
„Schwimmen?", fragte Wingard wortkarg.
Gento nickte. „Wenn ich Glück habe, werde ich sie dort antreffen!"
Wingard verzog geringschätzig sein Gesicht. „Frauen sind wie schleichendes Gift. Hast du es erst einmal im Körper, wirst du es nicht mehr los. Es zerstört deine Sinne und deine Vernunft."
Gento lachte und klopfte ihm auf die Schultern. „Aber dieses Gift kann auch unendlich viel Freuden bereiten, mein Freund."
Wingard ging darauf nicht mehr ein, sondern blickte konzentriert nach vorne. „Dort drüben muss die Bucht sein", stellte er nach einer Weile unvermittelt fest.

Nun beobachtete auch Gento mit einem kurzen Blick den Stand der Sonne. Zufrieden bemerkte er, dass sie für diese Jahreszeit fast den höchsten Punkt erreicht hatte.
Wingard musste nun sein ganzes Können aufbieten, um die Dromone in der Mitte der schmalen Bucht zu halten. Das Segel hatte er vorsorglich herunter holen lassen. Nun ließ er die Mannschaft zu den Ruderblättern greifen, um die Dromone weiter auf Fahrt zu halten. Dann gab Gento ein Zeichen. Daraufhin wurden die Ruderblätter quergestellt. Die Dromone wurde langsamer und kam fast zum Stillstand. Gento legte sein Schwert ab, nahm seinen Umhang, band ihn sich um die Hüften und gab Wingard einen freundschaftlichen Stoß in die Seite. „Warte auf mich im Hafen und wenn es zu lange dauern sollte, so suche nicht nach mir, denn dann habe ich mein Glück wieder gefunden."
Wingard nickte verstehend, doch seine Sorgenfalten wollten nicht weichen. „Gib auf dich Acht, Königssohn. Ich möchte deinem Vater nicht sagen müssen, dass er einen Sohn verloren hat."
Gento lief nun zum Bug, drehte sich noch einmal winkend um und hechtete dann kopfüber in die schäumenden Wellen.
Wingard ließ die Ruderblätter auf der Wind zugewandten Seite einholen. Dadurch vollführte die Dromone eine volle Drehung. Gleichzeitig ließ er wieder das Segel setzen und das Boot nahm schnell wieder Fahrt auf. Prüfend blickte Wingard zurück zum Land, doch Gento war in den weißschäumenden Wellen nicht mehr auszumachen.

*

Es war anstrengender, als sich Gento dies vorher vorgestellt hatte. Die kurzen, harten Wellen fluteten in die Bucht hinein und wurden von den schroffen Felswänden zurückgeworfen. Dies erzeugte einen Sog, der ihn wieder hinauszog. So gut es ging, hob Gento seinen Kopf aus den Wellen. Wenn er sich von einem dieser Brecher in die Bucht hineintragen ließ, bestand die Gefahr, dass er gegen die Felsen geworfen würde. Nach einigem Überlegen kam er zu dem Schluss, dass er es riskieren musste, denn ohne die Unterstützung der anrollenden Dünung würde er es nicht schaffen, an Land zu kommen. Insgeheim verfluchte er jetzt seinen Leichtsinn. Doch nun half nichts mehr. Er musste den Kampf aufnehmen. Mit kräftigen Schwimmstößen brachte er sich seitlich aus dem Sog, der ihn nach draußen zog. Dann nutzte er eine hereinrollende Woge, die ihn fast an die Felsen geworfen hätte. Aber das Wasser war Gentos Element. Darin konnte er sich wie ein Fisch bewegen und das rettete ihm nun vermutlich das Leben. Er nutzte genau den kurzen Moment, in dem sich das Wasser an den Felsen aufstaute. Blitzschnell schoss er nach vorne und seine Hände krallten sich in den scharfkantigen Zacken der Felsen fest. Er brauchte all seine Kraft, um sich dort zu halten, als der Sog einsetzte. Dann, als das Wasser ihn gurgelnd freigab, begann er um sein Leben zu klettern. Er wusste nur zu gut, was mit ihm passieren würde, erwischte ihn der nächste Brecher hier an der scharf zerklüfteten Felswand. Seine Knie, Ellenbogen und Hände bluteten schon aus Rissen und Schrammen, doch er fühlte den Schmerz nicht. Wild entschlossen zog er sich, jeden Felsspalt zum festen Griff nutzend, nach oben. Dann donnerte der nächste Brecher in die Bucht herein. Die schäumende Gischt spritzte hoch auf und hüllte ihn so ein, dass es ihm den Atem nahm. Aber sie hatte dort, wo er sich nun schon befand, nicht mehr die Kraft, ihn mit sich fortzureißen. Gento wusste, dass er den Kampf mit dem Meer gewonnen hatte. Noch ein paar Kletterzüge und er erreichte ein etwas flacheres Stück in der Felswand. Schwer atmend blieb er dort einen Moment liegen. Dann schüttelte er mit einer heftigen Bewegung die nassen Haare aus seinem Gesicht und wischte sich das Salzwasser aus den Augen. Suchend blickte er sich um. Ein erkennendes Lächeln huschte über sein Gesicht, denn er war genau auf dem schmalen Pfad gelandet, der zu Gracias „kleinem Paradies" führte. Langsam rappelte er sich auf. Noch immer steckte die enorme Anstrengung in seinen Gliedern. Vorsichtig, auf jeden losen Stein achtend, folgte er nun dem Pfad. Dann sah er die Mulde mitten in der Klippe. Noch immer spendete die verkrüppelte Pinie mit ihrem Schatten Schutz vor der sengenden Mittagssonne. Die Freude darüber, diese Mulde wieder gefunden zu haben, wich der Enttäuschung, dass Gracia nicht da war.

„Was hast du denn gedacht?", schalt er sich. „Früher ist sie nur hierher gekommen, um nach mir Ausschau zu halten. Warum sollte sie das jetzt noch tun?", sinnierte er weiter.

Plötzlich kam ihm sein Handeln töricht und dumm vor. Ernüchtert ließ er sich in den feinen Sand der Mulde nieder, legte sich flach auf den Rücken und breitete beide Arme aus. Sein leerer Blick starrte in das unendliche Blau des Himmels und tiefe Traurigkeit erfasste ihn. Müde schloss er seine Augen. Das Rauschen der Brandung und das leichte Pfeifen des

Windes ließen ihn in einen tiefen Schlaf fallen, der ihn von seinen traurigen Gedanken erlöste.

*

Gracia wusste nicht, was sie so unruhig machte. Irgendetwas war anders, als an den Tagen zuvor. Seit sie hier wieder bei ihrem Onkel, dem ehemaligen Statthalter von Syrakus, Antolus, lebte, war ein Tag, wie der andere, in gleichförmiger Langeweile vergangen. Die einzige Abwechslung in ihrem Leben war der tägliche Ausritt zum Meer. Zu ihrem „kleinen Paradies" ging sie aber nur noch selten. Zu sehr griff dort die Erinnerung an Gento nach ihr und die schmerzte. Antolus sah es auch nicht gerne, wenn sie alleine ausritt. Die Zeiten waren unruhig und eine einsame, hübsche Frau konnte sicherlich Begehrlichkeiten wecken. Gracia hatte es aber meistens geschickt verstanden, sich seiner Bewachung zu entziehen.
In all diesen einsamen Ritten hatte sie sich Vorwürfe gemacht, dass sie Gento verlassen hatte. Ihr Herz und Körper schrien förmlich nach seiner Nähe. Sie sehnte sich nach Liebe und Zärtlichkeit, nach all dem, was er ihr in der Zeit ihres Zusammenseins gegeben hatte, doch ihr Stolz ließ es nicht zu, einfach wieder nach Carthago zurückzukehren. Trotzig hatte sie sich immer wieder gesagt. „Wenn er mich wirklich lieben würde, hätte er mich schon längst zurückgeholt."
„Warum denke ich heut so viel an ihn?", fragte sie sich verwundert. Leise holte sie ihr Pferd aus dem Stall. Wie sonst auch, nutzte sie die Ruhe der Mittagszeit, in der sich Herr, wie Diener und Sklaven, zur Siesta in

den Schatten großer Pinien oder in die Kühle einer der unteren Räume verzogen hatten.
Einige hundert Schritt weit führte sie das Tier an der Hand, damit niemand auf sie aufmerksam wurde. Dann schwang sie sich auf den Rücken und stob in scharfem Galopp davon. Diesmal führte ihr Weg zu der kleinen Bucht. Es war, als würde sie dort von etwas magisch angezogen. Unwillig schüttelte sie den Kopf. „Du bist verrückt, Gracia!", schalt sie sich. „Warum quälst du dich so?"
Mit einem Blick sah sie, dass die See so unruhig war, dass ihr der Weg zur Mulde durch das Wasser verwehrt war. Darum nahm sie den beschwerlicheren Weg durch die Felsen. Immer wieder glitt ihr Blick hinaus auf das Meer. Wie früher suchte sie den Horizont ab und hoffte inständig, dort ein quadratisches Segel zu erblicken. Der Horizont hob sich messerscharf vom Himmel ab und kein Segel zeigte sich weit und breit. Ihre Augen füllten sich mit Tränen. „Du musst damit aufhören", dachte sie, „sonst wird es dich noch umbringen." Sie gab sich einen Ruck. Noch einmal wollte sie zur Mulde und Abschied nehmen, um dann Gento für immer aus ihren Gedanken zu verbannen. Nach einem kurzen Anstieg erreichte sie den Knick, der, um einen Felsvorsprung herum, hinunter zur Mulde führte.
Was sie dann sah, jagte ihr zuerst einmal einen ungeheuren Schreck ein. In der Mulde lag regungslos ein Mann lang ausgestreckt, mit ausgebreiteten Armen und blutverschmierten Händen und Beinen. Der zweite Schreck brachte sie fast um, als sie erkannte, dass es Gento, ihr Gento war. So schnell, wie es der schwierige Pfad erlaubte, eilte sie hinunter. „Mein Gott, was ist nur geschehen? Wer hatte ihn so zugerichtet? Lebt er noch?" Tausend Fragen

schossen ihr durch den Kopf. Als sie ihn erreichte, stellte sie erleichtert fest, dass er ruhig und gleichmäßig atmete. Zärtlich streichelte sie seine Wangen. „Wach auf, mein Liebling! He, Königssohn!" Mit einem Ruck kam er hoch und starrte Gracia mit weit aufgerissenen Augen an. Dann ließ er sich wieder zurücksinken. Dabei schloss er seine Augen wieder und fragte flüsternd: „Träume ich?"
Gracia antwortete nicht, sondern rüttelte ihn an den Schultern. „Mein Gott, was machst du hier? Du siehst aus, als hätte dich das Meer ausgespuckt und auf diese Klippen geworfen!"
Nun wurde Gento richtig wach. Verständnislos schüttelte er den Kopf. „Du bist tatsächlich hierher gekommen? Ich habe es so gehofft und mit jeder Faser meines Herzens gewünscht."
Nun zeigte Gracia Unverständnis. „Was willst du denn hier? Warum bist du nicht auf deinem Schiff und schlägst dich mit meinen Landsleuten herum? Du hattest doch sonst keine Zeit für mich", fuhr sie ihn heftiger an, als sie es beabsichtigt hatte.
Gento ließ sich aber nicht beeindrucken. „Du wolltest wieder nach mir Ausschau halten. Das sagt mir, dass du mich noch liebst. Genau das wollte ich herausfinden. Ja, das Meer hat mich hier ausgespuckt, weil es will, dass wir zusammen sind."
„Aber......" Gracias Augen füllten sich mit Tränen. Gento zog sie zu sich herunter, legte beide Arme um sie und presste sie fest an sich.
„Ich lass dich nie wieder los! Du hast mir so gefehlt und nichts wird uns mehr trennen."
„Aber der Krieg!", warf Gracia zweifelnd ein. „Du wirst wieder gehen, wenn dein Vater dich braucht."
Nun grinste Gento über das ganze Gesicht. „Der Krieg ist vorbei. Majorianus hat einen Friedensvertrag mit

meinem Vater geschlossen. Es gibt keine
Feindseligkeiten mehr. Wir könnten nun an jeden Ort
dieser Welt, den du möchtest, zusammenleben. Nun
könnte auch die Tochter des Aetius einen Vandalen
heiraten.
„Du, du willst, dass ich deine Frau werde?", stotterte
sie nun überrascht.
„Ich wünsche mir nichts mehr auf dieser Welt",
flüsterte er. „Wenn du nun nein sagst, springe ich dort
hinunter ins Meer zurück", flachste er nun grinsend.
„Erpresser!", schimpfte Gracia mit gespieltem Ärger.
Dann nahm sie seinen Kopf und presste ihn an ihre
Brust. Noch ehe er wieder richtig Luft bekam, küsste
sie ihn leidenschaftlich, bis er sich, nach Luft ringend,
frei machte.
„Du bringst mich ja um", keuchte er.
„Ich will nur testen, ob mein zukünftiger Ehemann
auch etwas aushält", lachte sie auf.
„Das heißt, du sagst ja?"
„Wie könnte ich ein Geschenk des Meeres
ausschlagen? Ich habe nie aufgehört, dich zu lieben
und werde es immer tun."
Für einen Moment schloss Gento die Augen und
genoss den Augenblick. Gracia lag immer noch auf
ihm. Erstaunt über seine Regungslosigkeit richtete sie
sich so auf, dass sie mit abgewinkelten Beinen auf
seinem Unterkörper saß. Dabei fühlte sie nun, dass
seine Regungslosigkeit nur gespielt war. Pulsierend
richtete sich seine Männlichkeit auf und drückte
fordernd, nur durch den hindernden Stoff getrennt,
gegen ihre Scham. Mit einer geschickten Bewegung
gab sie Gento die Gelegenheit, sich aus seinem
engen Gefängnis zu befreien. Dann nahm sie ihn mit
einem erstickten Aufschrei in sich auf. Wind, Wellen
und Meeresrauschen rückten in weite Ferne. Es

zählte nur noch der harte Rhythmus ihrer Körper, bis das Blut in den Ohren zu rauschen anfing und, ebenso wie bei Gento, Feuerbälle vor ihren geschlossenen Augen explodierten. Kraftlos ließ sie ihren Oberkörper wieder auf Gentos Brust sinken. So blieben sie, dicht aneinander geschmiegt, eine ganze Weile regungslos liegen. Dann, viel später, fragte er leise. „Wo möchtest du denn mit mir leben?"
Sie richtete sich ein wenig auf und blickte tief in seine grauen Augen. „In deinem großen Vandalenreich wird es einen Platz geben, an dem unsere Kinder unbehelligt und in Frieden aufwachsen können."

Gefahr zieht herauf

Der Thronsaal in Carthago platzte aus allen Nähten. Jeder der Stammesfürsten hatte seine engsten Vertrauten mitgebracht. Die Adligen der Alanen waren ebenso vertreten wie die Chiliarchen der verschiedenen Vandalen Stämme. Selbst eine Abordnung der Berber und der Alanen wollte an der Siegesfeier teilnehmen. Geiserichs Worte hatten sie immer wieder zum Jubeln gebracht. In seiner Rede hatte er noch einmal die Vergangenheit auferstehen lassen, die entbehrungsreichen Zeiten der Wanderung und das große Wagnis der Überquerung des Meeres geschildert. Immer wieder wurde er durch anerkennendes Klopfen der Schwerter auf die Schilde unterbrochen. Nun, zum Schluss seiner Rede, blickte er noch einmal triumphierend in die Runde.
„Nun, ihr Fürsten beider Völker, haben wir etwas erreicht, was von jeher unser gemeinsamer Traum

war. Wir besitzen eine neue Heimat, wir haben das Westreich der Römer in die Knie gezwungen, sind Herrscher auf dem Meer der Mitte und niemand kann uns mehr gefährden. Das bedeutet Frieden!"
Das Getöse war unbeschreiblich. Lächelnd und gelöst blickte Geiserich zu Thora hinüber. Sie saß seitlich hinter ihm und nickte ihm zu. Sie war wieder in der Tracht des höchsten Führers der Alanen gekleidet. Der spitze, mit goldenen Ornamenten verzierte Lederhelm hob ihre reife Schönheit besonders hervor. Geiserich forderte sie mit einer Handbewegung auf, zu ihm zu kommen. Als sie neben ihm stand, wurde es still im Saal.
„Nun, auf der Höhe unseres Erfolges, ist es an der Zeit, einige Worte des Dankes zu sprechen. Diese Frau, meine geliebte Frau, hat mit ihrem Volk immer an unserer Seite gestanden. Sie hat die Vandalen unerschütterlich unterstützt und wäre auch mit uns unter gegangen, hätten wir nicht Schild und Schwert in den Himmel halten können."
Thora verneigte sich vor Geiserich. Ihre Stimme zitterte ein wenig, als sie sprach:
„Wir alle haben dir zu danken, denn ohne deinen Mut und deine Tatkraft wären beide Völker unter gegangen. Dir gilt unsere Liebe und Achtung. Deine Größe überstrahlt die der mächtigen Cäsaren."
Thora wurde durch lautes Schildklopfen unterbrochen. Es schwoll zu einem ohrenbetäubenden Stakkato an und Thora sah ein, dass ein Weiterreden keinen Sinn mehr machte. Sie hatte ohnehin schon alles gesagt. Sie verneigte sich noch einmal kurz und schritt zurück auf ihren Platz.
Wie auf ein Kommando trat Stille ein. Geiserich hatte sein eigenes Schwert aus der Scheide gezogen und hielt es mit gestrecktem Arm nach oben.

„Heil den Völkern der Vandalen und Alanen! Heil unseren Freunden, den Mauren und Berbern!", rief er mit bewegter Stimme und wie aus einem Munde erscholl die Antwort der Fürsten:
„Heil dir, Geiserich, unser Herrscher!"

*

Geiserich blickte von der Terrasse des Palastes in Carthago hinaus auf das, in der Abendsonne glitzernde, Meer. Eine unerklärliche Unruhe hatte ihn erfasst. Er wusste nicht, warum, doch er fühlte Unheil heraufziehen. Thora hatte ungläubig gelacht, als er ihr davon berichtet hatte.
„Du verträgst den Frieden nicht. Ich beobachte dies schon seit langem an dir. Warum findest du dich nicht damit ab, dass es keine ernst zu nehmenden Feinde mehr gibt?", versuchte sie ihn zu beruhigen.
Doch Geiserich ließ sich nicht beruhigen. Bisher hatte er sich noch immer auf seine innere Stimme verlassen können.
„Der Gesandte Phylarchos aus Byzanz bittet um eine Audienz", riss ihn Ardels Stimme aus seinen Gedanken.
Unwillig wandte sich Geiserich um und blickte Ardel, der lautlos die Terrasse betreten hatte, überrascht an.
„Warum hat man mir die Ankunft seiner Galeere nicht eher gemeldet?", knurrte er ungehalten.
Ardel zuckte mit den Schultern. „Du hast keine Anweisung dafür gegeben, Herr!"
Geiserich winkte ärgerlich ab. „Bring ihn hier heraus auf die Terrasse, damit ich mich mit ihm ungestört unterhalten kann."

Phylarchos der groß gewachsene, zur Fettleibigkeit neigende Römer, griechischer Abstammung, dem ständig Schweißperlen auf der Stirn standen und dessen, fast schon beängstigende, Kurzatmigkeit ihn immer irgendwie gehetzt erscheinen ließ. Seine Augen besaßen jedoch den harten Glanz, der jedem, der es mit ihm zu tun bekam, sofort erkennen ließ, dass sein harmloses Äußeres nur Tarnung war. Geiserich kannte den Gesandten ja von früheren Begegnungen und ließ sich von ihm jedoch nicht täuschen. Er wusste genau, dass die Oströmer hier einen Mann geschickt hatten, der knallhart verhandeln konnte und dessen Wort Gewicht hatte. Dies zeigte sich schon darin, dass er nun in den Diensten des oströmischen Hofes stand.
„Sei gegrüßt, König der Vandalen. Dein Ruf reicht bis in die entlegensten Winkel der Welt und deine Taten verbreiten sich wie ein Donnerhall."
Phylarchos verneigte sich bei diesen Worten tief. Dabei raffte er unbeholfen seine weiße Tunika zusammen, damit sie nicht den Boden berührte. Geiserich ließ sich auf dieses Wortgeplänkel nicht ein und erwiderte gerade heraus:
„Warum hat der Gesandte des Kaisers in Byzanz sich den Strapazen der Reise ausgesetzt? Wahrscheinlich nicht, um sich in Lobpreisungen zu ergehen. Was also hast du mir zu sagen?"
Phylarchos hob überrascht den Kopf. „Man hat mich vor dir gewarnt. Es scheint also zu stimmen, dass du den Menschen bis auf den Grund ihrer Seele blicken kannst."
„Das ist bei dir nicht so schwer, denn du hast die Seele einer Viper. Was willst du hier in Carthago?"
Phylarchos Gesicht verfinsterte sich und in seinen blauen Schweinsaugen blitzte es tückisch. „Am Hof

von Byzanz braucht man die Seele einer Viper, um überleben zu können. Deine Gradlinigkeit erspart uns viel Zeit. Unser Kaiser Marcianus ist an einer unerklärlichen Krankheit gestorben. Dies geschah bereits schon vor drei Monaten und es ist mir unbegreiflich, dass dies nicht zur dir vorgedrungen ist."
Geiserich zuckte mit keiner Wimper, obwohl ihn diese Nachricht zutiefst erschreckte. Markian war der Garant der Neutralität Ostroms gewesen. Sofort tröstete er sich mit dem Gedanken, dass ja Aspar, der Alane, der eigentliche Machthaber, in Byzanz war. Er hielt dort alle Fäden in der Hand und mit ihm hatte er ja diesen Nichtangriffspakt geschlossen.
Phylarchos hatte eine Pause gemacht und auf eine Reaktion von Geiserich gewartet. Als die ausblieb, fuhr er, fast genüsslich, fort.
„Unser neuer Kaiser, Leo I, hat unseren Magister Militum, den großen Aspar, entmachtet. Er hat keinerlei Befugnisse mehr und kann froh sein, dass man ihm bisher nicht nach dem Leben getrachtet hat. Auch ich setze nun mein Leben aufs Spiel, indem ich dir das berichte."
Nun zeigten Phylarchos Worte doch Wirkung bei Geiserich. Für einen Moment schloss er die Augen und atmete tief aus.
„Welche Botschaft sollst du mir nun von diesem Leo I überbringen?"
Phylarchos tupfte sich mit einem Teil seiner Tunika den Schweiß von der Stirn. „Unser Kaiser Leo stellt folgende Forderungen. Als erstes müssen sämtliche Geiseln zurückgegeben werden. Das bedeutet insbesondere die Kaiserin Eudokia und ihre Töchter, sowie der Sohn des Aetius, Gaudentius, müssen sofort nach Rom zurückkehren können. Außerdem

musst du Sizilien und Sardinien zurückgeben. Nur dann ist der Kaiser bereit, den Frieden zu halten."
Geiserich war aufgesprungen und es sah im ersten Moment so aus, als wollte er dem Gesandten an den Hals fahren. Dann besann er sich aber und ging auf der Terrasse unruhig hin und her, sagte aber kein Wort.
„Du solltest gut überlegen, bevor du antwortest", fuhr Phylarchos unbeirrt fort. „Der große Aspar hat mir aus einem Exil, trotz strengstem Verbot, aufgetragen, dass er dir rät, dies anzunehmen."
Geiserich blieb unvermittelt stehen. „Auf welcher Seite stehst du, Phylarchos?"
Der zuckte mit den Schultern. „Auf der Seite der Macht. Leider weiß man nie, in welchen Händen sie sich auch morgen noch befinden wird. Du wirst das sicher verstehen."
Geiserich nickte und sprach nun ruhig und gefasst. „Sag deinem Kaiser Leo, die Kaiserin Eudokia, ihre Tochter Placidia und der Sohn des Aetius können jederzeit gehen, wohin sie auch mögen. Die jüngste Kaisertochter, Eudoxia, ist mit meinem Sohn Hunerich vermählt. Sie wird bleiben wollen. Über Sizilien und Sardinien lasse ich nicht mit mir reden, denn würde ich sie wieder den Römern überlassen, wäre unsere Sicherheit gefährdet."
„Ist dies dein letztes Wort?", fragte Phylarchos noch einmal nach. „Du musst wissen, dass Kaiser Leo die bisherige neutrale Haltung Aspars auf das schärfste missbilligt. Es könnte daher Krieg bedeuten."
„Ich habe schon genau verstanden, was du gesagt hast. Dein Kaiser sucht nur einen Vorwand, um Krieg zu führen. Das Vandalenreich ist ihm ein Dorn im Auge. Darum wird er sich sowieso gegen uns wenden. Es ist nur eine Frage der Zeit."

„Darum gibst du auch nur her, was du ohnehin bereit zu geben warst", unterbrach ihn Phylarchos.
Geiserich nickte. „Genau so ist es! Ich gehe aber noch weiter. Ab sofort gebe ich, Geiserich, König der Alanen und Vandalen, meine neutrale Haltung gegenüber dem Ostreich auf. Ab heute werden eure Küsten mit dem Erscheinen unserer Dromonen rechnen müssen!"
Phylarchos tupfte sich wieder den Schweiß von der Stirn. „Ich hatte befürchtet, dass du das sagen würdest. Du beginnst ein gefährliches Spiel, von dem niemand weiß, wie es endet."
„Ihr lasst mir keine andere Wahl. Ich habe gehofft, die Welt wäre groß genug, um auch den Vandalen eine Heimat zu geben. Dies scheint erst der Fall zu sein, wenn auch die letzte Bedrohung beseitigt ist. Dafür werde ich kämpfen, bis zum letzten Atemzug."
Phylarchos verneigte sich und blickte dabei zu Boden, um dem durchbohrenden Blick Geiserichs zu entgehen. „Du bist mutig, König der Vandalen! Vielleicht unterschätzt du aber auch nur die Macht Ostroms. Ich werde dem Kaiser von dir berichten, damit er weiß, mit wem er sich da einlässt. Aspar hat nie aufgehört, vor dir zu warnen, doch in Leos Ohren war das nur Schall und Rauch."
Geiserich zögerte noch einen Moment, ehe er Phylarchos noch mit auf den Weg gab:
„Sag Aspar, dass ich ihm zu Macht und Ansehen zurück verhelfen werde."

*

„Du wagst es, mit diesem Ergebnis aus Carthago, mir unter die Augen zu treten?", wütete Leo, der Kaiser des oströmischen Reiches.
Phylarchos zuckte mit keiner Wimper. Er wusste, wenn er Leo mit Unterwürfigkeit begegnete, hatte er verloren. Leo war ein harter Mann und legte Unterwürfigkeit gleich als Schwäche und Unfähigkeit aus.
„Was hast du denn erwartet, großer Kaiser? Hast du geglaubt, Geiserich wäre vor mir auf die Knie gefallen und hätte um Gnade gewinselt? Dieser Geiserich ist ein außergewöhnlicher Mensch. Sieh dir doch nur an, was er mit seinen Vandalen erreicht hat!"
Leo schlug mit der Faust auf den Tisch. „Er hat das alles nur erreichen können, weil Feiglinge, wie Markian und Aspar es nicht gewagt haben, sich gegen ihn zu wenden."
Beifall heischend schaute er in die Runde. Es war ein erlauchter Kreis, den er zusammengerufen hatte. Da saßen der Legionsführer Heraklius und der Magister Militum, Marsus, der Schwager des Kaisers, Basiliskus, der einflussreiche Patrizier Anthemus und einige reiche Senatoren.
„Ich habe euch alle hier zusammen gerufen, weil es Zeit ist, zu handeln. Es kam vor ein paar Tagen die Botschaft, dass der Versager auf dem Thron Westroms, Majorianus, ermordet worden ist. Es mag sein, dass der Gote Ricimer das angestiftet hat."
Die Männer in der Runde schauten überrascht auf.
„Das ist dem Narren Recht geschehen", warf Basiliskus ein. Dabei betrachtete er intensiv seine gepflegten, mit schweren Goldringen bestückten, Hände. „Wie kann man sich auch eine ganze Flotte stehlen lassen."
Die anderen nickten geringschätzig dazu.

„Damit dieser Ricimer aber nicht zu viel Macht bekommt, werden wir nun einen eigenen Kaiser auf den Thron Roms setzen", fuhr Leo nun fort. „Dabei habe ich an dich gedacht, Anthemus. Ich werde dich mit einer kleinen Flotte und einigen Legionen nach Italien schicken."
Der Angesprochene richtete sich überrascht auf und legte die rechte Faust auf sein Herz. „Diese Aufgabe erfüllt mein Herz mit Freude, Imperator. Ich werde dort dienen, wo du mich hinstellst."
„Die Flotte steht schon bereit. Du hast nicht mehr viel Zeit. Wir haben alle nicht mehr viel Zeit. Wir werden das Vandalenreich angreifen und vernichten. Dazu brauche ist eine Flotte, wie sie die Welt noch nicht gesehen hat. Damit werden wir Carthago dem Erdboden gleich machen. Außerdem benötigen wir ein Heer, das von Alexandrien her auf das Vandalenreich zumarschiert. So werden wir sie in die Zange nehmen und es gibt kein Entrinnen mehr für diese Barbaren."
Einer der Senatoren hob die Hand zu einer Wortmeldung.
„So rede!", herrschte Leo den Mann an.
„Dieses Vorhaben wird viele Goldstücke kosten. Wie sollen wir sie aufbringen?", trug der Senator unbeirrt seine Frage vor.
Leo starrte den Mann eine Zeitlang wortlos an. Dann platzte es aus ihm heraus. „Viele Goldstücke? Ich glaube, ihr habt nicht verstanden. Es wird uns bis an unsere Grenzen belasten. Wir wollen eine Streitmacht zusammenstellen, die die Welt noch nicht gesehen hat. Heraklius, Marsus, wie viel Gold benötigt ihr, ein 100.000 Köpfe zählendes Heer von Alexandrien nach Carthago zu führen?"

Die Angesprochenen nahmen Haltung an. „Herr, der Weg dorthin ist weit und entbehrungsreich. Die Legionäre müssen sich einer einträglichen Entlohnung sicher sein. Sonst könnten wir für die Moral der Truppe auf dem langen Marsch nicht garantieren. Dazu würden wir mindestens 2.000 Pfund in Gold brauchen, wahrscheinlich aber mehr.", übernahm Marsus die Wortführung.
Leo nickte und wandte sich an Basiliskus. „Du bist aufgrund deiner Geschäftstüchtigkeit sehr wohlhabend geworden, Schwager. Du kannst am besten beurteilen, was eine Flotte mit 11.000 Kriegsschiffen und ungefähr 100.000 Mann, die sie befördern muss, für Mittel benötigt!"
Basiliskus räusperte sich, ehe er sprach: „Die Antwort willst du sicher nicht hören, Imperator. Ich glaube nicht, dass wir jemals so viel Gold zusammenbringen könnten."
„Wie viel?", donnerte jetzt Leo ungeduldig.
Basiliskus wand sich nun unter dem harten Blick von Leo. „Ich schätze, es werden ungefähr 64.000 Pfund in Gold und etwa 700.000 Pfund in Silber sein."
Leo schaute nun triumphierend in die Runde. Dabei nahm er die reichen Senatoren besonders ins Visier. „Ihr habt es gehört. Ich werde diese Summen aufbringen und müsste ich jeden Wohlhabenden bis auf sein Hemd ausziehen, wenn es nicht freiwillig herausgerückt wird."
Der Senator, der eben noch nach den Kosten gefragt hatte, hob wieder seine Hand zur Wortmeldung. „Welchen Sinn sollte dies haben? Wir würden Krieg gegen die Barbaren führen und dabei arm wie die Feldmäuse werden. Das wird dem Volk nicht gefallen."

Leo merkte, dass er mit seinen Worten zu Weit gegangen war. Daher reagierte er auf diesen Einwand gezwungen ruhig.

„Wenn wir diese Mittel einsetzen, werden wir siegen. Daran gibt es keinen Zweifel, oder? Dabei denke ich an die Schätze, die dieser räuberische Bastard Geiserich in der Zeit seiner Herrschaft zusammengerafft hat. Schon seine Beute aus Rom würde unsere Kassen wieder füllen. Ich betrachte das Gold, welches ich von euch brauche, als Darlehen. Ihr werdet es mit üppigem Gewinn zurück erhalten."

Die vorher düsteren Minen der Senatoren erhellten sich zusehends. Leo hatte ihre gierige Seite angeschlagen und zum Klingen gebracht. Schnell schnappten sie den Köder auf und stimmten zu. Zufrieden blickte Leo nun in die Runde.

„Na also, bleibt nur noch die Aufgabenverteilung", konstatierte er. „Marsus und Heraklius übernehmen das Heer in Alexandrien. Für die Flotte muss ich noch einen geeigneten Admiral suchen."

Basiliskus räusperte sich wieder. „Du solltest keine voreiligen Entscheidungen fällen, Imperator. Bedenke, dass diese Position ungeheuer wichtig ist. Es muss jemand sein, dem du absolut vertrauen kannst. Bedenke die Macht und die Verantwortung, die du in diese Hände legst. Gib mir die Flotte. Ich bin der Gatte deiner Schwester. Meiner kannst du sicher sein. Ich würde mich auch mit viel Gold daran beteiligen", beschwor er Leo.

Der starrte während der Worte Gedanken versunken auf eine Stelle. Was Basiliskus gesagt hatte, war nicht von der Hand zu weisen.

„Also, so sei es! Basiliskus wird den Oberbefehl der Flotte bekommen. Ich gebe allen sechs Monate Zeit

für die Vorbereitungen. Dann werden wir angreifen.
So will es der Kaiser, der Senat und das Volk, Ave."

*

Die königliche Kutsche rumpelte über das unebene
Pflaster der Römerstraße, die nach Thugga führte.
Geiserich schob den Vorhang des Seitenfensters der
Kutsche zur Seite und blickte hinaus. Hastig stieß er
sein Weib Thora an, die auf seinen ausdrücklichen
Wunsch an dieser Reise nach Thugga teilnahm.
„Schau hinaus, Thora. Dort unten gibt es eine
Seltenheit in diesem Land zu sehen."
Thora beugte sich ebenfalls vor und blickte in die
gleiche Richtung wie Geiserich. Was sie sah, brachte
sie in der Tat zum Staunen. Eingebettet in sanfte, mit
hohem Gras bewachsene Hügel, lag ein doch recht
großer See.
„Ein See?", fragte sie verwundert. „Und das in dieser
Jahreszeit? Es ist Sommer! Da sind die Flüsse
trocken. In diesem Land gibt es keine Dauerflüsse.
Wo kommt also das Wasser her?"
Geiserich lachte und klopfte mit der flachen Hand an
die Außenwand der Kutsche. Dies war das Zeichen
für den Kutscher, anzuhalten. Geiserich kletterte
gliedersteif aus der Kutsche und half Thora dabei,
ebenfalls auszusteigen. Ardel und seine Reiter
nutzten die Pause, um abzusitzen. Ungefähr fünfzig
Schritte hinter ihnen hatte auch Heldica seine Kutsche
anhalten lassen.
Geiserich nahm Thora an der Hand und zog sie mit
sich durch das hohe Gras hinunter zum See. In
gebührendem Abstand folgten ihnen Ardels Alanen

und auch Heldica. Das Ufer des Sees war umwachsen mit dichtem Schilf. Noch vom Vorjahr reckten sich die vertrockneten Blütenkolben hoch über die grünen Schilfblätter und umsäumten den See wie braune Speere.

„Ich habe diesen See erst sehr spät entdeckt und bin gerne hier. Er erinnert mich an meine Kindheit im alten Land", schwärmte Geiserich.

Thora drückte seine Hand. „Es ist wirklich schön hier. Warum hast du mir dies nicht eher gezeigt?"

„Ich hatte nie die Zeit dazu", antwortete er trocken.

Geiserich bahnte sich nun einen Weg durch die Schilfrohre, holte sich einen dieser vertrockneten Kolben und kam damit zurück. „Damit hat alles angefangen", sinnierte er und gab ihn Thora in die Hand.

„Was hat damit angefangen?", fragte sie verständnislos.

„Damit haben wir euren König Respendial gerettet und Alanen und Vandalen sind Freunde geworden."

Thora nickte. „Ja, die Geschichte hat man sich an allen Lagerfeuern erzählt und die Männer haben dabei leuchtende Augen bekommen."

Gedankenverloren tastete Geiserich nach seiner Fibel an der Brust. Sie fühlte sich wohlig warm an, so als würden die Bernsteine zu glühen beginnen.

Überrascht ließ Geiserich die Fibel los. Thora war dies nicht verborgen geblieben.

„Spricht die Fibel wieder mit dir?"

Geiserich nickte. „Nur diesmal weiß ich nicht, was sie mir sagen will. Es ist so, als sollte ich auf etwas aufmerksam werden. Doch was gibt es hier, was ich sehen müsste?"

„Vielleicht ist es die Erinnerung", versuchte Thora es zu deuten.

„Bisher waren die Botschaften von Hilderich immer recht klar", murmelte Geiserich versonnen. „Vielleicht ist es aber nur dieser Ort. Lasst uns weiterfahren."
Es dauerte nicht lange, da konnte man in der Ferne auf der Anhöhe die alte Berberstadt Thugga sehen, auf deren Ruinen die Römer eine prachtvolle Stadt gebaut hatten. Imposant hoben sich ihre, von mächtigen Säulen gestützten, Dächer in den blauen Himmel. Wieder schob Geiserich den Vorhang am Fenster der Kutsche bei Seite und ließ Thora hinausschauen.
„Ich weiß nicht genau, warum es so ist, aber diese Stadt hat mich vom ersten Augenblick an in ihren Bann gezogen. Ist dieser Anblick nicht erhaben?" Thora blickte hinaus und nickte bestätigend. „Ist das der Grund deines Besuches dort?", fragte sie verwundert.
Geiserich blickte sie nun voll an und zum ersten Mal bemerkte Thora, dass er ein gewisses Alter nicht mehr verleugnen konnte. Blitzschnell versuchte sie, zu ergründen, im wievielten Lebensjahr Geiserich sich nun eigentlich befand. „Mein Gott", dachte sie, nachdem ihr die Erkenntnis kam, dass Geiserich ja schon über siebzig Jahre alt sein musste. Nie und zu keiner Zeit war der große Altersunterschied zwischen ihr und ihm etwas gewesen, über das sie sich Gedanken gemacht hätte, denn nie hatte man ihm, bis auf den heutigen Tag, sein tatsächliches Alter angesehen. Nun bemerkte sie etwas in seinen grauen Augen, was sie selbst in den schwierigsten Zeiten nicht gesehen hatte.
„Also was ist es, dass dich nach Thugga treibt?"
„Ich will meinen Sohn zurückholen."
Überrascht blickte Thora ihn an. „Ich dachte, du wüsstest nicht, wo er sich aufhält!"

„Ich wäre ein schlechter König und ein noch schlechterer Vater, wenn ich nicht über jeden seiner Schritte informiert gewesen wäre", antwortete Geiserich mit einem Anflug von einem Lächeln. „Wie du weißt, wollte er damals, nach seiner Rückkehr mit Gracia, nichts mehr mit der Seefahrt zu tun haben. Ich habe es ihm freigestellt, mit seiner Gracia zu leben, wo es ihm beliebt. Daraufhin ist er mit ihr spurlos verschwunden. Dass er sich ausgerechnet Thugga, eine Stadt weitab von jeder Küste und dem Meer, ausgesucht hatte, habe ich dann von Heldica erfahren, der hier ja seine Wurzeln hat."
„Was willst du von ihm?", frage Thora nun hartnäckig nach.
„Ich brauche ihn an meiner Seite, wir, die Vandalen, brauchen ihn! Noch nie ging es so um den Fortbestand unserer Völker, wie jetzt."
Thora konnte ihren Schrecken nur schlecht verbergen. „Glaubst du nicht, dass es an der Zeit wäre, mir einige Dinge zu erklären?"
Geiserich nickte. „Du wirst dabei sein, wenn ich Gento von unserer Lage berichte. Vielleicht kannst du mir ja behilflich sein, ihn von der Verantwortung für sein Volk zu überzeugen."
„Was ist, wenn er nicht will?", fragte Thora zaghaft.
Geiserichs Augen wurden dunkel. „Er muss, sonst ist er nicht mehr mein Sohn!"

Der Kampf um Carthago

Gento blickte hinunter ins Tal und atmete tief durch. Immer wieder wanderten seine Augen zu den Bergen in der Ferne, hinter denen die Sonne jeden Abend hinab stieg um, wie er wusste, dort weit draußen im Meer zu versinken. Für einen Moment schloss er seine Augen und versuchte, sich den Anblick vorzustellen. Tastend suchte seine Hand nach der Brüstung der Veranda und für einen Moment glaubte er, die Reling seines Schiffes zu spüren.

Im selben Augenblick betrat Gracia mit ihrem Sohn Gelimer auf dem Arm die Terrasse. Sie wollte ihn zu Gento bringen, damit auch er seinem Sohn den „Gute-Nacht-Kuss" geben konnte. Als sie ihren Mann so sah, wie er dort traumversunken, mit geschlossenen Augen stand, wusste sie genau, wohin seine Gedanken gewandert waren. Für einen Moment blieb sie regungslos stehen. Natürlich hatte sie schon länger seine Traurigkeit bemerkt, die von Tag zu Tag zunahm. Anfangs hatte er sein neues Leben hier, weitab von jedem Kampfgetümmel, in dieser wunderschönen Stadt, begeistert angenommen. Niemand in der Nachbarschaft ihrer Villa hätte es sich vorstellen können, dass Gento der Sohn des Königs wäre. Hingebungsvoll hatte er sich um seinen Sohn gekümmert und jeder, der darauf achtete, hatte den Glanz in seinen Augen gesehen, wenn er den kleinen Gelimer anschaute. Gracia riss sich von ihren Gedanken los und eilte, mit absichtlich lauten Schritten, auf Gento zu.

„Hier, dein Sohn will dir gute Nacht sagen."
Gento schreckte auf, fing sich aber schnell. Liebevoll küsste er seinen Sohn auf die Stirn. „Schlaf schön, großer Krieger und lass dich von dem Schiff der süßen Träume durch die Nacht bringen. Morgen werde ich dir zeigen, wie man ein Holzschwert hält." Die müden Augen des Kleinen strahlten ihn noch einmal an. „Ja, Schwert halten", freute er sich. Dann

brachte Gracia ihn zurück ins Haus. Gento atmete noch einmal tief durch und der weite Horizont, die weißen Segel und das Verglühen der Sonne im Meer waren verschwunden. Ja, Gracia und sein Sohn Gelimer waren es Wert, darauf zu verzichten.
Plötzlich mischte sich in seine Gedanken das Geräusch von klappernden Hufen auf den Pflastersteinen der Straße, draußen vor seinem Haus. Es mussten viele sein und das war hier ungewöhnlich. Manchmal kam die Wachmannschaft vom nahe gelegenen Castell durch die Straße. Das geschah aber nie zu dieser Abendzeit. Noch ehe sich Gento aber weitere Gedanken darüber machen konnte, standen schon alanische Krieger auf der Veranda. Als nächstes erkannte Gento den Präpositus regni Heldica, der, dicht gefolgt von Ardel, auf ihn zutrat. Er verneigte sich leicht und sprach:
„Sei gegrüßt, Sohn des Königs! Verzeih, dass wir dich zu dieser Abendstunde überfallen, aber dein Vater möchte mit dir reden."
Gento blickte von Heldica zu Ardel und wieder zurück. „Ist ihm etwas geschehen?", fragte er vorsichtig.
Heldica schüttelte lachend den Kopf. „Nein, er erfreut sich bester Gesundheit."
„Sagt ihm, dass ich nicht nach Carthago komme, um mit ihm zu reden."
„Das brauchst du auch nicht!", tönte eine, Gento wohlbekannte, Stimme aus dem Hintergrund.
Entgeistert schaute Gento in die Richtung, aus der die Stimme kam. „Vater? Du hier?", stammelte er nun. Dann gab es für ihn kein Halten mehr. Mit fliegenden Schritten eilte er auf Geiserich zu. „Du bist den weiten Weg hergekommen, um mich zu sehen?"
Geiserich legte beide Hände auf Gentos Schultern. „Es tut meinen Augen gut, dich zu sehen, mein Sohn.

Auch wenn ich dir Gram sein müsste, dass du mir all die Jahre meinen Enkelsohn vorenthalten hast."
„Ach Vater, lass uns unseren Disput nicht von vorne anfangen. Du weißt genau, aus welchen Gründen dies geschah. Du hast nie akzeptiert, dass ich mein eigenes Leben führen will. Warum bist du hergekommen?"
„Willst du deinen Gästen keinen Platz anbieten und etwas zu trinken geben?", ging Geiserich nicht auf seine Frage ein.
Verwirrt winkte Gento die Diener herbei und trug ihnen auf, Wein zu holen.
Mittlerweile hatten auch Heldica und Ardel die Terrasse betreten und begrüßten Gento respektvoll, wie es dem Sohn des Königs gebührt.
„Ich sehe, du bist mit großem Gefolge gekommen, Vater. Das lässt daraus schließen, dass du nicht nur mich und deinen Enkelsohn sehen willst. Doch ich sage dir gleich, ich werde mich von dir nicht mehr in den Kriegsdienst zwingen lassen, um für dich an fremden Küsten die Kastanien aus dem Feuer zu holen."
Für einen Moment herrschte Totenstille auf der Terrasse. Es schien, als hielten alle die Luft an, um auf Geiserichs heftige Reaktion zu warten. Der blieb aber erstaunlich ruhig.
„Sind das deine Worte, oder die deiner römischen Gattin?"
Gento wusste, dass er mit seinen Worten zu weit gegangen war. Verzweifelt blickte er sich nach Gracia um. Sie hatte sich, seit sein Vater hier war, noch nicht blicken lassen.
Gracia hatte den Lärm der Pferde und die Geräusche von vielen Fußtritten im Haus vernommen, als sie den kleinen Gelimer zu Bett brachte. Mit einem

versteckten Blick aus dem Fenster hinunter auf die Terrasse sah sie, um welchen Besuch es sich handelte.

„Er will ihn holen", dachte sie erschrocken und eilte hinunter. Als sie aber hinaus zur Terrasse wollte, stellte sich ihr jemand in den Weg.

„Du, Thora?", entfuhr es Gracia. „Warum stellst du dich mir in den Weg?"

Thora hatte in all den Jahren nichts von ihrer sarmatischen Schönheit eingebüßt. Nur durch ihre pechschwarzen Haare zogen sich, wie feine Silberstreifen, einige graue Strähnen. Sie unterstrichen aber ihre natürliche Autorität, der sich alle in ihrem Umkreis beugten. Auch Gracia wagte es nun nicht, weiter zu gehen.

„Warum hältst du mich auf?", fragte sie noch einmal zaghafter.

„Sei gegrüßt, Tochter des Aetius."

„Warum betonst du dies so? Ich bin Gentos Frau, des Königs Sohn."

Thora lächelte kurz, blickte Gracia aber weiter mit ihren dunklen, mandelförmigen Augen, kalt an. „Weil dein Vater ein großer Mann war. Er hat die Hunnen besiegt und Geiserich achtete ihn als Gegner sehr. Man wird sich an ihn noch erinnern, wenn wir alle längst zu Staub verfallen sind. Ich habe geglaubt, du hättest etwas von seinen Tugenden geerbt und würdest Gento eine gute Ehefrau sein. Ich habe mich da wohl getäuscht. Dein Vater hat für sein Volk gekämpft und war bereit, auch dafür zu sterben. Du hast aber nur dein eigenes Wohl im Sinn. Schlimmer ist es noch, dass du deinem Mann im Wege stehst, seiner Bestimmung zu folgen. Glaubst du, dass er geboren wurde, um an diesem Ort hier Schafe zu hüten? Gento hat Königsblut in den Adern! Das Volk

braucht ihn jetzt dringender als je zuvor. Also lass ihn gehen!"
Gracia traten die Tränen in die Augen. „Es ist aber so unendlich schwer, denn er ist mein Leben", flüsterte sie.
Thora zog sie an sich und streichelte ihr über das Haar. „Meinst du, mein Leben mit Geiserich wäre immer leicht gewesen? Doch glaube mir, ich möchte keinen einzigen Augenblick davon missen. Komm, lass uns hinausgehen und hören, was der König seinem Sohn zu sagen hat."
Gracia wischte sich die Tränen fort und nickte. Dann traten sie Arm in Arm hinaus.

Gento traute seinen Augen nicht, als er Gracia und Thora Arm in Arm kommen sah. Irritiert wandte er sich wieder seinem Vater zu.
„Nun höre mir nur noch dieses eine Mal gut zu, mein Sohn", fuhr Geiserich unbeirrt fort. „Ich habe nicht die Absicht, dich zu irgendetwas zu zwingen. Ich möchte dich lediglich über etwas informieren, dass du wissen solltest. Damit du aber nicht glaubst, ich wollte dich beeinflussen, habe ich Heldica gebeten, dir die Lage zu erklären. Anschließend möchten wir dann deine Meinung hören."
Heldica trat einen Schritt vor. Mit einer lässigen Bewegung warf er sich das zipfelige Ende seiner Toga über die Schulter.
„Ja, mein Prinz, die Nachrichten sind schlecht. Wie du sicher weißt, hat sich der Wind am Hofe von Byzanz gedreht. Marcianus ist tot und sein Nachfolger Leo hat Aspar, den letzten Unterpfand für den Frieden mit Ostrom, entmachtet. Leo hat die neutrale Haltung von ihm und Marcianus als Verrat am Volke Roms bezeichnet. Er hat mit dem Griechen Anthemus einen

neuen Kaiser auf den Thron des Westreiches gesetzt. Zur Unterstützung hat er ihm einige Legionen mit gegeben. Um es kurz zu machen, Leo hat uns den Krieg erklärt. Er will uns vernichten. Von Alexandrien her hat er mehrere Legionen in Marsch zu uns gesetzt. Sie werden von seinen besten Heerführern Marsus und Heraklius befehligt. Das alleine würde mir nicht so große Sorgen bereiten, denn der Weg für die Legionen ist weit und wir können ihnen eine Menge Ärger auf dem Weg bereiten. Die wirkliche Bedrohung ist aber die Flotte, die Leo auf den Weg gebracht hat. Unsere Beobachtungsschiffe vermelden, dass es die größte Kriegsflotte sein muss, die jemals aufgestellt worden ist. Sie bewegt sich zurzeit auf Sizilien zu. Sie werden uns in die Zange nehmen wollen und wenn ihnen das gelingt, wird es keinen Vandalenstaat mehr geben. Nun möchten wir deinen Rat hören, ob es eine Möglichkeit gibt, diese Flotte aufzuhalten."
Gento blickte seinen Vater fassungslos an. „Du hast mir versprochen, dass Frieden ist! Wie ist das möglich?"
„Ja, mein Sohn, ich habe es dir versprochen. Doch der Frieden ist so scheu und verletzlich, wie ein Reh. Wir werden wohl erst richtig Frieden haben, wenn auch die letzte Bedrohung, oder wir selbst, von dieser Welt verschwunden ist."
„Was habt ihr bisher unternommen?", wandte sich Gento wieder an Heldica.
Der räusperte sich. „Nun, wir sind den Legionen des Marsus bei Tripolis mit mehreren Tausendschaften unter Hunerich entgegengetreten. Er hat uns geschlagen. Nun versuchen wir, sie mit Überfällen ständig zu beschäftigen und die Wasserstellen vor ihnen unbrauchbar zu machen. Bei der Flotte wissen wir nicht so recht, wie wir uns verhalten sollen. Bisher

beobachten unsere Schiffe sie in respektvollem Abstand."

Gento klatschte wütend mit einer Faust in seine geöffnete Handfläche. „Wir müssen sie dort genauso beschäftigen, wie es an Land mit den Legionen geschieht. Es muss gelingen, dass sie, trotz ihrer Übermacht, Furcht vor uns bekommen. Vielleicht machen sie dann Fehler."

Geiserich blickte seinen Sohn wohlgefällig an. „Du bist also auch für kämpfen? Es gibt viele Stimmen unter den Adligen, die verlangen, dass wir Leo unsere Unterwerfung anbieten sollen, damit er uns ungeschoren lässt."

„Niemals!", keuchte Gento. „Das wird das Ende unseres Volkes sein. Lieber im Kampf untergehen, als hündische Sklaven der Römer zu sein!"

„Du bist mein Sohn und kannst nicht anders reden, denn genau das Gleiche habe ich den Zweiflern geantwortet. Doch dabei brauche ich dich an meiner Seite. Wir beide vereint werden selbst für den stärksten Gegner unschlagbar sein."

Gento eilte zu seinem Vater und umarmte ihn. „Ich werde für mein Volk, mein Weib und mein Kind kämpfen, bis zum letzten Atemzug."

Thora und Gracia hatten jedes der Worte vernommen, das gesprochen wurde. Selbst Thora war bleich geworden, denn so war ihr das alles nicht bekannt gewesen.

Gracia hatte zuerst fassungslos die Hände vor ihr Gesicht gehalten, dann machte sie sich von Thora frei und lief zu Gento.

Der nahm ihren Kopf in beide Hände und sprach: „Es tut mir leid, Gracia, ich kann nicht anders."

Sie schüttelte nun heftig den Kopf. „Nein, nein, mir tut es leid. Thora hat mir die Augen geöffnet. Ich habe immer nur an mich gedacht und nicht daran, was du tun musst. Ja, geh hinaus und kämpfe für dein Volk, für mich und deinen Sohn. Ich werde in Gedanken an deiner Seite sein und für dich beten, dass du heil zurückkommst."
Gento erstickte ihr Schluchzen mit einem langen Kuss. „Ich werde zurückkommen und alles wird gut", versprach er leise, sodass nur sie es hören konnte.

*

Im Kriegshafen von Carthago herrschte unter den dort versammelten Kapitänen eine eigenartige Stimmung. Es war eine Mischung aus Furcht, Hoffnungslosigkeit und doch Neugier auf das, was nun auf sie zukommen würde. Natürlich waren alle über die Lage informiert. Einige von Ihnen hatten ja bereits die riesige Flotte der Angreifer bei ihren Beobachtungsfahrten in Augenschein nehmen dürfen. Das, was sie gesehen hatten war dazu angetan, das Blut in ihren Adern gefrieren zu lassen. Entsprechend waren ihre Berichte ausgefallen, die sie mit nach Carthago gebracht hatten. Nun standen sie auf dem Versammlungsplatz vor ihren Schiffen, auf dem vor jedem Einsatz Kurs, Ziel und Aufgabe besprochen wurden, und warteten auf die neuen Befehle der Flottenführung.
Ein Raunen ging durch die Reihen, als sie die Kutsche des Königs kommen sahen. Begleitet von der Eskorte seiner alanischen Leibwache preschte sie durch die Wachtore am Hafeneingang. Das Raunen

verstärkte sich, als sie an der Seite des Königs seinen Sohn Gento aussteigen sahen. Wusste doch auch der geringste Rudersklave, dass Gento es gewagt hatte, seinem Vater zu trotzen und aus dem Dienst der Flotte ausgeschieden war. Ohne große Umschweife bestiegen Geiserich und Gento die Empore, die sonst der Flottenführer für seine Einsatzbesprechungen nutzte. Eine Handbewegung Geiserichs ließ die Kapitäne verstummen. Als er zu sprechen begann, starrten alle gebannt zu ihm auf.

„Es ist jetzt nicht die Zeit für große Reden, Männer. Wir Vandalen haben in unserer Geschichte schon öfters in ausweglosen Situationen gesteckt. Wir sind vertrieben, angegriffen und bekämpft worden. Aber immer hat es unser Volk geschafft, sich zu wehren. Aus all diesen Kämpfen ist es nur noch stärker hervorgegangen. So wird es auch diesmal sein, wenn ihr bereit seid, euer Herz und euren Mut einzusetzen. Ich habe euch jemand mitgebracht, der euch sagen wird, was zu tun ist. Ab sofort übernimmt mein Sohn Gento wieder die Führung unserer Flotte."

Für einen Moment brach Jubel aus. Gento war unter den Seeleuten hoch geachtet, denn seine mutigen Taten, damals in Sizilien, lebten bis auf den heutigen Tag noch in den Erzählungen der Seeleute, die damit angaben, dabei gewesen zu sein. Nun trat Gento vor und der Jubel ebbte ab.

„Ich kann die Zuversicht des Königs leider nicht teilen. Wenn die Berichte nur zur Hälfte den Tatsachen entsprechen, so wird es ein aussichtsloser Kampf. Dies sollte uns aber nicht daran hindern, diesen Kampf aufzunehmen. Wir werden ihnen Respekt und Furcht einflößen und so viele Opfer abverlangen, die sie eigentlich nicht bereit sind, zu zahlen. Darin liegt unsere Chance. Es gilt nun folgender Einsatzplan:

Alle schnellen Dromonen, mit Segel und Doppelruderbänken, folgen mir mit der Hilderich hinaus auf das offene Meer. Draußen bekommen wir, so hoffe ich, Verstärkung durch die Mauren. Ich habe ein Botenschiff zu ihrem Großmeister Hassan geschickt. Er schuldet mir noch eine Gefälligkeit. So Gott will, wird er hoffentlich rechtzeitig mit eingreifen können. Die schweren Galeeren müssen sich dem Gegner entgegen werfen, wenn es uns nicht gelingt, sie auseinander zu treiben. Wenn auch diese Linie nicht halten sollte, so zieht euch auf keinen Fall hier in diesen Hafen zurück. Sammelpunkt wird die Bucht von Utica sein. Dort, wo die Küste flach wird, werden sie wahrscheinlich landen, denn die Bucht von Carthago wird für sie viel zu eng und gefährlich sein. Bei Utica werden wir unsere letzte Verteidigungslinie aufbauen. Hier stoßen die Fußsoldaten und die Reiterei zu uns. Sollte diese Verteidigungslinie auch nicht halten, so ist alles verloren. Doch daran will ich jetzt nicht denken. Nun geht mit Gott und kämpft um euer Land."
Die Männer hatten atemlos Gentos Worten gelauscht. Nun brach alle Anspannung aus ihnen heraus. Da hatte einer zu ihnen gesprochen, der ihnen einen Weg aufgezeigt hatte. Es waren keine leeren Versprechungen gewesen, sondern klare Anweisungen. Die Sprache verstanden sie. Jubelnd reckten sie ihre Fäuste in die Höhe.
Geiserich legte demonstrativ seine Hand auf Gentos Schulter. Er wusste, dies hätte er nicht besser machen können. Während die Kapitäne es nun eilig hatten, auf ihre Schiffe zu kommen, blickten sich Vater und Sohn in die Augen.
„Der Moment des Abschieds ist gekommen, mein Sohn. Das Schicksal unseres Volkes liegt nun in

deinen Händen. Ich würde nur zu gerne mit hinaus kommen, doch ich glaube, dass ich hier in Carthago noch nötiger gebraucht werde. Doch denke immer daran, nur wer im Kampf seinen Kopf gebraucht, wird auch hinterher sein Schwert in den Himmel halten können."

Gento lächelte. „Wir sehen uns wieder, mein König. Den letzten Kampf, sollte es dazu kommen, stehen wir gemeinsam durch."

Mit diesen Worten verließ Gento die Empore und eilte auf einen Seemann zu, der als einziger übrig geblieben war und Gento erwartungsvoll entgegen sah.

„Wingard, mein Freund! Was macht die Hilderich? Ich sie noch gut genug, um mit ihr in den Krieg ziehen zu können?"

Wingard verneigte sich kurz und versicherte:
„Sie war nie besser als heute, Herr. Sie hat nur auf den Tag gewartet, an dem du wieder ihre Planken betrittst. Du hast uns gefehlt, mein Prinz."

„Ach, Wingard, vielleicht ist es unsere letzte Fahrt. Doch sie soll die Beste sein, die wir je zusammen gefahren sind. Die Hilderich muss schnell und wendig wie der Wind sein, dass unsere Gegner uns erst bemerken, wenn wir schon wieder fort sind."

Wingard lächelte sein breites Lachen, das er immer zeigte, wenn er in seinem Element war.

„Ja, Herr, so wird es sein."

*

In der Basilika Resistute brannten alle Kerzen. Der Altar hatte sich in ein großes Lichtermeer verwandelt.

Auf den Stufen davor kniete Tirias, im Gebet versunken. Seine Augen waren starr auf den Kerzenschein gerichtet und die Welt um ihn herum schien nicht mehr zu existieren. Darum hörte er auch die Schritte nicht, die durch den breiten Gang des Mittelschiffs der Basilika auf ihn zukamen.
Geiserich blieb in einigem Abstand stehen und betrachtete Tirias verwundert. Der Kirchenfürst hatte sich wohl seit langer Zeit seine, nun schneeweißen Haare, nicht mehr kürzen lassen. Der, schon immer üppige, Vollbart hatte die gleiche Farbe wie sein Haupthaar angenommen und bedeckte fast das ganze Gesicht. Es war nur die Leibesfülle, die sich nicht verändert hatte. Geiserich berührte sacht seine Schultern.
„Ich störe dich nur ungern bei deinen Gebeten, mein Freund, aber ich muss mit dir reden."
Tirias zuckte ein wenig zusammen und es war, als käme er nur langsam und unwillig aus einer anderen Welt zurück. Schwerfällig richtete er sich auf und blickte Geiserich prüfend an. Seine Augen wirkten müde und seine Stimme klang kraftlos.
„Sieh an, der König betritt eine Kirche, ohne dazu aufgefordert worden zu sein. Ich werde es im Kirchenbuch vermerken lassen."
Geiserich lächelte und antwortete: „Sieh an, unser Oberhirte hat seine scharfe Zunge noch nicht verloren. Ich habe dich lange nicht mehr im Palast gesehen, Tirias. Bist du mir Gram?"
Tirias winkte müde ab. „Weißt du, großer König, ich bin alt geworden. Jeder Schritt wird mir zur Qual und die Schmerzen in der Brust lassen nicht nach. Der Weg in den Palast ist mir zu beschwerlich."

„Das habe ich nicht gewusst", entfuhr es Geiserich. Dabei konnte man seine ehrliche Besorgnis sehen. „Was sagen die Heilkundigen?"
Tirias winkte verächtlich ab. „Ich gebe zu, dass die alanischen Heilkundigen sich gut darauf verstehen, Wunden zu behandeln. Doch darüber hinaus fehlen ihnen jegliche Kenntnisse. Sie sagen, es sei das Alter. Der Herr wird mich wohl bald zu sich rufen."
„Rede nicht solch einen Unsinn, mein Freund. Ich brauche dich noch! Gerade jetzt wirst du mehr denn je gebraucht. Du kennst unsere Lage?"
Tirias nickte stumm.
„Ich möchte, dass du für unsere Männer, die für unser Volk kämpfen, eine Messe liest. Ich möchte, dass du noch einmal die Bibel hoch hältst, wie damals, in der Schlacht vor Carthago Nova. Vielleicht geschieht dann, wie damals, noch einmal ein Wunder."
Tirias sah Geiserich durchdringend an. „Gott lässt sich nicht nötigen. Er handelt nicht nach unseren Maßstäben und schon gar nicht, wie wir es gerne hätten. Ich werde diese Messe lesen und demütig um seine Gnade bitten. Mehr werde ich nicht tun können."
Geiserich nickte ernst. „Mehr würde ich auch nicht verlangen."
Tirias lachte nun und Geiserich sah mit Besorgnis, dass ihm selbst das Lachen schwer fiel.
„Weißt du, mein König, ich freue mich, dass du wieder den Weg zu mir gefunden hast. Das gibt mir die Gelegenheit, mich für das rauschende Leben an deiner Seite zu bedanken. Gott hat unsere Wege zusammengeführt, damals in dem Kerker von Lauriacum. Wir haben Großes geschaffen, du ein Reich und ich eine Kirche. Das ist mehr als sonst ein Menschenleben erreichen kann. Halte es fest, großer König, lass es dir von niemandem fortnehmen. Alles,

was ich dazu noch tun kann, werde ich tun. Lass dich noch einmal umarmen, so wie wir es früher getan haben, als wir gegen die Herren der Welt angetreten sind."
Sie umarmten sich stumm und Geiserich verdrängte das Gefühl, dass es vielleicht das letzte Mal gewesen sei.

*

Hunerich biss sich auf die Lippen, als er die Legionen des Marsus heranrücken sah. Eine unendlich lange Marschkolonne, eingerahmt von Kampfwagen und Reiterei. Sie ließen sich einfach nicht aufhalten. Selbst von vergifteten Wasserstellen und ständigen Angriffen ließen sie sich nicht beirren.
Hunerich warf einen prüfenden Blick über seine Kämpfer. Sie waren nur noch ein Häufchen Aufrechter. Bei Weitem nicht genug, um Heraklius und Marsus aufhalten zu können. Doch heute und hier wollte er es noch einmal versuchen. Der Vormarsch der Römer musste zumindest für eine Weile aufgehalten werden. Hunerich versammelte nun mit einer Handbewegung seine Unterführer um sich.
„Dies wird unser letzter Versuch sein, sie aufzuhalten. Die Reiterei muss die Formation der Fußtruppen aufbrechen. Direkt hinter ihnen werden unsere Fußsoldaten nachstoßen. Die Lanzenträger voran, gefolgt von den Schwertkämpfern." Hunerich blickte sie beschwörend an. „Denkt vor allen Dingen daran, dass ihr euch vom Gegner nicht in längere Gefechte verwickeln lasst. Die Reiterei bricht nach beiden Seiten aus und kehrt wieder zurück. Spätestens dann

zieht auch ihr euch wieder zurück. Sie werden euch vermutlich folgen. Das ist der Moment, wo unsere Bogenschützen angreifen. Diese Taktik wiederholen wir so oft es geht. Ich hoffe, dass wir damit ihre Kampfmoral erschüttern können. Nun geht zu euren Männern und kämpft um das Überleben unseres Volkes. Gott schütze euch!"

Hunerich hatte sich für diesen Angriff ein recht abfallendes Gelände ausgesucht. Er erhoffte sich dadurch mehr Durchschlagskraft der Reiterei und die Fußtruppen würden es auch leichter haben. Noch ein letzter prüfender Blick, dann hob er den Arm. Zwei Hundertschaften Reiterei sprengten los. Die Hufe der Tiere wirbelten weit sichtbar Staub auf. Die Lanzen fest in der Armbeuge, die Münder weit aufgerissen, dabei schrille Kampfrufe brüllend, stürmten sie auf die Römer zu. Dicht hinter ihnen hasteten die Fußsoldaten mit ihren Speeren. Natürlich konnten sie nicht Schritt halten, doch dieser Abstand war ja gewollt.
Marsus war der bevorstehende Angriff natürlich nicht verborgen geblieben. Es bedurfte nur einiger Befehle, um die römische Kriegstaktik in Gang zu setzen. Der Aufprall der Reiterei auf die Schildkrötenformation der Römer war fürchterlich. Die aufgestellten Lanzen rissen klaffende Wunden, schlitzten Pferdeleiber auf und brachten die Reiter aus dem Gleichgewicht. Blut spritzte in hellroten Strömen auf. Die Speere der vandalischen Reiter rissen zwar Lücken in die festgefügten Reihen der Römer, doch so, wie es Hunerich sich vorgestellt hatte, gelang es ihnen nicht. Letztendlich blieben nicht mehr viele Reiter übrig um nach außen weg zu brechen und zurückzukehren.

Die nachrückenden Fußsoldaten sahen sich nun nicht ungeordneten Kampfformationen gegenüber, fanden keine Bresche, in die sie hineinstoßen konnten, sondern mussten gegen gut formierte Kampfrauen antreten. Verbissen stießen sie ihre Speere zwischen die Nahtstellen der zum Schutz aufgestellten Schilde. Die Wucht ihres Angriffs ließ die Römer für einen Augenblick wanken. Die Kampfeswut der Vandalen brachte sie sogar dazu, zurückzuweichen. Dies ließ die Kämpfer vergessen, was ihnen aufgetragen worden war. Statt sich nun schnell wieder zurückzuziehen, stießen sie weiter vor. Marsus setzte nun seine Kohorten an beiden Flügeln der Schlachtformation ein. Damit war den Fußsoldaten der Vandalen der Rückweg abgeschnitten.
Hunerich fluchte und versuchte noch einmal, den Rest der Reiterei nach vorne zu schicken, um den Eingeschlossenen beizustehen. Doch es war vergebens. Als die Fußsoldaten merkten, dass eine Rückkehr ausgeschlossen war, warfen sie all ihren Heldenmut in die Waagschale und lieferten den Römern einen solch aufopfernden Kampf, dass er in ihren Reihen einen hohen Blutzoll forderte.
Hunerich ließ noch einmal die Bogenschützen in Stellung gehen. Nun trafen die Pfeile auch ihre Ziele und rissen gewaltige Lücken. Hunerich musste aber auch erkennen, dass diese Lücken sehr bald wieder geschlossen wurden. Der Kampf war verloren. Einer der Unterführer kam abgekämpft und blutüberströmt an Hunerichs Seite.
„Herr, wenn wir uns jetzt nicht zurückziehen, wird niemand mehr von uns übrig bleiben."
Hunerich schreckte aus seiner Starre auf. „Ich befehle den Rückzug", schrie er. „Wir sammeln uns dort hinten hinter den Hügeln."

Die Signalhörner verkündeten nun in klagenden Tönen den Rückzug. Die Kampfhandlungen ebbten ab.
Marsus verzichtete auf eine Verfolgung der flüchtenden Vandalen. Dazu hatte er nach diesem verheerenden Überfall auch nicht mehr die Kraft. Nachdenklich sprach er zu Heraklius: „Ich hoffe inständig, dass sie nicht mehr in der Lage sind, es noch einmal zu versuchen. Wir hatten unseren Männern reiche Beute in Carthago versprochen. Stattdessen sterben sie in diesem gottverdammten Land, wo kaum ein Grashalm wächst und Carthago ist noch weit."
Heraklius nickte. „Hoffen wir, dass Basiliskus mit seiner Flotte Carthago erreicht und uns die Stadt auf einem Silbertablett serviert."

*

Die Sonne strahlte vom wolkenlosen Himmel herunter und der stetige Ostwind verhieß, dass sich das Wetter auch auf unabsehbare Zeit so halten würde. Basiliskus stand auf der Kommandobrücke seiner Pentekontere, dem größten Galeerentyp, den die römische Flotte zu bieten hatte. Sie besaß keine Segel, dafür aber fünf übereinander liegende Ruderreihen, die ausschließlich mit Sklaven oder Sträflingen besetzt waren. Basiliskus lauschte genussvoll dem Takt der Schlagzahltrommel, die unbarmherzig die Geschwindigkeit vorgab. Er hatte eine mittlere Fahrt vorgegeben, um sicher zu sein, dass auch die kleineren Galeeren das Tempo halten konnten. Im Stillen dankte er Gott, dass Wetter und

See das Fahren im Flottenverband doch recht einfach gestaltete.

In seinen kühnsten Träumen hatte er so etwas nicht erwartet. Jetzt, wo er mit der Flotte auf See war, wagte er sich nicht auszudenken, was geschehen würde, wenn ein Sturm das Meer aufwühlen und die Schiffe auseinander treiben würde.

„Segel am Horizont! Einen Daumensprung linke Hand voraus!", warnte die Stimme aus dem Ausguck.

Basiliskus war eigentlich eine Landratte und hatte nicht das geringste Wissen von Navigation oder dem Manövrieren eines Schiffes, geschweige denn einer Flotte. Aus diesem Grund hatte er den erfahrenen Flottenführer Gemarchos auf seine Pentekontere geholt. Er war auf einer, dem Festland vorgelagerten, griechischen Insel aufgewachsen und hatte den Umgang mit dem Meer in die Wiege gelegt bekommen. Ihm galt jetzt auch der fragende Blick von Basiliskus. Der starrte nun angestrengt in die, vom Ausguck angegebene, Richtung.

„Sie kommen mit dem Wind", brummte er. „Ich habe sie schon früher erwartet! Doch also gut, lass sie kommen. Ich möchte sehen, was sie gegen uns ausrichten können."

„Du meinst, sie können uns nichts anhaben? Die vandalische Flotte ist berüchtigt. Was werden wir nun zur Abwehr unternehmen?", fragte Basiliskus nervös.

„Herr, wir sind die größte und stärkste Flotte, die jemals ein Meer befahren hat. Die Transportschiffe mit unseren Legionen an Bord werden von mehreren hundert Triremen eskortiert. Schiffen unserer Größenordnung schirmen die Flanken des Verbandes ab. Wie sollte ich mir da Sorgen machen?"

Basiliskus ließ sich aber nicht so leicht beruhigen.

„Gebt Alarm an die Flotte weiter. Ich werde dieses

Unternehmen nicht dadurch gefährden, indem ich den Gegner nicht ernst nehme."
Gemarchos zeigte zum Mast hinauf. „Es ist geschehen, Herr! Seht die rote Flagge. Das bedeutet Kampfformation einnehmen."
„Wie willst du ihnen begegnen?", fragte Basiliskus noch einmal hartnäckig nach.
„Wir werden sie gebührend empfangen, Herr", wich Gemarchos der konkreten Frage aus. Ihm ging das vorsichtige Gehabe des Basiliskus auf die Nerven und im Grunde seines Herzens verachtete er den Schwager des Kaisers als unfähigen Günstling. Sollte er ihm bloß nicht in die Führung der Flotte hineinreden.
Die Schiffe der Vandalen hoben sich jetzt deutlich vom messerscharfen Horizont ab. Gemarchos ließ die Hörner blasen und die Schlagzahl der Ruderer halbieren. In einem eventuellen Seekampf würde er die Kräfte der Sklaven noch brauchen.

*

Wingard deutete mit der Hand nach vorne. „Da sind sie", stellte er ruhig fest.
Gento versuchte, sein Erschrecken zu verbergen. Bisher hatte er immer noch die Berichte der Beobachtungsboote für übertrieben gehalten. Machten nicht alle Seeleute aus einer Sardine einen gefährlichen Raubfisch? Nun wollte er nicht glauben, was seine Augen sahen. Leise flüsterte er: „Oh, mein Gott, wie sollen wir gegen diese Macht bestehen?"
Laut sprach er dann aber zu Wingard: „Welche Angriffstaktik schlägst du vor?"

Wingard blickte Gento schräg von der Seite an und es dauerte eine Weile, ehe er antwortete. Es war, als wollte er nichts Falsches sagen. „Mein Verstand würde sagen, beidrehen und verschwinden. Mein Herz sagt aber, Kämpfe und füge ihnen so viel Schaden wie möglich zu. Wir sollten in breiter Front mit dem Wind und vollem Rudereinsatz in ihre Flanken stoßen."
Gento nickte Gedanken versunken. „Sie schützen ihre Transportschiffe mit den großen Triremen. Sie sind zwar stark und mit Katapulten bestückt, aber recht unbeweglich. An ihnen müssen wir so schnell wie möglich vorbei. Dann nehmen wir uns die Frachtschiffe vor. Dies muss alles blitzschnell geschehen und genauso schnell müssen wir wieder aus dem Flottenverband hinaus sein, sonst werden sie uns zerquetschen, wie reife Pflaumen."
Wingards Hände krallten sich am Ruder fest. „Das wird ein Spaß werden", lachte er bitter.
„Ja, das wird ein Spaß", wiederholte Gento, doch seine Augen glühten.
Es dauerte eine Weile, bis auch die letzten vandalischen Dromonen die Nachricht von Gentos Angriffsplan erhalten hatten. Dann warteten sie auf sein Zeichen. Der ließ sich aber noch Zeit. Langsam näherten sie sich der römischen Flotte fast bis auf die Reichweite deren Katapulte. Noch einmal hob Gento den Blick zum Himmel. Die Sonne stand nun schon sehr weit im Westen. Bald würde die Dämmerung hereinbrechen. Genau diese Zeit wollte er zum Angriff nutzen.
Dann war es so weit. Gento ließ das Segel in den Wind drehen. Dann brüllte er: „Rudert! An die Ruder! Rudert um euer Leben! Das war das Signal für die anderen Dromonen, es ihnen gleich zu tun. Keuchend

tauchten die Männer die Ruderblätter ins Meer und zogen sie mit wilder Kraft durch. Mit der Unterstützung des Windes nahmen sie nun eine beachtliche Fahrt auf. So glitten die Boote auf die römische Flotte zu, begleitet von deren drohendem Ton der Alarmhörner. Wie besprochen, hielten sie Kurs auf die Lücken. Das war der Abstand, den ein Flottenverband von Schiff zu Schiff einhalten muss, um sich nicht selbst zu gefährden. Es bedeutete aber auch, dass die Gefahr, dabei gerammt zu werden, riesengroß war. Die Triremen der Oströmer versuchten natürlich, diese Lücken zu schließen. Gento hörte das Stakkato der Schlagzahltrommel, die das Letzte aus den Ruderern herausholte.

Plötzlich war ein Pfeifen in der Luft. Von den Triremen und Pentekontere schleuderte man mit Katapulten einen Hagel von Felsbrocken auf die vandalischen Angreifer. Mit Erschrecken sah Gento, dass einige seiner Dromonen von der Wucht dieser Geschosse förmlich zerrissen wurden.

Gento fluchte. „Verdammt, wir müssen schneller werden, damit wir aus dem Bereich dieser Katapulte kommen." Noch einmal feuerte er seine Männer an. „Los, werft euch in die Riemen, sonst sehen wir uns auf dem Meeresgrund wieder."

Die Hilderich schoss auf die Triremen zu. Wingard hatte seinen Blick starr nach vorne gerichtet, während Gento versuchte, seine kleine Flotte im Blick zu halten. Mit Genugtuung sah er, dass es doch die meisten in den toten Winkel der Katapulte geschafft hatten.

„Wo bleiben eigentlich deine Mauren?", schrie Wingard zu Gento herüber.

Der zuckte mit den Schultern. „Dies müssen wir schon alleine erledigen. Hier gibt es für Mauren nichts zu verdienen."

Sie näherten sich nun der Reichweite der römischen Bogenschützen. Noch versanken die Pfeile wirkungslos vor ihnen im Wasser.

„Holt die Ruder ein und nehmt die Schilde auf", befahl Gento nun. Es war ein Manöver, das sie im Schlaf beherrschten, denn dies gehörte zu ihrer Kampftaktik auf See. Wingard konnte mit dem Ruder nun freier manövrieren. So änderte er jetzt ständig die Fahrtrichtung und schlug so mit der Hilderich unvorhersehbare Haken. Damit erreichte er, dass nur wenige der unzähligen Pfeile ins Boot oder auf die Schilde der Männer gelangten.

In einer kurzen Wende passierten sie, dicht vor dem Bug einer der großen Galeeren, die äußere Geleitlinie der Oströmer.

„Wir halten auf die Frachtschiffe zu und versuchen, sie zu rammen", rief Gento seinem Steuermann Wingard zu. Wie alle Dromonen besaß auch die Hilderich am Bug einen Rammsporn, mit dem die Bordwände der Feinde aufgerissen werden konnten. Eine Kampftechnik auf See, die schon lange nicht mehr angewendet wurde, weil sie viel zu risikoreich war. Aber hier ging es nicht mehr um Sicherheit, sondern hier hieß es, dem Gegner Schaden zuzufügen, ohne Rücksicht auf die eigenen Verluste. Gento ließ wieder die Ruder zu Wasser und feuerte seine Männer wieder an, alles zu geben.

Wingard hielt auf ein phönizisches Frachtschiff zu. Mit bloßem Auge konnte er, trotz der Dämmerung, die blitzenden Uniformen der Legionäre erkennen. Sie standen dicht gedrängt an Oberdeck und betrachteten mit Furcht im Herzen die heranschießenden

Dromonen. Gento ließ die Ruder wieder einziehen. Auf dem Frachtschiff schien es keine Bogenschützen zu geben, sodass sie sich nicht besondert bedecken mussten.

Die Wucht des Aufpralls war fürchterlich. Obwohl jeder der Männer darauf vorbereitet war, stürzten sie nach vorne und es kam kurzfristig zu einem ungeordneten Durcheinander. Der Rammsporn hatte, kurz über der Wasseroberfläche, ein großes Loch in die Bordwand gerissen.

„Werft die Enterhaken", schrie Gento und stürmte zum Bug. Sein Enterhaken flog in hohem Bogen zum Frachtschiff hinüber. Ihm folgten, in oft geübter Geschwindigkeit, die Leinen seiner Männer, an denen sie nun behände empor kletterten. Todesmutig stürzten sie sich über die Legionäre. Die an Kämpfen auf See nicht gewohnten Soldaten gerieten in Panik. Sie standen viel zu dicht, sodass sie sich selbst behinderten in dem Versuch, die Angreifer abzuwehren. Gento erreichte das Deck des Frachtschiffes als Erster. Mit einem Schwung löste er seinen dreigezackten Enterhaken aus den Planken des Schiffes und ließ ihn mit dem Seil über seinem Kopf kreisen. Den ersten Angreifern riss er die Gesichter weg. Blut spritzte bis zu Gento herüber. Er verstärkte nun noch den Schwung des Hakens und indem er das Seil durch die Hand rutschen ließ, vergrößerte er den Kreis seiner fürchterlichen Waffe. Es erwischte noch weitere Legionäre, die nicht schnell genug zurückweichen konnten. Gentos Männer erschienen nun mit Gebrüll ebenfalls an Deck des Phöniziers. Für einen Moment war Gento abgelenkt. Sein Haken bohrte sich in den Leib eines Unglücklichen und blieb dort stecken. Der Enterhaken war so als Waffe unbrauchbar geworden. Blitzschnell erkannten dies seine Gegner und stürzten sich mit gezogenen Schwertern auf Gento. Der zeigte nun, dass er ein Meister in der Schwertführung war. Wie ein Wirbelwind wich er den wütenden Angriffen aus, ließ ihre Stöße ins Leere laufen und ließ sein Schwert in ihre Eingeweide fahren. Neben Gento tauchte plötzlich Wingard auf.

„Wir müssen uns zurückziehen", versuchte er sich durch den Kampfeslärm verständlich zu machen. Dabei zeigte er zu den Triremen, die einige Zeit dazu gebraucht hatten, ihren Kurs zu ändern. Aber nun kamen sie heran. Gento wirbelte noch einmal um seine eigene Achse und trat dabei mehrere Gegner mit dem Schwert an der Kehle. Dies verschaffte ihm den nötigen Platz. Mit einem durchdringenden Pfiff befahl er den Rückzug. Einige seiner Männer nutzten die noch festsitzenden Enterhaken und kletterten daran herunter zurück zur Dromone. Gento und der größte Teil der noch verbliebenen Kämpfer hechteten einfach über die Bordwand ins Wasser. Dort wurden sie schnell an Bord genommen. Kaum war Gento wieder an Deck, da half er den Männern am Bug, die Dromone von der Bordwand des Phöniziers abzustoßen. Dabei sah er mit tiefer Befriedigung das große Loch, durch das nun unaufhörlich Meerwasser hineinströmte. „Sie werden absaufen!", brüllte er und hielt dabei sein Schwert in den Himmel.

Mit lautem Flattern legte sich das Segel der Dromone in den Wind. Als letzter war wieder Wingard an Bord gekommen und hatte sofort seinen Platz am Ruder eingenommen.

„Halte das Boot von den Triremen fern, Wingard. Wir geraten in die Reichweite ihrer Katapulte. Los, an die Ruder, Männer!" Gento schaute sich um und erschrak. Nur die Hälfte der Ruderbänke war noch besetzt. Kurzerhand setzte er sich auf einen der freien Plätze und zog die Ruderpinne zu sich heran. Mit voller Kraft nahm er den Schlagrhythmus seiner Männer auf.

Sie entfernten sich schnell mit Kurs nach Westen von dem phönizischen Frachtschiff, das gefährlich in Schieflage geraten war. Dort spielten sich an Deck unglaubliche Dinge ab. Die meisten Legionäre konnten nicht schwimmen und versuchten nun verzweifelt, um ihr Leben zu kämpfen. Jeder suchte etwas, woran er sich festhalten konnte. Letztendlich nutzte es ihnen nichts, denn in rasender Geschwindigkeit sackte der Bug weg und ließ das Heck steil aus dem Wasser ragen. Kurze Zeit später verschwand das Schiff gänzlich von der Oberfläche. Gento atmete durch und blickte sich nach seiner eigenen Flotte um. Auf den ersten Blick konnte er nur wenige Dromonen ausmachen. Dafür aber weitere Frachter, die im Begriff waren, zu sinken. In diesem Moment wurde ihm bewusst, dass sie wohl dem Gegner einigen Schaden zugefügt hatten, der sie, in Anbetracht der riesigen Übermacht, aber nicht wirklich geschwächt hatte. Dafür hatten sie einen hohen Blutzoll gezahlt und eine Menge Schiffe verloren. Und es war noch nicht zu Ende, denn vor ihnen tauchten nun die schnellen Galeeren der Oströmer auf. Sie ähnelten den Dromonen der Vandalen, nur, dass sie keine Segel besaßen. Mit einem Blick konnte Gento die Anzahl nicht ausmachen, doch es waren allemal genug, um ihnen den Rückzug abzuschneiden. Mittlerweile hatten sich die Vandalenschiffe wieder formiert. Es waren nur noch ungefähr zwanzig Boote übrig geblieben.

Gento ließ die Ruder einziehen. Mit einer Hand versuchte er, sich das Blut aus dem Gesicht zu

wischen, das aus einer Schnittwunde an der Stirn lief. Ein Blick auf seine Männer zeigte ihm, dass auch sie erschöpft waren und aus unzähligen Wunden bluteten. „Das ist das Ende", dachte er. „Hier kommen wir nicht mehr heraus. Es tut mir leid, Vater! Das war alles, was wir erreichen konnten."
„Sollen wir wenden, Herr? Voraus ist für uns der Weg in die Hölle", riss Wingard ihn aus seinen Gedanken. Gento schüttelte den Kopf. „Nein, mein Freund. Dort warten nur die Triremen mit ihren Katapulten auf uns. Ich glaube, hier ist unser Weg zu Ende, mein Freund." Mittlerweile hatte die Sonne fast ihren Abstieg in die Unterwelt vollendet. Ihre dunkelroten Strahlen erhellten nur noch den Abendhimmel. Die Galeeren der Oströmer zeichneten sich nun als dunkle, bedrohliche Schatten vor ihnen ab. Müde nahm Gento sein Schwert in die Hand. „Auf, Männer! Zeigen wir ihnen, dass es nicht so leicht ist, Vandalen auf die große Reise zu schicken."
Plötzlich stockte er. Brandgeruch stieg ihm in die Nase. Im gleichen Moment sah er Brandpfeile auf die Galeeren zufliegen. Sie kamen in unendlicher Zahl von hinten auf die Oströmer zu. Die Dämmerung leitete nun Kampfgeräusche zu ihnen.
Schmerzensschreie gellten durch die Luft. Befehle in kehliger Sprache drangen zu ihnen herüber und die meisten der Galeeren hatten sich in ein loderndes Flammenmeer verwandelt.
„Es sind die Mauren!", schrie Gento befreit. „Los, Männer, an die Ruder. Ich glaube, der Himmel hat ein Einsehen mit uns gehabt."
Auch die anderen Dromonen hatten die Lage erkannt und durchbrachen ungeschoren die Linien der Galeeren, die nun ihrerseits die Flucht ergriffen.

Vor der Hilderich tauchte nun ein dreieckiges Segel auf. Gento gab Wingard den Befehl, längsseits zu gehen. Es dauerte auch nicht lange, bis sie an dem Maurenschiff festmachten. Von dort aus grinste ein, Gento wohlbekanntes, Gesicht herüber.
„Ich habe mir gedacht, dass du es bist, Sohn des Geiserich. Es kann nur einer so irrsinnig sein, mit einer Handvoll Dromonen eine derartige Flotte anzugreifen."
„Sei gegrüßt, Hassan. Nie habe ich dich und deinen maurischen Kahn lieber gesehen, als heute."
„Ich bin mit meinen Schiffen gegen den Befehl meines Herrn hier und wenn er dies erfährt, wird er mir meinen Kopf vor die Füße legen. Ich denke, ich habe heute meine Schuld dir gegenüber getilgt."
„Unsere Wege haben sich auf merkwürdige Weise immer wieder gekreuzt und ich muss sagen, heute freut es mich ganz besonders. Warum will Habib uns nicht helfen? Wir sind doch Freunde!"
Hassan lachte verächtlich. „Acham Habib hat nur Freunde, die ihm etwas nützen. Wenn ihr den Krieg gegen die Oströmer gewinnt, ist er wieder euer Freund. Da dies nicht der Fall sein wird, endet auch unsere Freundschaft hier. Geh und kämpfe um dein Land. Meine guten Wünsche begleiten dich. Wir werden uns wohl nicht wieder sehen."
Mit diesen Worten ließ er die Schiffe wieder trennen. Schnell entfernten sie sich voneinander.
Gento hob noch einmal grüßend den Arm. „Wir werden uns wieder sehen und wenn es im Jenseits ist", rief er herüber. Dann verschwanden die Schiffe im Dunkel der Nacht.
Der Rest der arg geschundenen Flotte der Vandalen sammelte sich wieder und nahm Kurs auf den vereinbarten Rückzugspunkt, die Bucht von Utica.

*

Basiliskus informierte sich am nächsten Morgen über die Verluste, die sie erlitten hatten. Vier Frachtschiffe mit zweihundert Legionären, Waffen und Verpflegung waren versunken. Nur einige wenige hatten sich retten können und die verbreiteten fast panikartige Furcht in der Flotte. „Es sind furchtlose Teufel! Sie bringen Tod und Verderben", erzählten sie jedem, der es hören wollte oder nicht.
„Wann werden wir in Carthago sein, Gemarchos?" Der schaute prüfend zum Himmel. „Wenn der Wind so anhält, denke ich, werden wir morgen mit dem Aufgang der Sonne die Küste sehen."
„Das ist gut so, denn die Stimmung auf den Transportern ist schlecht. Die Legionäre wollen nicht auf See kämpfen. Das kennen sie nicht. Außerdem sind die Vandalen gefährlich. Aspar hat nicht von ungefähr mit ihnen Frieden gehalten. Noch als ich zu diesem Unternehmen aufgebrochen bin, hat er mich eindringlich vor ihnen gewarnt und ich denke, er hatte Recht. Ich werde vorsichtig sein. Nicht auszudenken, wenn dieser Versuch, Carthago zu erobern, scheitern würde."
„Er wird nicht scheitern, Herr. Dafür sind wir zu stark", warf sich Gemarchos in die Brust.
„Vielleicht brauchen wir ja nicht mehr einzugreifen. Marsus und Heraklius wollten ja vor uns dort sein", hoffte Basiliskus.
Gemarchos rümpfte die Nase. „Landratten." Er spuckte verächtlich aus. „Sie werden sich Blasen

laufen und blutige Nasen in dem unwegsamen Gelände holen. Rechne nicht mit ihnen, Herr!"
Basiliskus schüttelte den Kopf. „Nein, nein, ich werde nicht alleine angreifen. Wir werden auf sie warten, sollten sie nicht dort sein. Suche dir schon einmal einen geeigneten Ankerplatz aus, an dem ich auf Marsus warten kann."
„Aber wir haben 70.000 Legionäre auf den Transportschiffen. Wer will uns aufhalten? In der Nähe von Utica ist die Küste flach. Dort können wir landen und nach Carthago marschieren."
Basiliskus runzelte die Stirn und sein feistes Gesicht wurde rot vor Zorn. „Geiserich ist der genialste Feldherr unserer Zeit. Genau das wird er von mir erwarten und uns dort in Empfang nehmen. Nein, ich werde ihm diesen Gefallen nicht tun."
Gemarchos zuckte mit den Schultern. „Dann schlage ich vor, an der Steilküste des Promunturium Mercurii (*Cap Bone*) zu ankern. Das Cap liegt genau vor dem Eingang zur Bucht von Carthago und wir hätten so die Zufahrt abgeriegelt. Außerdem wären wir dort vor dem, zurzeit unangenehmen, Ostwind geschützt."
Basiliskus klopfte Gemarchos auf die Schultern. „Du erstaunst mich mit deiner Klugheit. Genau dort werden wir ankern und auf Marsus warten. Schon unser Anblick wird Geiserich zur Aufgabe bewegen. Wir werden einen leichten Sieg erringen."

*

Die Basilika Resistute in Carthago war bis auf den letzten Platz mit Gläubigen aus Adel und freien Vandalen besetzt. Er hatte sich herumgesprochen,

dass ihr Kirchenoberhaupt Tirias von Ravenna die
Messe lesen würde. Dies war seit langer Zeit wieder
das erste Mal. Darum war es etwas Besonderes.
Natürlich kannten alle die bedrohliche Lage, in der sie
sich im Augenblick befanden und wollten hier mit dem
König und dem Kirchenoberhaupt Gottes Hilfe
erbitten. Tirias hatte seine alte braune Kutte
angezogen und das Holzkreuz umgelegt.
Geiserich saß mit Thora und den Hofbeamten in der
ersten Reihe. Besorgt blickte er zu Tirias, dessen
Stimme ungewöhnlich dünn und kurzatmig klang,
sodass seine Worte in den letzten Reihen kaum
verstanden wurden.
Geiserich schmerzte es fast körperlich. Tirias, der
Fels in der Brandung, die Quelle unerschütterlicher
Kraft, so schwach zu sehen. Seine Worte aber waren
immer noch stark. Er hatte in seiner Predigt von David
und Goliath erzählt und ihnen allen begreiflich
gemacht, dass auch der vermeintlich Schwache
Berge versetzten und Unmögliches möglich machen
kann. Mit den letzten Worten seiner Predigt wandte er
sich aber an Geiserich.
„Gott hat seine Augen mit Wohlgefallen auf dich
gerichtet. Die Zeit und das Alter scheinen spurlos an
dir vorübergegangen zu sein. Dies ist nur geschehen,
weil die Aufgabe, die das Schicksal dir gestellt hat,
noch nicht erfüllt ist. Ich werde Gott darum bitten,
dass der Sinn deines Lebens sich erfüllt."
Tirias stieg langsam von der Kanzel herunter und
ging, mit leicht schwankenden Schritten, zum Altar.
Dort ließ er sich auf seine Knie nieder, hob beide
Arme zum Kreuz hinauf und sank dann, so als würde
jemand die Zeit verlangsamen, mit dem Gesicht nach
vorne auf die Stufen zum Altar.

Erstaunt blickte Tirias auf. Neben ihm stand eine ganz in weiß gewandete Gestalt. „Du?", fragte er verwundert.

„Ja, ich bin es, Arius, der dir damals in der Wüste das Leben geschenkt hat. Du hast dein Versprechen gehalten, Tirias von Ravenna. Darum nehme ich dich diesmal mit, denn deine Aufgabe ist erfüllt."

„Aber", wandte Tirias verzweifelt ein, „ich muss Geiserich noch helfen, unser Volk vor dem Untergang zu bewahren."

„Komm mit, mein Freund. Gerade damit hilfst du ihm." Tirias spürte nur noch wohlige Wärme und sah das gleißende Licht, das ihn umfing.

Geiserich hatte ihn fallen sehen und stürzte zum Altar. Vorsichtig versuchte er, die massige Gestalt auf die Seite zu drehen. Dabei starrten ihn die leblosen Augen von Tirias an. Liebevoll nahm Geiserich seinen Kopf in den Arm, küsste seine Stirn und fuhr ihm liebevoll durch das schneeweiße Haar. „Leb wohl, mein Freund, wir sehen uns bald wieder", flüsterte er. Dann schloss er mit einer zärtlichen Handbewegung die gebrochenen Augen.

Die Menschen waren vor Entsetzen aufgesprungen. Sofort bildeten Ardels Wachen eine Sperre zum Altar und zum König. Der erhob sich nach einer Weile und befahl mit einer Handbewegung, ruhig zu sein. Mit bebender Stimme sprach er:

„Gerade hat uns die Seele unseres Volkes verlassen. Er war eigentlich ein Fremder, als er damals zu uns kam. Gegangen ist er als einer von uns. Er hat uns zeigen wollen, dass man seine Aufgabe bis zum Schluss erfüllen muss. Mag uns in der Zukunft noch so viel Arges geschehen, heute haben wir unseren größten Verlust erlitten. Darum werden wir gebührend um ihn trauern."

Genau in diese Worte hinein wurde die Kirchentür aufgerissen. „Der Feind steht vor unseren Toren. Es ist, als würde die Anzahl der feindlichen Schiffe bis zum Horizont reichen.", rief der Bote schrill in die andächtige Stille. Die Nachricht löste Panik unter den Kirchenbesuchern aus. Alles schrie plötzlich durcheinander und versuchte, die Ausgänge zu erreichen. Geiserich gab Ardel einen Wink, den Boten herbei zu holen. Den Kirchendienern befahl er, den leblosen Kirchenfürst in die Sakristei zu bringen und dort aufzubahren. Bei all seiner Trauer war er wieder der Führer seines Volkes. Er wusste, dass er sich nun um die letzte, entscheidende Schlacht seines Volkes kümmern musste.

„Sag, was ist geschehen? Was ist mit unserer Flotte passiert? Wo ist mein Sohn, Gento?"

Der Bote warf sich auf die Knie. „Herr, Gento ist in die Bucht von Utica zurückgekehrt. Er wollte dort die letzte Verteidigungslinie aufbauen. Die Flotte hat schlimme Verluste erlitten. Es sind nur wenige Schiffe zurückgekommen. Nun sind die Oströmer nicht, wie erwartet, in der Bucht von Utica gelandet, sondern ankern draußen vor dem Promunturium Mercurii. Wahrscheinlich sammeln sie sich dort, um Carthago direkt anzugreifen."

Geiserich winkte nun unwillig ab. „Halte dich an die Fakten und nicht mit Vermutungen auf. Ich will Gento so schnell, wie möglich im Palast sehen. Sorge dafür, dass er herkommt!" Geiserich wandte sich nun an Ardel: „Lass die Kutsche vorfahren und geleite mich hinauf zu den Klippen, dort, wo unsere Beobachtungsposten die Bucht überwachen."

Ardels Männer liefen eilig hinaus, um den Befehl auszuführen. Geiserich warf noch einen letzten Blick auf Tirias und verließ dann mit schnellen Schritten die

Basilika. Die Kutsche brauchte nicht lange bis zu den Klippen, denn der Kutscher hatte alles aus den Tieren herausgeholt. Nun stand Geiserich dort oben an der felsigen, steil abfallenden Küste und starrte hinunter in die Bucht von Carthago. Es war Mittagszeit und die Sonne stand im Zenit. Der stetige Ostwind blies eine frische Brise in Geiserichs Gesicht und ließ sein langes, immer noch schwarzes, mit feinen grauen Fäden durchzogenes Haar wehen. Um besser sehen zu können, schützte er seine Augen mit der flachen Hand vor den blendenden Sonnenstrahlen. Dann sah er sie. Für einen Moment stockte ihm der Atem. Langsam ließ er sich niedersinken und setzte sich mit gekreuzten Beinen in das buschige Gras.
Unwillkürlich fuhr seine Hand zu der Fibel. Er fühlte die Wärme der Bernsteine und spürte, wie seine Verzagtheit fortgeblasen wurde.
„Hilderich", flüsterte er, „was würdest du in meiner Lage jetzt tun?"
In seine Gedanken drängte sich eine Stimme. „Wieso fragst du mich? Du bist besser und stärker als ich es je gewesen bin. Die Antwort liegt in dir selbst. Du brauchst dich nur zu erinnern."
Die Stimme verschwand wie sie gekommen war und hallte in seinen Gedanken noch lange nach. Noch immer hielt er die Fibel krampfhaft in der Hand. Dabei blickte er mit brennenden Augen hinunter zur oströmischen Flotte. Mittlerweile hatten auch die letzten ihrer Galeeren, dicht gedrängt, an den bereits geankerten Schiffen festgemacht.
„An was soll ich mich erinnern?", grübelte Geiserich nun. „Eine solche Situation hat es auf See noch nicht gegeben." Je länger er hinunterstarrte, je mehr verschwamm ihm das Bild vor den Augen. Plötzlich sah er sich mit Hilderich Seite an Seite reiten. Der

Pfad führte steil in engen Windungen zu Tal. Er zeigte hinunter.
„Dort unten sind sie", hörte er ihn sagen.
„Wie sollen wir es je schaffen, mit unseren wenigen Leuten eine Hunnenstreitmacht zu besiegen? Das ist unmöglich!", hatte er selbst zweifelnd geantwortet.
„Es ist schwer, aber nicht unmöglich. Wir müssen überraschend handeln und ihnen einen Kampf aufzwingen, den sie nicht mögen."
Die Erinnerung überwältigte Geiserich nun. Er sah die brennenden Schilfkolben und den mörderischen Überraschungsangriff seiner Männer. Mit einem Satz war Geiserich aufgesprungen. Die Erinnerung zerplatzte wie eine Seifenblase. „Ja, so geht es", rief er laut, sodass Ardel und seine Männer erschraken. Geiserich wandte sich zu ihnen um und sein Gesicht strahlte. Ardel fragte sich, was mit dem König wohl geschehen sei. Es war, als wäre eine große Last von seinen Schultern gewichen und es schien, als wäre er um Jahre jünger geworden.
„Kehren wir zum Palast zurück! Ich habe genug gesehen."

*

Gento nahm diesmal nicht den direkten Weg in den Palast, sondern steuerte sein Pferd zielsicher auf die Villa in der Nähe der Thermen des Antonius zu. Sie lag nahe am leicht abfallenden Ufer zur Bucht von Carthago. Er hatte für Gracia und seinen Sohn dieses Anwesen ausgesucht, weil Gracia sich geweigert hätte, im Palast zu wohnen. Die Wachen am steinernen Tor, dem einzigen Zugang zur Villa, erkannten Gento sofort und rissen die Torflügel weit auf. Der preschte mit einem flüchten Gruß hindurch und jagte den geraden Weg durch den gepflegten Park zum Haupthaus hin. Mit einem Satz war er vom Rücken des Pferdes.

Gracia kam ihm bereits unten am Eingangsportal entgegen. „Mein Gott, wie siehst du denn aus?", entfuhr es ihr erschrocken. „Bist du verwundet? Komm herein, ich werde den Heilkundigen kommen lassen."

Gento winkte ab. „Das wird nicht nötig sein! Es sind nur ein paar Kratzer. Meine Männer hat es schlimmer erwischt. Die meisten liegen auf dem Meeresgrund."

Gracia drückte sich an ihn. „Dann habt ihr die Oströmer nicht aufhalten können?"

Gento schüttelte den Kopf: „Niemand wird sie aufhalten können. Es sind zu viele. Darum bin ich hier. Du solltest aus Carthago fortgehen. Diese Stadt wird bald in Schutt und Asche liegen. Ich besorge dir eine Kutsche, die dich nach Hippo Regius bringt. Von dort kann dich ein Schiff nach Syrakus bringen. Dort wirst du in Sicherheit sein."

Gracia schaute ihn mit aufgerissenen Augen an. „Was wirst du jetzt tun? Ohne dich rühre ich mich nicht hier fort!"

„Sein vernünftig, mein Liebling! Ich muss zum Palast. Der König erwartet mich."

Gracia verschränkte ihre Arme. „Ich werde hier auf dich warten", erwiderte sie bestimmt.

Gento gab nun mit einem Seufzer auf. Er kannte sein Weib und wusste, dass jedes weitere Wort überflüssig war. Darum sagte er ergeben: „Ich werde so bald es mir möglich ist, wiederkommen. Nun muss ich zu meinem Vater."

Sie küssten sich noch einmal zärtlich und nicht enden wollend. Dann riss er sich los. Mit einem Satz war er auf seinem Pferd und stob, ohne sich umzuwenden, davon.

Als er den Raum betrat, sah er mit einem Blick, dass Geiserich den engsten Kreis seiner Vertrauten geladen hatte. Thora, Hermator und Heldica waren im angeregten Gespräch vertieft. Als er eintrat, verstummten sie und blickten ihn erwartungsvoll an. Geiserich erhob sich. „Komm näher, mein Sohn. Wir haben einiges zu bereden."
Gento ging auf Geiserich zu und verneigte sich. „Ich habe sie nicht aufhalten können, mein König. Ich habe versagt!"
„Du hast vielleicht mehr erreicht, als du meinst. Die Kunde von deinem Heldenmut ist dir vorausgeeilt. Du hast unter den Römern eine heilige Furcht verbreitet. Ich bin sehr zufrieden mit dir, widersprach Geiserich. Es ist jetzt aber nicht die Zeit, auf das Vergangene zu schauen. Wir müssen nun bereden, was getan werden muss. Darum nimm Platz in unserer Runde."
Gento war sprachlos. Sein Vater machte angesichts der aussichtslosen Lage einen sehr gelassenen Eindruck.
„Wir sind in Eile, denn der Feind steht in überwältigender Anzahl vor unseren Toren. Darum frage ich dich, Heldica, wie lange brauchen noch die Legionen des Marsus, hierher zu kommen?"
„Wenn er nicht mehr aufgehalten wird, kann dies frühestens in acht Tagen sein, Herr."
Geiserich nickte und wandte sich an Gento. „Du kannst dich doch an diesen Ramon erinnern? Er hatte ein Gespür dafür, wenn das Wetter sich änderte."

Gento schaute seinen Vater irritiert an. „Ich denke, er hat uns damals auf See das Leben gerettet. Ich weiß nur nicht……"
„Bringt ihn herein", unterbrach Geiserich seinen Sohn. Ramon trat ein. Er war ein stattlicher Mann geworden. Geiserich hatte dafür gesorgt, dass es ihm gut ging, denn mit seinen seherischen Fähigkeiten hatte er ihm schon manchen guten Dienst erwiesen.
Ramon verneigte sich tief und wartete darauf, dass der König ihn ansprach.
„Hast du meine Bitte geprüft? Kannst du meine Frage beantworten?"
„Es ist sehr schwierig, Herr. Es gibt nur wenige Anzeichen. Es zeigen sich weder Wolken am Himmel, noch lässt der Wind nach und dennoch sagt mir mein Gefühl, dass sich in etwa fünf Tagen das Wetter ändern wird. Der Wind wird auf West drehen, die trockene Luft aus dem Osten verdrängen und in starken Böen auffrischen."
Geiserich zeigte nun ein entspanntes Lächeln. „Du hast mir sehr geholfen, Ramon. Wenn es so eintrifft, wie du sagst, werde ich dich fürstlich entlohnen."
Ramon verneigte sich wieder. „Es ist mir eine Freude, wenn ich dir dienlich sein konnte, Herr."
Als Ramon den Raum verlassen hatte, blickten alle Geiserich verständnislos an.
„Nun hört mir genau zu und keines dieser Worte darf diesen Raum verlassen. Wir werden die Tausendschaften, die hier zum Schutze von Carthago bereit stehen, den Legionen des Marsus entgegenschicken. Du, Hermator, wirst sie führen. Thora wird dir die alanische Reiterei zur Seite stellen. Du musst die Römer nur daran hindern, zügig voranzukommen. Lass dich auf keine große Schlacht

ein, sondern zwinge sie nur zu Umwegen und sorge dafür, dass sie keinen Moment Ruhe haben."
Hermator machte ein betroffenes Gesicht. „Du willst, dass Carthago ohne Schutz ist?"
Geiserich lächelte nachsichtig. „Glaubst du, tapferer Hermator, dass du mit deinen wenigen Tausendschaften standhalten könntest, wenn Basiliskus seine Hunderttausend Legionäre an Land setzt, sich mit denen des Marsus vereinigt und uns angreift? Du wirst kein Schutz sein. Da bist du dort draußen wichtiger."
„Dann willst du die Stadt kampflos übergeben?", fragte nun Gento verständnislos dazwischen.
„Ich werde Basiliskus in Demut die kampflose Übergabe der Stadt anbieten. Darüber hinaus unterwerfen sich die Vandalen der Gnade des großen Imperators Leo."
Gento wollte erbost aufspringen, aber Geiserich legte ihm beruhigend eine Hand auf die Schulter. „Für dich habe ich noch eine besondere Aufgabe. Schicke einige Männer zu dem See. Du weißt, welchen ich meine. Sie sollen dort so viel wie möglich von den trockenen Blütenkolben des Schilfs einsammeln und dort hinbringen, wo der Rest unserer Flotte versammelt ist. Deine Aufgabe wird es auch sein, jedes Schiff, jeden Kahn, alles, was auf dem Meer schwimmen und etwas transportieren kann, in der Bucht von Utica zu versammeln. Lass dir jeden Topf Pech von den Schiffsbauern aushändigen und räume die Keller der Ölhändler aus, je mehr Fässer, desto besser. Du hast dafür nur fünf Tage Zeit."
Gento sah seinen Vater nun an, als hätte der den Verstand verloren. „Was hast du vor? Willst du Handel mit Ihnen treiben?"
Geiserich nickte. „Ja, so kann man es auch nennen."

Dann erklärte er die Besprechung für beendet und wünschte Hermator viel Glück bei seiner Aufgabe. Als auch Gento gehen wollte, hielt Geiserich ihn zurück. „Bleib noch einen Moment, mein Sohn."
Als Thora, Heldica und Hermator den Raum verlassen hatten, legte Geiserich seine Gelassenheit ab. Mit ernster Mine schaute er Gento an und sprach. „Es tut mir Leid, mein Sohn, dass es wieder einmal auf deinen Schultern liegt, unser Volk zu retten. Ich werde dir nun meinen Plan erläutern und du wirst sehen, dass es darauf ankommt, alle Einzelheiten einzuhalten. Nur dann und mit Gottes Hilfe kann es gelingen."
Dann erklärte Geiserich seinem Sohn genau, wie er vorgehen wollte. Gento lauschte seinen Worten mit offenem Mund. Dann verklärten sich seine Augen und er brachte nur ein „Unglaublich!" heraus.

Noch am gleichen Tag legte die Galeere des Königs aus dem Kriegshafen von Carthago ab und nahm Kurs auf das Promonturium Mercurii. Am Mast flatterte eine große, weiße Parlamentärsflagge. Unweit der vor Anker liegenden Flotte des Basiliskus ließen sie ein Beiboot zu Wasser. Es wurde beladen mit einer eisenbeschlagenen Kiste, die das Boot fast bis zur Bordkante ins Wasser drückte. Als nächstes bestieg nun Geiserich, gefolgt von Ardel und zwei weiteren Männern, die an den Ruderpinnen Platz nahmen, das Boot. Mit kräftigen Schlägen ruderten sie auf die große Pentekontere, Dem Flaggschiff der Römer, zu.

Die List

Natürlich war die Galeere Geiserichs, trotz des schlechten Lichts der Abendstunden, schon frühzeitig gesichtet worden. Der Alarm hatte auch Basiliskus an Deck gerufen. Als das kleine Beiboot näher herangekommen war und er das königliche Banner erkannte, verschlug es ihm fast die Sprache.
„Das ist der König, das ist Geiserich selbst!", stotterte er verblüfft. „Lasst die Strickleiter herunter! Wir bekommen hohen Besuch!", brüllte er über das Deck. Das Beiboot kam längsseits und legte kurz an, sodass Geiserich die Strickleiter ergreifen konnte. Ardel folgte ihm wie ein Schatten. Mit geübten Griffen kletterten sie die Bordwand hinauf zum Deck. Mit einem Satz war Geiserich an Bord. Er landete genau vor dem wartenden Basiliskus. Für einen Moment blickten sie sich schweigend an.
„Ich grüße den großen Admiral, Basiliskus", brach Geiserich dann das Schweigen. „Noch nie ist mir ein Weg schwerer gefallen, als dieser. Aber die Lage und die Verantwortung für mein Volk verlangt es so."
„Warum bist du gekommen? Wenn du verhandeln willst, so muss ich dich enttäuschen. Es gibt nichts zu verhandeln!"
„Ich weiß sehr gut, wie es um uns bestellt ist. Darum bin ich gekommen, um dir unsere Kapitulation anzubieten. Verlangen würde ich nur dafür, dass Carthago geschont wird. Als Zeichen des Dankes würde das Vandalenvolk dem Kaiser Leo auf ewig die Treue schwören. Ach ja, und noch etwas! Gerade heute ist Tirias von Ravenna im Kreise seiner Gläubigen gestorben. Er war unser Kirchenoberhaupt und wurde weit über unsere Grenzen von allen

arianischen Anhängern verehrt und geachtet. Er hat es verdient, in allen Ehren mit Zeremonien der arianischen Kirche bestattet zu werden. Dafür brauchen wir fünf Tage Zeit."
Basiliskus lachte hart auf. „Warum sollte ich dies gewähren? Was hindert mich daran, dich jetzt zu töten oder in Ketten zu legen?"
Geiserich trat auf Basiliskus zu und raunte: „Können wir ein paar Worte unter vier Augen reden?"
Verblüfft stimmte der zu. Sie traten gemeinsam an paar Schritte zur Seite, sodass niemand ihre Worte belauschen konnte.
„Mein Tod würde dir nichts nützen. Mein Volk würde dann bis zum letzten Mann Gegenwehr leisten und ich denke, du weißt nur zu gut, wozu sie fähig sind. Das würde einen hohen Blutzoll von euch fordern. Gehst du aber auf meine Bitte ein, so ist der Triumph dir sicher. Leo wird sehr zufrieden mit dir sein und dein Einfluss am Hof des Kaisers wird ins Unermessliche steigen. Damit du aber siehst, wie viel mir mein Freund Tirias wert ist, habe ich auf dem Beiboot eine Kiste mit erlesenen Schätzen mitgebracht. Sie wird dich für alle Zeiten zu einem unermesslich reichen Mann machen. Lässt du mich aber nicht gehen, so haben meine Leute den Befehl, die Kiste im Meer zu versenken und der Schatz wird für alle Zeiten verloren sein."
Bei der Erwähnung der Schatzkiste hatten die Augen von Basiliskus gierig aufgeleuchtet. Für einen Moment rasten seine Gedanken. Diesen Schatz würde er mit niemandem teilen müssen und in Byzanz zählte man nur etwas, wenn man reich war. Was bedeuteten schon diese fünf Tage? Die hätte er ohnehin gewartet, bis Marsus eingetroffen wäre. Also vergab er nichts.

Lass sie doch ihren toten Kirchenfürsten begraben. Er würde dadurch für alle Ewigkeit ausgesorgt haben. Laut sagte er nun zu Geiserich: „Aspar hat mich gebeten, dich anständig zu behandeln, denn er achtet dich sehr. Ich werde ihm diesen Wunsch erfüllen, denn ich schulde ihm einigen Dank. Es sei also! Ich gebe dir genau fünf Tage Zeit, damit du regeln kannst, was zu regeln ist. Dann werde ich dein Land besetzen und es dem römischen Imperium zurückgeben." Geiserich verneigte sich leicht und antwortete: „Ich wusste, dass der Kaiser seinen weisesten und besten Mann gegen mich ins Feld geführt hat. Sobald ich wieder im Beiboot bin, kannst du die Kiste an Bord holen lassen. Du wirst zufrieden sein. Sehe mir bitte nach, dass ich nicht „Auf Wiedersehen", sondern „Lebe wohl" sage."

Die große Seeschlacht

Während in Carthago die Vorbereitungen zum Begräbnis von Tirias von Ravenna im vollen Gange waren, wurde in der Bucht von Utica Tag und Nacht gearbeitet. Aber selbst ein argwöhnischer Beobachter hätte sich nicht erklären können, was da vor sich ging. Mittlerweile schaukelten in der geschützten Bucht unzählige Wasserfahrzeuge. Es lagen dort flache Frachtkähne, morsche Ruderboote, elegante Segler und eiligst zusammengeschusterte Flöße. Natürlich hatte sich auch der Rest der vandalischen Flotte dort versammelt. Frachtkähne, Ruderboote und Flöße wurden behelfsmäßig mit Segeln versehen. Unermüdlich schleppten Männer, mit Pech und

Olivenöl getränkte, Stoff- und Strohballen auf die Schiffe. Am seltsamsten muteten aber die Besatzungen der Dromonen an. Sie beschäftigten sich intensiv damit, die Pfeile ihrer Bogen mit getrockneten Schilfkolben zu versehen. Sie wurden, dicht unter der Spitze, mit ölgetränkten Stoffstreifen an den Schaft gebunden. Nur so, das hatten Versuche ergeben, behielten die Pfeile auch ihre vorgesehene Flugbahn.
Gento überwachte mit kritischen Augen die Arbeiten. Immer wieder dachte er an das letzte Gespräch mit seinem Vater und schüttelte mit dem Kopf. Er hatte ihn verständnislos nach diesen Schilfkolben gefragt.
„Warum nehmen wir nicht einfach, wie immer, unsere Brandpfeile?"
Fast erbost hatte Geiserich geantwortet: „Ihr müsst euch in der Dunkelheit nähern. Was glaubst du, wie weit das Feuer, das ihr braucht, leuchten würde? Mein Plan wird nur gelingen, wenn ihr so nahe wie möglich und unentdeckt herankommt. Diese Schilfkolben schwelen nur. Sie verursachen keinen Rauch, der euch, den Gegner alarmierend, vorauseilen könnte. Das Beste ist aber, dass sie durch den Windzug, wenn der Pfeil die Sehne verlässt, hell aufglühen und die Stofffetzen in Brand setzen."
Gento schaute nun prüfend zum Himmel. Noch immer blies der Wind aus Osten und es waren nun schon immerhin drei Tage der Frist verstrichen.
„Wenn der Wind nicht bald auf West dreht, ist der Plan nicht ausführbar", dachte er zweifelnd. Es war der einzige, aber entscheidende schwache Punkt im Plan des Königs.
Gento schaute sich noch einmal um und nickte zufrieden. Sie hatten alles getan, was getan werden konnte. Nun lag alles in Gottes Hand. Gento bestieg

sein Pferd. Er wollte zurück nach Carthago und
seinem Vater berichten, dass sie bereit wären.
Außerdem fand am morgigen Tag das Begräbnis von
Tirias statt. Diesem großen Mann und väterlichen
Freund wollte er auf jeden Fall die Ehre erweisen,
mochte geschehen, was wolle.

*

Die Totenmesse für Tirias war vorüber. Geiserich
hatte Mühe gehabt, der Liturgie zu folgen, denn seine
Gedanken waren mit Tirias in die Vergangenheit
gewandert. Er hatte mit ihm gelacht, bei ihm Trost und
Schutz gesucht, mit ihm gestritten und Seite an Seite
gegen den Feind gekämpft. Sein Tod hatte an seiner
Seite eine Lücke gerissen, aber ihn dennoch nicht in
die grenzenlose Traurigkeit gestürzt, wie es damals
bei Gaius Servandus der Fall gewesen war. Vielleicht
lag es daran, dass er nun eher in der Lage war, den
Tod als Bestandteil des Lebens zu akzeptieren.
Insbesondere, wenn jemand wie Tirias, mit sich und
dem Leben im Reinen, den Weg zu neuen
unbekannten Ufern antrat. Einem Weg, auf den
Geiserich selbst mit gewisser Neugier blickte. Als der
Sarg an Geiserich vorbei durch den Kirchengang
getragen wurde, zwang dieser seine Gedanken
wieder zurück in die Basilika. Die Zeremonie verlangte
es, dass der König und seine Familie als Erste dem
Sarg folgten. Tirias hatte sich immer ein Begräbnis
unter freiem Himmel gewünscht. Ich will nicht in
feuchten, dunklen Grüften der Basilika verfaulen,
hatte er immer bekundet, wenn die Rede darauf kam.

Nun trugen ihn die Kirchendiener hinaus auf den geheiligten Kirchengrund neben der Basilika. Noch einmal wurde der Sarg auf einem kleinen Podest abgestellt, damit das Volk noch einem Blick darauf werfen und Abschied nehmen konnte. Fackelträger ließen an allen vier Ecken des Sarges schwarzen Rauch zum Himmel steigen.
Gento schaute unruhig zu Geiserich. Die Zeit brannte ihm unter den Nägeln, denn er wollte zurück zu seiner Flotte. Morgen würde die Frist verstrichen sein und die lächerliche Vorhersage des Iberers Ramon, dass der Wind sich drehen würde, war immer noch nicht eingetroffen. Insgeheim bewunderte er die Ruhe, mit der Geiserich der Zeremonie folgte.
„Leb wohl, mein Freund", flüsterte Geiserich nur, als man den Sarg in die Grube versenkte. „Du hast mir mit deinem Tod den Grund für die Fünftagefrist geliefert. Nun lege dort, wo du jetzt bist, ein gutes Wort ein, dass sie nicht umsonst war." Seine Augen folgten dem Rauch, der die ganze Zeit auffällig gerade in den Himmel gestiegen war. Nun registrierte er, eher im Unterbewusstsein, dass der Rauch nun seine Richtung änderte. Dann traf ihn die Erkenntnis wie ein freudiger Schlag. Der Rauch zog in Richtung Bucht. Schleierwolken färbten den Himmel milchig grau. Heftig stieß er Gento in die Seite und wies zum Rauch der Fackeln. Der riss die Augen weit auf, als er den Weg der Rauchfahnen verfolgte. Zur Sicherheit benetzte er mit deiner Zunge die Fingerspitzen seiner rechten Hand und hielt sie in die Luft. Sofort spürte er die kühle Luft aus Westen.
Geiserich neigte sich zur Seite und raunte Gento ins Ohr: „Du weißt, was zu tun ist. Es muss gelingen, denn wir haben nur diesen einen Versuch. Ich wünsche dir viel Glück, mein Sohn."

*

Zur gleichen Zeit befingerte Basiliskus die goldenen, mit Diamanten besetzten Armreifen, berauschte sich an glitzernden Diademen, Halsketten und Ringen. Immer wieder sagte er sich, höchst zufrieden, wie klug und weise er doch gehandelt hatte. Ein kleiner Funke Misstrauen war aber doch in ihm geblieben, denn Geiserich stand im Ruf, sehr verschlagen und trickreich zu sein. Dagegen hatte er sich versichern wollen und Späher ausgeschickt. Niemand auf dieser Welt, auch nicht der gefürchtete Vandalenkönig Geiserich, sollte ihn, Basiliskus, Herr über die größte Flotte, die je auf dem Meer gesegelt hat, übertölpeln können.
Es klopfte respektvoll an der Kammertür. „Die Späher sind zurück, Herr", rief die Stimme einer der Wachen, die hier auf der Pentekontere vor seinen Privatgemächern auf seine Sicherheit achteten. Basiliskus räumte die Schätze wieder in die Truhe zurück und verschloss sie sorgfältig. „Sie sollen eintreten", befahl er laut.
Die Tür öffnete sich und zwei, unauffällig in der Tracht der Vandalen gekleidete Männer, traten ein.
„Berichtet!", hielt sich Basiliskus nicht lange mit der Begrüßung auf.
Die Männer verneigten sich. Dann begann der eine von beiden zu reden. „Herr, sie haben tatsächlich ihren Kirchenfürsten begraben. Ganz Carthago war dazu auf den Beinen. Es gibt unter den Bewohnern keinerlei Anzeichen, dass sie auch nur einen Moment an Gegenwehr denken würden. Der Kriegshafen ist

bis auf die Trireme des Königs völlig leer. Es gibt keine Verteidigungsanlagen, noch nicht einmal Schutztruppen. Die scheinen sie den Legionen des Marsus entgegen geschickt zu haben. Daher kommen die Truppen auch nicht so recht von der Stelle. Die Kunde von der Kapitulation ihres Königs scheint noch nicht bis zu ihnen durchgedrungen zu sein. Die Vandalen kämpfen dort noch, als ginge es um Sieg oder Niederlage."

Basiliskus kraulte sich nachdenklich seinen kurzgetrimmten Bart. „Und wir haben in Carthago keinerlei Widerstand zu erwarten? Da seid ihr ganz sicher?"

Die Beiden nickten einheitlich. „Sie haben sich nur mit diesem Begräbnis beschäftigt, insbesondere die königliche Familie."

Basiliskus lachte befreit auf. Diese Nachricht zerstreute den letzten leisen Zweifel, der bisher in ihm nagte. „Es ist gut, ihr könnt gehen! Das war gute Arbeit. Ich werde mich dafür erkenntlich zeigen."

Als die Männer gegangen waren, lehnte er sich genüsslich zurück. Morgen würde sein Triumph perfekt sein. Wieder störte ein Klopfen an der Tür des Gemaches seine hochfliegenden Gedanken.

„Der Capitan möchte euch sprechen, Herr", ertönte die wohlbekannte Stimme der Wache.

„Herein mit ihm", antwortete er unwillig. „Was willst du, Gemarchos?"

„Der Wind hat sich gedreht, Herr. Er weht nun steif aus Westen", beantwortete er kurz die harsche Frage.

„Und was ist daran so aufregend, dass du mich deswegen stören musst?"

„Unser Ankerplatz ist nun nicht mehr so ideal. Der Wind drückt die Flotte ziemlich dicht an die Steilküste heran", erwiderte Gemarchos knapp.

„Besteht irgendeine Gefahr für uns?", fragte Basiliskus nach.
Gemarchos schüttelte den Kopf. „Nein, Herr! Es sei denn, es würde sich ein Sturm auftun. Wir sollten trotzdem in die Bucht von Carthago einlaufen. Dort wären wir auf jeden Fall sicher."
Basiliskus machte eine ärgerliche Handbewegung. „Wir werden erst morgen einlaufen, oder steht zu befürchten, dass ein Sturm aufkommt?"
„Nein, Herr", erwiderte Gemarchos wahrheitsgemäß. „Also dann bleibt es dabei. Ich denke, du hast genug zu tun, um unseren Angriff morgen gut vorzubereiten. Also verschwinde."
Gemarchos wandte sich zum Gehen und ärgerte sich ungemein, dass er diesen Vorstoß unternommen hatte. Mit Basiliskus war nicht zu spaßen und man sollte sich nicht mit ihm anlegen, denn nach diesem erfolgreichen Unternehmen wird er wohl zu großem Einfluss kommen.

*

Es war etwa Mitternacht, als Gento das Zeichen zum Aufbruch gab. Er musste damit rechnen, dass die kleineren Boote, selbst bei dem guten Wind, mindestens vier Stunden bis zum Kap Promunturium Mercurii brauchen würden. Die Kähne mit ihrer leicht brennbaren Fracht liefen zuerst aus. Es saß auf jedem dieser Brander nur jeweils ein Mann, der das Ruder hielt und zwar so lange, bis sie auf Sichtweite an die römische Flotte herangekommen waren. Dann sollten sie die Ruder feststellen und von Bord springen. Die nachfolgenden Dromonen würden sie

dann aufnehmen. So war es abgemacht. Gento hatte allen eingeschärft, ja keinen Lärm zu verursachen, denn es weiß jeder Seemann, dass Geräusche in der Dunkelheit auf dem Meer doppelt so weit getragen werden. So verzichteten sie auf jeden Ruderschlag und ließen sich vom nun günstigen Westwind treiben. Gento stand die Anspannung ins Gesicht geschrieben.
Wingard blickte ihn aufmunternd an. „Das ist die merkwürdigste Kriegsflotte, die ich je gesehen habe", flüsterte er grinsend.
Gento war nicht zum Scherzen. „Du wirst mit dieser „merkwürdigen Flotte" noch genügend Gelegenheit bekommen, um damit für dein Leben zu kämpfen."
Wingard grinste immer noch als er erwiderte: „Ich werde mich dicht an deiner Seite halten. Da kann mir nichts geschehen."
Inzwischen hatten alle Boote das offene Meer erreicht. Der frische Wind griff nun richtig in die behelfsmäßig und mühsam errichteten Segel und trieb sie zügig voran. Gento überprüfte die Pfeile mit den Schilfkolben. Sie hatten diese getrockneten Blütenstände des Schilfs schon an Land angezündet. Geschützt vor dem Wind lagen sie tief im Bootsraum und schwelten langsam vor sich hin. Ein kurzer Blick zu den anderen Dromonen zeigte, dass auch nicht ein kleiner Funken zu sehen war. Der Himmel hatte sich schon am Abend mit grauen Wolken zugezogen, sodass nun in der Nacht nicht einmal ein Stern für etwas Licht sorgte. Nur in der Ferne konnte man die Positionslichter der oströmischen Kriegsschiffe sehen. Darauf hielten sie zu. Das war ihr Ziel. Die Zeit verging zäh, aber die Positionslichter wurden immer größer und deutlicher. Weit hinten im Osten schien

die Sonne sich bereit zu machen, ihre Tagesbahn, wenn auch verdeckt von Wolken, anzutreten.
Um diese Zeit verließ Geiserich mit Thora und Ardel den Palast. Wieder führte ihr Weg hinauf zu dem Punkt auf den Klippen, von dem er die Bucht übersehen konnte. Es war kühl zu dieser Morgenstunde. Darum hatten sie Umhänge aus dickem Leinen umgelegt. Es gab absolut nichts zu sehen. Die Morgennebel verhinderten die Sicht auf die Bucht. Enttäuscht griff Thora nach Geiserichs Hand. Dessen Augen versuchten, den Nebel zu durchdringen.
„Was gäbe ich dafür, wenn ich nun dort unten in den ersten Booten sein könnte", flüsterte er.
Liebevoll streichelte Thora seine Hand. „Wenn dein Plan misslingt, wäre es vielleicht besser, du würdest dort im Kampf dein Leben geben. Gelingt er aber, so bist du hier in Carthago wichtiger."
Geiserich blickte sie lange an, bevor er sagte: „Wenn dieser Angriff misslingt, wird hier auf diesen Klippen mein Leben enden. Ich werde ihnen nicht die Genugtuung geben, mich als Gefangener der Welt vorzuführen."
Thora drückte sich nun dicht an ihn. „Wie soll es dann geschehen? Denn ich werde dann mit dir gehen!"
Geiserich legte seinen Arm um ihre Schultern. „Ardel hat seine Befehle", sagte er schwer.
„Dann schließe mich in diese Befehle mit ein, denn ein Leben ohne dich wird für mich nicht möglich sein", brauste sie auf.
Geiserich wollte noch etwas erwidern, als er in der Ferne, dort wo die oströmische Flotte liegen musste, Lichtschein sah. Lichter, die sich schnell bewegten.
„Es beginnt!", rief er erregt. „Mein Gott, sie greifen an. Der Herr sei uns gnädig!"

Bei den Worten krallten sich seine Hände an der Fibel fest. Erst spürte er die Wärme, dann glaubte er das Lachen von Hilderich zu hören. „Der Kreis hat sich geschlossen, Geiserich!"
Dann war es still und die kleinen, schnellen Lichter dort draußen verwandelten sich in einen gewaltigen Lichtschein.

Gento feuerte seine Männer an. „Schießt", schrie er mit überschlagender Stimme.
Pfeil um Pfeil verließ die Sehnen. In der Luft glühten sie hell auf und noch während sie auf dem höchsten Punkt ihrer Flugbahn waren, begannen die Stoffstreifen an den Pfeilen lodernd zu brennen. Sie trafen auf die, mit ölgetränkten Stoff- und Strohballen beladenen, Kähne. Sofort züngelten Flammen hoch und wurden von dem Wind zu einer Feuersbrunst geblasen, die sich sofort auf die oströmischen Galeeren übertrug. Noch ehe die ersten Wachen ihren Alarmruf abgeben konnten, wütete das Feuer schon auf den dicht gestaffelt liegenden Kriegsschiffen. Brander um Brander wurde von dem Westwind in die ankernde Flotte getrieben. Gellende Schreie tönten durch die frühen Morgenstunden. Auf einigen Truppentransportern griff das Feuer mit solch rasender Geschwindigkeit um, dass die Legionäre nicht die Zeit fanden, an Deck zu kommen. Sie verbrannten oder trampelten sich in wilder Panik zu Tode.
Basiliskus wurde jäh aus seinem Schlaf gerissen. Die Schreie gellten in seinen Ohren, als er an Oberdeck lief. Der grelle Feuerschein blendete seine Augen. Wie durch ein Wunder hatte sein Flaggschiff noch kein Feuer gefangen.

„Kappt die Leinen zu den anderen Schiffen! An die Ruder! Los, rudert um euer Leben!"
Nun erst erfasste Basiliskus das volle Ausmaß der Katastrophe. Er sah die Feuerbringenden Brander, die sich in seine Flotte schoben und das Verderben brachten. Legionäre sprangen von ihren brennenden Schiffen über Bord und wurden sofort von den Fluten verschluckt, denn ihre Brustpanzer waren zu schwer. Inzwischen hatte Gemarchos den Befehl über die Pentekontere übernommen. Endlich saßen die Sklaven auf den Ruderbänken und legten sich in die Riemen. Ohne Rücksicht auf die vor ihnen liegenden bahnten sie sich den Weg hinaus auf das offene Meer.
„Da, das Flaggschiff versucht zu fliehen", schrie Wingard und deutete auf das offene Meer.
Gento winkte ab. „Lass ihn! Es ist der ausdrückliche Wunsch meines Vaters. Kümmern wir uns lieber um die anderen. Es sind viele von unseren Männern in diesem Kampf gefallen. Sie brauchen nun Gesellschaft."
Mit diesen Worten schwang er sich auf die nächste brennende Galeere. Wie ein Schatten folgte ihm Wingard. Gento wütete wie ein Wilder unter den Römern, die, wie vor Schreck gelähmt, fast unfähig waren, sich zu verteidigen.
Die Glut der Flammen war fast unerträglich. Sie fraß sich, genährt vom ständig auffrischenden Westwind, durch die ganze Flotte. Das, was die Flammen verschonten, oder übrig ließen, wurde von den nachsetzenden Dromonen der Vandalen vernichtet. Die größte Flotte der Welt endete vor dem Kap Promunturium Mercurii in einem Desaster.

Gento hielt sein Schwert in den rauchverhangenen Himmel und schrie: „Es ist vollbracht! Vater, die Welt gehört nun uns!"

*

Die Nebel lichteten sich. Der grelle Feuerschein erhellte nun weithin sichtbar die Dunkelheit der frühen Morgenstunde.
„Sie brennen", flüsterte Geiserich. Wild fuhr er auf. „Er hat es geschafft!"
Stürmisch umarmte er Thora, schlug, außer sich vor Freude, Ardel auf die Schultern. „Schaut hinunter, ihr Alanen. Es hat wieder funktioniert, genauso, wie ich damals euren König Respendial gerettet habe. Ja, der Kreis hat sich geschlossen. Nun wird sich niemand mehr gegen uns stellen können."
Thora blickte ihn fragend an. „Bedeutet dies, dass nun endlich Frieden ist?"
Geiserich wich ihrem Blick aus. „Kommt, wir kehren zurück in den Palast!"
Thora blieb hartnäckig. „Ist nun Frieden? Du hast es Gento versprochen!"
Geiserich räusperte sich. „Nun ja, ich werde diesem Kaiser Leo des Ostreiches noch zeigen, dass man sich mit dem König der Vandalen und Alanen nicht anlegen darf. Wir werden sehen was die Zukunft noch bringt. Nun wird erst einmal gefeiert! Es ist vollbracht, denn David hat Goliath besiegt."

Epilog

Die größte Kriegsflotte der Antike wurde durch Geiserichs List fast vollständig zerstört. Nur wenige Schiffe erreichten wieder Sizilien. Die Kunde von dem Desaster erreichte den Hof von Byzanz erst spät, denn niemand wagte es, dem Kaiser Leo die schlechte Nachricht zu überbringen. Der raste und tobte als er dann doch davon erfuhr, doch es nutzte ihm nichts. Sein klarer Verstand sagte ihm, dass er den Kampf um Carthago verloren hatte. Ja, nun musste er sogar um den Bestand seines eigenen Reiches fürchten. Als Erstes rief er Marsus und Heraklios mit den Legionen zurück, damit sie Byzanz schützen konnten. Dann schickte er seinen Gesandten Phylarchos nach Carthago und bat um einen Waffenstillstand.

Geiserich schickte fortan seine Raubflotten in das östliche Mittelmeer. Er war nun der unumschränkte Herrscher der antiken Welt. Er schloss Verträge mit den Weströmern und empfing erneut Pylarchos. Diesmal diktierte aber Geiserich die Bedingungen. Weiterhin achtete er bei allem, was er tat, darauf, dass die Sicherheit seines Volkes immer gewährleistet war und hatte ein waches Auge auf alle Entwicklungen in der römischen Welt. Er verhalf Aspar in Byzanz wieder zu Macht und Ehren, während Basiliskus, als einer der wenigen Überlebenden der Schlacht vor dem Promunturium Mercurii, als Verräter geächtet wurde. Nur sein unermesslicher Reichtum schützte ihn kurze Zeit. Dann wurden er und seine Familie in die Berge verbannt, wo sie allesamt starben.

Aspar konnte sich nicht schützen. Er wurde grausam ermordet und mit ihm seine gesamte Familie. Das rief wiederum Geiserich auf den Plan. Er überzog die Küsten des Ostreiches mit Raubzügen, bei denen es oft sehr grausam zuging. Von einem dieser Raubzüge kehrte Gento nicht mehr zurück. Ein Pfeil traf in hinterrücks. Er starb in Wingards Armen. Als Geiserich die Nachricht erhielt, verließ er für Wochen seine Gemächer nicht mehr. Als er dann seine Regierungsgeschäfte wieder aufnahm, war er mürrisch und verschlossen.

Trotzdem arbeitete er unermüdlich, trotz seines nun schon hohen Alters, für sein Volk und ein paar Tage vor seinem Tod unterzeichnete er im Jahre 477 n. Chr. mit dem oströmischen Kaiser Zenon einen Vertrag, der endlich den Frieden brachte. Dann legte er sich im Alter von 89 Jahren (manche Quellen sagen, er wäre noch älter geworden) nieder, um zu sterben.

An seinem Bett versammelten sich all seine Gefährten, die sein Leben mit ihm lange Zeit geteilt hatten.

Als Erster hielt Gaius Servandus seine Hand. „Dein Weg ist zu Ende, mein Freund! Wir warten schon alle sehnsüchtig auf dich."

Polternd schob Tirias Gaius an die Seite. „Ich habe dir einen Platz im Himmel besorgt. Es ging aber nur auf meine Fürsprache."

Am Fußende standen Hilderich, Addax und sein Vater Godigisel. Sie winkten ihm freundlich zu.

Geiserich lächelte glücklich und wandte seinen Blick zur anderen Seite seines Bettes. Dort standen Thora und Samir. Ihre Körper verschmolzen, wurden plötzlich eins. Kühle Hände streichelten ihm über die Stirn. „Wer so geliebt worden ist, wie du, stirbt nie",

flüsterte Samirs Stimme und Thora fügte hinzu:
„Komm Heim, Geliebter. Hier ist der Frieden, den du immer gesucht hast."
Geiserichs Lippen formten mühsam den Namen.
„Gento?"
„Gento ist in dir! Hier werdet ihr eins sein", antwortete eine fremde Stimme.
Geiserich schloss die Augen und hauchte im Januar 477 n. Chr. seinen letzten Atemzug.

Als erster betrat Hunerich, sein einziger noch lebender Sohn und Nachfolger, das Sterbezimmer. Lange blickte er ausdruckslos seinen Vater an. Dann fuhr seine Hand blitzschnell zu Geiserichs Brust. Mit einem Ruck riss er die Fibel ab und betrachtete sie mit gierigen Augen. Dann versuchte er, die Formel zu sprechen.
„Jäger und Opfer vereint. Herbei die Macht des Bösen…."
Nichts geschah! Die Bernsteine blieben dunkel und kalt.
Noch zu Lebzeiten hatte sich Geiserich gewünscht, dass seine letzte Ruhestätte in einer der unzähligen Höhlen in der Steilküste des Promunturium Mercurii sein sollte. Er wollte auf das Meer hinausschauen können und niemand, außer seiner Familie, sollte den Ort kennen.

Hunerichs Herrschaft war geprägt von Grausamkeit und Verfolgung der katholischen Christen im Vandalenreich. Er regierte nur sechs Jahre. Dann starb er plötzlich. Bei Hof munkelte man, dass er vergiftet worden sei.
Es folgten auf den Thron Gundamund, Trasamund, Hilderich und zuletzt Gelimer, ein Enkel von Gento.

Sie alle hielten sich nicht lange an der Spitze des Vandalenvolkes. Gelimers Regierungszeit dauerte nur von 530 – 534 n. Chr.. Dann starteten die Oströmer unter dem Feldherrn Belisar einen neuen Angriff auf das Vandalenreich. Diesmal gelingt er. Gelimer musste fliehen und starb in den maurischen Bergen. Das war das Ende des Vandalenreiches in Nordafrika.

Es dauerte genau 97 Jahre.

Register

Historische Personen „ Der Vandale - Trilogie

Godigisel	König der Vandalen
Sersao	Geiserichs Mutter
Gunderich	1. Sohn des Königs (Nachfolger auf dem Vandalenthron)
Geiserich	2. Sohn Godigisels (unehelich)
Respendial	König der Alanen
Addax	Nachfolger von Respendial
Stilicho	Halbvandale und mächtigster Mann im römischen Reich (Magister Militum)
Alarich	Gotenkönig, Eroberer Roms
Attila	Hunnenführer
Arius	Begründer des arianischen Glaubens
Goar	abtrünniger Alanen Fürst
Hermingar	König der Sueben
Honorius	Weströmischer Kaiser
Olympus	griechischer Berater, graue Eminenz am Hof von Honorius
Uldin	Hunnenfürst im Dienst von Stilicho
Castinus	Prokurator der römischen Provinz Hispanien
Exuperius	Bischof von Tolosa (Toulouse)
Wallia	Führer Der Goten
Radagais	Gotenkönig
Gebrüder Didymus	Verteidiger der Pyrenäenpässe
Fredebal	Führer der Sillingen
Wallia	König der Goten

Hunerich	Geiserichs 1. Sohn
Gento	Geiserichs 2. Sohn
Theoderich	Geiserichs 3. Sohn
Honorius	Kaiser des Westreiches
Olympus	griechischer Berater von Honorius
Felix	Magister Militum (Kriegsminister des Westreiches)
Aetius	Bezwinger der Hunnen unter Attila
Hermingar	König der Sueben
Flavius Castinus	Magister Militum und Prokurator von Hispanien
Trigenius	Sonderbotschafter von Kaiser Valentian
Galla Placidia	Schwester von Honorius und, nach dessen Tod, Regentin des Westreiches
Bonifacius	Prokurator von Nordafrica
Augustinus	Oberhaupt der katholischen Kirche in Africa
Bischof Possidius	rechte Hand von Augustinus
Ardabur Aspar (Alane)	mächtigster Mann in Byzanz
Markian	Domesticus von Aspar und später Kaiser Ostroms
Heldica	Sprecher des Senats von Thugga und später Geiserichs Innenminister
Valentian	Kaiser des Westreiches
Gaudentius	Sohn des Aetius
Majorianus	Senator und späterer Kaiser Westroms
Pylarchos	Gesandter Roms, später auch der von Byzanz

Deogratias	1. römisch-katholischer Bischof des vandalischen Carthago
Traustila	gotischer Offizier des Aetius
Maximus	Mörder von Valentian und sein Nachfolger auf dem Thron
Ursus	Praetorianer (ermordet Maximus)
Eudokia	Witwe Valentians und neue Frau des Maximus
Placidia	Tochter der Kaiserin Eudokia
Eudoxia	Tochter der Kaiserin Eudokia
Leo	Papst (bewahrt Rom vor der Vernichtung)
Leo I	Kaiser des Ostreiches (Nachfolger des Markian)
Fulgenius	Stadthalter von Carthago Nova
Anthemus	von Leo eingesetzter Kaiser des Westreiches
Heraklius	Heerführer der Oströmer
Marsus	Heerführer der Oströmer
Basiliskus	Führer der größten Flotte der antiken Welt

Weitere Werke dieses Autors.

Erschienen als E-Book bei KDP und als Printausgabe bei Create Space.

Die Trilogie – Der Vandale/ Der weite Weg/ Der Eroberer/ Der Herrscher

Der Vandale Teil I u .II u. III

Diese Trilogie ist ein episches Meisterwerk über den Vandalenkönig Geiserich, der mit seinem Volk aus ärgster Bedrängnis aufstand und das Römische Reich in die Knie zwang.
Dieser historische Abenteuerroman zeichnet in spannenden Bildern das Leben dieser großen Persönlichkeit nach.

Teil I – Der weite Weg

405 nach Christus. Die Vandalen geraten in ihren, bis dahin sicheren Siedlungsräumen in Pannonien, dem heutigen Ungarn, zwischen die Fronten der nach Süden drängenden Goten und den Römern. Um zu überleben, müssen sie ihre Heimat verlassen. Der weite Weg nach Hispanien (Spanien) beginnt, auf dem Geiserich, der 2.Sohn des Vandalenkönigs Godigisel, Liebe, Leidenschaft, Hass, Gewalt, Trauer und Freundschaft erfährt, die ihn zu einem großen Führer heranreifen lassen.

Teil II – Der Eroberer

420 nach Christus. Wieder werden die Vandalen von den ebenfalls nach Hispanien drängenden Goten bedroht. Das neu gegründete Land Vandalusien ist in Gefahr. Da entschließt sich Geiserich, nun König der Vandalen und Alanen mit seinem Volk nach Afrika, der Kornkammer Roms, überzusetzen. Ein fast unmögliches Unternehmen nimmt seinen Lauf. Dabei hilft ihm die Liebe der Alanin Thora und seine unverbrüchliche Freundschaft zu dem Römer Gaius Servandus. Ein unbarmherziger Eroberungskampf entbrennt.

Terror - Der Anschlag –

Ein Albtraum wird wahr und die schlimmsten Befürchtungen werden Wirklichkeit.
Robert Dromel, Leiter des neu geschaffenen Dezernats Antiterror, hat eine Terrorwarnung bekommen. Er weiß aber nicht, wer das Ziel des Anschlages werden soll, oder wo es geschehen wird. Eine Nerven zerfetzende Jagd beginnt, bei der er nur durch die Liebe und den Mut einer Frau, die nur ihren Mann retten will, auf die richtige Spur kommt. Aber die Katastrophe nimmt trotzdem ihren Lauf. Ein verzweifelter Kampf gegen die Zeit beginnt.

Die Pyramide der Sonne

Konsul Hansen, ein reicher Sammler archäologischer Exponate bekommt ein Fundstück aus Visoko in Bosnien Herzegowina zugespielt, dessen Herkunft und Beschaffenheit, trotz Einsatz aller bekannten technischen Mittel, nicht bestimmt werden kann.
Es ähnelt dem Gürtelschloss einer Paradeuniform. Jedoch befinden sich auf seiner glatten Oberfläche seltsame Zeichen, die bisher noch nicht bekannt sind und auch keiner Sprache zugeordnet werden können. Das Handelshaus Hansen stellt ein Team von außergewöhnlichen Experten zusammen, das dieses Geheimnis lüften soll. Die Spur führt nach Mesopotamien zu den alten Sumerern, deren Herkunft bis heute noch nicht wissenschaftlich geklärt ist, die aber als die Begründer der menschlichen Zivilisation gelten. Rückblicke erzählen, woher die Sumerer kommen und wie ihre Saat 4500 v.Chr. aufgegangen ist.

Bei den umfangreichen Recherchen der Experten stellt sich heraus, dass dieses Fundstück nicht von dieser Welt sein kann. Die spannende Spurensuche führt wieder zurück zum Fundort Visoko, in dessen Nähe sich die, von dem Hobbyarchäologen Osmanagic' entdeckte, Pyramide der Sonne befindet. Dem Held der Handlung, Ronald Kronenberg, Sprachgenie und Experte für die Keilschrift, gelingt es das Rätsel des Fundstückes zu lösen. Nun gilt es auch, das Geheimnis der Pyramide der Sonne zu erforschen. Eine spannende und für alle Beteiligten gefährliche Suche beginnt, an deren Ende sie eine unfassbare Entdeckung machen.
Liebe, Hass, Gier, Habsucht und Gewalt sind auf dem Weg dahin die Wegbegleiter.

„Neumann" …. und der ganz normale Wahnsinn

Dies sind Geschichten um und über einen liebenswerten Chaoten, der ständig gegen die Tücken des Alltags kämpft und diesen Kampf regelmäßig verliert. Erst hat er kein Glück, dann kommt auch noch Pech dazu. Alles was er auch anpackt, endet im Chaos. Dabei liegen Tragik und Komik dicht beieinander. Dennoch stellt man beim Lesen fest, dass ein bisschen von ihm in uns allen steckt.
Der Autor verbindet mit eigenen Erlebnissen und Kommentaren die abgeschlossenen Geschichten zu einem unterhaltsam, komischen Ganzen. Dabei kommen aber auch berührende und nachdenkliche Momente nicht zu kurz.
Dies ist ein Buch, das ein breites Grinsen hinterlässt.

„Wer hat noch nicht erlebt, dass sich vermeintliches Pech im Nachhinein als riesiges Glück erweist, oder umgekehrt.
Das Leben besteht aus vielen Weichen, die vom Schicksal gestellt werden."

Printed in Poland
by Amazon Fulfillment
Poland Sp. z o.o., Wrocław